曹道衡文集

束忻斋书题

# 曹道衡文集

## 卷四

汉魏六朝辞赋
魏晋文学

曹道衡 著

中州古籍出版社
·郑州·

## 本卷说明

  本卷收曹道衡先生专著两种：《汉魏六朝辞赋》与《魏晋文学》，二书均深入浅出、简明扼要，既前后印证，又各有侧重、互相补充，故合编为一卷。曹先生对汉魏晋南北朝主要作家、作品和重要的文学流派、文学现象，对诗歌、辞赋、乐府等各类文体的专题研究，在此二书中皆有体现。此次编选，针对《汉魏六朝辞赋》原本用直音和汉语拼音为生僻字注音，而后加以注释的做法，删去直音字，修改拼音使其符合现代汉语拼音规范，保留注释原貌，以便阅读。二书只订正明显的史料或出版错误，保留原有行文风格。特此说明。

中州古籍出版社<br>2017 年 12 月

# 目 录

# 汉魏六朝辞赋

**第一章　赋的起源和发展** ·················································· 3
　第一节　什么是赋/3
　第二节　赋的发展和演变/14

**第二章　西汉辞赋** ······························································ 23
　第一节　贾谊、枚乘和汉初辞赋/25
　第二节　司马相如/34
　第三节　西汉中后期辞赋家/43
　第四节　杨雄和刘歆/47

**第三章　东汉辞赋** ······························································ 53
　第一节　东汉初年的辞赋家/55
　第二节　班固、傅毅和其他辞赋家/59

第三节　张衡、王延寿和马融/64

第四节　赵壹、蔡邕和祢衡/70

## 第四章　三国辞赋 ……………………………………………… 75

第一节　王粲和建安作家的辞赋/77

第二节　曹丕和曹植/81

第三节　三国后期辞赋家/87

## 第五章　两晋辞赋 ……………………………………………… 93

第一节　晋初辞赋家/95

第二节　潘岳和陆机/99

第三节　左思及其他太康辞赋家/103

第四节　木华和郭璞/107

第五节　孙绰和东晋辞赋/111

第六节　陶渊明/115

## 第六章　南朝辞赋 ……………………………………………… 120

第一节　颜延之、谢灵运和南朝初年辞赋/122

第二节　鲍照/125

第三节　江淹/129

第四节　齐及梁初辞赋/134

第五节　梁陈辞赋/136

## 第七章　北朝辞赋 ……………………………………………… 140

第一节　十六国和北魏辞赋/141

第二节　颜之推和北齐辞赋/144

第三节　庾信/145

结束语 ································································· 151

# 魏晋文学

## 第一章　绪　论 ···················································· 157
第一节　魏晋文学的定义/157
第二节　魏晋的社会状况和思潮/159
第三节　魏晋文学的历史地位/170

## 第二章　"三曹"及其家族 ···································· 178
第一节　曹操/178
第二节　曹丕（附甄后）　曹叡/185
第三节　曹植/195
第四节　曹氏其他作家/208

## 第三章　王粲、刘桢和建安文人 ···························· 210
第一节　王粲　刘桢/210
第二节　陈琳　阮瑀　徐幹　应玚/218
第三节　繁钦　潘勖　路粹/224

第四节　邯郸淳　杨修　吴质/227

第五节　蔡琰/229

第六节　仲长统/233

第七节　缪袭　左延年/234

## 第四章　从黄初到正始 ……………………………………… 238

第一节　应璩　李康　刘劭/238

第二节　何晏　夏侯玄　钟会/244

第三节　阮籍/249

第四节　嵇康/258

## 第五章　吴蜀文学 …………………………………………… 265

第一节　诸葛亮和蜀国文学/266

第二节　韦昭与吴国文学/271

## 第六章　西晋初期作家 ……………………………………… 277

第一节　向秀　刘伶　赵至/277

第二节　陈寿　李密/282

第三节　羊祜　杜预/285

第四节　傅玄　张华　何劭/288

## 第七章　从太康到永嘉（上）………………………………… 297

第一节　潘岳　潘尼　夏侯湛/298

第二节　陆机　陆云/305

第三节　左思/315

第四节　张载　张协/320

## 第八章 从太康到永嘉(下) …… 326

第一节　挚虞　束晳/326

第二节　成公绥　木华/330

第三节　张翰　孙楚　王赞　曹摅/334

第四节　鲁褒　王沈/337

第五节　刘琨　卢谌/339

## 第九章 东晋文学 …… 343

第一节　郭璞和东晋初年文学/343

第二节　葛洪　干宝/351

第三节　许询　孙绰　庾阐/354

第四节　王羲之/357

第五节　湛方生　殷仲文　谢混/360

第六节　佛教及道教诗人/364

## 第十章 陶渊明 …… 368

第一节　陶渊明的生平和思想/368

第二节　陶渊明的诗歌/374

第三节　陶渊明的赋和文/382

第四节　陶渊明的历史地位/387

## 第十一章 魏晋民歌 …… 389

第一节　魏晋时北方的民歌和民谣/389

第二节　"吴声歌"和"西曲歌"/392

## 第十二章 十六国文学 …… 401
第一节 十六国文学概说/401
第二节 王嘉 苏蕙 苻朗/403
第三节 鸠摩罗什 僧肇/407
第四节 张骏 李暠/409

# 汉魏六朝辞赋

# 第一章　赋的起源和发展

## 第一节　什么是赋

赋这种介于诗和散文之间的文体,也许是我国古代所特有的一种文学现象。它基本上是韵文,每句的字数虽无严格的限制,但一般比较整齐,这些特点似乎较近于诗。然而在不少赋中,却也有不叶韵的散句,甚至可以有议论,这些特点又近似于散文。古代一些研究文体的人,常常把它归入诗文的范畴,但也有人把它与诗文相区别,而当作另一种文体来看待。

在文学史上,赋的数量不少,且历来受到文人的重视。但奇怪的是过去有许多人爱读赋,甚至学作赋,而关于赋的定义和起源却往往言人人殊,并无一致的看法。

关于赋的定义,现存最早的说法见于《汉书·艺文志》:"不歌而诵谓之赋。"《汉书》乃东汉班固所作,但《艺文志》的文字,多半承袭刘向《别录》和刘歆《七略》。所以有人认为此语出于刘向[①],应该是比较近乎事实的。

---

① 骆玉明:《论"不歌而诵谓之赋"》,见《文学遗产》1983年第2期。

除了"不歌而诵谓之赋"的定义外,班固在他的《两都赋序》中还有一句话:"或曰:赋者,古诗之流也。"这句话究竟是谁说的,现在已难考定。但既称"或曰",则应是一位班固的前辈或同时代人。班固引这句话而冠以"或曰",也许他自己并不见得完全赞同,这也是可能的。不过,这两句同由班固转述的话是否矛盾呢?有的研究者认为有矛盾,并认为"赋者,古诗之流也"就是后来《文心雕龙·诠赋》中所谓"六义附庸,蔚为大国"的根据,则恐怕未必尽然。因为"不歌而诵谓之赋"的"赋"字,本指诵诗而言。《周礼·春官·大司乐》:"以乐语教国子,兴道讽诵言语。"郑玄注:"兴者,以善物喻善事。'道'读曰导,导者,言古以剀今也。倍(背)文曰讽。以声节之曰诵。发端曰言。答述曰语。"《周礼·春官·瞽矇》:"讽诵诗,世奠系,鼓琴瑟。"郑注引郑众说:"讽诵诗,主诵诗以刺君过。"又引杜子春说:"世奠系,谓帝系、诸侯卿大夫世本之属是也。小史主次序先王之世、昭穆之系,述其德行。瞽矇主诵诗,并诵世系,以戒劝人君也。"郑玄对《周礼》原文的理解虽与郑、杜二人略有出入,但他还是说:"虽不歌,犹琴瑟以播其音美之。"可见他也认为"讽诵诗"是念诗而不歌唱。这看法是与汉代许多学者相同的。《汉书·艺文志》:"《书》曰:'诗言志,歌咏言。'故哀乐之心感,而歌咏之声发。诵其言谓之诗,咏其声谓之歌。故古有采诗之官,王者所以观风俗,知得失,自考正也。"这就是说,同一首诗,可以单纯地按一定的音节去吟诵,也可以配合一定的乐器去演唱。前者谓之诵,后者谓之歌。例如现存《诗经》中的诗,都可以诵,也可以歌。《论语·子路》载孔子说:"诵《诗》三百。"而《史记·孔子世家》则云:"三百五篇(指《诗经》),孔子皆弦歌之,以求合韶武雅颂之音。"可见《诗经》既可以"诵",也可以"歌"。此说在《左传》中可以得到佐证。《左传·襄公十四年》记卫国一次内乱的起因,说卫国大夫孙林父派孙蒯去见卫献公。卫献公给他酒喝,并且叫大(太)师"歌《巧言》之卒章",大师知道这是有意骂孙林父,就加以推辞。另一个乐官师曹因为对卫献公不满,想挑起事端,自愿去歌唱。"公使歌之,遂诵之。"在这种场合,"诵"自然比"歌"更露骨。因为"歌"还有管弦配合,至少叫人感到是奏乐佐酒,而"诵"则是公开指斥了。

据说古代的君主往往通过听人诵诗以观朝政的得失。《国语·周语上》:"故天子听政,使公卿至于列士献诗,瞽献曲,史献书,师箴,瞍赋,矇诵。"韦昭注:"无眸子曰瞍,赋,公卿列士所献诗也。有眸子而无见曰矇。《周礼》矇主弦歌讽诵。诵,谓箴谏之语也。"《国语·晋语六》载士燮语:"王者政德既成,又听于民,于是乎使工诵谏于朝,在列者献诗。"又《国语·楚语上》记左史倚相述卫武公事:"居寝有亵御之箴,临事有瞽史之导,宴居有师工之诵。史不失书,矇不失诵,以训御之。"这里的"诵",当然是指吟诵。这种吟诵不光通行于统治阶级,在一般平民中也有。如《左传·襄公四年》记鲁国大夫臧纥侵邾,被邾国击败,"国人诵之曰:'臧之狐裘,败我于狐骀。我君小子,朱儒是使。朱儒朱儒,使我败于邾。'"又《左传·襄公三十年》记郑国的子产对政治进行改革,"从政一年,舆人诵之曰:'取我衣冠而褚之,取我田畴而伍之,孰杀子产,吾其与之!'及三年,又诵之曰:'我有子弟,子产诲之。我有田畴,子产殖之。子产而死,谁其嗣之。'"这里所"诵"的显系自编的歌谣。这种歌谣既可以吟诵,有时就反过来称之为"诵"。如《左传·僖公二十八年》记晋文公"听舆人之诵"。这里所"诵"的既可以指民谣,有时也可以指统治阶级所作的诗歌。如《诗经·小雅·节南山》"家父作诵,以究王讻",《诗经·大雅·崧高》"吉甫作诵,其诗孔硕",《诗经·大雅·烝民》"吉甫作诵,穆如清风",也都把诗叫"诵"。从《左传》和《诗经》的材料看来,不论是统治者或平民所作,也不论用意在歌颂或讽刺,均可称之为"诵"。可见

"诵"不但是诵诗,也可以用来指诗本身。也许一首诗创作出来之后,如果尚未被配乐歌唱,那么一般采用诵读的方式,所以称之为"诵"。

赋和诵开始时均指诵诗,可能诵读的方式有所不同,所以《国语·周语上》中会有"瞍赋,矇诵"之语。但因二者都是诵读,为了区别于歌唱,所以汉人就用"不歌而诵"来释"赋"字。这正如"讽"和"诵"本是有区别的,但在《说文解字》中,两字却可互训,以"讽"释"诵",以"诵"释"讽"。清段玉裁注在"讽"字下引了《周礼》郑注,并说:"《周礼》经注析言之,讽诵是二。许统言之,讽诵是一也。"对"不歌而诵"和"瞍赋,矇诵"的解释,亦可作如是观。从《左传》所载材料来看,"诵"一般指自我创作的诗,仅《襄公十四年》师曹诵《巧言》之卒章,系诵读已有之诗。"赋"则两种情况都很多。一般列国卿大夫盟会及宴享时"赋诗",大多是背诵已有的诗篇。这大约就是孔子所说的"不学《诗》,无以言"(《论语·季氏》)。但也有不少例子似指本人或集体创作,如《左传·隐公元年》的"(郑庄)公入而赋"、"姜出而赋",《左传·隐公三年》的卫人赋《硕人》,《左传·闵公二年》的许穆夫人赋《载驰》,《左传·僖公五年》的士蒍赋"狐裘有龙茸,一国三公,吾谁适从",以及《左传·文公六年》的秦人赋《黄鸟》等。这种新作一般是有感而发,临时念出来,当然是"不歌而诵",不可能配乐去唱;即使"赋"的是旧篇,在诸侯盟会场合临时引用,也不可能是演奏,而只能是吟诵。正因为如此,一些诗歌没有入乐歌唱,只是吟诵的,在春秋以前常被称为"诵"。又因"不歌而诵"可以叫"赋",后来就把不歌而诵的作品称为"赋"。但直到汉代,"赋"与"颂"仍可通称。"颂"即"诵",古书中常常通用。如《孟子·万章下》"颂其诗,读其书"的"颂",即"诵"字。所以屈原《九章·抽思》有"道思作颂,聊以自救兮"之语。汉代杨雄作《甘泉赋》,王充《论衡·谴告》称之为《甘泉颂》;王褒作《洞箫赋》,《汉书》本传称之曰"颂"。像屈原的作品,除《九歌》外，大约都是"不歌而诵"的，汉代的辞赋，当然更不能歌唱。但这些"赋"、"颂"有的也未始不可叫"诗"。如屈原《九章·悲回风》中有"介眇志之所惑兮，窃赋诗之所明"句。《悲回风》与《抽思》在文体上几乎无甚区别，我们当然不能说一篇是"赋"或"颂"，另一篇是"诗"。可见"不歌而诵"的"赋"或"颂"，本来也可以叫"诗"。因此"不歌而诵谓之赋"和"赋者，古诗之流也"这两句话，其实未必有多大矛盾。最早的"赋"或"诵"本来就是诗，只是这部分诗由于"不歌而诵"，渐渐地独立成为一种文体，与诗有了区别。

诗和赋分道扬镳究竟始于何时？由于典籍的散佚，已难确考。一般说法是据《汉书·艺文志》"春秋之后，周道浸坏，聘问歌咏不行于列国，学《诗》之士，逸在布衣，而贤人失志之赋作矣。大儒孙卿及楚臣屈原，离谗忧国，皆作赋以风，咸有恻隐古诗之义"的话，认为起于战国。此说也许是对的。因为《汉书》中提到了屈原和荀况（荀卿）之名，而且不论今存的作品或《汉书·艺文志》所著录的辞赋，都以屈原为最早（明代吴讷《文章辨体序说》及徐师曾《文体明辨序说》都认为荀况时代在屈原之前，显然是错的。罗根泽在校点《文体明辨序说》时已予以指出。近人又有说荀况早于宋玉的，亦非。屈原生活于楚怀王及顷襄王时代；宋玉有不少作品中提到他和顷襄王答问，则生活的时代当比屈原稍晚；荀卿则死于春申君被杀之后。《荀子·尧问》说荀况"上无贤主，下遇暴秦"，因此荀况至少活到了秦统一前夕。他的年辈显然小于宋玉，更不必说屈原了）。但《汉书·艺文志》提到屈原、荀况之名，是因为此文对赋的分类中有"屈原赋之属二十家"、"荀卿赋之属二十五家"。提及这两位赋家之名，不过举其类目，未必认定赋体创自他们之手。因为《艺文志》说到屈原、荀况，只是说"贤人失志之赋作矣"。至于此文中所录"杂赋"一类，则按题材著录，其中是否有屈、荀以前的作品？由于这些赋今已散佚，无法确定。所以说赋体起源于屈原,恐怕还不能算定论。不过从现存作品来说,确以屈原所作为最早,我们讨论赋的起源,也不能不从屈原谈起。

从来论赋的人,大都认为屈原是赋家之祖。但有些人在谈论这问题时,往往只从《楚辞》的某些形式上着眼。如元祝尧《古赋辩体》说:"风雅既变,而楚狂《凤兮》之歌,《沧浪》孺子清兮浊兮之歌,莫不发乎情,止乎礼义,而犹有诗人之六义,故动吾夫子之听。但其歌稍变于诗之本体,又以兮为读,楚声萌蘖久矣。(屈)原最后出,本《诗》之义以为《骚》……但世号'楚辞',初不正名曰'赋'。然赋之义实居多焉。自汉以来,赋家体制,大抵皆祖原意。"明人吴讷、徐师曾皆从其说。不过祝尧的说法并不全面。因为《楚辞》与"楚声"当非一个概念。"楚声"系音调,像《论语》所载《凤兮》歌,《孟子》所载《沧浪》歌以及《说苑》中的《越人歌》,都是"歌",与"不歌而诵"的辞赋不同。再说这种"楚声"也未必都以用"兮"字为特色。如虽汉初刘邦的《大风歌》、项羽的《垓下歌》用"兮"字,但《史记·留侯世家》所载刘邦为戚夫人作《鸿鹄歌》,明明说是"楚歌",却纯属四言,不用"兮"字;唐山夫人作《安世房中歌》,据《汉书·礼乐志》,亦是楚声,也不用"兮"字。所以"楚声"的特色,似不应仅以用"兮"字为标志。因为《诗经》中"兮"字已多次出现,且不尽在《周南》、《召南》等南方的诗中,我们只能说楚声中用"兮"字较多而已。至于以屈原作品为代表的《楚辞》,也未必全用"兮"字,如《天问》即基本不用,《招魂》也只用少量"兮"字。至于汉人作赋,取法《楚辞》是毫无疑问的,但汉代赋家的作品,多数并非"骚体",而且也没有材料足以证明这些汉赋需要用"楚声"来诵读(《楚辞》在汉时是要用"楚声"来诵读的,这一点我们在别处谈)。我看屈原作品对汉赋的影响主要是在艺术技巧和"不歌而诵"的特点方面。

屈原自己虽然没有把他的作品称赋,但把《楚辞》称赋,应该是不错的。因为今本《楚辞》,虽系东汉王逸所编,但王逸在《楚辞章句序》中说明,在他之前,已有刘向所编的本子。而《汉书·艺文志》亦据刘向《别录》,有"屈原赋"之名。可见刘向虽称屈原作品为《楚辞》,却也称之为"赋"。何况在刘向之前,司马迁在《史记》中已有"乃作《怀沙》之赋"的话,可见屈原作品在西汉时已经称"赋"。至于司马迁以前,还有没有人称屈原作品为"赋",虽无确证,也很难说一定没有。

从屈原作品来看,赋和诗歌之别似较清楚。在屈原作品中,《九歌》本据楚地民间祭神之歌改写,应该是可以歌唱的。至于《离骚》和《九章》均属放逐以后所作,羁旅颠沛中不可能有人给他配乐歌唱,再说《离骚》这样的长篇,也无法配乐歌唱。所以清刘熙载《艺概》中说:"《九歌》与《九章》不同,《九歌》纯是性灵语,《九章》兼多学问语。"又说:"《橘颂》品藻精至,在《九章》中尤纯乎赋体。《史记·屈原传》云:'乃作《怀沙》之赋。'知此类皆可以赋统之。"他已经看到了"不歌而诵"的赋与可以歌唱之作在内容上也有所不同。所以他断言:"《九歌》,歌也;《九章》,诵也。"同时,他还多少看到了《离骚》、《九章》的文体,也是从《九歌》这样配乐歌唱之辞演变而来。因此他认为《离骚》、《九章》中的"乱曰"、"重曰"、"少歌曰"、"倡曰"之类,本来"乃古乐章之流","使早用于诵诗之中,则非体矣"。其实不但屈原,即使荀况《赋篇》,亦有同样情况,在《礼》、《知》等五赋之后,又附以"佹(guǐ 奇异)诗"及"小歌"。所以章太炎先生在《国故论衡·辨诗》中曾针对《赋篇》的情况说:"诗与赋未离也。"这是完全正确的。最早的赋本与诗无别,后来虽有作者专门去写不歌而诵的赋,但在文体上还得多少取法于可歌之诗,所以屈原、荀况的作品都有这种情况。此亦可以证明"赋者,古诗之流也"一语并非无据。

但是承认"赋者,古诗之流也"一语,并不意味着赋之名来源于"诗有六义"中的"赋比兴"之"赋"。把赋这种文体说成来源于赋比兴的赋法,这也是古人的旧说,但起源则较"不歌而诵"的说法要晚得多,而且确有不妥之处。在一段时间里,这一看法曾为不少人所接受①。这是因为汉赋长期以来被看作雕琢堆砌、阿谀统治者的东西,不便将它们和屈原的作品相联系。其实这是完全不必要的。汉赋的价值当然不足与《楚辞》并提,但它们模仿《楚辞》则不容否认。

以"赋比兴"之"赋"来解释赋这种文体的说法,也有其逐步发展的过程。最先提到"赋比兴"之名的是《周礼·春官·大师》:"教六诗,曰风、曰赋、曰比、曰兴、曰雅、曰颂。"其后托名孔子弟子卜商(子夏)所作的《毛诗序》即承其说,不过把"六诗"改为诗的"六义"。值得注意的是不论《周礼》或《毛诗序》原文,对六者都不是按风雅颂与赋比兴的次序排的。唐代孔颖达作《毛诗正义》,才明确地把"风雅颂"与"赋比兴"区分开来,认为"风雅颂者,《诗》篇之异体;赋比兴者,诗文之异辞","赋比兴是《诗》之所用,风雅颂是《诗》之成形"。孔颖达这种区分方法是否正确,我们可以姑置勿论,但他这样区分却并非独创。他是依据了《毛诗序》和郑玄的一些见解。因为风雅颂的解释,已见于《毛诗序》,所以郑玄在注《周礼·春官·大师》时,就只对赋比兴作解释。郑玄认为"赋之言铺,直铺陈今之政教"。至于"比"和"兴",他虽也有解释,但基本上是根据东汉郑众之说。为什么解释"赋"字不引郑众的话?是否郑众为《周礼》作注时,对赋未作注?我们已难确知。不过,郑玄对"赋"的诠释,显然根据《释名》一

---

① 如中国科学院文学研究所编的《中国文学史》就主此说,我所作的《试论汉赋和魏晋南北朝的抒情小赋》(见《文学评论丛刊》第3辑,1979年),也是这样说的。这种说法虽然受了《文心雕龙》等书的影响,其实根本问题还在于对汉赋的成见。

书。因为《释名·释书契》中有"赋,铺也,敷布其义谓之赋"的话。《释名》旧题东汉刘熙撰,但《后汉书·文苑传》却说是刘珍所作。清人毕沅认为此书本刘珍所撰,而经刘熙补订。王力先生《中国语言学史》亦同毕说。刘熙虽与郑玄同时或稍后,但刘珍乃东汉安帝时人,早于郑玄,所以郑玄引用刘珍的见解是完全可能的。《释名》以"赋"为"铺",恐系就汉代辞赋而言,因为两汉辞赋确以铺张为特色。至于"六诗"或"六义"的"赋",释之为直言其事,似无不妥,至于铺张则颇难说通。因为《诗经》中许多直言政事得失之言,未必有铺张的特色。至于《左传》中所载民间歌谣,均为直言其事,但都很简短,更谈不上铺张。何况"六诗"或"六义"的本义,是否能像郑玄、孔颖达那样解释,还是疑问。这个问题,朱自清先生在《诗言志辨》中已提到有人持不同意见(据《文学评论丛刊》第7辑许德政《〈诗经〉三题》说,主此说者为罗庸先生)。所以把赋这种文体与"六诗"或"六义"的"赋"混为一谈,恐怕是不妥当的。然而郑玄的学说在三国以后成了经学权威,对学者们影响极大。所以到了晋代人的文章和著作中,往往以"诗有六义"的"赋"来解释赋这种文体。如左思《三都赋序》:"盖诗有六义焉,其二曰赋。扬雄曰:'诗人之赋丽以则。'班固曰:'赋者,古诗之流也。'先王采焉以观土风。见'绿竹猗猗',则知卫地淇澳之产;见'在其版屋',则知秦野西戎之宅。故能居然而辨八方。"这段话已经把"赋者,古诗之流也"与"六义"的"赋"混为一谈了。但他举的例子还是《诗经》,也没有用"铺陈"之意来释赋。和左思差不多同时的挚虞,在《文章流别论》中称引《周礼》"六诗"之名后,在加以诠释时就把次序改为风雅颂与赋比兴,这就开了孔颖达的先河。他还说:"赋者,敷陈之称,古诗之流也。"(挚虞说皆见《艺文类聚》卷五十六引)此说承袭《释名》及郑玄《周礼注》,把"赋者,古诗之流也"等同于"铺陈"之义。南朝的文学批评家刘勰和钟嵘,都接受了挚虞的观点。刘勰说:"诗有六义,其二曰赋。赋者,铺也;铺采摛文,体物写志也。"又说:"至如郑庄之赋'大隧',士蒍之赋'狐裘',结言掐韵,词自己作,虽合赋体,明而未融。及灵均唱《骚》,始广声貌。然则赋也者,受命于诗人,而拓宇于《楚辞》也。于是荀况《礼》、《智》,宋玉《风》、《钓》,爰锡名号,与诗画境,六义附庸,蔚为大国。"(《文心雕龙·诠赋》)钟嵘《诗品》虽然只谈诗不谈赋,但他明确地提出了作诗要兼用"赋"和"比兴"。他理解的"赋"法,也就是直言其事,其说盖本于郑玄。此后孔颖达作《毛诗正义》,以"赋比兴"为作诗方法,就是受了晋代和南朝人的影响。

晋代人和南朝人以"铺"释"赋",虽本诸郑玄,而其说与郑玄也不全同。郑玄作为一个经学家,他注释《周礼》的六诗,只着眼于《诗经》,所以称"直铺陈今之政教"。其重点在于"直言",并无"铺采摛文"之意。挚虞的以"铺"释"赋",就含有"铺采摛文"的意思,只是原话与刘勰不同而已。"直言"的方法,显然是一切文学作品的基本方法。但直言其事,未必要"铺采摛文"。像刘勰所说的郑庄公赋"大隧"、士蒍赋"狐裘",都直言其事而并无雕饰。《左传》还说到许穆夫人赋《载驰》,也是直言时事,而在《诗经》中为"风";"家父作诵,以究王讻"的《节南山》,也是直言其事,而在《诗经》中为"雅"。可见直言其事在一切文学形式中,都是最常用的。正因为如此,它未必能作为"六诗"之一的"赋"的标志。郑玄采刘珍说注《周礼》"六诗"的"赋",恐怕未必妥当。因为刘珍作为一个东汉文人,已习见汉代"铺采摛文"的大赋,故以"铺"释"赋"。他说的"赋",当指汉赋,而非《周礼》、《毛诗序》中所谓"六诗"或"六义"之一的"赋"。因此,把"六诗"中的"赋"与汉赋之"赋"混为一谈,是不妥当的。

"六诗"中的"赋",其本义大约即在"讽诵",而供讽诵之诗,又多半直言其事。正如何休在《春秋公羊解诂》中说的那样:"男女有所怨恨,相从而歌。饥者歌其食,劳者歌其事。"(《宣公十五年》)如果用《左传》所载鲁人对臧纥、郑人对子产所作的"诵"来印证何休之说,那么这"诵"或"歌"大抵为直言其事。历来论《诗经》者大抵以"赋"为直言其事之意,可能就是因为最早的作诗者,往往只是脱口而出、直言其事的缘故。

诗、赋虽属文学形式,但一切文学艺术无不起源于生产劳动,最早都是有实用目的的,"饥者歌其食,劳者歌其事"是为了减轻劳累和舒泄不平之气,借助于"歌"或"赋"。歌和赋这些有韵之文,还有一个特点,就是便于记忆。所以最早的歌或赋,有些可能只是为实用目的而作,本无文学意味,像后来的《步天歌》、《药性赋》之类。《汉书·艺文志》所载"杂鼓琴剑戏赋"、"杂山陵水泡云气雨旱赋"、"杂禽兽六畜昆虫赋"、"杂器械草木赋"一类书,可能就是古代的一些口诀,其创作时代有的也可能在秦以前。例如近年出土的睡虎地秦简中,《为吏之道》之"兴吏治害"段,文体颇似《荀子·赋篇》;"凡治事,敢为固"以下一段,又颇似《成相》。根据《汉书·艺文志》载,有"《成相杂辞》十一篇",可见像《成相》那种形式的文体,至少在战国时已在民间流行。至于赋这种文体,大约也在战国前已产生于民间。这种赋既以记诵为目的,很可能是"不歌而诵"的。这种"不歌而诵"的文体,可能产生得很早。《周礼·春官·瞽矇》所谓"讽诵诗,世奠系",据郑玄注引杜子春说:"世奠系,谓帝系、诸侯卿大夫世本之属是也。小史主次序先王之世、昭穆之系,述其德行。瞽矇主诵诗,并诵世系,以戒劝人君也。"这种"世"、"系",大约类似于《西藏王统记》、《西藏王臣记》之类。这种文字既以叙述史事或传授技艺为目的,当然多半是直言其事,或铺叙为主。所以后来人把铺陈直言的作诗方法叫作"赋法",也许取义于此。不过,说赋只是从诗的"赋法"衍生出来,可能是有些倒因为果,事实上倒可能是汉人把近于赋的诗称为用"赋法"。

## 第二节　赋的发展和演变

　　赋这种文体虽然形成较早,至少在战国时代已经出现,但由于地域的不同,在形式上也不很一样。从现存的赋来看,似乎有南方与北方之分。屈原和宋玉都是楚人,代表南方的辞赋;荀况是赵人,代表北方的辞赋。因为从屈、宋和荀卿的赋作来看,两者在形式与风格上显然有很大的区别。不过,在战国后期,由于交通发达,南北方人来往频繁,也可能互相影响。例如:据《史记》载,屈原曾出使过齐国,荀况晚年则一直住在楚国。所以屈原是否受到北方赋的影响,荀况是否受到屈、宋的影响,还很难断定。因为至今流传的屈赋中,像《天问》的句法,就多四言句,近似于荀赋;《招魂》不论为屈原或宋玉所作,也多四言,只是有些句子的句末加一"些"字,可能是楚国方言,属于变体;《九章》中的《橘颂》其实也近于四言,如"后皇嘉树,橘徕服兮"等句,只是每句四字而在第二句末尾用"兮"字。更值得注意的是,汉人著作中常把"赋"和"颂"通用,所以《橘颂》也未始不可作《橘赋》来理解。因为《九章》的题目,究竟是屈原本人所定,还是汉人所加,也很难断定。因此屈赋和荀赋虽从内容到技巧都有很大差别,然而说它们断然两途,恐怕还缺乏足够的证据。一般习惯于把屈原作品称"楚辞"而不称"赋",大约是因为屈原作品都收集在《楚辞》之中。但"楚辞"之名,从现存史料来看,最早见于汉武帝时。《汉书·朱买臣传》:"会邑子严助贵幸,荐买臣,召见,说《春秋》,言《楚词》,帝甚悦之。"但与朱买臣差不多同时的司马迁却称《怀沙》为"赋"。《楚辞》一书的编订,据王逸说,在他之前,就有刘向编订之本。但根据刘向《别录》而撰写的《汉书·艺文志》又列"屈原赋"之目。可见

《楚辞》虽名为"辞",与赋不一定是两体。《汉书·王褒传》:"宣帝时,修武帝故事,讲论六艺群书,博尽奇异之好。征能为《楚辞》九江被公,召见诵读。益召高材刘向、张子侨、华龙、柳褒等,待诏金马门。"可见九江被公诵读《楚辞》,刘向是知道得很清楚的,然而他在作《别录》时,还是称屈原作品为"赋"。这说明"楚辞"之名,只是由于诵读时须用楚地的方言和语调,因此不同于一般的赋。今本《楚辞》也许正是九江被公所诵读的作品,而刘向据以编订,王逸作《楚辞章句》就采用了这个版本。现存宋玉作品所以有些被编入《楚辞》,有些没有被编入,恐怕与九江被公等人是否诵读有关,未必是文体上真有辞与赋之别。再如杨雄在《法言·吾子篇》中说:"诗人之赋丽以则,辞人之赋丽以淫。"他所批评的正是司马相如等赋家。可见他心目中的"辞人",正是作赋的人。后来班固在《汉书·艺文志》中引用了杨雄此语,却又说荀况与屈原"咸有恻隐古诗之义",而说司马相如、杨雄"竞为侈丽闳衍之词,没其风谕之义",这更把屈原作品看成"诗人之赋",而把司马相如等人的作品看成"辞人之赋"。试想赋和辞如果是两种文体,杨雄、班固又何以称汉赋作者为"辞人"呢?所以上溯赋的产生,还是应该推到屈原。只是由于时代不同,作者生活经历也不同,所以从思想内容到艺术风格,屈原作品与汉代的赋又是很不一样的。

从屈赋、荀赋到汉赋的演变,其实还有一个中间环节,这就是秦赋。据《汉书·艺文志》载,汉代尚有"秦时杂赋九篇",属于"荀卿赋"一类。这些赋现在均已散佚,其内容与形式均不可确知。然而《汉书·艺文志》既把它们列入"荀卿赋"一类,大约和《荀子·赋篇》中的《礼》、《知》等赋体裁相近。如果考察一下秦在统一六国前的石刻《石鼓文》及统一六国后在泰山、芝罘、会稽、琅邪、碣石、绎山等地的石刻都是以四言句为主,睡虎地秦简中也有四字句的韵文,《说文解字叙》引李斯《仓颉篇》中"幼子承诏"语,也是四字句,那么可以推知那些"秦时杂赋"大约也以四言句为主。现在所见的汉赋,有的是四言句较多,有的是接近《楚辞》的"骚体",也有的是两种形式并用。这说明屈赋和荀赋的形式,到汉初正在趋于融合。

根据《汉书·艺文志》记载,除了"屈原赋"和"荀卿赋"两类之外,还有一类称为"陆贾赋之属"。陆贾是汉初人,曾为汉高祖作《新语》。他的赋现在都已散佚。章太炎先生说:"屈原言情,孙卿效物,陆贾赋不可见,其属有朱建、严助、朱买臣诸家,盖纵横之变也。"(《国故论衡·辨诗》)这个说法是很正确的。因为在《史记》中,陆贾、朱建和郦食其(yì jī)同传,都有些纵横家的作风。《史记》称陆贾"名为有口辩士,居左右,常使诸侯"。他后来出使南越和促使陈平、周勃合作对付吕氏,都很像一个纵横家的行为。据《史记》说,陆贾是楚人,《汉书·艺文志》把他的赋列于"屈原赋"之后,"荀卿赋"之前,这可能是从形式着眼的。因为他是楚人,其赋在文体上可能更接近屈赋而远于荀赋。《汉书·艺文志》中所举"陆贾赋之属",大多已散佚,只有"扬雄赋"和"司马迁赋"还可以看到。关于"扬雄赋"之被列入"陆贾赋之属",章太炎先生说:"扬雄赋本拟相如。《七略》相如赋与屈原同次。班生以扬雄赋隶陆贾下,盖误也。"(《国故论衡·辨诗》)至于司马迁的赋,历来似乎很少有人注意,其实司马迁有一篇《悲士不遇赋》见于《艺文类聚》卷三十。这篇赋既见于类书,可能有所删节,但也可以见其一斑。其文体既非"骚体",亦非荀赋那样以四言为主。前半大体是六七言一句的韵语,后半则是四字句,隔句用"兮"字。这种形式显然较荀赋自由活泼,内容也偏于抒情。这种形式在其他汉赋中也曾出现,是否就代表"陆贾赋之属"则尚难确定。

汉初的辞赋存者甚少,除上面说的"陆贾赋"之外,据《汉书·艺文志》载,还有"赵王赋一篇",赵幽王是被吕后害死的,他生活的时代当与陆贾相近。但据清人沈钦韩《两汉书疏证》说："本传作歌。"可能并非辞赋一类。所以现存的汉代辞赋，当以贾谊的作品为最早。贾谊的赋基本上都是抒情之作。所以《汉书·艺文志》把他的作品列入"屈原赋之属"应该是合理的。

汉代文、景二帝似乎对辞赋都不甚爱好。所以文帝时代的赋家甚少，除贾谊外，几乎很难举出别的人来。据《史记·司马相如列传》说景帝是"不好辞赋"的，因此在他的朝廷中，并未出现什么辞赋家。据《汉书·艺文志》载，曾有"李思《孝景皇帝颂》十五篇"，属于"荀卿赋"一类，这十五篇赋也已散佚，内容无从考知。但景帝时诸侯王国里，却颇有些辞赋家在进行创作。例如梁国的邹阳、枚乘、庄忌等，又如淮南国也有辞赋家。淮南王刘安自己能作赋，他的门客中，淮南小山的《招隐士》见于《楚辞》，在汉赋中艺术性甚高。① 鲁迅在《汉文学史纲要》中，专为诸侯王国的文学立章，那是很有道理的。

汉景帝时发生了"七国之乱"，这是诸侯王国和中央政权间的一次大较量。这次战争的结果以吴、楚等国的彻底失败告终。这就大大地削弱了诸侯王的力量，使中央集权制大为加强。这种政治形势的变化，也对辞赋的发展产生了影响。原来的辞赋家多半在诸侯王国进行创作，此后则大半转到了朝廷之中。例如司马相如等人本来都在诸侯王国，后来先后来到长安。这是因为诸侯王国已被严重削弱，而景帝死后，即位的武帝又非常喜爱辞赋。他久闻枚乘之名，就用"安车蒲轮"去迎其进京，可惜枚乘年老，在半途中就死了。司马相如在武帝初名声不大，但他游梁时所作的《子虚赋》②得到武帝赞赏，遂得进用。此外，在武帝周围还集中了一批辞赋家如枚皋、严助、朱

---

① 淮南王刘安受封于文帝时，死于武帝时，他和他门客的赋有些可能作于景帝时代。
② 非今见《文选》中所选，今《子虚赋》实是《子虚上林赋》的一部分，说详见下。

买臣、主父偃等。他们的成就远不如司马相如,然而也颇得武帝的重视。

辞赋家由诸侯王国进入朝廷,其作品内容也随之发生了变化。因为在分封的列国中,原来战国时代遗留下来的纵横游说之风,还在一定程度上保留着。"七国之乱"平定后,情况就不同了。诸侯王国名义上还存在,实则处于中央政府控制之下。正如东方朔在《答客难》中所说:"今则不然,圣帝德流,天下震慑,诸侯宾服,连四海之外以为带,安于覆盂。天下平均,合为一家,动发举事,犹运之掌,贤与不肖何以异哉?遵天之道,顺地之理,物无不得其所。故绥之则安,动之则苦;尊之则为将,卑之则为虏;抗之则在青云之上,抑之则在深渊之下;用之则为虎,不用则为鼠。虽欲尽节效情,安知前后?夫天地之大,士民之众,竭精驰说,并进辐辏者不可胜数,悉力慕之,困于衣食,或失门户。"这段话形象地说明了一些士人在诸侯割据转变为中央集权以后的地位变化。汉初实行分封制时,诸侯王的地位虽然已不同于战国,但多少还保留若干独立性,他们还沿袭着战国君主"养士"的余风。《盐铁论·晁错》:"日者,淮南、衡山修文学,招四方游士,山东儒墨咸聚于江淮之间,讲议集论,著书数十篇。然卒于背义不臣,谋叛逆,诛及宗族。"这种情况在"七国之乱"平定以后,逐渐衰歇,诸侯王国的主要官员,已改由中央任命,后来连诸侯王也只能衣租食税,不能过问政事。这时,士人想做官,除了依附中央政权已无其他途径。于是许多纵横游说之士,就转而成为辞赋家,去皇帝那儿做文学侍从之臣。这种情况,章太炎先生在《国故论衡·辨诗》中早已指出。他说:"纵横者赋之本。古者诵诗三百,足以专对。七国之际,行人胥附,折冲于樽俎间,其说恢张谲宇,绌绎无穷,解散赋体,易人心志。鱼豢称鲁连邹阳之徒,援譬引类,以解缔说,诚文辩之俊也。①武帝以后,宗室削弱,藩臣无邦交之礼,纵横既黜,然后退为赋家。"所以汉赋的兴起虽在汉初,而真正表现汉赋特色的作品,却大抵出现于武帝以后。这种作品既是供帝王阅读,所以大抵为歌功颂德之作。历来论赋者无不以司马相如为汉赋的代表作家,其原因也在于此。

汉代大赋的体制,基本上成型于司马相如之手,后来杨雄、班固、张衡以至晋代的左思等人无不取法司马相如。然而司马相如的大赋,在文体上恐怕也是有所凭借的。以其代表作《子虚上林赋》②为例,赋中假托"子虚"、"乌有先生"、"亡是公"的对话,似取法于宋玉赋中与楚王的对话及枚乘《七发》中楚太子与吴客的对话。这种对话,本与战国辩士之风相近。又《汉书·艺文志》诗赋类中杂赋一目,有"《客主赋》十八篇",今佚。这些赋是否皆出于司马相如之后,亦不可知。至于铺陈、堆砌的手法,也与前人著述有密切关系。清人章学诚在《文史通义·诗教上》中说:"今即以《文选》诸体,以征战国之赅(gāi,完备)备。京都诸赋,苏(秦)张(仪)纵横六国,侈陈形势之遗也;《上林》、《羽猎》,安陵之从田、龙阳之从钓也;《客难》、《解嘲》,屈原之《渔父》、《卜居》,庄周之惠施问难也……孟子问齐王之大欲,历举轻暖、肥

---

① 这句话,见《三国志·魏书·王粲传》注引:"寻省往者,鲁连邹阳之徒,援譬引类,以解缔结,诚彼时文辩之俊也。"鱼豢:三国魏人,官至郎中,作有《典略》八十九卷,今佚。

② 今存司马相如《子虚赋》和《上林赋》乃《文选》所分,在《史记》和《汉书》中本是一篇。关于这一点,近人高步瀛在《文选李注义疏》中有详尽的考证,说明今《子虚赋》并非《史记》、《汉书》中所称作者在梁国时所作《子虚赋》。今人对此也多有论述。有人认为今本《子虚赋》和《上林赋》应合称《天子游猎赋》。这里姑从费振刚说,名之曰《子虚上林赋》(参看《中国历代著名文学家评传》第一卷第96~97页,山东教育出版社1984年版)。

甘、声音、采色,七林之所启也,而或以为创之枚乘,忘其祖矣……淮南宾客,梁苑辞人,(平)原(孟)尝(春)申(信)陵之盛举也;东方(朔)司马(相如)侍从于西京;徐(幹)陈(琳)应(玚)刘(桢)征逐于邺下,谈天雕龙(指战国时齐国稷下先生邹衍、邹奭等人的谈论)之奇观也。"此说虽然有时把历史人物的活动和文学作品的体制混为一谈而不免流于牵强,但它指出了汉赋侈陈形势,起于苏、张游说,《七发》所铺陈的享乐生活,与战国至汉初诸王的奢侈有关,则不为无见。事实上,司马相如的《子虚上林赋》在表现手法上深受枚乘《七发》的影响,而《七发》则又从《楚辞·招魂》脱胎而来。这一情况,段熙仲先生在《汉大赋产生的历史背景与其政治意义》[①]中早已指出。

汉代大赋的体制,到司马相如手里,已基本成型。其后作者大都模仿他的手法,虽稍有发展,但总的来说仍无改变。所以模仿司马相如之作的杨雄在晚年曾悔其少作,他在《法言·吾子》中说:"或问:'吾子少而好赋?'曰:'然,童子雕虫篆刻。'俄而曰:'壮夫不为也。'或曰:'赋可以讽乎?'曰:'讽乎!讽则已;不已,吾恐不免于劝也。'"这其实是对汉赋那种歌功颂德而无益于政治的状况表示不满。后来王充、班固等人对司马相如、杨雄的批评都持类似的看法。但不少人在非议大赋的内容时,对它们的艺术价值却颇加赞赏。如王充《论衡·佚文》就是如此。

继司马相如、杨雄之后,大赋仍不断出现。在东汉,最著名的当推班固的《两都赋》和张衡的《二京赋》。他们的赋渐趋写实。尤其张衡《二京赋》较多地描述了当时的风俗人情。其后晋代的左思、潘岳继之,不但写实倾向更明显,而且手法也更趋细致,但基本体例仍旧,而左思赋,特别是潘岳赋,似未必以大赋见长。大赋到了晋代,较可称道

---

① 见《文学遗产》1980年第2期。

的当推木华的《海赋》。这篇赋并非歌颂统治者功德之作，客观上已开了六朝写景辞赋的先声，只是在艺术手法上，仍有汉代大赋那种铺陈的特点。稍后于木华的郭璞作了《江赋》，在旨趣方面颇似《海赋》，但用生僻的字过多，显得晦涩难读。大赋这种文体到东晋以后已完全没落，尽管此后还有不少人写，却再不能产生什么名作了。

与苑猎京都大赋同时产生的还有两类作品，虽同属赋体，但内容与形式却不很相同。其中一类是咏物赋，其内容略近荀赋而形式与技巧多学屈赋，传世之作较早的当推枚乘《柳赋》、邹阳《酒赋》及中山王《文木赋》等，最初见于《西京杂记》。后人因《西京杂记》一书作者有争议，故颇疑为伪作。这些赋很短，在艺术上也不大突出，因此不大受人重视。在这类赋中，较著名的要推汉宣帝时王褒所作的《洞箫赋》。《文心雕龙·诠赋》称其"穷变于声貌"，并列为"辞赋之英杰"。继作有傅毅《舞赋》、马融《长笛赋》、嵇康《琴赋》和成公绥《啸赋》等。这些作者有的本人就擅长音乐，如马融好吹笛、嵇康善弹琴，所以写来都很亲切，时有精彩之句。陆机《文赋》虽然内容基本上是阐述文艺理论，但写法亦与这些赋相类。除了音乐、论文以外，拟状动植物的赋亦复不少，其中汉末祢衡的《鹦鹉赋》可算是名作。继之者如王粲、徐幹的一些咏物赋，据曹丕《典论·论文》说，"虽张（衡）蔡（邕）不过也"。可惜这些赋的全文已不存，仅在类书中可以见到一些零星佚文。这类辞赋到南朝初年仍很兴盛，如谢惠连《雪赋》、颜延之《赭白马赋》、谢庄《月赋》、鲍照《舞鹤赋》与《野鹅赋》等，均不失为佳作。但像谢庄、鲍照之作，感情色彩很浓，已逐步与抒情小赋融合。

辞赋中艺术价值最高、传诵最多的当推抒情之作。这类赋继承了屈原作品的传统。早在西汉时期，贾谊的《吊屈原赋》、《鵩鸟赋》，司马相如的《哀秦二世赋》都属于这一类。但最为人们所喜爱的一般还是魏晋以后的作品。其中王粲《登楼赋》和曹植《洛神赋》较早，也最为人传诵。继之者则为潘岳的《秋兴赋》、陶渊明的《闲情赋》和《归去来辞》。南朝初期鲍照的《芜城赋》是六朝辞赋的杰作,但在文体上仍带有汉魏作品的古气。稍后于鲍照的江淹赋则已有显著的骈俪气息,手法亦较细腻。齐梁以后,由于骈文日趋成熟,辞赋也更讲究字句的整齐和对仗的工整,特别是诗歌方面"四声八病"说的兴起,使辞赋亦讲究平仄声律,因此这时的赋,被称作"骈赋"或"俳赋"。特别是梁中叶以后,萧纲、萧绎、徐陵、庾信之作,更被视作骈赋的典型之作。骈赋虽不乏名作,但由于过分讲求声律,到了唐代,就发展成为对声律要求更严格,而且往往限韵的律赋。律赋在很大程度上只是为了适应科举的需要,因此艺术成就不高,历来读者很少喜爱它们。辞赋发展到律赋,已完全没落,在文学史上不再占重要地位。

辞赋这种文体到了唐代虽已衰微,但不少作者仍在写作,一般来说,已无杰出作品。个别作家以散文化的形式写过一些好作品,如韩愈的《进学解》、《送穷文》,柳宗元的《乞巧文》,杜牧的《阿房宫赋》以至宋代欧阳修的《秋声赋》,苏轼的《赤壁赋》等,颇受论者推崇。这类作品向被称为"文赋",但数量不多,已不属本书论述的范围。

除了这些文人作品外,还有一种比较通俗的辞赋流行于民间,被称为"俗赋"。这种俗赋起源甚早,因为从荀卿赋及睡虎地秦简来看,赋这种文体最初亦起自民间。但唐以前的俗赋现在都已散佚,无从知其体制。但从汉代和晋代一些文人的创作看来,确有一种用接近口语的文体写的赋,与一般辞赋风格迥异。如西汉杨雄的《逐贫赋》、王褒的《僮约》与《责须髯奴辞》等,都有这个特点。至于曹植的《鹞雀赋》假托禽言,对现实有所讥讽,其文体也与他其他辞赋完全不同,倒有点像敦煌发现的唐人俗赋《燕子赋》;而左思的《白发赋》也接近口语,跟《三都赋》几乎不像出于一人之手。这类作品虽然不多,但多少可以推知,在汉魏六朝,确有民间俗赋存在。

# 第二章　西汉辞赋

　　西汉辞赋历来被人们视为辞赋的典范之作。这是因为汉代以来的辞赋定型于司马相如、杨雄之手,而他们两人都是西汉时期的作家。在过去一些论者看来,汉赋与唐诗、宋词及元曲一样,是一代文学中最有价值的作品。近人的看法则与此相反,他们对司马相如、杨雄那些大赋似乎否定多于肯定,认为这些赋无非是些雕琢堆砌和阿谀统治者之作。这两种看法,似乎都有一定的片面性。无可否认的事实是辞赋这种文体在我国文学史上确有其一定的地位和影响,而这种文体的作者,无不以司马相如、杨雄之作为范本。再从辞赋本身的发展来看,后代作家虽然写过不少传诵之作,但这些作家本人的创作主要在诗文而非辞赋。至于西汉许多赋家,情况很不相同,他们的主要精力都放在辞赋方面。所以说辞赋盛于西汉,不能说没有一定的道理。然而今天的读者大多不爱读汉赋亦系事实。这种情况有其复杂的原因,除了作品本身的缺点外,时代的变迁、语言的隔阂等也是不可忽视的因素,因此对汉赋恐不宜作简单的否定。

　　西汉辞赋的兴盛,与统治者的提倡确有密切的关系。辞赋这种文体早在战国已经产生,到了汉初,虽有陆贾、贾谊等赋家出现,但作家和作品的数量都不多,传世之作更少。但到了武帝以后,赋家不断涌现,据《汉书·艺文志》统计,到西汉末赋已达千篇以上,这不能不说和汉武帝以及宣帝、成帝等帝王爱好辞赋有关。汉赋之兴盛既与统治者提倡有关,当然也会由此对赋本身的发展带来一定的影响。从现存西汉早期的辞赋作品来看,贾谊赋对当时的现实具有一定的批判意义,而且抒情成分较浓。此后枚乘的《七发》较少抒情气息,但讽谏的用意还很显著。这是因为当时人作赋还与利禄少有关系,思想也比较活泼。至于司马相如等人的赋则铺陈、堆砌之风日盛,内容多为歌功颂德,更适合统治者的口味。这和后来赋家之献赋求官的用意是分不开的。然而,司马相如在辞赋中所反映的汉代国力的强盛、物产的丰富以及统治者那种自以为无所不能的信心,确实在一定程度上表现了刚出现的封建大一统帝国的兴盛景象。这种繁荣昌盛的局面经过武帝至宣帝时仍继续存在。到元帝、成帝时,政治上虽已远不如过去清明,而表面上的繁荣却仍然维持着。所以杨雄早年的辞赋仍然以歌颂帝王的豪侈生活为内容。然而西汉末年的现实却渐渐使他清醒起来,悔其少作。他在《法言·吾子》中对司马相如和自己早年的作品所作的批评,背景正是基于成帝时朝政的腐败。他后来所作的《解嘲》、《逐贫赋》从内容来说,对现实已有较多的批判意义,从手法上说也较少雕琢堆砌之弊。而刘歆的《遂初赋》则对现实作了较明显的批判。这时,辞赋已由庙堂的饰品渐渐成为士人叙志抒情的工具。这对东汉以后辞赋的发展产生了重要的影响。

在艺术特点方面,西汉的辞赋也有一个发展的过程。从贾谊的作品来看,其基本上还以《楚辞》为范本,能体现汉赋特点的地方较少。此后枚乘《七发》虽脱胎于《招魂》,但已多铺陈夸饰的笔法。司马相如的赋则不但夸饰之辞甚多,而且作为一个文字学家,为了渲染汉朝国力之盛,他往往运用许多排句,堆砌一些古字僻字。这一方面使作品变得艰涩,另一方面也显出笔力的浑雄刚健,气势不凡。杨雄的大赋亦有类似之处。这些辞赋正如晋葛洪《抱朴子·钧世》所说，具有一种"汪濊(huì，水盛多貌)博富"的特色。这对后世文学作品在运用夸张手法及富丽辞藻方面很有影响。杨雄后期作品及刘歆之作则渐趋平实，文字也较流畅，这在辞赋发展史上又是一个变化。

## 第一节　贾谊、枚乘和汉初辞赋

汉初辞赋家中年辈最长的当推陆贾，他在汉高帝登上皇帝宝座以前，就跟从高帝。据《史记》本传载，他后来曾奉命著书，并得到称赞。他的著作称为《新语》。此外，《汉书·艺文志》中还有"陆贾赋之属"一类，说明他的辞赋在汉时颇有影响。这些作品现已散失，章太炎先生认为他的赋是从纵横家论辩之风演变而来，是正确的。《史记》本传讲到汉高帝叫他著书论秦所以失天下及自己得天下的原因。可见汉初统治者为了巩固自己的地位，很想总结一下秦代灭亡的原因。据说陆贾提出了"文武并用"、"行仁义"、"法先圣"等口号，这和后来贾谊在《过秦论》中的主张如出一辙。所以我们不妨设想他在思想上对贾谊可能也有所影响。至于他的辞赋，虽已无从知其面貌，不过他是楚人，而汉初盛行"楚歌"，再说贾谊赋颇近骚体，据此推测，他的赋大约也较近《楚辞》。

现今所见的汉代辞赋，要以贾谊之作为最早。贾谊(前201~前169)，洛阳人，十八岁时就因能"诵诗属书"著称于河南郡中，为郡守所赏识。汉文帝初，贾谊年方二十余岁，便被召为博士，每次奉诏议事，他都能解答得使人满意，不过一年便被任为太中大夫之职。当时汉帝国建立才二十多年，面临的问题很多。贾谊写了著名的《陈政事疏》，提出了一系列改革政治的建议。他的这些主张开始时颇得汉文帝欣赏,但朝廷中的大臣们则表示反对,他们向文帝进了谗言,终于使贾谊受到疏远,并被调任长沙王太傅。贾谊在长沙很不得志。后来曾一度被调回长安,文帝对他的才华虽很欣赏,却未加重用,只是叫他做了梁王太傅。过了几年,梁王因骑马不慎,堕马而死。贾谊很伤心,认为自己没有尽到太傅的职责,因而自伤哭泣,过一年多就死了,享年三十三岁。

贾谊的辞赋传世者有《吊屈原赋》、《鵩鸟赋》(皆见《史记》本传)、《惜誓》(见《楚辞》)和《旱云赋》(见《古文苑》)。其中《吊屈原赋》和《鵩鸟赋》颇为传诵。据《史记》本传说,这两篇赋都是贾谊被调任长沙王太傅时所作。《吊屈原赋》作于他路过汨罗江时。由于贾谊的遭遇和屈原有许多共同之处,所以此赋既是吊屈原,亦属自伤。赋中连用许多比喻,慨叹屈原的被放逐和楚国政治的腐败:"鸾凤伏窜兮,鸱枭(猫头鹰)翱翔。阘茸(tà róng,低劣的人)尊显兮,谗谀得志。贤圣逆曳兮,方正倒植。世谓伯夷(古代贤人)贪兮,谓盗跖(古代奴隶起义者,被统治阶级目为大盗)廉。莫邪(古代宝剑名)为顿(钝)兮,铅刀为铦(xiān,锋利)。于嗟嘿嘿(mò mò,不得志貌)兮,生之无故。斡(wò,旋转)弃周鼎兮,宝康(空)瓠(瓢)。腾驾罢牛兮,骖蹇驴。骥垂两耳兮,服盐车。章甫(商代冠冕)荐屦(jù,鞋)兮,渐不可久。嗟苦先生兮,独离(同"罹",遭受)此咎。"这不光是哀悼屈原,也是指斥那些排挤异己的权臣。在这篇赋中,贾谊还表示了不肯屈服于恶势力的坚贞气节。他说:"使骐骥可得系而羁兮,岂云异夫犬羊!"但他又认为以屈原之才,在楚国不能得志,应该远游各国,因此提出了"瞝(chī,看)九州而相君兮,何必怀此都也"的批评。后来司马迁也同意这个看法。其实贾谊对屈原之忠于楚国恐未必缺乏理解,他这句话该是自伤之词。因为在屈原时代,还有列国存在,至于汉代这种条件已不存在。在赋的末尾,他写道:"彼寻常之污渎兮,岂能容吞舟之鱼。横江湖之鱣(zhān,大鱼名)鲟(xún)兮,固将制于蝼蚁。"这大约是暗喻长沙王国土偏小,不足有为,顾虑自己在朝廷尚为人所制,到长沙则恐更难自容。这和前面所言应该学神龙潜处,"远浊世而自藏"是一个意思。可能他在被谪长沙之时,曾产生过归隐的想法。

《吊屈原赋》在艺术形式和技巧方面基本上均未越出《楚辞》的藩篱。这篇赋是"骚体",所不同的是屈原作品中作为全篇总结的"乱曰"是在篇末,而且往往很简短。《吊屈原赋》的"讯曰"则几乎是在篇的中间,前半篇着重写屈原的不幸,"讯曰"之后则主要是贾谊对屈原的看法,偏于议论。如果从艺术价值的角度来评价此赋,它显然逊色于屈原作品。因为屈原作品中好用比喻,其妙处在于言有尽而意无穷,且手法常多变化。此赋虽亦用比喻,却不免失之浅露。如"鸾凤"、"鸱枭"之喻,实即指"贤圣逆曳"、"阘茸尊显";"伯夷"和"盗跖"、"莫邪"和"铅刀"、"周鼎"和"康瓠"、"罢牛"、"蹇驴"和"骐骥",其实都不过比喻同一种现象。后面的"凤"与"神龙",用意亦无多大出入。这也许和贾谊兼长散文,作赋时不免有散文化倾向有关。贾谊的散文好用排句,罗列许多类似的现象。这些排句确实能使文章显得气势磅礴,有声有色。像《过秦论》这篇名作就是如此。然而这一手法用于《吊屈原赋》这样的抒情作品中,却反而显得不精练。这种罗列事实的做法在后来的辞赋中也很常见,因为那些作品大多偏于体物,所以罗列一些史实与典故,还不一定显得烦冗。贾谊赋的这一倾向显示出辞赋由《楚辞》向汉代大赋发展的一些迹象。

《鵩鸟赋》的写作时间稍后于《吊屈原赋》。《史记》本传称:"贾生为长沙王太傅,三年,有鸮(xiāo,猫头鹰)飞入贾生舍,止于坐隅,楚人命鸮曰'服'。贾生既以适(谪)居长沙,长沙卑湿,自以为寿不得长,伤悼之,乃为赋以自广。""鵩鸟"据裴骃《史记集解》引晋灼所述《异物志》的说法是:"体有文色,土俗因形名之曰鹏,不能远飞,行不出域。"根据此说,可知所谓鹏鸟大约是一种毛色较别致的猫头鹰之类的鸟。像这样的野鸟偶然飞入人家,这本来不算什么怪事,贾谊不过是借此抒发一些对世界和人生的看法而已。在此赋中有一些卓越的见解,作者把宇宙间的事物看作处于不断的变化发展过程之中。他说:

> 万物变化兮,固无休息;斡流而迁兮,或推而还。形气转续兮,变化而嬗(shàn,更替);沕穆(沕音wù,沕穆,深微貌)无穷兮,胡可胜言。祸兮福所倚,福兮祸所伏。忧喜聚门兮,吉凶同域。

这段话已经看到了"吉凶"、"祸福"这些矛盾现象总是互相联系,互相转化的。这一思想当然是接受了先秦道家哲学的影响,如"祸兮福所倚,福兮祸所伏"两句,即引自《老子》。但在那个时代,具有这种朴素辩证法思想,还是值得肯定的。赋中还用形象的比喻来描写世界的变化:

> 且夫天地为炉兮,造化为工。阴阳为炭兮,万物为铜。合散消息兮,安有常则?千变万化兮,未始有极。忽然为人兮,何足控抟(抟音tuán,控抟,玩弄爱生之意)。化为异物兮,又何足患?

他把世界看作一个物质变化的过程,把生死看作自然的法则。从这种世界观出发,他谈到了各种人物的处世态度:

>　　贪夫徇财兮,烈士徇名。夸者(好权势的人)死权兮,品庶(普通人)冯(同"每",贪的意思)生。怵迫(为贫困所迫而趋利)之徒兮,或趋西东。大人不曲兮,亿变齐同。愚士系俗兮,窘若囚拘。至人遗物兮,独与道俱。

他这种思想最后归结为"纵躯委命"、"知命不忧"的消极态度,陷于宿命论。所以司马迁读后有"同生死,轻去就,又爽然自失矣"之感。但从贾谊的一生看来,他始终没有消极退隐,而是坚持着改革政治的理想。可能他所信奉的正是"大人不曲兮,亿变齐同",即不管世态如何变化,只要自己的主张是正义的,他就始终不动摇。这种精神是很可贵的。

贾谊的《旱云赋》始见于《古文苑》;《史记》、《汉书》、《文选》及唐代类书中均不载,所以不大为人们重视。因为《古文苑》乃晚出之书,其中有些显系伪作。但这篇《旱云赋》似乎尚难断定是伪作。此赋大约作于汉文帝九年(前171)。赋中写到当时灾情的严重:

>　　阳风吸习(不断地浮动)而熇熇(hè hè,炽热),群生闷懑而愁愦。垄亩枯槁而失泽兮,壤石相聚而为害。农夫垂拱而无事兮,释其耰锄而下涕。悲疆畔之遭祸,痛皇天之靡惠。惜稚稼之早夭兮,罹天灾而不遂。

根据《汉书·文帝纪》记载,那年的旱灾确实很重。作者在这篇赋里不但对受灾农民表示了深切的同情,而且把受灾的原因归之于执政者,他说:"怀怨心而不能已矣,窃托咎于在位。"这在汉赋中较为少见。

此外,见于《楚辞》的《惜誓》,一说亦为贾谊所作,但东汉王逸注

《楚辞》就认为"疑不能明也"。现在国内外学者也都对它表示怀疑。就这篇作品本身而论,则纯系模仿《楚辞》,连口吻也多承袭之迹,不像前三篇赋那样能反映出贾谊的某些思想,所以在这里不作论述。根据《汉书·艺文志》,贾谊赋共七篇,现存只有这四篇,其余均已散佚。贾谊这些赋在形式上还接近《楚辞》,但已初步显出了汉赋的某些特点。在汉赋形成的过程中,他显然占有一定的地位。

稍后于贾谊的枚乘在汉赋的成熟过程中作出了重要的贡献。枚乘(？~前140)字叔,淮阴(今江苏淮安淮阴区)人,汉文帝时曾为吴王刘濞(pì)的郎中。刘濞有叛乱的打算,他曾上书切谏,刘濞不听。于是枚乘就离吴至梁,做了梁孝王刘武的宾客。景帝时,刘濞发动"七国之乱",枚乘又一次写信谏劝,叛乱平定后,朝廷因枚乘曾一再谏劝刘濞,因此委任他为弘农都尉。但他长期做诸侯王的宾客,不愿做地方官,又回到了梁国。当时梁国的宾客都善于作辞赋,枚乘的辞赋尤为出色。汉武帝即位后,久闻枚乘之名,用安车蒲轮接他去长安,不料枚乘年事已高,不幸于中途死去。

枚乘赋据《汉书·艺文志》著录有九篇,现存主要是一篇《七发》;此外,相传为他所作的《柳赋》《梁王菟园赋》等,不少学者疑为伪作,它们的艺术价值也远不如《七发》。

枚乘是淮阴人,其地在战国时属楚,所以他受《楚辞》的影响很深,这完全可以理解。此外,战国纵横家的文风对他似亦颇有影响。这种游说的习气,在他上书刘濞时表现得很清楚,在《七发》中亦有显露。《七发》写"楚太子"有病,有位"吴客"去看望他。吴客认为太子的病是长期养尊处优造成的,这种病绝非药石所能治愈,却可以用"要言妙道"来祛除。于是吴客就列举音乐、饮食、车马、游乐、畋猎、观涛等种种享乐之事,使太子听得逐渐入神,稍见起色。最后吴客讲到了请许多"方术之士",其中包括先秦的孔子、老子、墨子、孟子、庄子等思想家来论辩万物之理。太子听后出了一身大汗,病竟痊愈了。这里所说的"楚太子"和"吴客"显系虚构的人物,至于通过一场谈话就使对方的沉疴顿去,也未必真有其事。但《七发》中写吴客如何察言观色,一步步地打动楚太子的心理,使之信服自己的言论,则十分真实地写出了游说之士用他们三寸不烂之舌博取统治者信任的情状。从这个意义上说,自清代章学诚以来,许多研究者认为汉代辞赋的兴起与战国纵横家有密切关系之说,在《七发》中可以得到强有力的证明。后来的赋家往往设宾主对答之辞,这与《七发》的影响也有很大关系。

《七发》在形式和技巧方面与贾谊作品有很大差别。贾谊那几篇赋基本上取法于《楚辞》中的《离骚》、《九章》,虽有时稍变其体,略有散文化的迹象,但仍不失为骚体。这恐怕和那些赋主要是抒情之作有关。枚乘的《七发》当然也受《楚辞》的影响,但它主要是从《招魂》等作品演化而来,这一点段熙仲先生早已谈到。不过《七发》在文体上比《招魂》更进一步散文化了。在《招魂》中,大部分句子都用"些"字结尾,而《七发》中已经没有这现象。《招魂》还有"乱曰",《七发》则叙述到太子病愈,就告结束。《七发》受《招魂》影响最明显的是排比铺张的手法。从列举各种生活享受的情节看,《七发》基本上模仿《招魂》,所不同的是《招魂》有较强的抒情意味,它在竭力描写饮食起居的豪华时,用意在以故乡的可爱可恋,来劝导所招之魂回归故宇。这是因为《招魂》这种文体,可能借鉴于楚地巫祝为人招魂的祷词。《七发》则偏于说理,那个"吴客"实际上是一位纵横家,目的在用享乐打动"楚太子"之心,使其接受他的劝告。因此两者虽都有较细致真切的描绘和较明显的夸张,而《七发》多少显得冷静、客观,不像《招魂》那样笔锋常带感情。《七发》的排比铺张尽管已开汉代大赋的风气,然而它与后来那些大赋还不太一样。它虽然也好夸张与罗列,但总的来说还显得真实而不失之烦冗,也没有使用过多的僻字而使作品陷于艰涩。

《七发》中最精彩的片段,历来公认是关于观涛的部分:

> 其始起也,洪淋淋焉(形容波浪涌起,水花溅落),若白鹭之下翔。其少进也,浩浩湲湲(yí yí,白色),如素车白马帷盖之张。其波涌而云乱,扰扰焉如三军之腾装。其旁作而奔起也,飘飘焉如轻车之勒兵。

这段文字在一些讲到枚乘《七发》的论著中,差不多都被加以引用。确实,它描写潮水由刚来一直发展到极盛的各个阶段,都用了十分形象而贴切的比喻。如"白鹭之下翔"形容浪花飞舞,"素车白马"形容潮水进一步上升,用军队的昂扬奋进形容波涛汹涌。这不但形象地描绘出波涛的形态、颜色和声势,同时也展示了潮水的由远而近、由弱至强的不断变化。这段描写确是有声有色,在汉赋写景的文字中,无疑是罕有其匹的。其实《七发》中生动的描写还远不止这一段。作者不光善于实写,而且也善于使用虚写的手法。如在同一部分中写到"水力之所到"时,用的手法就与此完全不同:

> 观其所驾轶(超越,指后浪高过前浪)者,所濯拔(指高耸的激浪)者,所扬汩(激荡)者,所温汾(指波涛凝聚)者,所涤汔(冲刷)者,虽有心略辞给(指即使心中素有印象而口才又很好的人),固未能缕形其所由然也。

这里不像上引那段文字那样使用比喻,也没有把人们视觉和听觉中所感受到的形象细加刻画,只是形容了那些浪涛的动态,就给人以深刻印象,使人如见其形,如闻其声。这段描写连用五个"者"字,显然取法《庄子·齐物论》中写风的部分。这说明枚乘善于将诸子散文的某些笔法用于辞赋创作,以增加作品铺叙的气势。后来韩愈《南山诗》等作的排比铺张在一定程度上即受其影响。赋中"秉意乎南山(指江水发源于南山),通望乎东海。虹洞(hòng dòng,水天相连貌)乎苍天,极虑乎涯涘(sì,水边。此句写人欲竭尽目力,看到水的尽头)。流揽无穷,归神日母(太阳)"诸句,写波涛之浩瀚、江海之寥廓,对后来司马相如等人的大赋多以壮阔宏丽著称有直接的启示。此外如写畋猎等部分,也都有精彩的片段,在汉赋中,《七发》的艺术成就是很突出的。

枚乘《七发》不但在艺术上有很高的成就,它的思想内容也颇可称道。在这篇赋的开始部分,作者即开宗明义地指出:"纵耳目之欲,恣支体之安者,伤血脉之和。且夫出舆入辇,命曰蹶(jué,因受寒而得的腿病)痿(wěi,瘫痪)之机;洞房清宫,命曰寒热之媒;皓齿蛾眉,命曰伐性之斧;甘脆肥脓(同"酞",酒味醇厚),命曰腐肠之药。"这段话虽本于《吕氏春秋·本生》,但既符合事实,又能深刻地揭露出统治者穷奢极侈的生活状况。枚乘在赋的最后部分,要请那些古代思想家以"要言妙道"来开导太子,就包含着训诫之意。因此与后来那些大赋在竭力铺陈统治者的享乐生活之后,来几句空洞的说教,而且总是假称帝王自己觉悟,要崇尚节俭的情节大不一样。后者往往流于"劝百讽一",而《七发》毕竟要激切得多。这大约是因为枚乘那时代还没有"罢黜百家",思想仍比较自由,同时这篇作品当时也许并非直接写给诸侯王或皇帝看,所以讽谏的锋芒无须多加掩饰和隐藏的缘故。

和枚乘同时或稍后的淮南小山,其生平已无可考。他的《招隐士》究竟作于文、景时代还是武帝时代亦不可知。这篇赋收在《楚辞》中,基本上沿袭屈、宋的抒情特色。此赋用意大约是号召那些山林隐逸之士到淮南国去做刘安的宾客。与贾谊、枚乘之作渐趋散文化不同,《招隐士》保存了抒情诗的特点。但其中也有近于荀赋的句法,如"块(yǎng,山谷幽深)兮轧(无涯际之意),山曲岪(fú,山深貌),心淹留兮洞荒忽",句法即颇类《荀子·成相》,对后来汉乐府中某些杂言诗也可能有所启发。赋中"王孙游兮不归,春草生兮萋萋"等句,更为人们所传诵。后来一些诗词作品也经常化用这些名句的意境。

淮南王刘安之养士,一直延续到汉武帝时,可以说是诸侯王养士的余波。总的来说,到武帝时,辞赋的主要写作已由诸侯王国移到了中央政府所在地长安。

## 第二节　司马相如

汉赋的代表作家司马相如(？~前118)字长卿,蜀郡成都人,早年曾到梁国游历,和枚乘等人相处有数年之久。在梁国时,他曾写过一篇《子虚赋》。后来这篇赋传入宫廷,深受汉武帝的赏识。这时蜀人杨得意正在为汉武帝养猎犬,就向武帝举荐司马相如。相如于是受到了汉武帝的召见。他对武帝说:"这只是写诸侯的事,我能再写一篇关于天子游猎的赋。"于是就写了现在的《子虚上林赋》。汉武帝因此任他为郎。在此期间,相如曾多次随武帝出猎,先后写了《谏猎疏》和《哀二世赋》,他又曾奉命出使蜀地,并去过西南少数民族地区。当时,汉武帝颇迷信神仙长生之术,重用方士。司马相如就作了一篇《大人赋》,武帝读后,飘飘然有"凌云之感"。此后不久,司马相如就因病免官。汉武帝料到他不久会死去,就派人到他家去访求他写的书。这时他已死,他妻子献上了一卷书,这就是著名的《封禅文》。

从司马相如的一生看来,他是一个放荡不羁的才子。历来一些论者说他的一些辞赋意在讽谏,这未必合乎事实。近来还有人说他写那些赋是用经学和谶纬学说为汉武帝的享乐生活制造理论根据,也十分牵强。因为司马相如作赋,始于景帝时代,他在梁国所写的那篇《子虚赋》,写的亦是游猎之事,讨得了武帝的喜欢。在他作赋时,董仲舒还没有举贤良,没有提出那套"天人三策"。董仲舒作为一个儒家,虽然提倡谶纬学说,却很不赞成穷奢极欲。司马相如的《子虚上林赋》对皇帝和贵族的享乐生活都写得有声有色,从赋中也看不出他对那种生活有什么不满。在赋的最后一段,他借皇帝的嘴,讲一通提倡节俭的大道理,只不过是枯燥无味的说教。先秦诸子的著作中差不多都有类似的说教,尤其汉代距秦亡不到一百年,许多人都认为秦亡于不爱惜民力,因此他这些话也未必是阐述董仲舒那套学说。他的《大人赋》据说也有讽谏之意,结果使汉武帝看了反而飘飘欲仙。这种现象似乎不能单纯说成是作者主观意图与客观效果的矛盾。其实司马相如作为一个"文学侍从之臣",不管他如何"傲世",总得适应帝王的要求。像汉武帝其人,正如汲黯所言,"陛下内多欲而外施仁义"(《史记·汲郑列传》)。司马相如的赋正迎合了他的这种心理。作品既写到了天子的威风和豪奢,又让天子自己出来讲节俭,这样就使武帝"多欲"的心理得到了满足,又能用"仁义"来加以装饰。然而,司马相如既是写豪奢生活的能手,而现实中也确有这种生活,所以他能写得淋漓尽致。至于写"节俭"、"仁政",则并非他思想中固有的东西,而现实中也无其事,故这部分就显得苍白无力。

司马相如的创作虽有适应汉武帝心理的用意,但我们对他的作品仍须作具体的分析。司马相如的辞赋对汉帝国的统一和兴盛、中央集权制的完成采取了热烈歌颂的态度,这是无可非议的,是他作品中积极成分的主要方面。但是,作者对于汉武帝的穷奢极欲,则不免津津乐道,有时还流露出赞赏态度。尽管他在赋的末尾讲一通节俭,却又很空洞。显然作者创作的主要意图并不在此,因此读者感兴趣的也往往是他夸耀帝王享乐生活的那部分。他在歌颂汉帝国的统一和繁荣,把天子的地位凌驾于诸侯王以至一些神灵之上的同时,并没有把国家的兴盛和统治者的奢侈、荒淫加以区别,这在当时的历史条件下,是可以理解的。对这种缺点,既毋庸讳言,也不必苛责。

司马相如赋在艺术上的成就,古人往往倍加推崇,而今天的读者似乎对它们评价不高。这种现象恐不限于他一人,所有汉代大赋都有类似的情况。产生这种情况的原因比较复杂,除了社会生活、语言文字的演变外,人们的美学思想和对文学的看法发生了变化也是重要原因。

尽管司马相如及一些汉赋作家的大赋,在古代曾被一些人不适当地抬高了,但是它们本身所具有的价值却又是不容简单地否定的。这主要表现在这些作品通过艺术的夸张,比较形象地反映了汉代封建大帝国全盛时的繁荣、昌盛景象。汉初统治者在一定程度上吸取了秦代的教训,实行了"与民休息"的政策。从汉高祖起,经过惠、文、景三代,逐步地削平了异姓和同姓诸侯王的割据势力,加强了中央集权,同时又在一定程度上注意农业的发展,使生产力有所提高。据《史记·平准书》说,到了汉武帝初年,"汉兴七十余年之间,国家无事,非遇水旱之灾,民则人给家足。都鄙廪庾皆满,而府库余货财,京师之钱累巨万,贯朽而不可校。太仓之粟,陈陈相因,充溢露积于外,至腐败不可食。众庶街巷有马,阡陌之间成群,而乘字牝者傧而不得聚会。守闾阎者食粱肉,为吏者长子孙,居官者以为姓号。故人人自爱而重犯法,先行义而后绌耻辱焉"。这段话当然有所夸大。但司马迁接下去又说到有人"役财骄溢,或至兼并豪党之徒,以武断于乡曲",说明这个"全盛"时代,真正得利的也仅仅是地主豪绅。不过,当时人民的生活比过去确有一定程度的改善,阶级矛盾比较缓和,而社会的财富也有很大的增长。桓宽《盐铁论·散不足》所讲到的一些富人生活奢侈的情况,也多少反映了当时地主阶级财力的雄厚和社会物质生产的丰足。这种社会现实反映在当时的统治阶级头脑中就是极度乐观而充满自信。这种心理状态也表现在各种意识形态之中。历来的评论者讲到汉代人的文章时往往说它们浑厚、气势壮阔,这也正是这种自信心的曲折反映。这种浑厚、壮阔的文风,在司马相如作品中表现得颇为明显。例如他的代表作《子虚上林赋》,先写到了楚国的云梦泽,再写到齐国的大海,最后则写到天子的上林苑。他把上林苑之大描写得远远凌驾乎云梦泽及大海之上。这种构思似乎不很合理,因为上林苑虽是皇帝的苑囿,它的面积毕竟有限,不可能与云梦泽这样著名的大湖相比,更不用说大海了。上林苑是当时实有的苑囿,其中山川、物产也不可能像赋中描写的那样众多和齐备。所以后来左思在《三都赋序》中就批评司马相如写得不真实。其实,司马相如写这篇赋,遵循的是"天子以四海为家"的原则,他笔下的上林苑并非那个具体的苑囿,而是整个中国乃至整个当时人所理解的世界的缩影。凡是世界上所有的一切,在他看来无不属于"天子",因此也理所当然地可以在上林苑中出现。据《西京杂记》卷二载,司马相如曾对他的友人盛览说过"赋家之心,包括宇宙,总览人物"等语。《西京杂记》是东晋葛洪所作,带有小说性质,未必可信。但此书说到司马相如作赋"控引天地,错综古今",倒很符合《子虚上林赋》的情况。不管此书所记司马相如的话是否可信,但至少说明《西京杂记》的作者对司马相如赋已有这种观感。司马相如赋那种"控引天地,错综古今"的作法,在一定程度上能使作品显得气势宏大。试看这个上林苑的范围:"左苍梧,右西极,丹水更其南,紫渊径其北。"这已经不是一个苑囿,而是囊括着整个中国的西部地区。再看下面的描写,更可以知道此赋实际上写的是当时人心目中的整个世界:

> 日出东沼,入于西陂。其南则隆冬生长,踊水跃波;其兽则猸(róng,牛的一种,颈有肉)旄(máo,牦牛)貘(同"貊"mò,兽名)犛(lí,牦牛),沈牛(水牛)麈(zhǔ,一种大鹿)麋,赤首(传说中兽名)圜题(同"圆蹄",兽名,一说即麟),穷奇(传说中的怪兽)象犀。其北则盛夏含冻裂地,涉冰揭(qì,提起衣服)河;兽则麒麟角端(duān,牛类),騊駼(táo tú,一种好马)橐驼(即骆驼),蛩蛩(qióng qióng,兽名,状如马)驒騱(diān xí,一种野马),駃騠(jué tí,一种骏马)驴骡。

这里包括着太阳升起和下山的地方,又包括了炎热的南方和寒冷的北方。其中有些区域在当时未必属于汉帝国的版图,但都不妨写进上林苑去。作者在此表现了对天子威权的极度颂扬,对汉帝国的力量充满了自信与骄傲。正是基于这种思想,他笔下的各种场面一般都非常壮阔,显得气势宏大。如写皇帝出猎时的情景:

> 于是乎背秋涉冬,天子校猎。乘镂象(象牙雕琢的车子),六玉虬(指天子所驾六马),拖蜺旌(旌旗有似虹霓),靡(斜举)云旗;前皮轩(蒙上虎皮的车子),后道游(即"导游")。孙叔(公孙贺)奉辔,卫公(卫青)骖乘,扈从横行,出乎四校("校"是木制的阑校,以防禽兽出入。"四校"指阑校的四面)之中。鼓严簿(在侍从的卤簿中击鼓示警),纵獠者(一作"猎者")。江河为阹(qū,依山谷为遮罗禽兽的围阵),泰山为橹(望楼),车骑雷起,

隐天动地,先后陆离(陆续分散),离散别追,淫淫裔裔(形容络绎不绝),缘陵流泽,云布雨施。

这段描写纯粹是粗线勾画,但也能给人以较深的印象。在此皇帝的仪卫之盛、士兵之多,与其说是写狩猎,还不如说是在炫耀帝王的威风。在司马相如笔下,"天子"的威严还不止如此,他几乎是无所不能的。下面一段文字更充满了离奇的幻想:

> 于是乎乘舆弥节裴回(徘徊),翱翔往来,睨部曲之进退,览将率之变态。然后侵淫促节(快速奔驰),儵(同"倏")夐(同"迥")远去,流离轻禽(指捕捉轻禽),蹴(cù,践踏)履狡兽,轊(wèi,践踏)白鹿,捷(迅速捕获)狡兔;轶(超过)赤电,遗光耀,追怪物,出宇宙;弯繁弱(弓名),满白羽,射游枭(一种似人的怪物,又名"枭羊"),栎(lì,打击)蜚虡(jù,蜚虡,鹿头龙身的神兽)。择肉后发,先中命处;弦矢分,艺(应作"埶",即"臬",niē,靶子)殪(yì,杀死)仆。然后扬节(高举旌节)而上浮,陵惊风,历骇飙,乘虚无,与神俱。

这里出现了许多神话传说中的怪物,并且把皇帝的猎骑当作一支神奇的力量来描写,甚至于能遨游太空,与神灵为伍。这种极度的夸张和炫耀,表现了对帝王权力的极度赞扬,它既不同于屈原作品中的丰隆乘云、驷驾虬龙,也不同于《庄子》中的"乘云气,骑日月,而游乎四海之外"。屈原作品中的想象是在现实世界中遭受打击之后,想在非现实世界中寻找安慰,而结果仍然离不开现实;《庄子》中一些幻想只是唯心主义者想遗世独立,以逃避现实的痛苦。司马相如则不然。在他看来,皇帝的威权是无穷的,他占有了一个大帝国,但远远不够,还要统治整个宇宙。他的这种幻想显得壮丽、豪迈,但不免失之幼稚。它是封建社会初期统治者的强大与自信在文学作品中的反映。这在当时和后代的其他作品中都是少见的。虽然这种描写有时显得过于夸张,而且比较粗犷,但仍具有一定的艺术感染力,并对后来作品在描写大场面方面甚有影响。

《子虚上林赋》除了主要是粗线条的描写之外,有时也能用一些较细致的手法来摹状具体事物。如:

> 于是玄猿素雌,蜼(wèi,大猕猴)玃(jué,老猿)飞蠝(léi,能飞的鼯鼠),蛭(zhì,传说中的飞兽)蜩(即"貁",zhǒu,传说中兽名)蠷(zhuó,猿类)蝚,螹胡(螹音chán,螹胡为传说中动物,似猿,足短,善腾跃)豰(当作"毃",hù,一种能吃猴的狗)蛫(guǐ,猿类),栖息乎其间。长啸哀鸣,翩幡(鸟飞轻快貌)互经,夭蟜(jiǎo,蹲着,挂着游戏之状)枝格(同"柯",树枝),偃蹇(亦游戏状)杪颠。于是乎逾绝梁,腾殊榛,捷垂条,踔(chuō,跳跃)稀间(树叶稀疏之处),牢落(散漫)陆离(参差不齐),烂曼(纷乱而迅速)远迁。

在司马相如辞赋中这段描写颇为突出。它将山林中猿猴等动物腾跃、啸鸣、戏嬉等各种情状描绘得十分生动逼真。在大段大场面的粗线勾勒中,间或嵌入一些细致的刻画,使作品显得富于变化而不板滞,并增加了逸趣雅兴。在汉代大赋中,像这样较细致、较具体的描写不很多见,然而偶一出现,即使全文为之生色。应该说,在西汉时代,人们艺术经验的积累还不很丰富,尤其是描绘事物情状的作品还并不多,司马相如在这方面是作出了贡献的。历来人们一致推崇他是汉赋的代表作家,确也有其理由。当然,比之后来一些文学作品中那些细腻的描绘手法来,这种写法还显得较简单,然而与过去的作品相比,它已有了长足的进步。

司马相如的《大人赋》也是献给汉武帝看的一篇作品。据《史记》本传说:"天子(汉武帝)既美子虚之事,相如见上好仙道,因曰:'上林之事,未足美也,尚有靡者。臣尝为《大人赋》,未就,请具而奏之。'相如以为列仙之传居山泽间,形容甚臞(qú,清瘦),此非帝王之仙意也。乃遂就《大人赋》。"《大人赋》在文体上似更近于骚体,但用意却在与《子虚上林赋》相衔接。《子虚上林赋》虽然已写到了上天的幻想,然而基本上还是写人间的享乐生活。相如以为"上林之事"还不够完美,为了显示天子的权力,应该让他不但能统治人世,还能统治神的世界。在这篇赋中,天子这位"宅弥万里"的"大人",认为人世太狭小了,便要遨游太空,驯伏诸神。他不但能役使诸神和仙人,历访唐尧、虞舜等古帝王,而且对有些神灵还可加以惩罚,如"诛风伯"、"刑雨师"。在"大人"眼里,掌握着"不死之药"的西王母,也可怜得很:

吾乃今目睹西王母皬(hè,白色)然白首,戴胜(蓬发而戴着玉制的方胜)而穴处兮,亦幸有三足乌为之使。必长生若此而不死兮,虽济万世不足以喜。

这种藐视神灵的口吻,正是汉朝极盛时代统治者自以为无所不能的一种幻想。《文心雕龙·风骨》曾评此赋说:"相如赋仙,气号凌云,蔚为辞宗,乃其风力遒也。"他所谓的"风力",即指这种奇特的想象和豪迈的口气。

司马相如除了《子虚上林赋》和《大人赋》外,也写过抒情之作,这就是《哀秦二世赋》和《长门赋》。《哀秦二世赋》是相如从武帝校猎长杨,途经宜春宫秦二世墓时作。此赋比较简短,指责秦二世"持身不谨"、"信谗不寤",总结秦亡的历史教训,但见解远不如同时代一些人的看法深刻,而且辞旨比较浮泛,在他的作品中似不算上乘。《长门赋》曾有人怀疑是伪作,因为它前面提到了汉武帝的谥号,还言及陈皇后因赋复宠,这显然不合史实。因为司马相如明明死在汉武帝之前,不可能知道他的谥号,陈皇后也并未重新得宠。但光凭序言似尚难判断本文为伪作,因为这序言可能为后人所加。但此赋确有可疑之处,即它的风格与司马相如其他作品大不相同。这当然也可以用赋的内容与其他作品不同来解释。因此在没有佐证的情况下,对此赋真伪可以暂取存疑态度。

《长门赋》的序虽不可信,但此赋所写陈皇后被废一事,大约是不错的。而且此赋的意义似已超出了陈皇后一人一事的范围,它概括地反映了失宠的后妃、宫女的苦闷心情,开了后代"宫怨"一类作品题材的先河。如果说司马相如其他的赋以气势取胜,那么此赋则以细腻传神见长。如:

> 舒息悒(yì,忧愁不安)而增欷(xī,哭泣后不自主的急促呼吸)兮,蹝(xǐ,穿)履起而彷徨。揄(yú,提起)长袂(mèi,袖子)以自翳(yì,遮蔽)兮,数昔日之愆(同"愆",qiān)殃。无面目之可显兮,遂颓思而就床。抟芬若以为枕兮,席荃兰而茝(chǎi,香草名)香。忽寝寐而梦想兮,魄若君之在旁。惕寤觉而无见兮,魂迋迋(wàng wàng,恐惧)若有亡。众鸡鸣而愁予兮,起视月之精光。观众星之行列兮,毕昴(昴音 mǎo,"毕"、"昴"皆星名)出于东方。望中庭之蔼蔼兮,若季秋之降霜。夜曼曼(同"漫漫")其若岁兮,怀郁郁其不可再更。澹(dàn,安静)偃寒而待曙兮,荒(大地)亭亭(迟迟地)而复明。

失宠后妃的痛苦在此被写得十分细致。她盼望君王的宠幸，回想往日的欢乐，见诸梦寐，觉来更增添了愁思，只能中庭独步，终宵不眠。这与司马相如其他赋作多用粗线条勾画相比显然大不相同，倒有点像魏晋以后人的手笔。但此赋的艺术价值似较他作高出一筹。后来一些诗人、词人在写宫怨时不但喜用此典，且喜化用其中一些名句。因此在文学史上，这是一篇有影响的、不容忽视的佳作。此外，司马相如还有一篇《美人赋》（见《古文苑》），内容和形式都与宋玉《神女赋》相仿。鲁迅《汉文学史纲要》以为此赋"颇靡丽，殆即扬雄所谓'劝百而讽一，犹骋郑卫之音，曲终而奏雅'者"①，似为相如少作。

## 第三节　西汉中后期辞赋家

西汉自武帝以后，辞赋极盛，除司马相如外，东方朔、枚皋以及宣帝时的王褒，元、成时代的刘向等，都是著名的辞赋家。班固在《两都赋序》中曾说："故孝成之世，论而录之，盖奏御者千有余篇。而后大汉文章，炳焉与三代同风。"根据《汉书·艺文志》和《两都赋序》所载，西汉一代赋家甚多，但其中大部分人的作品已散佚，所以无法论列。其中有些人如枚皋，据说作赋很快，曾有赋一百二十篇，但"好嫚戏"，因此不被重视，今已无一篇存世。所以自武帝至成帝，较重要的赋家当推东方朔、王褒和刘向。

东方朔字曼倩，平原厌次（今山东惠民东）人，生卒年不详，从《汉书》本传所载事迹看，似略后于司马相如。他传世的辞赋有《七

---

① 杨雄语见《汉书·司马相如传》"赞"引。郑卫之音：古以为轻丽淫荡。雅：雅正。

谏》和《答客难》。《七谏》见于《楚辞》,系哀悼屈原之作。它在文体上完全模仿屈原的《九章》和宋玉的《九辩》,甚至有不少句子亦直接取自屈、宋原作;其"乱曰"部分似乎还有模仿贾谊《吊屈原赋》的痕迹。《七谏》由于刻意模仿,因此历来不大为人重视。《答客难》在《文选》中没有归入赋类,然其文体基本上还是辞赋,较《七谏》要散文化得多。此文旨在说明自己身处大一统时代,士人的进退、升降只能全凭皇帝的好恶,而不能像战国时的游说之士,在一国不得志,可以到别国去。因此自己虽"修先王之术,慕圣人之义,讽诵《诗》《书》百家之言",而"官不过侍郎,位不过执戟"。此文对汉代士人难于得志的原因写得很生动。后来文人迭相仿效,如杨雄的《解嘲》、班固的《答宾戏》、郭璞的《客傲》,以及韩愈的《进学解》等。

武帝以后的赋家中,以王褒较为著名。王褒字子渊,《汉书》本传说他是"蜀人",但《华阳国志·先贤士女总赞(上)》则说他"资中人也"。考其所作《僮约》(见《古文苑》),前称"蜀郡王褒",后又自称"资中男子"。据《汉书·地理志》资中(在今四川资中、资阳一带)属犍为郡,可能其地在武帝开设犍为郡前曾属蜀郡,所以有上述说法的不同。王褒经常侍从宣帝游猎,奉命写作歌赋。后来又曾侍从太子刘奭(元帝),太子对他的作品也很欣赏。史载宣帝曾听方士说,益州(在今云南省境)有金马、碧鸡二神,"可祭祀致也",就派王褒前去祭祀,不幸病死途中。他所作赋据《汉书·艺文志》著录有十六篇,但今天所能见到的,只有《文选》所载《洞箫赋》最为著名。

《洞箫赋》又名《洞箫颂》,太子曾"令后宫贵人左右皆诵读之"。此赋前半写箫的原料——竹子的生长,并描述了竹林景色;后半则写箫声的感人力量。在描写音乐与乐器的辞赋中,这是较早的一篇。赋中有不少精彩的片段,为历来读者所赞赏。如写竹子生长之地曰:

翔风萧萧而径其末兮,回江流川而溉其山。扬素波而挥连珠兮,声礚礚(kē kē,水石相撞声)而澍(shù,雨珠般降落)渊。朝露清泠(líng,清凉)而陨其侧兮,玉液浸润而承其根。孤雌寡鹤娱优乎其下兮,春禽群嬉翱翔乎其颠。秋蜩不食抱朴而长吟兮,玄猿悲啸搜索乎其间。

这里的种种自然景物,都写得很生动传神,使整个画面呈现出一片深山密林的幽隐景色。风声、水声、禽兽啼鸣之声,这些本是自然界的音乐;竹子生长在此,被制成洞箫,似乎有着先天条件,所以能演奏出更美妙的乐声。这种描写虽属写景,同时也是强调竹子的秉性适宜制作乐器,以与下文写箫声部分呼应。作品在描写洞箫时亦多佳句。《文心雕龙·比兴》曾举此赋"优柔温润,如慈父之畜子也",作为"以声比心"的例子①,其实其中写箫声的部分,还有不少精彩之处。如:

故吻吮(吹奏)值夫宫商兮,和纷离其匹溢(和声四散貌)。形旖旎(yǐ nǐ,娇柔)以顺吹兮,瞋(chēn,张目大怒)㘚㗅(hán hū,形容声音,如人发怒)以纡郁。气旁迕(wǔ,逆出)以飞射兮,驰散涣以逫律(逫音jué,逫律,气出迟缓貌)。趣从容其勿述兮,骛合遝(遝音tà,合遝,众多纷杂)以诡谲。或浑沌而潺湲(形容声音浑沌轻缓不分)兮,猎若枚折(如树枝折断之声)。或漫衍而骆驿兮,沛焉竞溢(形容声音繁多,连续不断)。淋渫(恐惧貌)密率(安静),掩(静止状)以绝灭。嘻(xī)㰠(jī)晔踕(jié,"嘻㰠晔踕"言声音众多而快速),跳(跳跃)然复出。

---

① 查《文选》所载《洞箫赋》作:"故听其巨音,则周流泛滥,并包吐含,若慈父之畜子也。"至于"优柔温润,又似君子",则在下文。疑刘勰记忆有误。

这段文字极写箫声的纷纭变化,众音繁会,悦人心耳,对后来一些写音乐的诗赋有很大的影响。后马融《长笛赋》、嵇康《琴赋》等,在格式上都模仿此赋。

除了《洞箫赋》以外,王褒的《甘泉宫颂》和《碧鸡颂》尚有片段存世,见于《艺文类聚》,亦属赋体。《楚辞》中所收其《九怀》则是全文,但正如东方朔《七谏》一样,属模仿屈原之作,自己的创造性较少,历来不大有人重视。

稍后于王褒的刘向(前77~前6),字子政,是汉代整理古籍的大家。他一直活到了哀帝刘欣即位前后。他的贡献主要在目录学、校勘学等方面,散文也很有名。他的辞赋据《汉书·艺文志》著录有三十三篇。其中《请雨华山赋》已残缺,见于《古文苑》,清严可均在《全汉文》中说:"此赋多脱误,无从校正。"这篇残赋用奇字较多,风格略近于司马相如的大赋。另有《雅琴赋》、《围棋赋》等,皆只剩片言只语,见《文选》注及《初学记》等类书。他仅存的全篇赋作只有《楚辞》中的《九叹》。但和东方朔《七谏》、王褒《九怀》一样,也是模拟屈、宋作品为主。由于刘向主要生活在外戚王氏擅权的成帝时代,自己又是皇室族人,对后来王莽篡汉之事已有预感,曾向成帝上书论外家封事。因此他的《九叹》似亦有借屈原以自叹身世之意。如第一篇《逢纷》首称"伊伯庸之末胄兮,谅皇直之屈原",这与《七谏》之托于屈原口吻,说屈原"言语讷涩"、"浅智褊能"、"闻见又寡"等作为自谦之辞很不相同。《惜贤》中说到"登长陵而四望兮,览芝圃之蠡蠡(行列之状)","长陵"二字旧注释为"高大之陵",但汉高祖的陵墓正好叫"长陵",也许暗寓他对刘氏政权的忧虑。唐代大诗人杜甫在《秋兴》中说"刘向传经心事违",刘向《九叹》之咏屈原,恐多半是吐露他的心事。当然,《九叹》在艺术上同样不免有模仿因袭的缺点,故也不受人重视。然而平心而论,在辞赋方面,有屈原在前,而想有所突破,确非易事,而且从刘向本人来说,其主要贡献似亦不在辞赋。

## 第四节 杨雄和刘歆

在汉代赋家中,杨雄的名字经常被后人与司马相如并提①。这是因为他的一些大赋确实和司马相如的比较相似,所以唐代韩愈在《进学解》中有"子云相如,同工异曲"之语。

杨雄(前53~18)字子云,蜀郡成都人。成帝刘骜时,被人推荐赋似司马相如,遂应召到长安,曾奉命作《甘泉赋》、《河东赋》、《羽猎赋》、《长杨赋》等。在成帝后期和哀帝时,仕途困踬。王莽篡汉后,曾一度升迁,后又因故告病免官,专心著述,卒年七十一。

杨雄现存的辞赋较多,最著名的就是成帝时代所写的《甘泉赋》、《河东赋》、《羽猎赋》、《长杨赋》四篇作品。这四篇赋在文体和命意方面都取法司马相如。不过司马相如的《子虚上林赋》主要是写人世享乐,《大人赋》则主要写遨游神灵世界;杨雄的《甘泉赋》、《河东赋》则似乎把人世和神界的成分结合在一起。杨雄这两篇赋的序言都说有讽谏之意,但从赋本身看,却很难得出这个印象。杨雄写作这两篇赋时,刚被征召到皇帝身边,对仕途仍有幻想,对成帝的荒淫也认识不深,所以对皇帝的豪奢并无太多不满,即使略感过分,且有讽喻用意,在赋中也甚少表现。《羽猎赋》末尾的说教,也和司马相如《子虚上林赋》类似。只有《长杨赋》的讽谏之意似较明显,且在这四篇大

---

① 杨雄的"杨",一作"扬"。关于他的姓,学者们颇有争议。兹从高步瀛《文选李注义疏》卷七的考证,当作"杨"。但引用一些书籍的,凡作"扬"的,亦不予更改。

赋中最多散文气息,文字也较平易,不像另外三篇那样重辞藻,有艰涩之弊。杨雄写作这些辞赋时,确实很费苦心。桓谭《新论》中有一段记载,谓"子云亦言,成帝时,赵昭仪方大幸,每上甘泉,诏令作赋,为之卒暴。思精苦,赋成,遂困倦小卧,梦其五脏出在地,以手收而内之。及觉,病喘悸,大少气,病一岁"(类书及《文选》注引文有异同,今据严可均《全后汉文》卷十四)。这个传说有点离奇,但他那时用心作赋当是事实。他后来在《法言·吾子》中对作赋颇有自悔之意。这大约是他感到作赋不过是供帝王娱乐,起不到讽谏的作用,甚至反而起了"劝"(鼓动)的作用。所以斥之为"雕虫篆刻","壮夫不为"。其实杨雄在辞赋方面是有贡献的,不过主要不是那些大赋,而是另一些抒写个人不得志的作品。其中最有价值的是《解嘲》和《逐贫赋》。

《解嘲》作于哀帝时代,在用意及形式上均模仿东方朔的《答客难》,但历来传诵之盛,几乎超过了东方朔原作。《解嘲》所以为人传诵,主要在于作者对西汉末年的社会状况颇有清醒的认识。他在此文中虽说当时是个太平之世,实际上却指出了当时掌权的大臣都是庸庸碌碌之辈,这些人不可能任用人才,其煊赫的声势亦难持久。他说:

> 故世乱则圣哲驰骛而不足,世治则庸夫高枕而有余。夫上世之士,或解缚而相,或释褐(hè,粗布衣)而傅,或倚夷门(战国时大梁城的东门)而笑,或横江潭而渔,或七十说而不遇,或立谈间而封侯。或枉千乘于陋巷,或拥帚彗(huì,扫帚)而先驱。是以士颇得信(同"伸")其舌而奋其笔,窒隙蹈瑕而无所诎也(指乘机钻空子而可通行无阻)。当今县令不请士,郡守不迎师,群卿不揖客,将相不俯眉。言奇者见疑,行殊者得辟。是以欲谈者宛(一作"卷")舌而固声,欲行者拟足而投迹。乡使上世之士处

乎今,策非甲科,行非孝廉,举非方正,独可抗疏,时道是非,高得待诏,下触闻罢,又安得青紫?

表面上是说天下已经太平,用不到奇谋异策,其实是说皇帝和官僚们都无意政事,见到人们提出政见,则加以压制甚至打击,以致虽有贤才,也无所舒展其抱负。这就比东方朔的见解要深刻很多,形容那些官僚的骄横也很形象。然而杨雄的深刻见解还不止于此,他洞察到这个官僚权势将很难持久。他说:

且吾闻之,炎炎者灭,隆隆者绝,观雷观火,为盈为实。天收其声,地藏其热。高明之家,鬼瞰(kàn,窥视)其室。攫拏(攫音jué,攫拏,指执掌权势)者亡,默默者存,位极者宗危,自守者身全。是故知玄知默,守道之极;爱清爱静,游神之庭;惟寂惟寞,守德之宅。世异事变,人道不殊。彼我易时,未知何如?

这段话取雷火为喻,说明盛极必衰之理,讲的虽是当时公卿,而其思想则包含着一定的辩证因素。但在看出当时权贵的声势不能持久的同时,却提出了"清静"、"寂寞"等逃避现实的做法。这种思想比较近于老庄,这也许和他很崇敬严遵有关。因为据《汉书·王贡两龚鲍传》、《华阳国志·先贤士女总赞》等书记载,严遵就深信老庄之说。在汉代辞赋中,除汉初贾谊的赋有道家思想外,西汉中叶以后,这种思想已较少见。杨雄的《解嘲》中再次出现这种思想,是值得注意的。因为在东汉人的著作中,老庄的地位有所提高,对后来魏晋玄学的兴盛,有一定影响。

杨雄的辞赋除了《甘泉赋》等四篇大赋及《解嘲》外,还有三篇作品较为完整,但不见于《汉书》本传和《文选》。它们是《蜀都赋》、《太玄赋》和《逐贫赋》。这三篇赋全文见于《古文苑》。《古文苑》虽成书较晚,但这三篇赋在《水经注》《文选》注及一些类书中常有引文,《逐贫赋》还见于《艺文类聚》及《初学记》,当非伪作。《蜀都赋》大约是他早年所作,文风类似司马相如。此赋价值在于较早地描写古代都邑,在研究汉以前四川情况时,颇有史料价值,但艺术上特色不明显。《太玄赋》纯属"骚体",有些内容与《解嘲》相同,但道家思想更为浓厚。如"观大《易》之损益兮,览老氏之倚伏",似是调和儒道两家的思想;至于"圣作典以济时兮,驱蒸民而入甲;张仁义以为网兮,怀忠贞以矫俗。指尊选以诱世兮,疾身殁而名灭。岂若师由(许由)聃(老子)兮,执玄静于中谷"诸句,则几乎把老子的地位提到儒家之上。后来魏晋以后有不少人推崇扬雄,可能与此有关,因为魏晋玄学家也是崇尚《易经》和《老子》的。《逐贫赋》假托自己对"贫"责难,而"贫"则与之争辩。最后他被"贫"说服,认为贫困是好事,决心"长与汝居,终无厌极,贫逐不去,与我游息"。赋中有这样的话:

> 昔我乃祖,宣其明德。克佐帝尧,誓为典则。土阶茅茨,匪雕匪饰。爰及世季,纵其昏惑。饕餮(tāo tiè,贪财之人)之群,贪富苟得。鄙我先人,乃傲乃骄。瑶台琼榭,室屋崇高。流酒为池,积肉为崤。是用鹄逝,不践其朝。

这段文字对统治者的穷奢极欲作了有力的批判,在汉赋中这样痛快淋漓地对统治者进行揭露的确很少见。全文平易流畅,没有过多的雕饰。此赋在文学史上曾产生过较大的影响。后来嵇康的《太师箴》在批判统治者专制暴虐方面,有些手法与此类似。晋代左思的《白发赋》、张敏的《头责子羽文》所用的假托手法,也与此赋有渊源关系。唐代韩愈的《送穷文》,更是通篇模仿此赋,然而从批判现实的意义上说,可能还不如此赋这样明显。因此《逐贫赋》在杨雄的辞赋创作中应该占较重要的地位。

和杨雄差不多同时的刘歆虽然以经学著名,但在辞赋方面也有一定的贡献。刘歆(?~24)字子骏,刘向之子。他在哀帝时奉命继承父业,整理国家藏书,发现了许多用古文字写的儒家经典,足以证明当时一些经师传授的"经书"是残缺不全的,并且那些经师对"经书"的解释也有错误。于是他就写了《移让太常博士书》,建议将古文经也立于学官。他的建议遭到了许多大臣和经师的反对。他因此惧祸,要求外调。于是便出任河内太守,不久又调任五原太守。王莽篡汉后,他官至国师公,后来因为看到王莽政权在农民起义的打击下行将覆灭,便和一些人合谋政变,劫莽降汉兵,事败自杀。

刘歆的辞赋以《遂初赋》最为著名。此赋全文亦见于《古文苑》,此外《艺文类聚》和《水经注》等书中,也保存了一些片段或字句。此赋大约是他从河内太守调任五原太守时所作。因为他在调任途中所经之地都是春秋时晋国的故地,所以他在赋中借叙晋国史事来暗喻当时的现实。如:

悲积习之生常兮,固明智之所别。叔群既在皂隶兮,六卿兴而为桀。荀寅肆而颛(同"专")恣兮,吉射叛而擅兵。憎人臣之若兹兮,责赵鞅于晋阳。

这些话显然是针对丁氏、傅氏等外戚和宠臣董贤而发。由于他在朝廷受到排挤,所以将那些当权者比作晋之"六卿"。他当时对王莽可能也有一些幻想,所以后来曾长期与其合作,受到后人非议。但王莽早年,确有拯救时弊的意图,只是他食古不化,才使他的一些措施终于失败。刘歆本来只是个书生,对王莽有幻想,似不足深责。

《遂初赋》中写旅途苦辛的部分,颇有佳句。如:

> 野萧条以寥廓兮,陵谷错以盘纡。飘寂寥以荒昒(wù,晦暗)兮,沙埃起之杳冥。回风育其飘忽兮,回飑飑(zhǎn zhǎn,风吹物动之状)之泠泠。薄涧冻之凝滞兮,茀(fú,此处作扫解)溪谷之清凉。漂积雪之皑皑兮,涉凝露之隆霜。扬electrictrice之复(同"覆")陆兮,溉原泉之凌阴。激流溯之漻泪(声音凄惨)兮,窥九渊之潜淋(深水)。飒凄怆以惨怛(dá,悲苦)兮,咸风漻以冽寒。兽望浪以穴窜兮,鸟胁翼之浚浚(cún cún,向前又向后之状)。山萧瑟以鹍鸣兮,树木坏而哇吟。

纯用秋冬景色来抒写心中不得志的悲苦,颇能收到情景交融的效果。其中"兽望浪以穴窜兮"两句,为后来王粲《登楼赋》中的名句"兽狂顾以求群兮,鸟相鸣以举翼"所本。这篇赋已经不限于罗列现象,而颇能见出作者的真情实感,在后来虽不很传诵,但其艺术价值却不容忽视。

刘歆还有《甘泉宫赋》和《灯赋》,见于《艺文类聚》和《初学记》,但均非全文,且不像《遂初赋》那样重要。

赋发展到杨雄和刘歆时,已经出现了不是专门为统治者取乐,而是抒写个人情怀的作品,这是一个重要的变化。

# 第三章 东汉辞赋

在赤眉、绿林等农民大起义之后建立起来的东汉朝廷,形式上似是西汉的继续,其实统治阶级内部的关系已发生了一些变化。东汉的建立者光武帝刘秀虽然本是汉朝宗室,但已很疏远。他在起兵以前,原是南阳一带的豪绅地主,他的亲戚也是当地的一些富人。当他做了皇帝以后,一方面慑于农民起义的威力,曾对农民进行过一些让步,使农业生产得到一定的发展,所以在光武帝和明、章二帝统治时期,东汉曾显得相当昌盛,特别是明帝永平年间,吏治号为清明,颇为史家称道。另一方面,光武帝在镇压农民起义和削平割据势力的过程中,也深深感觉到了地方上豪绅地主的实力,因此竭力拉拢他们以扩大统治的基础。他的这种政策虽能奏效于一时,但地主阶级在朝派与在野派的矛盾并未因此消失。东汉初期的政策使地主阶级中一些在野派的势力得到发展,而在中期以后朝政日趋腐败,士人中奋起抨击朝政之风日盛,不愿与朝廷合作的隐士也日见增加。因此反映在文学上,东汉一代的辞赋基本上可以分成两支。一支是沿袭西汉司马相如等人的传统,以歌颂汉朝统治之盛为主。这些辞赋大抵出现于中期以前,其代表作为班固的《两都赋》和张衡的《二京赋》等鸿篇巨制。另一支则抒写个人情怀,诉说仕途失意的痛苦,甚至对朝政有所非议。这些赋较近于西汉的杨雄、刘歆之作。这一类作品在东汉初年已经出现,而到中期以后渐盛,逐步取代了大赋的地位,如张衡《思玄赋》、蔡邕《述行赋》、赵壹《刺世疾邪赋》等。这些作品不论思想内容或艺术风格都与西汉的有别,并开了魏晋抒情小赋的先声。历来评论者对东汉辞赋的评价甚高。他们有时把班固和杨雄并称"班杨",是着眼于班固的大赋;有时又把张衡、蔡邕合称"张蔡",则着眼于他们的抒情之作。

东汉中期以前产生的一些大赋,虽然写的也是帝王豪奢的生活,在艺术上颇取法于司马相如、杨雄,但其用意和手法都与前人有不同之处。如班固的《两都赋》乃针对杜笃《论都赋》而发,虽然也是写给皇帝看的,但用意似在建议定都洛阳而非夸耀国力及帝王的奢华生活。其讽喻作用在于把东汉崇尚礼制与西汉之逾逸奢侈对比,有劝诫皇帝不要重蹈西汉覆辙之意。这些辞赋也有夸饰,但已很少西汉辞赋那种关于神灵世界的幻想,笔法趋于写实。张衡《二京赋》内容更繁富,但基本上与班固走的是同一条路。

东汉辞赋中最值得注意的是那些抒写个人情怀之作。这些作品在艺术方面,一般水平都较高。由于它们不再是专供帝王阅读,创作思想比较自由,因此文字也比较通俗流畅。如张衡等人的思想比较接近老庄,赵壹多愤世之语,都与正统的儒家思想不同。而辞赋的形体也开始呈现出骈俪化的倾向,可以说是从西汉的古朴浑厚向魏晋的奇丽俊健过渡的重要阶段。其技巧也因此趋于多样化,较细致的描写已成为必要的表现手段。东汉辞赋的这些变化在魏晋时代得到进一步的发扬。所以尽管过去的论者往往觉得两汉辞赋中,似乎当以西汉为正宗的看法颇占势力,而在今天看来,恐怕未必妥当。从发展的观点看来,东汉一代的辞赋,还是有其重要的地位的。

## 第一节 东汉初年的辞赋家

东汉初年的辞赋家大抵出生于西汉末年,他们目睹了王莽篡位,赤眉、绿林起义以及光武帝建立东汉,对当时的现实往往有较清醒的认识。但当时的朝廷因为战乱初定,还来不及提倡文艺。所以光武帝刘秀时代虽属东汉盛世,产生的辞赋家并不多。其中较有名的是冯衍、班彪和杜笃。这三个人的政治态度很不一样。班彪和杜笃对光武帝是拥护的;冯衍本来是更始帝刘玄的部下,归降较晚,光武帝对他不重视,他对此亦颇感不满。

冯衍字敬通,京兆杜陵(今陕西西安东南)人,大约生于西汉成帝时,卒于东汉明帝时。他早年曾为王莽命官廉丹的僚属,廉丹战败,遂投奔更始帝刘玄的部下鲍永。刘玄败亡后,光武帝派人招降,冯衍曾拒绝投降。后确知刘玄已死,才归顺刘秀,因此不得信用。他在东汉只做了几任小官,又常被黜免,生活贫困。他在失意之后,曾作《显志赋》以明心志。这篇赋所以值得重视,是因为它比杨雄《解嘲》更明显地表现了老庄思想,而且对当时朝廷的批判也更为激烈。作者写道:

> 悲时俗之险厄兮,哀好恶之无常,弃衡石而意量兮,随风波而飞扬。纷纶流于权利兮,亲雷同而妒异。独耿介而慕古兮,岂时人之所熹。沮先圣之成论兮,邈(miǎo,远离)名贤之高风。忽道德之珍丽兮,务富贵之乐耽。

这不但是指斥那些在皇帝面前说他坏话的人,像"弃衡石而意量"一语,简直是针对光武帝本人而言。赋中历叙了作者游览各地时对历史事件的感想,手法显然与刘歆《遂初赋》类似;但他所指斥的大抵是一些妒贤嫉能的人,可见是借喻东汉初的大臣。其中写景之句又常常和幻想连在一起,如:"山峨峨而造天兮,林冥冥而畅茂。鸾回翔索其群兮,鹿哀鸣而求其友。"这在形式上还多少带有模仿《楚辞》的痕迹,而主旨却是写自己在政治上失意之后,想到山林中去,在隐士中找寻知己。同时作者在赋中表现了较浓厚的老庄思想,这在西汉辞赋中较少见到:

> 诵古今以散思兮,览圣贤以自镇。嘉孔丘之知命兮,大老聃之贵玄。德与道其孰宝兮,名与身其孰亲?陂山谷而闲处兮,守寂寞而存神。夫庄周之钓鱼兮,辞卿相之显位。於陵子(於陵子,古隐士)之灌园兮,似至人之仿佛。盖隐约而得道兮,羌穷悟而入术。离尘垢之窈冥兮,配乔松(王乔、赤松子,古之仙人)之妙节。

这种思想在某种程度上已下启魏晋名士之风,但从冯衍生平看来,他早年不但做过官,而且颇有志于做一番事业,后来光武帝不用他,他还曾上书陈情。只是到了仕进无望之后,才产生了隐逸思想。他后来确有点安贫乐道,所以《后汉书》本传称其"不戚戚于贱贫"。他的事迹亦颇为后人所乐道,如南朝梁刘峻和清代汪中都引以自比;而梁代江淹《恨赋》,写冯衍失职之恨,也很感人。

年龄比冯衍小一些,但死得较早的班彪(3~54)字叔皮,祖籍北地泥阳(今陕西铜川耀州区东南)人,祖父班况迁居长安,因此算扶风安陵(今陕西咸阳东北)人。光武帝建武元年(25),他年二十三岁,赤眉起义军攻入长安,他逃到割据今甘肃天水一带的隗嚣那里,劝说隗嚣投降光武帝，隗没有听从他，他又到了河西投奔窦融。窦对他很尊重，后光武帝平定隗嚣，并征窦融入朝，经窦举荐，得到光武帝任用。但不久告病免职，专心著述史书，后任望都长，卒官。

班彪主要的贡献在史学方面，现在的《汉书》虽大部分出于他儿子班固之手，但实由班彪草创。他的辞赋有《北征赋》、《览海赋》、《冀州赋》和《悼离骚》等。其中《北征赋》全文见于《文选》，可以算是他辞赋的代表作。其他诸赋均见于《艺文类聚》等书，都是残缺的佚文。

《北征赋》是他从长安出发赴天水时所写，也是记行述怀之作，与刘歆《遂初赋》、冯衍《显志赋》有类似之处。但此赋写得更平易而富于抒情气息。赋中有些句子写战乱中原野的萧条和游子悲苦的心情颇为真切。如：

> 跻(jī,升、登)高平而周览，望山谷之嵯峨。野萧条以莽荡，迥千里而无家。风猋(biāo,迅速)发以漂遥兮，谷水灌以扬波。飞云雾之杳杳，涉积雪之皑皑。雁邕邕以群翔兮，鹍鸡鸣以噆噆(jiē jiē,鸟鸣声)。游子悲其故乡，心怆悢(liàng,悲伤)以伤怀。抚长剑而慨息，泣涟落而沾衣。

作者对当时的政局颇有惶惑。他说：

> 揽余涕以於邑兮，哀生民之多故。夫何阴曀(yì,天阴而多风)之不阳兮，嗟久失其平度。谅时运之所为兮，永伊郁其谁诉。

他对隗嚣并不抱太大希望，所以在篇末称："君子履信，无不居兮；虽之蛮貊，何忧惧兮。"

如果说《北征赋》所表现的主要是儒家思想的话,那么他的《览海赋》则杂有神仙思想,这大约和当时人认为海上有神山有关。他的《悼离骚》则认为"圣哲之有穷达,亦命之故也"(见《艺文类聚》卷五十八)。这种思想可能为班固《离骚序》指责屈原"露才扬己"、不能明哲保身诸语所本,由此可见他在东汉初年的辞赋家中,儒家思想较为显著。

杜笃赋的内容与冯衍、班彪的都不一样。他年纪较冯、班为小,基本上已生活于永汉初年的承平之世。杜笃(?~78)字季雅,京兆杜陵(今陕西西安东南)人,西汉宣帝时御史大夫杜延年的玄孙,早年曾因事下狱,正好大臣吴汉死了,他为吴汉作诔,得到光武帝的赏识,曾在郡国做过小官。章帝时随妹夫马防出征西羌,战死。

杜笃的祖先在西汉时很贵显,而他本人在仕途上很不得意。他作《论都赋》是主张东汉应取法西汉,重新建都长安。在这篇赋的序文中,他自称:"窃见司马相如、扬子云作辞赋以讽主上,臣诚慕之。"可见是有意劝光武帝迁都。但他又不能直说光武帝建都洛阳不对,只能说"今天下初定,矢石之勤始瘳,而主上方以边垂为忧,忿葭(同"遐")萌(同"氓")之不柔,未遑于论都,而遗思雍州也"。此赋盛夸关中的险要与富庶,歌颂西汉的武功,同时也多少流露出对往日杜氏盛况的神往。这篇作品的特点是偏于写事实,很少幻想的成分。这在汉代大赋的发展中是一个新的倾向。司马相如、杨雄的大赋虽写人事,但往往杂以神话事物。此后班固、张衡的大赋幻想成分就很稀少。因此《论都赋》虽不很传诵,在赋的发展史上却亦有其值得注意之处。

## 第二节　班固、傅毅和其他辞赋家

班彪的儿子班固在东汉辞赋家中占有重要地位。班固(32~92)字孟坚,据《后汉书》本传载,他九岁就能"属文诵诗赋",班彪死后,开始撰作《汉书》,续成父业。当时有人向汉明帝告发他私修国史,被捕下狱。他的弟弟班超到洛阳,上书叙述班固著书之意。明帝看了班固的著述很赞赏,因此授以兰台令史之职。章帝时,朝廷在白虎观召集儒生讨论五经,班固奉命作《白虎通德论》。后因与外戚窦宪过从较密,窦宪因专权被免职并被迫令自杀,班固亦受株连,下狱死。

班固的辞赋以《两都赋》最为有名。这篇作品作于汉明帝时代,他在序中说:"西土耆老,咸怀怨思,冀上之眷顾,而盛称长安旧制,有陋雒邑之议。故臣作《两都赋》以极众人之所眩曜,折以今之法度。"清人何焯认为此赋是针对杜笃《论都赋》而发,大约是符合事实的。《两都赋》与《论都赋》的用意正好相反,它强调东汉应以西汉为鉴诫,不要像西汉那样奢侈过度。所以极写长安宫室之壮丽和帝王生活的豪奢,对东汉帝王则盛称功德。赋中虽也有几句写到帝王的威严,但主要是说东汉帝王讲礼制,崇节俭,不同于西汉。从班固的思想来说,他是一位正统的儒家,因此作赋确有讽谏之意。他在《汉书·艺文志》中曾不满意司马相如、杨雄的赋过于夸耀靡丽,掩盖了讽喻的本意,所以他力图通过东汉与西汉的对比,以突出讽谏的主旨。然而,因为他所写长安富饶的情况多系目睹的景色及熟习的史事,所以不少片段写得有声有色;写到洛阳时,则未免把君主理想化,结果仍不免有空洞说教的成分。现在看来,《西都赋》的史料价值和艺术价值显然都高于《东都赋》,这也许是作者所始料不及的。《西都赋》写长安的富庶曰：

> 建金城而万雉，呀(挖空)周池而成渊。披三条之广路，立十二之通门。内则街衢洞达，闾阎且千。九市开场，货别隧分。人不得顾，车不得旋。阗(tián，充满)城溢郭，旁流百廛(chán，古代一户平民所居之屋)。红尘四合，烟云相连。于是既庶且富，娱乐无疆，都人士女，殊异乎五方。游士拟于公侯，列肆侈于姬姜(周代贵族多姓姬和姜)。乡曲豪举，游侠之雄，节慕原尝(战国时赵国的平原君和齐国的孟尝君)，名亚春陵(战国时楚国的春申君和魏国的信陵君)，连交合众，骋骛乎其中。

虽然着墨不多，却已渲染出古代长安在西汉盛时人口众多、商业昌隆及游侠骋骛等一片繁华景象。在描写长安宫室的壮丽时，亦多精彩的描绘。如后宫建筑穷奢极欲，殿堂城阙雄伟庄严，描写都较细致。至于太液池、承露金茎等处的景色，尤其动人。如：

> 前唐(即庭)中而后太液，览沧海之汤汤(shāng shāng，水流大而急)。扬波涛于碣石，激神岳之嶈嶈(qiāng qiāng，山高貌)。滥瀛洲与方壶，蓬莱起乎中央。于是灵草冬荣，神木丛生。岩峻崷崪(qiú zú，山长而高貌)，金石峥嵘。抗仙掌以承露，擢双立之金茎。轶(超过)埃堨(ài，青土)之混浊，鲜颢气(颢音hào，颢气，天边之气)之清英。骋文成(汉武帝时方士李少翁封文成将军)之丕诞，驰五利(汉武帝时方士栾大封五利将军)之所刑。庶松乔之群类，时游从乎斯庭。

班固对西汉的历史非常熟悉，他明知这些工程的来由是因为汉武帝想求仙而大兴土木,所以字里行间对这些行为不无批判之意。但他描绘长安的这种气象仍然使人了解到西汉盛时物力充裕,都城建设的宏大规模。《西都赋》之所以至今还有人阅读,主要在于这种真实而又形象的描绘。至于《东都赋》的情况则与此不同。作者为了要突出讽喻之意,就尽量按照儒家理想中的贤君来写东汉帝王。例如关于宫殿,他就说"奢不可逾,俭不可侈";关于畋猎,则说"乐不极盘,杀不尽物",似乎一切都有所节制。他认为东都高于西都的理由,显得尤其空洞。他说:

且夫僻界西戎,险阻四塞,修其防御,孰与处乎土中,平夷洞达,万方辐凑?秦岭九嵕(zōng,山名),泾渭之川,曷若四渎五岳,带河泝洛,图书之渊?建章甘泉,馆御列仙,孰与灵台明堂,统和天人?太液昆明,禽兽之囿,曷若辟雍海流,道德之富?游侠逾侈,犯义侵礼,孰与同履法度,翼翼济济也?

班固这些话本意在于戒奢侈,尚节俭,用心未尝没有可取之处,但在艺术上却缺乏感染力。从强调"讽喻之意"这一点来说,班固的主张并不错,而他的写作实践,却只是加强了说教部分,而在实际上并未真正摆脱司马相如、杨雄作品的弊病。《两都赋》所不同于前人的地方倒是写实的成分有所增加,那种夸饰过度以至离奇的神话等内容,已不复存在。这大约是他作为一个儒家的信徒,对"怪力乱神"是不取的,同时,他也力避司马相如等人"竞为侈丽闳衍之词"的作风。此后张衡、左思等人的大赋,也都基本上走着这条注重写实的创作道路。

除了《两都赋》以外,班固还作有《幽通赋》、《答宾戏》和《终南山赋》等。《幽通赋》只是模仿《楚辞》,但宣扬的是儒家守道安命的思想;《答宾戏》模仿东方朔《答客难》、杨雄《解嘲》,也有较重的儒家思想。这两篇赋在艺术上较少特色。《终南山赋》等作只有残存的佚文,历来很少有人注意。

和班固同时的傅毅,字武仲,扶风茂陵(今陕西西安北)人,生卒年不详。章帝时,曾为兰台令史,后入窦宪幕,《后汉书》本传说他"早卒",但据陆侃如先生《中古文学系年》考证,他享年在五十以上。曹丕《典论·论文》说班固对他很轻视,但实际上才能与班固在"伯仲之间"。他的辞赋以《文选》所录《舞赋》最为著名。此赋开端假托楚襄王命宋玉作赋,只是文人的游戏之辞。但现存辞赋中假托古人之作,此赋是较早的例子,后来陆机《羽扇赋》假托宋玉,谢惠连《雪赋》假托枚乘、司马相如和邹阳,谢庄《月赋》假托王粲,皆沿此习。此赋由于描写乐舞,手法自与大赋不同,有不少细致精妙之笔。如:

> 其始兴也,若俯若仰,若来若往,雍容惆怅,不可为象。其少进也,若翾(xuān,飞翔)若行,若竦若倾,兀动赴度,指顾应声。罗衣从风,长袖交横。骆驿飞散,飒擖(擖音 liè,飒擖,曲折貌)合并。鵷鷅(piān piāo,轻捷貌)燕居,拉揸(là tà,飞翔貌)鹄惊。绰约(美好貌)闲靡(闲缓而柔美),机迅体轻(舞姿轻盈)。姿绝伦之妙态,怀悫(恪)素之洁清。

在一些大赋中,也常常有帝王观舞之事,但往往只是提到,从不作具体描写。像这样形象地摹绘舞姿的旋转变化、进退俯仰和绚丽多彩,实系首见,其中保留了不少有关古代舞蹈的宝贵史料。至于写到舞蹈中精彩的场面,则尤见刻画之生动传神:

> 及至回身还入,迫于急节。浮腾(跳跃)累跪(跪着向前),

跗(fū,脚背)蹋(tà,着地)摩跌(在地上滑动作倾跌状)。纤形赴远,漼(cuī,弯腰状)似摧折。纤縠(縠音hú,纤縠,有绉纹的纱)蛾飞,纷猋若绝。超逾(逾音yú,超逾,鸟飞状)鸟集,纵弛殟殁(wēn mò,舒缓之状)。委蛇(同"逶迤",wēi yí,曲折貌)姌嫋(rǎn ruò,修长貌),云转飘曶(同"忽",形容转动如云之速)。体如游龙,袖如素蜺(蜺音ní,素蜺,一种龙)。黎(慢慢地)收而拜,曲度究毕。迁延微笑,退复次列。

真是精彩纷呈,令人目不暇接。其中以"纤縠蛾飞"形容舞者飞快转动,以"体如游龙"形容其宛柔合度,以"袖如素蜺"形容长袖飘忽之状,都极尽体物拟状之能事。

除了《舞赋》之外,傅毅还作有《洛都赋》、《反都赋》、《雅琴赋》、《扇赋》和《七激》等,均系类书所载佚文,并非全篇。其中《洛都赋》和《七激》保存的文字较多。《洛都赋》文风与班固《两都赋》近似,但多一些幻想的成分,大约是受司马相如等人的影响。《七激》虽模仿枚乘《七发》,但把情节改成了一个"清思乎黄老"的"徒华公子""托病幽处",而"挟六经之指"的"玄通子"对他进行说服,结果使"徒华公子"终于放弃了过去的想法,愿意接受儒家的"法度"。这一情节后来成了不少作品仿效的模式,曹植《七启》、张协《七命》等,都以说服隐士出仕为结果。

和班固、傅毅同时的辞赋家还有李尤、崔骃等。李尤字伯仁,广汉雒(今四川广汉附近)人。和帝时为兰台令史,顺帝时卒,年八十三。他的赋多已残缺,其中《平乐观赋》一篇,写到汉代的杂耍,对张衡《二京赋》颇有影响。崔骃字亭伯,涿郡安平(今属河北)人,他的赋仅存《达旨》一篇,见《后汉书》本传。此赋写法基本上模仿东方朔《答客难》,对当时的现实有所批判。

## 第三节 张衡、王延寿和马融

张衡(78~139)字平子,南阳西鄂(今河南南阳西北)人。他不但是一位著名的文学家,而且也是一位闻名世界的卓越的科学家。他从少年时代起就善于写文章,曾游历三辅(今陕西中部),和帝永元年间到洛阳。当时东汉统治表面上尚称太平,但大臣和贵族的生活都很奢侈,于是张衡就作了《二京赋》,用以讽谏。《二京赋》的写作,据《艺文类聚》卷六十一云:"后汉张衡《西京赋》曰:'昔班固睹世祖(光武帝)迁都于洛邑,惧将必逾溢制度,不能遵先圣之正法也,故假西都宾盛称长安旧制,有陋洛邑之议,而为东都主人折礼衷以答之。张平子薄而陋之,故更造焉。'"这段话有些像序言,但在《文选》所载《二京赋》中却没有这段话,《后汉书》本传亦无类似记载,疑出后人之手。但此说可能有一定的根据,因为北周庾信作《哀江南赋序》,已有"张平子见而陋之,固其宜矣"之语。可见《艺文类聚》所引之语,出于庾信之前,可以作为参考。今天我们读《二京赋》,总感到其主旨和情节都与《两都赋》差不多,只是文辞富赡弘丽则大大过之。这说明张衡确有与班固争胜的意思。

前人称赞《二京赋》往往从它的内容丰富着眼,如三国魏人国渊曾说"《二京赋》,博物之书也"(《三国志·魏书》本传),东晋作家孙绰也有"《三都》、《二京》,五经鼓吹"(见《世说新语·文学》)之语。这些见解都有一定的道理。事实上《二京赋》所说到的事物,显然比《两都赋》详尽。值得注意的是张衡的眼光已不同于班固。他似乎较能注意社会上的人情习俗,不局限于写都邑的壮丽和统治者的享乐生活。例如写到长安商业繁荣和游侠专恣时,班固只是抽象地提到

这些人物,而张衡则作了较详细的描述:

> 瑰(guī,珍奇)货方至,鸟集鳞萃,鬻者兼赢,求者不匮。尔乃商贾百族,裨贩夫妇,鬻良杂苦,蚩(欺骗)眩边鄙。何必昏于劳作,邪赢优而足恃(意为"何必勤于耕作,作假年利得益很有把握")。彼肆人之男女,丽美奢乎许史(西汉外戚许氏、史氏)。若夫翁伯浊质(翁伯、浊氏、质氏都是西汉时富商),张里(亦西汉富商)之家,击钟鼎食,连骑相过。东京公侯,壮何能加?都邑游侠,张(子罗)赵(君都)之伦,齐志无忌(信陵君),拟迹田文(孟尝君)。轻死重气,结党连群。实蕃有徒,其从如云。茂陵之原(涉),阳陵之朱(安世),趫(同"獢",qiáo,勇)悍虓(xiāo)豁(勇猛),如虎如貙(同"貙",chū,一种猛兽),睚眦蚤芥(因小事怀愤),尸僵路隅。丞相欲以赎子罪(指西汉公孙贺欲为子敬声赎罪,欲捕朱安世事),阳石污而公孙诛(指阳石公主与公孙贺俱死于狱)。

这些描写都是历史事实,而且写得很生动,颇能切中西汉社会的弊端,既无"劝百讽一"的缺点,也给人以深刻的印象。至于有关鱼龙百戏的描述亦甚细致,例如关于"东海黄公"用巫术制虎失效,反而丧生的故事,是关于我国早期戏剧的史料,比其他一些著作的记载要早得多。又如写古代杂技艺人的表演,更为生动:

> 尔乃建戏车,树修旃,侲(zhèn)僮(幼童)程材,上下翩翻,突倒投而跟絓(同"挂",guà),譬陨绝而复联。

这段文字虽很简短,却形象地写出了艺人高超的技艺和令人目迷心骇的动作。这种描写手法,在汉代一些大赋中亦颇罕见。

《东京赋》在艺术手法上也和《东都赋》一样,较《西京赋》逊色。这大约是作者有意想把东汉君主理想化的缘故。但赋中写宫廷"大傩"(驱鬼的宗教仪式)一段,描绘也很细致,而且可与《后汉书·礼仪志》的记载相印证,是研究东汉风俗史的珍贵史料。除了《二京赋》以外,张衡还有《南都赋》,也是夸耀都邑壮丽的大赋。这些赋都作于和帝时代,当时政治还比较承平,作者对统治者还有一定的幻想,所以作赋以歌颂为主。

到了安帝时代,东汉的朝政日益衰乱,张衡对统治者的态度也发生了变化。《后汉书》本传载,他在对友人崔瑗提起杨雄《太玄经》时说道,《太玄经》是"汉家得天下二百岁之书也,后二百岁,殆将终乎"!这话虽然有些神秘,但可以看出他对东汉政权的没落已有所预见。他在《应间》中自称"与世殊技,固孤是求",可见他对当时现实颇为不满。到了顺帝时代,他更受到宦官的谗害,因此作《思玄赋》以抒其愤慨之情。这篇赋在写法上较接近《离骚》,也有上天入地的幻想。它与其他汉赋最大的不同之处在于能比较公开地吐露作者对当时现实的不满。赋中写道:

> 俗迁渝而事化兮,泯规矩之圜(同"圆")方。珍萧艾于重笥兮,谓蕙芷之不香。斥西施而弗御兮,羁要褭(同"骒褭",yǎo niǎo,千里马名)以服箱。行陂僻而获志兮,循法度而离殃。惟天地之无穷兮,何遭遇之无常。不抑操而苟容兮,譬临河而无航。欲巧笑以干媚兮,非余心之所尝。

这时,他对现实的不满已很强烈。但东汉的政治状况却一直走着下坡路。顺帝即位以后,政权进一步落入宦官手中。张衡对朝廷已不

抱希望,写了《归田赋》表示弃官退隐的愿望。这是一篇风格清新的抒情小赋,其中有些描写已与魏晋以后的小赋近似:

> 于是仲春令月,时和气清。原隰郁茂,百草滋荣。王雎(鸟名)鼓翼,鸧鹒哀鸣。交颈颉颃,关关嘤嘤。于焉逍遥,聊以娱情。尔乃龙吟方泽,虎啸山丘。仰飞纤缴(zhuó,带线的箭),俯钓长流。触矢而毙,贪饵吞钩。落云间之逸禽,悬渊沉之鲿鲤(鱼名)。于时曜灵(太阳)俄景,继以望舒(月亮),极般游之至乐,虽日夕而忘劬。

文字平易流畅,拟状春游之乐十分生动。有的地方已有四六句式,近似骈体,这是张衡的首创。

　　从张衡的《思玄赋》、《归田赋》两赋来看,他对于当时现实不满,而又无法摆脱,因此多少接受了道家消极出世的思想。至于他的《髑髅赋》和《冢赋》,老庄思想的影响则更为明显。《髑髅赋》的情节取自《庄子·至乐》。不过,在《庄子》中是庄周对路旁骷髅说话,而在《髑髅赋》中成了张衡与庄周的尸骨说话。但赋的基本思想则与《庄子》类似。他写道:"尧舜不能赏,桀纣不能刑,豺虎不能害,剑戟不能伤。"认为生不如死,这是对现实极端不满的结果。《冢赋》的内容与此相仿,认为在坟墓中的死人"在冬不凉,在夏不暑",这说明作者那时的思想正处于极端的苦闷之中。

　　张衡另有《温泉赋》、《羽猎赋》、《鸿赋》、《舞赋》等作,但大多残缺不全。其中如《舞赋》中的"惊雄逝兮孤雌翔,临归风兮思故乡"诸句,抒情意味很浓。总的来说,汉赋发展到张衡时代,抒情气氛已比较浓厚,对客观事物的描写也由夸饰铺陈而趋于较细致的刻画,语言文字也由艰涩转向平易,这些都是由汉赋向魏晋以后抒情小赋转化的征兆。

稍后于张衡的王延寿,字文考,南郡宜城(今属湖北)人。他是《楚辞章句》作者王逸之子。他的《鲁灵光殿赋》见于《文选》,历来较受重视。灵光殿建于西汉鲁共王刘余之时,经过西汉末的战乱,"自西京未央、建章之殿,皆见隳坏,而灵光岿然独存",王延寿认为是"神明依凭支持,以保汉室"之故。《鲁灵光殿赋》专写一座宫殿的建筑,因此写得较细。例如画栋雕梁的具体情状、壁画的内容等,赋中都作了刻画。其中描绘橡上所画的飞禽走兽之状等,都十分生动逼真。最后总写灵光殿的宏伟壮丽:

> 于是连阁承宫,驰道周环。阳榭外望,高楼飞观。长途升降,轩槛曼延。渐台临池,层曲九成。屹然特立,的尔(鲜明貌)殊形。高径华盖,仰看天庭。飞陛揭孽(高峻貌),缘云上征。中坐垂景,俯视流星。千门相似,万户如一。岩突洞出,逶迤诘屈。周行数里,仰不见日。

这里既有写实,也有夸张,形象地表现了建筑的宏大壮观。由于此赋辞藻华美,后人诵读颇盛,因此"灵光岿然"一语,也成了常用的典故。王延寿的辞赋还有《梦赋》和《王孙赋》,虽不如《鲁灵光殿赋》著名,也有一定的价值。《梦赋》写梦中所见的鬼怪以及他和鬼怪搏斗之事,情节很离奇,也许有讥刺世事之意。《王孙赋》写猴子,亦颇传神,但用僻字太多,显得艰涩难读。

生年和张衡只差一岁,但一直活到桓帝后期的马融(79~166)字季长,扶风茂陵(今陕西兴平东北)人。他是一位经学大师,但也长于辞赋。安帝时,外戚邓骘召辟他,他未应命。后迫于关中羌乱,饥荒严重,遂游宦京师。他看到朝廷武备废弛,于是作《广成颂》以讽谏。

这篇《广成颂》实际上是一篇写畋猎的辞赋，劝统治者畋猎习武，用以威服四邻。从它的内容看，并无讽刺之意，但邓骘等人认为不合他们的心意，因此不得重用，使他长期困顿。后任议郎，转武都太守。桓帝时迁南郡太守。因为外戚梁冀作飞章诬奏正直之臣李固，为世人所非议。但不久又因事得罪梁冀，被免官。遇赦后复为议郎，因病去官，卒于家。

马融的辞赋除《广成颂》外，以《长笛赋》最为著名。此赋的基本构思和王褒《洞箫赋》相似，而且有模拟王作的痕迹。但其中有一些句子却有自己的特色。当他写了竹子生长于荒山的景象之后，又写道：

> 夫固危殆险巇（巇音 xī，险巇，山路艰险）之所迫也，众哀集悲之所积也。故其应清风也，纤末奋蔱（同"稍"），铮鏄（鏄音 huáng，铮鏄，形容声音）瀯（yíng，小声）嚣（xiāo，大声），若絚（gēng，粗绳索）瑟促柱，号钟高调。于是放臣逐子，弃妻离友，彭胥（彭咸，古贤人，失志投水死。伍子胥，春秋时吴国大臣，为吴王夫差所杀）伯奇（周尹吉甫子，为后母所谮，被逐），哀姜（春秋时鲁文公妻，文公死后大夫襄仲杀哀姜之子而立宣公。哀姜过市而哭，市人皆哭）孝己（殷高宗子，父惑于后母，放之而死），攒（聚集）乎下风，收精注耳，雷叹颓息，掐（qiā，拍打）膺（胸）擗摽（pǐ biào，拊心捶胸，哀伤之状），泣血泫流，交横而下。通旦忘寐，不能自御。

极写山林之音足以感人，虽有夸张，却也较细致。作品写笛子演奏时各种曲调的变化，也巧妙地运用了种种比喻，使人感受到笛音的悠扬美妙。至其认为从笛声中可以体会到诸子百家的学说，如"故论记其义,协比其象,彷徨纵肆,旷瀁敞罔(形容声音汪洋自恣),老庄之概也;温直扰毅,孔孟之方也;激朗清厉,随(卞随)光(务光)之介也;牢刺拂戾(形容声音突兀慷慨),诸(专诸)贲(孟贲,皆勇士)之气也;节解句断,管(仲)商(鞅)之制也;条决缤纷,申(不害)韩(非)之察也。繁缛络绎,范(雎)蔡(泽)之说也;剺(lí)栎(lì)铫(tiáo)㦒(huò。四字意谓分别节制),晳(邓晳)龙(公孙龙)之惠(同"慧")也",这种借喻也很新奇。

此外,马融尚有《琴赋》、《围棋赋》和《樗蒲赋》,皆非全文。从他的思想看来,受道家的影响也较多。但和张衡崇尚老庄、有愤世嫉俗之意不同,马融更偏于和光同尘。从作品的内容来说,他除了《广成颂》以外,均非庙堂之作,这是辞赋在发展过程中呈现的一个新倾向。

## 第四节　赵壹、蔡邕和祢衡

东汉朝政的衰乱,在和帝时已露朕兆,安帝、顺帝时代日益明显,到了桓帝即位之后,更是进一步加速,其覆亡的命运已近在眼前。当时的士人由于不满现实,有的就危言抗行,互通声气,抨击朝政,把攻击的矛头指向专权的宦官,结果就出现了著名的"党锢之祸",许多名士遭到杀害。这些名士不但敢于大胆讥评朝廷,而且行为也颇狂放不羁。著名的辞赋家赵壹就是其中很突出的例子。赵壹字元叔,汉阳西县(今甘肃天水)人,生卒年不详,大约生活于桓、灵二帝之时。据《后汉书·文苑传》载,他为人"恃才倨傲",行为狂放,虽为一些名臣所重,但终生坎坷,"仕不过郡吏"。

赵壹的辞赋较少雕饰,因此过去选家很少予以重视。其实他的作品对当时的现实批判得很深刻,文风也朴素平易,自成一格。其中最著名的是《刺世疾邪赋》，在这篇赋中，他对汉代政治作了大胆的批评，认为"春秋时祸败之始，战国愈增其荼毒。秦汉无以相逾越，乃更加其怨酷。宁计生民之命？唯利己而自足"。这在当时是很卓越的见解，因为在汉代，人们常常以为西汉的文、景二帝和宣帝，东汉的明帝等时代是所谓"盛世"而加以歌颂，而赵壹这段话，却把这些统治者统统包括在内，指出他们也只不过是"利己而自足"，这在封建社会里应当说是非常大胆而有识见的议论。尤其作为汉代人而敢于否定汉代的统治，更见其胆识过人。此赋对当时人情世态的揭露和谴责尤为深刻：

　　于兹迄今，情伪万方。佞谄日炽，刚克消亡。舐（shì，舔）痔结驷，正色徒行。妪媮（yǔ qǔ，同"伛偻"，弯腰）名势，抚拍豪强。偃蹇（高傲）反俗，立致咎殃。捷慑逐物，日富月昌。浑然同惑，孰温孰凉。邪夫显进，直士幽藏。

寥寥数语，就把汉末正直之士不容于世，而谗谄媚谀之人得势的情况刻画得淋漓尽致，入木三分。作品更进一步说：

　　原斯瘼（mò，病）之攸兴，实执政之匪贤。女谒掩其视听兮，近习秉其威权。

这不但指斥了外戚、宦官，简直是公然把政治腐败的原因归咎于帝王的"匪贤"。这样痛快地斥责最高统治者的文字，确是很少见的。历代辞赋家中在艺术上取得较高成就的不乏其人，而在思想上能如此大胆直率地抨击封建帝王的，实在难得。

赵壹另一篇作品《穷鸟赋》乃自悲身世之作。赋中的"穷鸟"即为作者自喻。它的处境被写得十分艰险:"前见苍隼,后见驱者。缴弹张右,羿子彀左。飞丸激矢,交集于我。思飞不得,欲鸣不可。举头畏触,摇足恐堕。内独怖急,乍冰乍火。"这正是他由于狂放自傲而不容于世的真实写照。此外,他尚有《迅风赋》和《解摈赋》,都零星不全,已不足窥其全豹,故论者多不言及。

东汉末年的辞赋家中,最有名的要数蔡邕。蔡邕(132~192)字伯喈,陈留圉(今河南杞县)人。早年即博学,精于音律。桓帝时,宦官徐璜等专权,听说他善于弹琴,曾征召他进京,蔡邕半途托病而归。灵帝时,经司徒桥玄征辟,出任河平长,入为郎中,迁议郎。他曾上疏谏劝灵帝,因此得罪宦官,被贬斥到五原。后遇赦,亡命江海十二年之久。后又为董卓举荐,任侍中、左中郎将等职。董卓被杀后,因受牵连,死于狱中。

蔡邕的辞赋以《述行赋》最为著名。这篇赋作于桓帝延熹二年(159)秋天。当时徐璜等人召他入京,他不得已应命,却于半途逃归。据此赋序说,时"霖雨逾月","梁冀新诛而徐璜、左悺(guàn)五侯擅贵于其处。又起显明苑于城西,人徒冻饿,不得其命者甚众。白马令李云以直言死,鸿胪陈君(陈蕃)以救云抵罪"。因此他在赋中颇有愤慨之词:

贵宠扇以弥炽兮,佥守利而不戢。前车覆而未远兮,后乘驱而竞及。穷变巧于台榭兮,民露处而寝湿。消嘉谷于禽兽兮,下糠秕而无粒。弘宽裕于便辟兮,纠忠谏其骎(qīn,日益)急。怀伊吕(伊尹、吕尚,二人为商周时贤相)而黜逐兮,道无因而获入。唐虞眇其既远兮,常俗生于积习。周道鞠(穷困)为茂草兮,哀正路之日涩。

这段文字表现了作者对时政的清醒认识。其中"穷变巧于台榭兮"四句尤为论者所经常引用。这是因为这几句话流露了作者对人民的同情;然而他对权贵们的批判也是很强烈的,而且已预言汉代统治已不能持久;同时他不愿与恶势力同流合污的心情也很清楚。至于他后来之应董卓举荐,正如吕思勉所说,董卓初掌政权时"忍性矫情,擢用群士,幽滞多所显拔"(见《秦汉史》第348页)。这和马融之为梁冀诬奏李固,毕竟不能同日而语。

除《述行赋》外,蔡邕还有不少辞赋都仅存残篇,有的只有片言只语。但如《汉津赋》、《青衣赋》、《短人赋》、《琴赋》、《笔赋》等,保存的文字还较长。如《汉津赋》写江中风波的文字,颇有气势:

既乃风焱萧瑟,勃焉并兴,阳侯(水神)沛以奔骛,洪涛涌以沸腾。愿乘流以上下,穷沧浪乎三澨(shì,水边),觑(qù,看)朝宗之形兆,瞰洞庭之交会。

这种描写已开晋代木华、郭璞之先河。但较之郭璞《江赋》更少艰涩之弊。他的《琴赋》恐原是长篇,惜残缺太多,不然当有很精彩的描写,因为他本人以善于弹琴著名。《青衣赋》对"青衣"(婢女)表示同情,这在当时是很可贵的。此外像《蝉赋》,只存"白露凄其夜降,秋风肃以晨兴。声嘶嗌以沮败,体枯燥以冰凝。虽期运之固然,独潜类乎太阴。要明年之中夏,复长鸣而扬音"等寥寥数句,但颇有抒情意味,语气虽较凄凉,但无悲观的情调。三国时曹丕作《典论·论文》,以"张蔡"并称。的确,就东汉一代的辞赋而论,确实只有蔡邕可以与张衡相比。其他辞赋家虽也有较好的作品,但数量或艺术价值均略有逊色。

比蔡邕稍晚的辞赋家祢衡(173~198)字正平,平原般(今山东乐陵西南)人。他少年时就富于才辩,性格狂放。汉献帝建安初年到许昌,他的友人孔融向曹操推荐他,但他恃才傲物,得罪了曹操,于是就被派到荆州去见刘表。刘表起初很敬重他,不久又因傲慢得罪他,被送到江夏黄祖那里。黄祖的儿子黄射对他很好,但不久又因得罪黄祖被杀。

祢衡的辞赋现仅存《鹦鹉赋》一篇。这是他在黄射大会宾客时作。此赋纯用比兴手法,虽写鹦鹉,实以自喻。如:

> 尔乃归穷委命,离群丧侣,闭以雕笼,剪其翅羽。流飘万里,崎岖重阻。逾岷越障,载罹寒暑。女辞家而适人,臣出身而事主。彼贤哲之逢患,犹栖迟以羁旅。矧(shěn,何况)禽鸟之微物,能驯扰以安处?眷西路而长怀,望故乡而延伫。

完全是寄人篱下,不得自由的痛苦呻吟。他在赋中也预见到自己招祸的来源:"岂言语以阶乱,将不密以致危。"他写鹦鹉哀鸣之状,更充满了感情:

> 若乃少昊(秋天之神)司辰,蓐收(亦秋天之神)整辔。严霜初降,凉风萧瑟。长吟远慕,哀鸣感类。言声凄以激扬,容貌惨以憔悴。闻之者悲伤,见之者陨泪。放臣为之屡叹,弃妻为之欷歔。

这种以禽鸟自比的手法对后来晋代张华的《鹪鹩赋》,南朝鲍照的《野鹅赋》和《舞鹤赋》等,均有较大的影响。

# 第四章　三国辞赋

在文学史上,"三国"的概念似乎与"魏"无甚区别。因为三国时代的文人,基本上集中于魏国,吴、蜀两国虽有文人,其作品远不如魏国文人作品重要。但是我们在这里仍用"三国"之名而不用"魏",是因为根据目前通用的习惯,往往把"建安七子"等作家算作三国文人,而"七子"之死,皆在魏文帝曹丕篡汉以前,而当时三国鼎立的形势却早已形成,所以还是用"三国"代替"魏"似较准确。

"建安"本是汉献帝的年号,然而人们将"建安七子"算作三国文人,是鉴于当时汉代皇室已名存实亡,而在文学上,建安时代确实发生了一个划时代的变化。正如《文心雕龙·时序》所说:

> 自献帝播迁,文学蓬转,建安之末,区宇方辑。魏武(曹操)以相王之尊,雅爱诗章;文帝(曹丕)以副君之重,妙善辞赋;陈思(曹植)以公子之豪,下笔琳琅,并体貌英逸,故俊才云蒸。仲宣委质于汉南,孔璋(陈琳)归命于河北,伟长(徐幹)从宦于青土,公幹(刘桢)徇质于海隅,德琏(应玚)综其斐然之思,元瑜(阮瑀)展其翩翩之乐;文蔚(路粹)休伯(繁钦)之俦,子叔(邯郸淳)德祖(杨修)之侣,傲雅觞豆之前,雍容衽席之上,洒笔以成酣歌,

和墨以藉谈笑。观其时文,雅好慷慨,良由世积乱离,风衰俗怨,并志深而笔长,故梗概而多气也。

此就整个文学情况而言,初不限于辞赋一体。但就辞赋而论,这种变化也很明显。例如"建安七子"的代表作家王粲在其《登楼赋》中,就想到过待天下太平,出来建功立业。他们这种希望,在曹操统一北方以后,在一定程度上有了实现的可能。这些作家中善于辞赋者如王粲、徐幹等人,据曹丕说可以与东汉的张衡、蔡邕相比。其实建安时代的文人,几乎都能作赋,如陈琳。曹植在《与杨德祖书》中说他"不闲于词赋",但他有《武军赋》佚文传世。其他像刘桢等人,《水经注》及一些类书中也存有他们赋作的片段。尽管这些作家的辞赋现存已不多,但当时人确实还是很看重辞赋的。曹植在《与杨德祖书》中虽称辞赋为"小道",那只是他在讲到自己想在政治上建立一番功业之后,又称"岂徒以翰墨为勋绩,辞赋为君子哉!"在他看来,至少"辞赋"在"翰墨"中还是占主要地位的。曹丕的《典论·论文》评"建安七子"之才,先讲王粲、徐幹,也是因为二人长于辞赋。只是到了建安以后,由于诗歌的兴盛,"辞赋"一体独霸文坛的局面已发生了变化。原来在汉代,文人的代表作一般都以赋为主,即使像张衡之作《四愁诗》,其重要性还远不如赋。到了建安以后,像王粲、曹丕、曹植等人,都是辞赋的名家,但一般都把他们看作诗人,因为他们诗的成就已超过了赋。稍后的嵇康、阮籍的情况也与其类似。所以三国以后的辞赋虽有颇多传诵的名篇,而那些作者本人却往往很少被指为辞赋家。这也许是历来一些人认为辞赋独盛于汉代的一个原因。

　　三国以后的文人虽多数不是专门的辞赋家,但他们的赋却有着自己的特色,且颇有两汉作者所不及之处。这是因为诗的兴起,使赋受了诗的影响,抒情的成分逐渐增多。另外,由于三国以后的统治者，从曹操、曹丕起，都比较重视诗歌，因此作赋不再是显示才华的唯一手段。再加上战乱频仍的年代里，歌功颂德、夸耀奢侈享乐生活的大赋，一般也很难产生佳作。于是三国以后，此类大赋日益减少，而平易抒情的小赋则日益兴盛。我们今天的读者所爱读的常常是三国以后的抒情小赋，而不是汉代的大赋。三国在辞赋史上是一个文风转变的重要时代。

至于就三国一代的辞赋来说，其内容也有不同。一般说来，前期如建安、黄初赋家的作品，抒情意味很浓，思想上也多为积极的追求；到了正始以后，由于政治的黑暗及老庄思想的盛行，道家思想对文学创作的影响加剧，作品中的说理成分加重，在辞藻方面则不如前期华丽。这是三国辞赋的大致情况。

## 第一节　王粲和建安作家的辞赋

所谓建安作家，实指"建安七子"中除孔融以外的六位文人以及其他依附曹操，并先后在邺城（今河北临漳）聚集，互相唱和的一些人物。这些文人据曹丕《典论·论文》中提到的有陈琳、王粲、徐幹、阮瑀、应玚、刘桢等，曹植《与杨德祖书》中还提到了杨修。如果以辞赋而论，据曹丕所言，这些人中"王粲长于辞赋，徐幹时有齐气，然粲之匹也"。这说明他最推崇的是王、徐二人。然而徐幹的辞赋流传较少，且不如王粲之作负有盛誉。所以今天论述这些作家的赋，当以王粲为首。

王粲（177~217）字仲宣，山阳高平（今山东邹城）人，曾祖和祖父都是东汉时大官，父谦为何进长史。董卓胁迫献帝西迁长安，王粲也随着到了关中，受到蔡邕的赏识。后来王允诛董卓，李傕、郭汜作乱，王粲逃奔荆州,依靠刘表。刘表死后,曹操进攻荆州,王粲劝刘表之子刘琮投降。因此被曹操辟为丞相掾。曹操封魏公,他任侍中之职。建安二十一年从曹操征吴,次年春在途中病死。

　　王粲的辞赋以《登楼赋》最为传诵。此赋是他在荆州时登麦城城楼而作①。此赋一开头写麦城一带富庶景象,却说:"虽信美而非吾土兮,曾何足以少留!"突出地表现了他的思乡心切。接下去,他写到遭乱离乡,"漫逾纪以迄今",以致遥瞻故土而为山河阻隔,悲愤之情溢于言表。尤其感人的一段是:

　　　　惟日月之逾迈兮,俟河清其未极。冀王道之一平兮,假高衢而骋力。惧匏瓜之徒悬兮,畏井渫之莫食。步栖迟以徙倚兮,白日忽其将匿。风萧瑟而并兴兮,天惨惨而无色。兽狂顾以求群兮,鸟相鸣而举翼。原野阒(qù,寂静)其无人兮,征夫行而未息。心凄怆以感发兮,意忉(dāo,忧愁)怛而憯(同"惨")恻。循阶除而下降兮,气交愤于胸臆。夜参半而不寐兮,怅盘桓以反侧。

既有抒情,又有写景,用原野萧条的景色烘托内心的悲愁。赋的前半部分写景,"华实蔽野,黍稷盈畴",本是很乐观的,但因作者怀有浓厚的思乡之情,故在他的眼中这一切都是他乡景色,只能引起愁思。所以此段文字写得萧瑟疏旷,回荡着一种悲凉之气。这不光是因为白天和薄暮的时间变化,而且更是作者心境的直接呈露。作者思乡之

---

① 王粲所登之楼,有江陵、当阳、麦城三说。据《水经注》中《沮水》、《漳水》的记载,当为麦城。清人吴景旭《历代诗话》和沈玉成《王粲评传》(《中国历代著名文学家评传》第一卷第 227 页)均取此说。我觉得比较合理。

情益深，他所感受到的景色也就更加凄恻。从赋的内容来看，除了伤离悲别的思乡之情外，同时还有有志不获伸的失意之叹。据《三国志·魏书》本传载，王粲依附刘表时，"表以粲貌寝而体弱通侻，不甚重也"，所以他对刘表不抱什么希望。他是有志做一番事业的，因此以匏瓜徒悬、井渫莫食为喻，委婉地抒写了怀才不遇的悲哀。宋代罗大经在《鹤林玉露》乙编卷六中引项平甫之说以为王粲此赋主要不是思乡，而是忧虑汉朝政权。项氏谓其"虽遁身南夏，而系志西周，彼以为抚清漳曲沮之流，不若灞浐泾渭之速清也，览昭丘陶牧之胜，不若终嶷吴华之亟（急）平也。冀道路之一开，忧日月之逾迈，故戛然以是为不可久留"。罗大经也同意此说，认为王粲忠于汉朝。但如果联系其生平来看，说王粲忠于汉帝，恐非事实。因为王粲晚年，曹操专擅朝政，逼废伏后，篡汉之势已成，而王粲对曹操还是竭力歌颂。不过，说王粲希望中原早日统一，以便做一番事业，这倒是事实。这种思想，在《登楼赋》原文中也写得很明白。

　　王粲除《登楼赋》外，据清严可均《全后汉文》所辑，尚有赋二十多篇，其中有些只存零星佚文，有些虽亦残缺，但还可以看出一些艺术特点。他的那些辞赋大多为抒情咏物之作，而且即便咏物，亦多寓比兴。如曹丕提到的《槐赋》（一作《槐树赋》），写槐树"既立本于殿省，植根柢其弘深，鸟愿栖而投翼，人望庇而披襟"，实喻人之有权势而趋附者众。《鹦鹉赋》写鹦鹉"登衡干以上干，噭哀鸣而舒忧。声嘤嘤以高厉，又憀憀（liáo liáo，怨恨）而不休。听乔木之悲风，羡鸣友之相求"，寄托了羁旅寂寞、不遇知己的苦闷。此外像《初征赋》中"野萧条而骋望，路周达而平夷，春风穆其和畅兮，庶卉焕以敷蕤。行中国之旧壤，实吾愿之所依"等句，写久离家乡之后得北返时的欢乐之情；《思友赋》中"夏木兮结茎，春鸟兮愁鸣，平原兮泱漭，绿草兮罗生"诸句，写睹物思人的怀旧之情极为生动。前人论王粲的诗，往往称其为"七子之冠冕",其实就辞赋而言,又何尝不可作如是观?

和王粲同被曹丕所推崇的徐幹(170~212)字伟长,北海剧(今山东昌乐)人。他传世之作以子书《中论》和《室思》诗最著名,辞赋存者甚少,且均非全篇。曹丕所提到的《玄猿》、《漏卮》、《圆扇》、《橘赋》四赋,仅《圆扇》赋尚有四句佚文,其他均亡佚。从现存的几篇赋的佚文来看,《齐都赋》、《序征赋》和《愁思赋》较多佳句。如《齐都赋》中"惊波沛厉,浮沫扬奔"写黄河的奔流,《序征赋》中"从青冥以极望,上连薄乎天维;刊梗林以广涂,慎沮洳(jù rù,泥沼)以高蹊"写旅途艰苦,当可窥见一些特色。但总的来说,他现存的作品很难与王粲相颉颃。

"建安七子"中阮瑀、刘桢和应玚虽不以赋闻名,却也有些赋有佚文存世。其中应玚在"建安七子"中诗的成就不高,而其《慜骥赋》却颇有佳句。此赋写骐骥不遇伯乐,受制于庸人之手,"思奋行而骧首兮,叩缰绁之纷挐;牵繁辔而增制兮,心俶(chù,恨)结而盘纡(萦结)"。至写骐骥"瞻前轨而促节兮,顾后乘而踟蹰;展心力于知己兮,甘迈远而忘劬",则多系自喻。这和作者《侍五官中郎将建章台集》诗中所表现的情绪颇为一致。他的《愁霖赋》写苦雨的心情,亦颇真切。刘桢的《鲁都赋》虽只存佚文,但辞藻华美,亦颇可观。阮瑀的《止欲赋》写的是爱情,如"予情悦其美丽,无须臾而有忘;思桃夭之所宜,愿无衣之同裳;怀纡结而不畅兮,魂一夕而九翔"等语,对后来曹植《洛神赋》、陶渊明《闲情赋》均有一定影响。

陈琳的诗文都有名作,而其现存《武军赋》、《神武赋》等篇残文却少特色,所以曹植说他"不闲于辞赋"。"建安七子"中不和曹操合作,而且较早被杀的孔融,则没有辞赋传世。曹丕说他"气体高妙,有过人者,然不能持论,理不胜辞,以至乎杂以嘲戏",这一特点在他其他文章中也可以看得出。但曹丕又说:"及其所善,扬(雄)班(固)俦也。"(均见《典论·论文》)则似乎他也善于作赋。

建安作家除七子外，像繁钦、杨修、丁仪、丁廙、崔琰等人也都有赋，并有佚文存世。这些赋大抵也是以抒情咏物的内容为多，而文风亦趋于平易流畅，很少汉代大赋那种堆砌名词和好用僻字的毛病。在形式上则对仗有所增加。这都说明建安辞赋确已不同于两汉，抒情短制已取代纪事巨篇而成了辞赋创作的主流。

## 第二节 曹丕和曹植

曹丕和曹植兄弟，历来都被认为是诗人，其实两人也都善于辞赋。当然，就现存的作品而论，曹丕的赋远不及曹植。但据刘勰在《文心雕龙·时序》中说，曹丕也是"妙善辞赋"的。其实不光是曹丕、曹植，就是他们的父亲曹操，也能作赋，只是现今所见者，只有《文选注》、《水经注》等书所引佚句，因此无法推知其艺术成就。

曹丕(187~226)字子桓，沛国谯(今安徽亳州)人，曹操之子，操死后篡汉自立，在位七年，谥文帝。他的赋大抵作于称帝以前。刘勰虽称其"妙善辞赋"，但在《才略》中却只说他"乐府清越，《典论》辨要"，而没有提到他的赋作。现存曹丕赋据清严可均《全三国文》所辑共一卷，二十余篇，大抵采自类书，均已残缺不全。从这些残存的作品来看，其中有一部分是大赋，但多数是抒情咏物小赋。在建安文人的赋中，常有同样题目的作品，大约是当时唱和之作。如他的《寡妇赋序》说："陈留阮元瑜，与余有旧，薄命早亡，每感存其遗孤，未尝不怆然伤心。故作斯赋，以叙其妻子悲苦之情，命王粲等并作之。"其实在同时人中，还有曹植、丁廙妻也有同题之作。在这些作品中，曹植赋仅存两句；丁廙妻赋所存文字较长，但中间缺误甚多；序中提到的王粲赋也只是佚文。后来潘岳作《寡妇赋》，在序中特别提到曹丕。看来此赋是曹丕有感而作，他人只是唱和，所以真情实感不多，艺术上有所逊色。曹丕赋的确时有精彩之句，如写到阮瑀妻寡居时的悲苦说：

> 三辰周兮递照，寒暑运兮代臻。历夏日兮苦长，涉秋冬兮漫漫。微霜陨兮集庭，燕雀飞兮吾前。去秋兮就冬，改节兮时寒。水凝兮成冰，雪落兮翻翻。伤薄命兮寡独，内惆怅兮自怜。

这种用节候变迁写内心痛苦的手法，对后来的抒情小赋，特别像江淹的《别赋》等作有较大影响。赋的文字虽然还不如后来六朝作家那样细腻委折，但对他们确已有所启发。如江淹的"夏簟清兮昼不暮，冬釭凝兮夜何长"（《别赋》）等句，显然即由此化出。

曹丕的《柳赋》，也曾得到一些作家的唱和。这篇赋有如下几句：

> 在余年之二七，植斯柳乎中庭。始围寸而高尺，今连拱而九成。嗟日月之逝迈，忽亹亹（wěi wěi，动）以遄（chuán，往来频繁）征。昔周逝而处此，今倏忽而弗形。感遗物而怀故，俯惆怅以伤情。

写睹物兴情之感，颇为深切。这段文字自然使人联想起《世说新语·言语》所载晋桓温所言"木犹如此，人何以堪"之语。桓温据说也能作诗，他的慨叹可能与曹丕此赋有关。

此外，曹丕还有《济川赋》、《沧海赋》、《述行赋》和《浮淮赋》等作。从这些赋的佚文来看，写法颇类汉代大赋，但已无堆砌之弊，也未用冷僻的字，只是铺陈较多，因此与"建安七子"的文风尚无明显的不同。

曹丕对辞赋也发表过一些自己的见解。《北堂书钞》卷一百引《典论》佚文云：

> 或问屈原、相如之赋孰愈。曰：优游按衍，屈原之尚也；穷侈极妙，相如之长也。然原据托譬喻，其意周旋，绰有余度矣。长卿、子云，意未能及已。

又《艺文类聚》卷一百引《典论》佚文：

> 议郎马融以永兴中帝猎广成，融从。是时北州遭水潦蝗虫，融撰《上林颂》以讽。

从这些话看来，他还是主张辞赋应该有所讽喻的。这和他认为文章是"经国之大业"的说法也是一致的。他又认为辞赋与一般的文章不同，该具有自己的特点，这就是"诗赋欲丽"。因此他自己的创作，也致力于华丽。不过由于才藻不如曹植等人，所以他的辞赋作品缺乏传诵的名篇，所存多为佚文。

曹植（192~232）字子建，他的文学才能受到历代论者的推崇。《文心雕龙·才略》说他"诗丽而表逸"，却没有提到他的辞赋。其实曹植赋十分出色，其中最为传诵的当然是《洛神赋》。据赋序云："黄初三年，余朝京师，还济洛川。古人有言，斯水之神，名曰宓妃。感宋玉对楚王神女之事，遂作斯赋。"而据《三国志·魏书》本传，曹植那年并未去洛阳。参以同书《文帝纪》和曹植《赠白马王彪诗序》，都可证明其朝京师时在黄初四年而非黄初三年，这一出入恐系传写之误。近人瞿蜕园认为"似乎作者有意不写真实年代，以表明所写的是寓言而不是事实"①,可备一说,但无确证。不过,此赋"是寓言而非事实"则无疑问。至于具体写作时间究竟是在黄初时或在黄初以后,则颇难考知。因为黄初四年那次诸王聚会,正好任城王曹彰被曹丕毒死。那次曹丕本想害死曹植,被母卞太后阻止才作罢(见《世说新语·尤悔》)。白马王曹彪与曹植一同离开洛阳,却又不许其沿途同行同宿。当时作者处境确实很危险,心情也不好,恐怕未必有写神女之事的兴致。然而不论作于当时或以后,赋有所寄托是可以肯定的。但这种寄托隐藏颇深,后人一般难以体会和确指。有人认为"这篇赋表现了作者在受着迫害、壮志不伸的条件下,仍然有所追求的精神"②,还是比较符合作品实际的。关于此赋之作,前人曾有"感甄"之说(见《文选注》),亦于情理未合。因为甄后在嫁曹丕以前,曾为袁绍子袁熙之妻。她嫁曹丕时在建安九年曹操平邺之后。当时曹丕年十八,甄后初嫁袁熙,至少十五六岁,年龄不会比曹丕小多少,而当时曹植才十三岁,说他对比自己大五六岁的嫂子产生爱情,未免有悖常情;而赋序所言黄初三、四年正是曹丕处心积虑要置其于死地之时,如果赋为怀念甄后而作,那简直无疑是自找杀身之祸。

《洛神赋》的主题是写自己对洛神的爱慕及"人神道隔",终于可望而不可即的惆怅之情。这篇赋的艺术特色是既善用比兴,又多细致的刻画。如写到洛神的美貌时,一连用了许多生动形象的比喻:

翩若惊鸿,婉若游龙。荣耀秋菊,华茂春松。仿佛兮若轻云

---

① 见《汉魏六朝辞赋选》第64页,上海古籍出版社。此说尚可研究,因为古人有时把"四"字写成"三",因此误作"三",亦有可能。
② 徐公持《曹植评传》,《中国历代著名文学家评传》第一卷第274页,山东教育出版社。

之蔽月,飘飘兮若流风之回雪。远而望之,皎若太阳升朝霞;迫而察之,灼若芙蕖出渌波。

这些比喻纯属虚写,用以显示洛神的妖娆秀美,光彩动人。接着转入实写:

> 襛纤得衷(襛音 nóng,茂盛,丰满。此四字言胖瘦适中),修短合度。肩若削成,腰如约素。延颈秀项,皓质呈露。芳泽无加,铅华弗御。云髻峨峨,修眉联娟。丹唇外朗,皓齿内鲜。明眸善睐,靥(酒窝)辅承权(同"颧")。瑰姿艳逸,仪静体闲。

这段描写美女的手法,与宋玉《神女赋》、《登徒子好色赋》有些类似,但显得更加细腻。赋中写到了曹植对洛神的爱慕之情,而这种感情也得到了洛神的理解,作者通过一系列关于动作的描写,宣示了洛神内心的矛盾。她既有顾虑,又不能对曹植的感情无动于衷。最后,她终于吐露了自己的心声:

> 动朱唇以徐言,陈交接之大纲。恨人神之道殊兮,怨盛年之莫当。抗罗袂以掩涕兮,流泪襟之浪浪。悼良会之永绝兮,哀一逝而异乡。无微情以效爱兮,献江南之明珰。虽潜处于太阴,长寄心于君王。

言语间含有无限深情,却又无可奈何,不得不匆匆离去,给作者留下了铭心刻骨的惆怅。此赋妙在既形象生动,又一往情深,读后使人感慨万端,情意络绎。此赋不算长,但内容丰富,寓意深长,在曹植赋中首屈一指,所以后来不少艺术家都偏爱此赋。晋代的大书法家王献之曾写过《洛神赋》,现已残缺,只剩十三行,被视为书法珍品。顾恺之的《洛神赋图》也是传世名画。南朝齐梁时代的文学家陆厥、沈约等也极推崇此赋。陆氏说"《洛神》、《池雁》便成二体之作",沈氏说"以《洛神》比陈思他赋,有似异手之作"。(均见《南齐书·陆厥传》)

除《洛神赋》以外,曹植辞赋存者不少,但有些已残缺。大体上说,他的辞赋创作可以分为前后两期。前期是曹操未死时所作,当时曹植作为一个贵公子,作品只是以辞藻华美见长,生活内容并不丰富。其中有不少题名与曹丕相同,显然是邺中唱和之作。较有名的《登台赋》据《三国志·魏书》本传说,是奉曹操之命,登铜雀台而作,深得曹操称赞。此赋存有佚文,见《三国志注》。从现存内容来看,不过是歌功颂德之作①。但此赋已不全,可能有精彩之笔未能保存下来,不然曹操未必会如此赞赏。

曹植后期的辞赋也和他的诗一样,由于环境的变迁,对生活的理解较前期更深刻。如《感节赋》写生命短促、有志不能伸展的痛苦,流露出对朝廷限制他行动的不满。如:

> 折若华之翳日,庶朱光之常照。愿寄躯于飞蓬,乘阳风而远飘。亮吾志之不从,乃扪心而叹息。青云郁其西翔,飞鸟翩而上匿。欲纵体而从之,哀余身之无翼。

这种无可奈何的悲叹,使人联想起他的《杂诗》、《吁嗟篇》等诗作。

另外《鹞雀赋》在曹植后期作品中很值得注意。这篇赋基本上是四字句,内容写鹞捕雀,雀自称"身体些小,肌肉瘠瘦,所得盖少。君

---

① 《三国志通俗演义》中记诸葛亮对周瑜所诵《铜雀台赋》中的句子,不见于《登台赋》,那是罗贯中的虚构。

欲相啖,实不足饱"。鹞因为"三日不食",仍然要吃掉雀。雀见哀求无效,就飞入棘林①,鹞见棘丛多刺,无法捕雀,就舍之而去。于是雀就向同类自夸其辩口与机智。此赋颇似后来敦煌发现的俗赋,疑当时已有此体。《三国志·魏书·陈思王植传》注引他的《与杨德祖书》称:"街谈巷议,必有可采";同书卷二十一注引《魏略》载,邯郸淳初见曹植,植曾"诵俳优小说数千言",可见他是比较重视民间文学的。和《鹞雀赋》相类似的还有一篇《蝙蝠赋》,似是为讥刺一些不行正道者而作,惜原文已佚,存者不过六十字,不足见其全貌,但这也可以说明曹植很喜欢用类似于俗赋的体式来写寓言题材。

曹植一生所作辞赋甚多,惜多残缺。他在《与杨德祖书》中表示不愿仅以"翰墨为勋绩,辞赋为君子",然而时势却决定了他只能以文学垂名后世。在他的整个创作中,首要的当然是诗,但辞赋的地位,显然也十分重要。

## 第三节　三国后期辞赋家

三国后期的辞赋家中,以何晏、阮籍和嵇康的成就最为突出。这三个人都受老庄思想影响,但这种影响在他们的辞赋中却不明显。

何晏是清谈的创始人之一,他是东汉末大将军何进之孙,其母为曹操妾,从小长于魏宫。因与曹爽同党,后被司马懿所杀。他的文学才能不高,诗颇浮浅,赋唯存《景福殿赋》,因为《文选》所收,故传诵较广。景福殿是魏明帝曹叡在许昌所建。这篇赋纯属歌颂曹叡之

---

① 原文为"依一枣树,藂(同"丛")蘴(nóng,疑当作"秾",茂密)多刺"。《说文》:"枣,羊枣也。""棘,小枣丛生者。"可见"枣树"当指今之酸枣树,多刺。

作,手法上模仿汉赋,以夸饰铺陈为主,结构取法王延寿《鲁灵光殿赋》,但辞采有所逊色。此赋句法少变化,说教成分较多。但其中写景福殿建筑的壮丽,如"既栉比而攒集,又宏琏(同"连")以丰敞,兼苞博落,不常一象;远而望之,若摛朱霞而耀天文;迫而察之,若仰崇山而戴垂云"诸句,尚有气势。描绘画栋雕梁的片段,亦间有华美之句。

稍后于何晏的阮籍和嵇康,辞赋则各有特色。阮籍(210~263)字嗣宗,陈留尉氏(今属河南)人,阮瑀之子。早孤,性狂放不羁,为礼法之士所疾,几乎置之死地,幸亏执政的司马昭不愿因杀他而留下恶名,才得以善终。

阮籍在文学史上以诗闻名。他的《咏怀诗》八十二首是历来传诵的名篇。他的辞赋却很少被人提到。其实他的赋亦有较好的作品,如《鸠赋》、《猕猴赋》等,均有所寄寓。如《猕猴赋》中写道:

> 婴徽缠(疑当作"缧",指绳索)以拘制兮,顾西山而长吟。缘榱(cuī,椽子)桷(jué,方形的椽子)以容与兮,志岂忘乎邓林。庶君子之嘉惠,设奇视以尽心。且须臾以永日,焉逸豫而自矜。斯伏死于堂下,长灭没乎形神。

这是写朝廷中一些怀禄贪势,不得不与腐朽官僚们相周旋的人物。他们在达官贵人面前强颜欢笑,贪图苟安,有的对时势虽也有所认识,不能完全忘却山林的自在生活,但苦于无法脱身,最后得到的只是须臾苟安。这些人往往"性褊(biǎn,狭小)浅而干进兮,似韩非之囚秦;扬眉额而骤眒(shèn,张目)兮,似巧言而伪真"。此赋对世态的讽刺比较深刻,比喻也很形象。他的《鸠赋》据序所云,作于魏废帝齐王芳嘉平中。此赋写鸠寄巢于树木,结果巢覆子死;托身于人家,却又为狗所害。作品似乎在暗喻出仕与隐逸均有危险,颇有忧生之嗟。他的另一篇《东平赋》大约作于出任东平相之后。据《晋书》本传载,他为东平相,本出于自己要求,但上任十天左右就走了。他曾表示对东平"乐其风土",而赋中所写则全然不同:

> 其土田则原壤荒芜,树艺失时,畴亩不辟,荆棘不治,流潢余溏(táng,池沼),洋溢靡之。

这显然不是写东平的风土,而是暗喻当时的朝廷,所以作者向往隐逸,希望离开那污浊的世界:

> 乘松舟以载险兮,虽无维而自縶。骋骅骝于狭路兮,顾蹇驴而弗及。资章甫以游越兮,见犀光而先入。被文绣而贾戎兮,识旃裘之必袭。奉淳和之平德兮,孰斯邦之可集。

显然这是吐露作者对当时现实的不满。同类思想在《亢父赋》中也有表现,他认为那里城郭"卑小局促,危隘不遏",土地"污除渐淤,泥涅槃洿",居民"顽嚚梼杌(táo wù,凶恶),下愚难化"。这并不是他对人民的蔑视,而是对当时朝廷的指斥。所以在《首阳山赋》中,他又进一步认为伯夷、叔齐"进而不合","甘死而采薇","其思长,其旨远"。

阮籍的辞赋虽不甚传诵,但在他的其他作品中,却颇有辞赋的风格,这说明他在这方面曾下过很深的功夫。如著名的《大人先生传》的后半部分纯系赋体,其中有些具有神话色彩的句子颇似《楚辞》,说明辞赋的一些手法已对散文创作产生了影响。甚至他的哲学论文《达庄论》,也有类似倾向。后来晋代鲁褒《钱神论》、王沈《释时论》等刺世之作,都在一定程度上受到了阮籍这种文风的启示。

和阮籍齐名的嵇康(223~262)字叔夜,谯郡铚(今安徽宿州)人。他出身于较贫寒的家庭,早年丧父,后来因娶曹魏宗室之女为妻,拜中散大夫之官。这是一个散官,并无实权。他也不乐为官,隐居山阳(今河南焦作附近),与阮籍、山涛、王戎、向秀、刘伶和阮咸等为友,时号"竹林七贤"。他对当时现实,特别是司马氏的擅权颇为不满。在著名的《与山巨源绝交书》中,曾自称"每非汤武而薄周孔";在处世方面又"刚肠疾恶,轻肆直言,遇事便发",因此深为司马昭所忌。后因朋友吕安为兄吕巽所诬,嵇康为吕安辩护,遭到司马昭和钟会的谗害。

嵇康在文学方面以散文和四言诗闻名。他的辞赋以《琴赋》和《卜疑》两篇最为称扬,其余均属零星佚文。《琴赋》被收入《文选》,是辞赋中描写音乐的名篇之一。这篇赋的结构在一定程度上受王褒《洞箫赋》影响,也是先从梧桐生长于山林写起,再写到琴声。由于他自己擅长弹琴,而且对音乐有自己的见解,所以在描写琴声的悠扬和节奏的变化时,颇能深得其中三昧:

尔乃理正声,奏妙曲,扬白雪,发清角。纷淋浪以流离,奂(huàn,盛)淫衍而优渥。粲奕奕而高逝,驰岌岌以相属。沛腾遌(è,遇)而竞趣,翕韡(wěi,光明)晔而繁缛。状若崇山,又象流波。浩兮汤汤,郁兮峨峨,怫愲(fèi wèi,心不安)烦冤,纡余婆娑。陵纵播逸(形容声音骤起,四散),霍濩(水声)纷葩(开张之状)。检容授节,应变合度。兢名擅业,安轨徐步。洋洋习习,声烈遐布,含显媚以送终,飘余响乎泰素。

琴声之妙,变幻无穷。其又状演奏情况:

或徘徊顾慕,拥郁抑按,盘桓毓养,从容秘玩。

音律和缓,节奏较慢;忽而急调繁弦,高亢激昂:

闼尔奋逸,风骇云乱。牢落凌厉,布濩半散。丰融(盛沛貌)披离,斐韡(明亮貌)奂烂。英声发越,采采粲粲。

这种形象的描绘,在整篇作品中还很多,由此可见作者于琴道造诣精深,非常人可比。在写到音乐对人的感染时,作品亦妙句迭出,精彩纷呈:

是故怀戚者闻之,莫不憯懔惨凄,愀怆伤心,含哀懊咿,不能自禁。其康乐者闻之,则欨(xū,笑意)愉欢释,抃舞踊溢,留连澜漫,嗢噱(wà jué,极为快乐)终日。若和平者听之,则怡养悦念(yù,快乐),淑穆玄真,恬虚乐古,弃事遗身。

这和作者的《声无哀乐论》是同一意思。嵇康认为同一音乐,在不同的人听来,可以产生完全相反的效果。这一论断涉及人的审美感受的种种心理过程,是一个十分复杂的问题,即使现代的美学理论,也不可能对此作出真正完善的解释。嵇康在这方面提出自己的看法,可以说是深入地思考了一个复杂的问题,这在当时条件下是难能可贵的。

嵇康的另一篇辞赋《卜疑》,系模仿《楚辞·卜居》而作。此赋假托一位"弘达先生"因为"方而不制,廉而不割,超世独步,怀玉被褐",看到了"大道既隐,智巧滋繁,世俗胶加,人情万端",就起了归隐之念,去找"太史贞父",请他占卜出仕与归隐的凶吉。其实"弘达先生"所陈之辞,已将归隐说得高于出仕,而且讲到了"时移俗易,好贵慕名;臧文(仲)不让位于柳季(下惠),公孙(弘)不归美于董生,贾谊一当于明主,绛灌作色而扬声"。"太史贞父"在听了他的诉说之后,只是说"至人不相,达人不卜",似乎像"弘达先生"那样是无适而不可的。赋中所谓"弘达先生"显然是嵇康自己。他本不想仕进,但不明言仕进不吉,可能是为了不使自己不愿与统治者合作的思想流露得太明显。

除了阮籍、嵇康外,"竹林七贤"中的向秀、刘伶等人亦有赋传世。其中以向秀的《思旧赋》和刘伶的《酒德颂》颇见传诵。向秀《思旧赋》是一篇很可注意的文字。其内容是写好友嵇康、吕安被杀之后,向秀路经二人故居时的哀念。篇幅甚短,寓意良深。向秀、刘伶二人都由魏入晋,一般算晋代作家。但就思想而论,则与嵇、阮近似。

"竹林七贤"之外,三国后期还有一些赋家如魏国的孙该,吴国的韦昭、杨泉等,但都只有残篇存世。由于三国时文人大抵都喜作赋,因此到了晋初,辞赋作品又大量涌现。

# 第五章　两晋辞赋

在辞赋史上,晋代是一个很重要的阶段。历来文学批评家都很重视晋初的太康时代,因为这时产生了傅玄、张华、潘岳、陆机、左思和张协等一批著名作家。《文心雕龙·时序》曾说"晋虽不文,人才实盛",意谓当时朝廷虽不提倡文学,而出现的作家却很多。其历史原因在于晋代司马氏政权凭借着三国时魏国的实力,曾短时期统一中国,当时文坛有许多文人均由魏或吴入晋,因而显得人才济济。由于晋代特殊的历史条件,对辞赋的发展产生了一定的影响。归纳起来,这一时期的辞赋发展有这样一些特点:

首先,西晋短暂的统一,确实曾给某些文人带来幻想,他们认为汉代那种大一统的富强的帝国又将出现,文人们又可以献赋求官,于是大赋的写作经一段时间的沉寂后又一度兴盛起来。在这方面,早年的左思就是一例。他花了十年工夫写了《三都赋》,正是期望由此一举成名,作为仕进的阶梯。然而此赋虽一时使"洛阳纸贵",却没能引起朝廷的重视,他也没有因此显达起来。和左思差不多同时的潘岳写了《藉田赋》歌功颂德,也未见重用。这是因为晋武帝在统一中国之初,还来不及提倡文治,而不久这个政权又陷入争权夺利的斗争,始终未能"偃武修文"。然而,西晋时大赋写作在技巧上有了进展,左思、潘岳之作与汉大赋相比,内容更趋向于写实,手法也较汉赋细致。他们虽并未因此致身显达,但其作品却为后来木华《海赋》、郭璞《江赋》的出现准备了条件。《海赋》和《江赋》用的也是排比铺张的写法,但题材却已从庙堂转向自然,在写景方面取得了新的成就。但这类赋由于描写的题材广大,需要渊博的知识和卓越的才华,所以后继者较少。至于其创造的一些手法,则于后人多有沾溉。如南朝鲍照《登大雷岸与妹书》与张融《海赋》即受二赋影响。但郭璞《江赋》不如木华《海赋》奇丽。此外,郭璞还有一篇《南郊赋》。东晋文人作大赋者不多,庾阐作《扬都赋》,在当时已受人讥评,所以很难留存。总的来说,大赋虽一度有兴盛的趋势,但毕竟未能形成风气。

其次,由于玄风炽盛,晋代诗坛出现了玄言诗,这也多少波及辞赋。例如西晋末年庾敳(ái)的《意赋》,就是企图用赋体来阐述玄理的作品。然而这篇赋从未得到人们的好评。正因为如此,在玄言诗盛行的东晋,却没有更多的"玄言赋"出现。因为赋这种文体一般以"体物"为主,总得对具体事物进行描绘,所以即使像玄言诗人孙绰所作的《游天台山赋》,仍有不少写景佳句为人喜爱。尽管如此,玄风的盛行毕竟使辞赋的发展受到一定的阻碍,或许这正是东晋一代可传诵的辞赋作品甚少的一个原因。

再次,晋代辞赋的主流还是三国以来盛行的抒情咏物之赋。现今人们爱读的晋赋,大约不外是西晋潘岳的《秋兴赋》及东晋陶渊明《归去来辞》等几篇作品,这些都是抒情小赋。晋代抒情小赋有一个现象值得注意,那就是由于抒情性加强,它与诗歌的关系就日益密切。于是有些作家开始写作一些短小的杂言诗,其文体介于诗赋之间。这种体裁始于晋初傅玄,中经夏侯湛、湛方生的努力而有了明显的发展,对后来南朝谢庄、沈约都颇有影响。这种介于诗赋间的文体的出现,为后来初唐歌行的大量创作准备了必要的条件。

总的来说，晋代辞赋的全盛时代还在西晋的太康年间，这一时期出现的作家和作品最多。到了东晋，传世辞赋则较少，这可能与玄风盛行有关；另一方面，东晋战乱频仍，使作家很少能集中精力作赋，恐怕也是一个原因。至于陶渊明赋作的出现，是他长期地村居及亲身参加一定劳动的结果。陶渊明的赋也和他的诗一样，在当时并不被重视，直到唐以后，才逐渐有所改变。

## 第一节　晋初辞赋家

晋初辞赋家以皇甫谧、傅玄、成公绥和张华最为著名。这几位作家都由魏入晋，因此他们中除傅玄外都受正始玄谈影响，作品中有较重的老庄思想色彩。

皇甫谧（215~282）字士安，安定朝那（今甘肃平凉西北）人。他是著名的隐士，著有《高士传》等著作。他的辞赋今仅存《释劝论》一篇。据此文序说是晋武帝登位时，族人劝他出仕，他就以宾主对答的形式自言其志。他认为战国纵横之士都是"弃礼丧真、苟荣朝夕之急者也"，"故上有劳谦之爱，则下有不名之臣；朝有聘贺之礼，野有遁窜之臣"。作品列举了一些隐士的事迹后说："皆持难夺之节，执不回之意，遭拔俗之主，全彼人之志。"这些论点和嵇康《与山巨源绝交书》中所谓"志气所托，不可夺也"相似，这恐怕和他对司马氏的腐朽统治早怀不满有关。这篇文章较质朴，使用宾主对答之体，近于《答客难》《解嘲》等作。

傅玄的年龄与皇甫谧相近。傅玄（217~278）字休奕，北地泥阳（今陕西铜川耀州区东南）人。曹魏时曾任弘农太守、散骑常侍等职，入晋后，官至司隶校尉。他的辞赋今存者多系残篇，但数量不少。其中有一部分显然是入晋以前所作。从一些文章看来,他比较有志于用世,曾对晋武帝提出过一些澄清吏治的建议。他的一些咏物小赋有的较有情趣。如《斗鸡赋》写鸡的形象:

前看如倒,傍视如倾。目象规作,觜(嘴)似削成。高膺峭峙,双翅齐平。跃身竦体,怒势横生。爪如炼钢,目如奔星。扬翅因风,抚翮长鸣。猛志横逸,势凌天廷。或踯躅踟蹰,或踄(同"蹀",dié,顿足)躞容与。或爬地俯仰,或抚翼未举。或狼顾鸱视,或鸾翔鹄舞。或佯背而引敌,或毕命于强御。

这段文字虽用了铺张的写法,但无堆砌之感,也没有生僻的字,把斗鸡时的种种动作写得十分逼真。他的《鹰兔赋》虽只剩下五句,但可以看出其文体近似曹植的《鹞雀赋》,说明傅玄也曾从事过俗赋的写作。至于他模仿《楚辞》所作的《拟招魂》,只剩寥寥数语,见于《北堂书钞》卷一百三十二。像其中"雕楹文桷结修梁,增台列榭别有望;设画屏风文绣班,上纪开辟图自然",全系七言句,似对后来夏侯湛、湛方生等人的一些介乎诗赋间作品有一定影响。

成公绥(231~273)字子安,东郡白马(今河南滑县东)人,魏时曾任博士、骑都尉等职。入晋后曾与贾充等参定法律。他自小聪明博学,不营资产,安于贫穷。《晋书》本传说他"少有俊才,词赋甚丽"。他的代表作当推《啸赋》。此赋在《文选》中与王褒《洞箫赋》等归入"音乐"一类,但写法上和那些赋颇为不同。因为"啸"是由人口吹出声音,不用乐器,所以此赋直接从啸者写起:

逸群公子,体奇好异,傲世忘荣,绝弃人事,睎高慕古,长想远思,将登箕山以抗节,浮沧海以游志。于是延友生,集同好,精性命之至机,研道德之玄奥。愍流俗之未悟,独超然而先觉。狭世路之厄僻,仰天衢而高蹈。邈姱(kuā,奢侈)俗而遗身,乃慷慨而长啸。

在作者看来,"啸"可以"舒蓄思之悱愤,奋久结之缠绵",也可以用来表现自然界的各种声音:

> 或舒肆而自反,或徘徊而复放。或冉弱(悠长貌)而柔挠,或澎濞而奔壮。横郁鸣而滔涸(水大貌),冽飘眇(声清长)而清昶。逸气奋涌,缤纷交错。列列飙扬,啾啾响作。奏胡马之长思,向寒风乎北朔。又似鸿雁之将雏,群鸣号乎沙漠。故能因形创声,随事造曲。应物无穷,机发响速。怫郁冲流,参谭(贯穿)云属。若离若合,将绝复续。飞廉鼓于幽隧,猛虎应于中谷。南箕动于穹苍,清飙振乎乔木。散滞积而播扬,荡埃蔼之溷浊。变阴阳之至和,移淫风之秽俗。

这里写的啸声,似近于口技,可惜古代的啸今已不传,无从知其究竟。但从此赋看来,作者的重点似在写啸声可以抒发郁结,用以表示自己傲世的态度。又有《天地赋》,序谓"赋者贵能分赋物理,敷演无方;天地之盛,可以致思矣",论者以为此意与司马相如"赋家之心,包括宇宙"[1]说宛合。此赋写自开辟混沌以来的天象地貌,多采古代神话传说。此外,他还写过一篇《钱神论》,今已散佚,但对后来鲁褒《钱神论》有影响,亦属刺世之作。另外他的《故笔赋》虽已散佚,从残存的佚文看来,亦有刺世之意。他认为笔能助人"尽力于万机",而"卒

---

[1] 见刘熙载《艺概·赋概》。

见弃于行路"。这种设想对后来韩愈的《毛颖传》有一定启示。

和成公绥年龄相仿,而又曾向朝廷举荐过他的张华(232~300)字茂先,范阳方城(今河北固安南)人,魏时曾任太常博士等职,入晋后任黄门侍郎,迁中书令,曾为平吴之役作出过贡献。惠帝时官任侍中、中书监、司空等要职,后被赵王司马伦杀害。

张华赋今存六篇,其中最著名的要算《鹪鹩赋》。此赋乃张华青年时代所作,曾被阮籍称赏。鹪鹩这种小鸟,始见称于《庄子·逍遥游》:"鹪鹩巢于深林,不过一枝。"此赋即以其羽毛丑陋、肉不堪食而幸免于祸,比喻人的绝圣弃智,避患自保。这是张华目睹魏末名士罕能全身的现实有感而作。他以为鹪鹩"毛弗施于器用,肉弗登于俎味",且"巢林不过一枝,每食不过数粒",因此它"动翼而逸,投足而安"。作者很欣赏它的"何处身之似智,不怀宝以贾害,不饰表以招累",并举出雕、鹗、鹄、鹭、鹍鸡、孔雀、翠鸟等,"咸美羽而丰肌,故无罪而皆毙"。有的虽未遭害,却也失去了自由:"苍鹰鸷而受继(系)、鹦鹉惠(慧)而入笼。居猛志以服养,块幽絷于九重;变音声以顺旨,思摧翮而为庸。恋钟岱之林野,慕垅坻之高松。虽蒙幸于今日,未若畴昔之从容。"这完全是当时一些人的经历和心情的真实写照。其出发点虽与老庄思想有关,但托物寓情,写得很形象,毫无说教味道。此赋文字流畅,纯用比兴,把描写和抒情结合得很紧,直承祢衡《鹦鹉赋》余绪。但这篇赋所宣称的思想却与作者后来的经历完全相反,他终于没能在政治旋涡中自保全身。这或许是张华被晋武帝初年表面承平的景象所迷惑,及至祸乱再起,已不能自拔的缘故。

张华其他五篇赋残缺。其中《永怀赋》写爱情,与他的《情诗》较近;《归田赋》写闲居之乐,说明他虽在仕途,仍不忘退隐。可惜这些作品所存文字不多,尚不能显示其全部特色。

## 第二节　潘岳和陆机

晋武帝太康年间(280~289),是西晋文学的全盛时代。当时的作家历来以潘岳和陆机作为代表人物,关于他们的评价,至少在东晋时代已有争论。如《世说新语·文学》载孙绰曾说:"潘文烂若披锦,无处不善;陆文若披沙简金,往往见宝。"又说:"潘文浅而净,陆文深而芜。"南朝江淹在《杂体诗序》中也有"安仁、士衡之评,人立矫抗"之语。不管这些评论对二人优劣如何估价,但认为他们代表着一代文风,则是没有异议的。

潘岳(247~300)字安仁,荥阳中牟(今属河南)人,曾为河阳、怀等县令,后为散骑侍郎,与石崇等人一起被赵王伦杀害。潘岳是西晋著名的诗人,但他的辞赋亦颇多名作。他的抒情小赋如《秋兴赋》、《闲居赋》、《寡妇赋》以及纪行的《西征赋》、写射猎的《射雉赋》等均颇有名。《文选》于诸家赋登录甚严,独于潘岳收其赋八篇,可见其为人推重。

《秋兴赋》是潘岳三十二岁时因初见白发而作。赋中对自己仕途的不得志颇有怨愤,其写到秋日景色一段能以景融情,颇为人们所传诵:

庭树槭(sè,叶落)以洒落兮,劲风戾而吹帷。蝉嘒嘒而寒吟兮,雁飘飘而南飞。天晃朗以弥高兮,日悠阳而浸微。何微阳之短晷,觉凉夜之方永。月朣胧(tóng lóng,变为明亮)以含光兮,露凄清以凝冷。熠耀(yì yào,萤火虫)粲于阶闼兮,蟋蟀鸣乎轩屏。听离鸿之晨吟兮,望流火之余景。

这些写景之句，归结起来就是说一年将尽，作者自感已接近中年，所以由白发而想到事业无成。眼看着他人显达，内心颇有羡慕之意，因此产生了悲秋之感。最后，他认为"苟趣舍之殊涂兮，庸讵识其躁静"，用仕途不免有风险，不如"优哉游哉，聊以卒岁"自慰。这种出世的思想情绪和潘岳平生行事很不相同，他其实是很热衷名利的。然而此赋动人之处实在于写景生动，而并不在于其中早为前人所抒发过的悲秋之情。

他的《闲居赋》似作于五十岁左右，写其奉母闲居于洛阳近郊田园，表达了满足于天伦之乐而不慕利禄的思想。其实他当时正和弄权的外戚贾谧来往密切，所以金代元好问在《论诗绝句》中曾讥笑他说："高情自古《闲居赋》，争信安仁拜路尘。"他的《寡妇赋》自称是模仿曹丕之作。曹作已佚，潘作独见于《文选》，流传至今。这大约是因为它哀婉动人胜于曹作之故。此赋所以传诵，是由于赋中写景与抒情的手法能巧妙地结合起来，往往不加雕饰，而真实地刻画了寡妇的愁苦心情。如：

> 愁烦冤其谁告兮，提孤孩于坐侧。时暧暧其向昏兮，日杳杳而西匿。雀群飞而赴楹兮，鸡登栖而敛翼。归空馆而自怜兮，抚衾裯以叹息。

赋中有时纯用白描，益增悲凄之感。如：

> 感三良之殉秦兮，甘捐生而自引。鞠稚子于怀抱兮，羌低徊而不忍。独指景而心誓兮，虽形存而志陨。

这些描写感情深挚，语辞真切。潘岳长于哀诔，所以这种题材正好发挥他的长处。

潘岳的《西征赋》篇幅很长。当时贾后诛杀杨骏，专擅朝政，潘岳曾为杨骏幕僚，也遭贬斥。这篇赋主要写秦汉兴亡的史事及关中风土，寄寓他对时局的忧虑。其中"密迩猃狁，戎马生郊"诸语，似已预感到齐万年之乱即将发生。此赋是历代纪行赋的继续，其以铺叙为主，但一些描写，还比较细致。总的来说，潘岳擅长抒情，因而《西征赋》、《藉田赋》不如《秋兴赋》等那样精彩。

和潘岳齐名的陆机(261～303)字士衡，吴郡吴(今江苏苏州)人①，三国吴大将陆逊之孙，吴亡后家居，后入洛，曾任平原内史等职，因被谗，为成都王司马颖所杀。

陆机赋以《文赋》最为著名。这是一篇用赋来写的文学创作经验谈。它在我国文学史上第一次提出了文学创作的构思和灵感等问题，后来《文心雕龙》等著作无不受其影响。由于它的内容涉及文学创作中的许多问题，而且有些属于理论问题，因此写法和一般赋不很相同。此赋写到作家完成构思之后，辞藻络绎奔赴笔端的情况时说："于是沉辞怫悦(难于出现貌)，若游鱼衔钩而出重渊之深；浮藻联翩，若翰鸟缨缴而坠层云之峻。"这纯属比喻，用形象的事物来说明一种抽象的过程。如果作者不是富于创作经验，是很难做到的。

《文赋》中写到创作的敏滞时，更形容得十分生动：

---

① 近人有以陆机为华亭(今上海松江区)人的，误。考《三国志·吴书·陆逊传》，陆机的祖父陆逊是吴郡吴人。华亭在三国和晋代，尚非县名，只是由拳县所属的一个小地名。陆逊在猇亭之战大破蜀兵后，孙权就赐给他华亭的庄园。但陆氏在吴，建业也有居宅，陆机不一定生于华亭，更不能断言其籍贯为华亭。因为史书上某郡某人必用县名。

若夫应感之会,通塞之纪,来不可遏,去不可止,藏若景灭,行犹响起。方天机之骏利,夫何纷而不理。思风发于胸臆,言泉流于唇齿。纷葳蕤以馺遝(sà tà,众多貌),唯毫素之所拟。文徽徽(形容文采之盛)以溢目,音泠泠(声清越)而盈耳。及其六情底滞,志往神留,兀若枯木,豁若涸流。揽营魂以探赜,顿精爽于自求(二句谓凝神苦思,考虑深奥的玄理)。理翳翳而愈伏,思乙乙其若抽(形容思考问题很难得到解决)。是以或竭情而多悔,或率意而寡尤。虽兹物之在我,非余力之所戮(谓非力所能及)。故时抚空怀而自惋,吾未识夫开塞之所由。

这段话过去曾被人指为"不可知论",这对陆机不免苛责。关于文学的所谓"灵感",本是一个十分复杂的问题,即使在今天,我们也还很难作出完满的解释。陆机只是通过自己的亲身体会,提到了这一问题,并且形象地把它描述出来。他不可能解决这一问题,然而能这样具体地写出来,正说明他深知创作的甘苦。在《文赋》中,他还提到了不少重要的创作问题,为前人所未发。在文学批评史上,《文赋》有着不可磨灭的功绩。

陆机其他的辞赋以《豪士赋》、《叹逝赋》和《羽扇赋》最可注意。《豪士赋》系对齐王司马冏进行讽谏之作。此赋有些话颇激切,认为人的成就有时是"因天地以运动,恒才琐而功大",指出司马冏平赵王伦之乱,并非因为他才能出众。作者还说:"伊天道之刚健,犹时至而必誉;日罔中而弗昃,月何盈而不阙。"认为骄盈必招祸败。此赋文字平易,立论正大,并无作者常有的繁缛之弊。他的《叹逝赋》大约作于四十岁,乃悼念亡故亲友而作。赋中对吴亡晋衰均有感叹,谓"咨余命之方殆,何视天之茫茫",颇有忧生之嗟。如:

步寒林以凄恻,玩春翘而有思。触万类以生悲,叹同节而异时。年弥往而念广,涂薄暮而愈迮(zé,狭)。亲落落而日稀,友靡靡而愈索。顾旧要于遗存,得十一于千百。乐隤(tuí,衰败)心其如忘,哀缘情而来宅。托末契于后生,余将老而为客。

情调悲凉,说明他晚年对前途已失去信心,颇思隐退,然而"八王之乱"已开始,他已无法脱身了。

　　《羽扇赋》则假托宋玉在楚王和诸侯面前谈羽扇之来历及功效,又由唐勒作歌。这种赋大约在陆机以前就有人写过,如相传为宋玉所作的《大言赋》、《小言赋》等,一般都是后人所作而托名宋玉。像此赋那样明明自作而托之于宋玉的,则自陆机始。此后南朝谢惠连《雪赋》之托司马相如、枚乘和邹阳,谢庄《月赋》之托王粲等,皆受其影响。

## 第三节　左思及其他太康辞赋家

　　太康作家除潘、陆外,还有左思、张载、张协、夏侯湛、孙楚等,均擅长辞赋。左思字太冲,齐国临淄(今山东淄博东)人,生卒年不详。他的辞赋以《三都赋》最为世称。"三都"指魏都邺、蜀都成都和吴都建业。此赋以富赡见长,据说他写了十年之久,"门庭藩溷(厕所),皆著笔纸,遇得一句,即便疏之"(《晋书·文苑传》)。历来关于此赋的写作时间和经过,记载颇有出入。据《晋书》说,此赋作于吴亡之前,曾由皇甫谧作序。但《世说新语·文学》注引《左思别传》则认为并无此事。据《晋书》说左思在写《三都赋》时,曾向张载打听蜀中情况，而张载去蜀及返洛阳时间，已在皇甫谧死后，可见《晋书》记载自相矛盾。但《世说新语》注所引《蜀都赋》文字，有今本所无者，可能是作者在十年中屡易其稿，由皇甫谧作序的是他的初稿，而今本是后来所改。尽管关于此赋的写作存在不同的说法，但它在当时颇有盛名，后人对它评价亦甚高，都是事实。此赋在艺术上似并未突破汉赋堆砌、铺张的窠臼。但其写作意图似与汉代大赋不同。他特别强调写实，在赋的序言中对前人之作中不真实的内容提出了批评。他认为赋是"古诗之流"，"先王采焉以观土风"。他阐述自己的写作意图说："余既思摹《二京》而赋《三都》，其山川城邑，则稽之地图；其鸟兽草木，则验之方志；风谣歌舞，各附其俗；魁梧（大的山丘）长者（尊贵的人物），莫非其旧。何则？发言为诗者，咏其所志也；升高能赋者，颂其所见也。美物者贵依其本，赞事者宜本其实。匪本匪实，览者奚信？夫任土作贡，《虞书》所著；辩物居方，《周易》所慎。聊举其一隅，摄其体统，归诸诂训焉。"现在看来，这种主张不免有些狭隘。但他避免了过分夸张之弊，同时又较少注意帝王的享乐生活，而着重于城市的富庶、各地物产及风土人情的描述。在《魏都赋》中还表现了平定东吴，统一全国的思想。从《三都赋》内容来看，这确是一篇"思摹《二京》"，以"博物"为主旨，并无过于夸饰的作品，比《二京赋》更信而有征。但因为大赋本身有罗列物产的传统，因此此赋也难免堆砌名词，显得艰涩难读。故以文学价值论，《三都赋》并不比前人之作高明。

左思的《白发赋》的写法则与《三都赋》很不一样，它是一篇用寓言的形式来抒写仕途不得志的作品，较少雕饰。赋中写自己因长了白发而感到"秽我光仪"，要加以拔除。白发就"瞑目号呼"，声言："甘罗自以辩惠（慧）见称，不以发黑而名著；贾生自以良才见异，不以乌鬓而后举。"于是作者自叹："曩贵耆耇，今薄旧齿；蟠蟠（pó pó，白发状)荣期(古代高士荣启期),皓首田里;虽有二毛,河清难俟。"这纯是牢骚,其用意与杨雄《逐贫赋》相似,在文风上则与曹植《鹞雀赋》等相近,可能也受了俗赋的影响。

和左思差不多同时的张载字孟阳,安平(今属河北)人。他曾因省父到过蜀地,作《剑阁铭》。他的赋据清严可均《全晋文》所辑,凡七篇,皆不全。其中有些抒情写景的片段较为精彩。如《叙行赋》:

超阳平而越白水,稍幽蔼以回深。秉重峦之百层,转木末于九岑(山小而高)。浮云起于毂下,零雨集于麓林。上昭晰以清阳,下杳冥而昼阴。闻山鸟之晨鸣,听玄猨之夜吟。虽处者之所乐,嗟寂寞而愁予心。

写山高路险、林谷幽深的景色,颇为生动。

张载之弟张协,在诗歌方面的成就高于其兄。他的辞赋以《七命》最著名。此赋基本上模仿《七发》,但写景成分较多,赋中不乏华丽辞藻,其中写宝剑、名马的片段,颇有声势。但总的来说,尚未超出《七发》的范畴。他还有一些佚作,其中像《登北邙山赋》写北邙山地势之高峻,他在山上遥望洛阳,叹古伤今,发出"何天地之难穷,悼人生之危浅,叹白日之西颓兮,哀世路之多艰"的感慨。最后,作者甚至产生了"抚长风以延伫,想凌天而举翮"的遐想。这说明作者在当时现实中的苦闷。

和张协等人同时的赋家还有夏侯湛、挚虞、孙楚等。夏侯湛字孝若,魏将夏侯渊曾孙,与潘岳友善。他的辞赋存二十多篇,但多见类书所引,有些仅存片言只语。但有一些介于诗赋间的短篇颇具特色,如《江上泛歌》:

悠悠兮远征,倏倏兮暨南荆。南荆兮临长江,临长江兮讨不庭。江水兮浩浩,长流兮万里。洪浪兮云转,阳侯兮奔起。惊翼兮垂天,鲸鱼兮岳跱。藨芜纷兮被皋陆,修竹郁兮翳崖趾。望江之南兮遂目桂林。桂林蓊郁兮鹍鸡扬音。凌波兮愿济,舟楫不具兮江水深沉。嗟回盼于北夏,何归轸之难寻。

这篇作品的特点是既采用"骚体",又略加变通,句子有长有短,不像《楚辞》那样整齐,因此显得自由活泼。它从文体上说,和赋基本相同。但没有铺张的笔法而着重于抒情,又有点类似于杂言诗。在夏侯湛的作品中,此篇首尾较为完整,但从艺术价值说来,他的《秋夕哀》、《山路吟》写景生动,似更为出色,《离亲咏》的抒情味亦较此篇为浓,可惜都是类书所引,删节过甚。这类作品在辞赋史和诗歌史上都有重要意义。后来东晋湛方生和南朝谢庄、沈约均有这类作品。从这些作品的发展情况可以看出诗、赋通过相互影响,逐步趋向融合。到了谢庄、沈约时,赋的有些句子已很像五、七言诗。这种作品的产生显然为后来萧绎、庾信等人近于诗的小赋准备了条件。

文学批评家挚虞编有《文章流别集》,他也有赋传世,其中《晋书》本传所载《思游赋》最完整。这篇赋的写法接近张衡《思玄赋》,有一些上天漫游的幻想,但艺术上似乎缺乏超越前人的地方。此外,年龄稍长于张协、挚虞的孙楚亦善作赋,清严可均所辑共十七篇,残缺颇甚。其中《笳赋》、《登楼赋》较有抒情意味;《井赋》多说理之句,已接近东晋玄言诗人的作品。他的作品现在已不被注意,但在历史上曾产生过影响,如他的《鹰赋》中"深目蛾眉,状似愁胡"句,即为杜甫《画鹰》诗"侧目似愁胡"所本。

## 第四节　木华和郭璞

木华字玄虚，广川（今河北景县西南）人，曾任太尉杨骏主簿。他的作品仅存《海赋》一篇，此赋历来颇为传诵。钱锺书先生在《管锥编》中称赞此赋"远在郭璞《江赋》之上，即张融《海赋》亦无其伟丽"（第四册第1217页）。这个评语是非常正确的。《海赋》以描写自然景色为主，也运用了一些神话传说和自己的想象，因此显得格外雄奇。其中一些精彩的片段对后来一些文学作品曾很有启发。如写海船顺风行驶的迅疾：

> 若乃偏荒速告，王命急宣，飞骏鼓枻，泛海凌山。于是候劲风，揭百尺，维长绡，挂帆席。望涛远决，冏然（明亮地）鸟逝，鹬（yù，快飞貌）如惊凫之失侣，倏如六龙之所掣（牵引）。一越三千，不终朝而济所届。

文字非常生动传神。以后《水经注·江水》写三峡景色，形容长江之舟顺流而下，"朝发白帝，暮到江陵"一段，是历来传诵的文字。这段文字据一些学者考证，乃采自南朝宋盛弘之《荆州记》。但它们都在木华之后，而文中"王命急宣"等句，又与《海赋》相同，可见其与《海赋》不无关系。李白的《早发白帝城》虽由《水经注》脱胎，但"千里江陵一日还"之句，基本上仍从"不终朝而济所届"句演化而来。

又如赋中写到岛屿和海边的禽鸟时说：

> 若乃岩坻（chí，水中的小块陆地）之隈（wēi，山水弯曲处），

沙石之欤,毛翼产鷇(kòu,初生小鸟),剖卵成禽。兔雏离褷(褷音 shī,离褷,毛羽始生状),鹤子淋渗(亦毛羽始生状)。群飞侣浴,戏广浮深,翔雾连轩(举翼状),泄泄淫淫(飞翔状)。翻动成雷,扰翰为林,更相叫啸,诡色殊音。

这段文字描写各种鸟类聚集在一起发出种种鸣声的情景颇为传神。后来鲍照《登大雷岸与妹书》中"北则陂池潜演,湖脉通连,苎蒿攸积,菰芦所繁。栖波之鸟,水化之虫,以智吞愚,以强捕小,号噪惊聒,纷牣其中"诸语,立意虽不尽同,而描写却有类似之处。这是因为木华此赋在当时颇为传诵。在今天,也许由于语言的变迁使此赋有些字句较难为一般读者接受,但如果通过注释,消除了文字障碍,那么它的艺术魅力还是能吸引许多读者的。尤其是赋中利用夸张和想象的手法写到大海的一些奇景,更是雄奇瑰丽。

尔其水府之内,极深之庭,则有崇岛巨鳌,岌峨(dié niè,高峻貌)孤亭,擘洪波,指太清(天空),竭(负载)磐石,栖百灵。扬凯风而南逝,广莫至而北征。其垠则有天琛(自然宝物)水怪,鲛人(传说中居于水底的人)之室,瑕石(红玉)诡晖(变色),鳞甲异质。若乃云锦散文于沙汭之际,绫罗被光于螺蚌之节("云锦"、"绫罗"皆形容文采绚丽),繁采扬华,万色隐鲜。阳(北边)冰不冶(融化),阴(南边)火潜然。熺(xī,火旺)炭重燔,吹炯(光照)九泉。朱燄(同"焰")绿烟,眇(yǎo)眇蝉蜎(yuān,眇眇蝉蜎,形容烟焰飞腾之状)。鱼则横海之鲸,突扤(wù,"突扤",高出貌)孤游,戛岩嶅(áo,高山),偃高涛,茹麟甲,吞龙舟。噏(同"吸")波则洪涟踧蹜(cù sù,形容波浪聚集),吹涝则百川倒流。或乃蹭蹬(cèng dèng,失势状)穷波,陆死盐田。巨鳞插云,鬐(同"鳍")鬣(鱼背上的刺)刺天。颅骨成岳,流膏为渊。

这里写到了大海的宽广、物产的丰富和海中的奇观,色彩缤纷,杂陈眼前。其中如"阳冰不冶,阴火潜然"两句,旧注解释不很清楚,钱锺书先生用水北为阳、南为阴的道理加以解释,使人豁然认识到此赋用字之简练。又如赋中关于鲸鱼的描写,虽有夸张,却有事实根据,给读者以深刻的印象。

木华《海赋》的另一特点是善于用散文化的句法来赞叹大海,如:

群山既略,百川潜渫(疏浚既深)。泱漭(广大)澹泞(清而深),腾波赴势。江河既导,万穴俱流,掎(jǐ,引)拔五岳,竭涸九州。沥滴渗淫(渗音 qīn,渗淫,小水),荟蔚云雾,涓流泱瀼(停淤的水),莫不来注。於(wū,语助词)廓(大)灵海,长为委输。其为广也,其为怪也,宜其为大也。

这段话像是议论,但和上下文相连看,更显出作者对大海宽广的惊异之情,一唱三叹,富有韵味。这在魏晋以后辞赋进一步骈化的时代,极为少见。

比木华稍后的郭璞(276~324)字景纯,河东闻喜(今属山西)人。他是著名的学者和诗人,其辞赋以《江赋》最为著名,历来常被与木华《海赋》对比。当时人李充曾认为他是东晋初年成就最高的赋家,其实《江赋》的文风与《海赋》不同。郭璞是一位古文字学家,他在写《江赋》时好用生僻的奇字,因而使作品晦涩难读。此赋据钱锺书先生《管锥编》引姚旅《露书》中的评语,认为所叙长江水系有所夸大,一些地区与江水"杳不相涉";有些物产也非江中所有,而是海中之物。这些批评都很中肯。这种情形也许是由于作者有意要夸张长江水系及物产。据《文选》李善注引《晋中兴书》云:"璞以中兴王宅江外,乃著《江赋》,述川渎之美。"这和司马相如之故意夸大上林苑的范围和物产,是同一用意,体现了历来大赋的传统习惯。

当然,《江赋》之负有盛名,也不是没有原因的。它确有一些精彩的片段值得称颂,如写到长江从今四川境内奔腾至海的情状,就颇有气势:

呼吸万里,吐纳灵潮,自然往复,或夕或朝,激逸势以前驱,乃鼓怒而作涛。峨嵋为泉阳之揭(泉阳即"阳泉",三国时地名,在今四川绵竹附近。揭,高耸之处),玉垒作东别之标。衡霍磊落以连镇,巫庐嵬崛而比峤(山锐而高)。协灵通气,濆薄相陶。流风蒸雷,腾虹扬霄。出信阳(指信陵之阳,在建平郡,今重庆和湖北交界地区)而长迈,淙大壑与沃焦(传说中地名,据云在东海南三万里)。

由于古人的地理知识有限,故郭璞不可能知道长江发源于青海的事实,而是根据《尚书·禹贡》"岷山导江"的话来概括长江流域的地形。但用这样简括而形象的语言来描写江流的磅礴气势,确实具有过人的笔力。赋中写江船顺风行驶,也颇有特色:

凌波纵柂(同"舵"),电往杳溟。霴(duì,云黑之状)如晨霞孤征,眇若云翼绝岭。倏忽数百,千里俄顷。飞廉(风神)无以晞其踪,渠黄(骏马)不能企其景。

与木华《海赋》写海船疾驶显然不同,"倏忽数百,千里俄顷",具有很强的表现力。尤其"晨霞孤征"四字设想新奇,体物摄神,所以钱锺书先生认为"可以适独坐而不独惊四筵也"(《管锥编》第四册第1235页)。《江赋》中还有不少生动传神的地方,但往往因夹杂着一些生僻的字词而使今天的读者难以卒读。

郭璞除《江赋》外,还有一篇《客傲》载于《晋书》本传。这是模仿东方朔《答客难》和杨雄《解嘲》之作。其文字较为流畅,集中地阐述了他的哲学思想和处世态度,对理解他的生平与思想有重要价值。在这篇赋中,可以看出他对东晋初年的政局有较深的了解,他目睹一些人身居要职,却又深知仕途凶险,对他们并不歆羡。他自己已有名气,无法完全退隐,因此他说:"蚓蛾以不才陆槁,蟒蛇以腾鹜暴鳞。"主张"不尘不冥,不骊不骍",也就是庄周所谓"处于才与不才之间"(《庄子·山木》)。他认为全身远祸之道在于"无岩穴而冥寂,无江湖而放浪",即既不干进,也不退隐,这就是当时人所谓的"朝隐"。然而这种处世态度并不能使他避免灾殃,他最后还是被王敦所害。

郭璞还有一些赋见于《艺文类聚》等类书,均非全文。在这些赋中多少可以了解到他由北方逃奔南方的经历及他对政治的一些见解,但在艺术上似少特色。

## 第五节  孙绰和东晋辞赋

《文心雕龙·时序》说:"自中朝(指魏和西晋)贵玄,江左(指东晋)称盛,因谈余气,流成文体。是以世极迍邅(zhūn zhān,困顿),而辞意夷泰,诗必柱下(指《老子》)之指归,赋乃漆园(指《庄子》)之义疏。"确实,在东晋一代,诗、文和辞赋中都表现了较浓厚的老庄思想。这是因为当时统治者内部矛盾十分尖锐复杂,许多士人为了全身远祸,只能空谈玄理,不关心现实。这种风气流行既久,连帝王和大臣们也视摆脱世务为清高,关心政事为尘俗,于是文学作品也就大谈玄理,出现了一批所谓"玄言诗"。其实当时的辞赋也多少受其影响,不过,赋的特点在于"体物",总得对具体事物有所刻画才行。当时有些作家也试图用赋来表述玄理,但毕竟很少取得成功,因此像西晋庾敳所作《意赋》,就无人爱读,这些赋也就大多散佚了。

东晋那些玄言诗的作者如庾阐、袁宏和孙绰等人尚有一些赋作存世。其中袁宏据《文心雕龙·诠赋》说,在晋代还算一个较好的赋家。但庾、袁二人之赋,现在都只有残篇。这些文人虽以清高自命,其实作赋却不免看贵人脸色行事。如《世说新语·文学》:"庾阐始作《扬都赋》,道温(峤)庾(亮)云:'温挺义之标,庾作民之望,方响则金声,比德则玉亮。'庾公闻赋成,求看,兼赠贶之。阐改'望'为'俊',以'亮'为'润'云。"他为了给庾亮看,还为避免用"亮"字而作了改动,以此大得欢心。庾亮称之为"可三《二京》,四《三都》",其声价骤增,却不免为谢安所讥。同书又载袁宏作《东征赋》,不提陶侃,以致陶范大怒,要拔刀拼命,弄得他只好添加字句,为陶侃表功。刘孝标注引《续晋阳秋》则记他在《东征赋》中故意不提桓彝,使桓温声色俱厉地加以责问,结果他脱口而出,对桓彝倍加颂扬。这其实是故意向桓温逞能。从谢安对庾阐所作的评语"此是屋下架屋耳,事事拟学,而不免俭狭"看来,大抵这些作品刻意模仿而少新意,所以经不起时间的淘汰,至今只能剩下些零星佚文。

东晋中期较有成就的赋家当推孙绰。孙绰(314~371)字兴公,太原中都(今山西平遥西南)人,孙楚的孙子。他是东晋玄言诗的代表人物。在玄言诗中,他有些作品尚较有形象。他的赋以《游天台山赋》最见传诵。据《世说新语·文学》载,他曾经将此赋给友人范荣期看,并说:"卿试掷地,要作金石声?"可见是他的得意之作。从此赋的序文看来,他并未到过天台山,只是"驰神运思,昼咏宵兴,俯仰之间,若已再升者也"。不过,他曾任永嘉太守,到过今浙东一带,可能听到别人讲过一些天台山的景物。现在看来,此赋中想象的成分远多于写实。其中最著名的句子如"赤城霞起而建标,瀑布飞流以界道",似亦属得之传闻。赋中类似的写景名句不少,如:"披荒榛之蒙茏,陟峭崿之峥嵘。济楢溪(楢音yóu,楢溪,溪名)而直进,落五界(五县之界)而迅征。跨穹隆(长而曲折)之悬磴(石桥),临万丈之绝冥(幽深)。践莓苔之滑石,搏壁立之翠屏。揽樛(jiū,树木向下弯曲)木之长萝,援葛藟(lěi,藤)之飞茎。虽一冒于垂堂,乃求存乎长生。必契诚于幽昧,履重崄而逾平。"虽属想象,却有着作者长期登山涉水的经验,因此写来颇觉真实。赋的后半部写到仙境,则更属幻想。这种写法对后来李白的《梦游天姥吟留别》可能有所启发。此赋虽有出世思想,但因为形象生动,想象奇特,所以颇为读者喜爱。

孙绰还有一篇《遂初赋》,今佚。此赋在当时较有名。据《世说新语·言语》注引其序,可以看出赋是写隐逸之志的。其实孙绰其人并不甘寂寞,当时人说他"才而性鄙",但其才藻则颇见推重。

东晋的赋家中还有一位过去很少受人注意的人物湛方生。关于他的生平,我们仅知其生活在晋孝武帝太元(376~396)以后,官至卫军谘议参军。从他的诗文看来,他曾在江州(今江西九江)一带做过官。

湛方生的辞赋据清严可均所辑,凡六篇。此外尚有《羁鹤吟序》和《吊鹤文》,前者可能是一篇赋的序,但本文已佚。后者虽名为文,文体却与赋差不多。在这些作品中,最值得注意的是《秋夜》、《游园咏》和《怀归谣》三首短赋。这些作品和夏侯湛的短赋一样,实际上已近于杂言诗。这三篇短赋中,《秋夜》和《游园咏》在内容和形式上都与夏侯湛作品有所不同。例如:《游园咏》基本上是六字一句,完全不用"兮"字,已摆脱了骚体影响;《秋夜》篇幅较长,仅一处用"兮"

字。每句字数也略有变化,在六言句中插有个别四言句,末两句又为七言。在内容方面,《秋夜》的老庄思想较浓厚,《游园咏》亦有类似情况,但不明显。只有《怀归谣》是骚体,形式上与夏侯湛之作相似。从艺术价值说,似以《秋夜》与《怀归谣》较高。如《秋夜》云:

秋夜清兮,何秋夕之转长。夜悠悠而难极,月皎皎而停光。播商气以清温,扇高风以革凉。水激波以成涟,露凝结而为霜。凡有生而必凋,情何感而不伤。

又如《怀归谣》云:

气惨惨兮凝晨,风凄凄兮薄暮。雨雪兮交纷,重云兮四布。天地兮一色,六合兮同素。山木兮摧披,津壑兮凝冱。感羁旅兮苦心,怀桑梓兮增慕。

这些句子都写得情景交融,富有诗意,与南朝人抒情咏物小赋相似。它们比夏侯湛的同类作品更近于诗,对南朝谢庄等人的影响更为直接。

湛方生的《风赋》和《怀春赋》亦属抒情小赋。《风赋》虽用铺张手法写了狂风与微风的不同,但多以景物来形容烘托,毫无生僻的字。《怀春赋》亦通过写景来抒情,显得流畅自然。他的《七劝》系模仿《七发》,较少特色。总的来说,湛方生的诗赋中已出现"老庄告退,山水方滋"的迹象。他的作品虽有玄气,而写景成分明显增多,这和当时谢混、殷仲文的诗歌有类似之处。

## 第六节　陶渊明

东晋末年的大诗人陶渊明(365~427)字元亮,一说名潜,字渊明,浔阳柴桑(今江西九江西南)人。他是我国历史上著名的隐逸诗人,也是杰出的辞赋家。据《宋书》本传说,他是东晋初年名臣陶侃的曾孙,但也有人提出怀疑。他的赋现存《感士不遇赋》、《闲情赋》及《归去来兮辞》三篇。从这些赋中当然可以看出他和统治者不合作的态度,但总的来说,其原因似主要为"傲世"而非忠于晋室。因为《归去来兮辞》作于乙巳年,即晋安帝义熙元年(405),当时刘裕刚攻灭桓玄不久,重新推奉安帝,下距他代晋自立尚有十五年之久,而且和他一同起兵的刘毅等人尚在,刘裕代晋之势尚未形成。因此说陶渊明此时归隐,即出于"忠晋",恐难成立。《感士不遇赋》是写仕途险恶,才逃禄归耕,这种思想不一定在帝王易代之际才能有;《闲情赋》则写爱情,与政治的关系似更少。

在这三篇赋中,以《归去来兮辞》最为传诵。这篇赋是他离彭泽令职时所作。在序中,他自称出任彭泽令是因为家贫,彭泽去家又近,而"公田之利,足以为酒"。然而不久即有弃官的想法,因为"质性自然,非矫励所得,饥冻虽切,违己交病"。从《归去来兮辞》本文看来,陶渊明当时家境似不很贫困,至少他还有田园、僮仆。但他不愿在官场中生活,觉得"世与我而相违",认为做官是"以心为形役",这却是真实的思想。这篇赋的一大特色是首尾浑然一体,很难摘句。这种特点和历代人对他诗歌的评论是一致的。此赋写他辞官后将近家门时的心情给人以深刻印象:

乃瞻衡宇，载欣载奔。僮仆欢迎，稚子候门。三径就荒，松菊犹存。携幼入室，有酒盈樽。引壶觞以自酌，眄庭柯以怡颜。倚南窗以寄傲，审容膝之易安。

久离乍归时的欣喜之情跃然纸上。赋中在抒写情怀的同时，也兼有写景之句。这些句子往往以鲜明生动的语言给人以深刻的印象。如"舟遥遥以轻飏，风飘飘而吹衣。问征夫以前路，恨晨光之熹微"，"云无心以出岫，鸟倦飞而知还。景翳翳以将入，抚孤松而盘桓"，"木欣欣以向荣，泉涓涓而始流。善万物之得时，感吾生之行休"等，均能把抒情、写景和哲理融为一体。作者似无意于雕饰，而文采斐然。即使一些说理之句如"实迷途其未远，觉今是而昨非"，也为人熟知，几乎成为成语。所以宋欧阳修曾说："晋无文章，惟陶渊明《归去来辞》而已。"此语对其他作家未免贬抑过甚，但亦可见其对陶的推崇。胡仔《苕溪渔隐丛话》前集卷三引李格非语，认为此赋"沛然如肝肺中流出，殊不见斧凿痕"。又引《冷斋夜话》说陶渊明"初未尝欲以文章名世，而其词意超迈如此"。这些评语都很中肯。

　　《感士不遇赋》的立意与《归去来兮辞》相近。此赋序言说是读董仲舒《士不遇赋》和司马迁《悲士不遇赋》而作。这篇赋比《归去来兮辞》似较多刺世之意。它从老庄思想出发，认为上古时代人情淳朴，没有诈伪，而后来则虚伪和竞进者越来越多，于是正直之士就不容于世，只能采取归隐的办法来洁身自好。这种思想当然有其落后的一面，然而对当时的现实却有一定的批判意义。在这篇赋中，作者自述归隐并非由于不想做一番事业，而是因为当时的形势迫使他不能不"逃禄而归耕"。他认为有些人"击壤以自欢"，有些人"大济于苍生"，出处虽然不同，但都是当时的情势使然。他认为当时仕途中人都是"雷同毁誉，物恶其上，妙算者谓迷，直道者云妄"；

正直之士"坦至公而无猜,卒蒙耻以受谤;虽怀琼而握兰,徒芳洁而谁亮"。他虽然归耕,而心中仍颇多不平,甚至对所谓"天道"也产生了怀疑:

> 承前王之清诲,曰天道之无亲,澄得一以作鉴,恒辅善而佑仁。夷投老以长饥,回早夭而又贫,伤请车以备椁,悲茹薇而殒身。虽好学与行义,何死生之苦辛。疑报德之若兹,惧斯言之虚陈。

这段话虽基本上用司马迁《史记·伯夷列传》中的意思,但仍然可以看出他对当时现实的极为不满。这和他一些诗歌中所表现的"金刚怒目"式的情绪是相通的。在陶渊明的辞赋中,《感士不遇赋》较少被人传诵,也许是因为此赋用了一些古人的事例,不如《归去来兮辞》那样易于理解。但总的来说,此赋仍属抒情小赋,并无堆砌之弊,只是艺术上不像《归去来兮辞》那样成熟。

《闲情赋》在陶渊明作品中比较特殊。此赋用意据作者自己在序中说:"初,张衡作《定情赋》,蔡邕作《静情赋》,检逸辞而宗澹泊,始则荡以思虑,而终归闲正。将以抑流宕之邪心,谅有助于讽谏。"但从这篇赋的内容看来,似乎并无多少"讽谏"之意。所以作为陶渊明的崇拜者的萧统,在《陶渊明集序》中也说:"白璧微瑕,惟在《闲情》一赋。扬雄所谓劝百而讽一者,卒无讽谏,何必摇其笔端?惜哉,无是可也。"后来的评论家有的不同意萧统之说,但立论不免牵强。其实对这篇赋既没有必要加以指责,也不必强为解释。它写的确是爱情,并不见得有多少"讽谏"之意。作者所以要用"讽谏"作幌子,无非是因为封建社会中把真挚的爱情看作"非法"而已。即以人们经常提到的"愿在丝而为履,附素足以周旋"等句而论,也不过是表现了作者害怕对方的爱情不能持久之意。对于一位诗人来说,除了表现他的政治观点和寓目山水之外,自然也可以描写男女之情,这完全不是什么缺点。特别是后半篇写相思之情,更富特色:

拥劳情而罔诉,步容与于南林。栖木兰之遗露,翳青松之余阴。傥行行之有觌,交欣惧于中襟。竟寂寞而无见,独悁(yuān,忧愁)想以空寻。敛轻裾以复路,瞻夕阳而流叹,步徙倚以忘趣,色惨凄而矜颜。叶燮燮(本当作"燨",音同为 xiè,成熟)以去条,气凄凄而就寒。日负影而偕没,月媚景于云端。鸟凄声以孤归,兽索偶而不还。悼当年之晚暮,恨兹岁之欲殚。思宵梦以从之,神飘飖而不安。若凭舟之失棹,譬缘崖而无攀。于时毕昴盈轩,北风凄凄。㷀㷀(jiǒng jiǒng,想念)不寐,众念徘徊。起摄带以伺晨,繁霜粲于素阶。鸡敛翅而未鸣,笛流远以清哀。始妙密以闲和,终寥亮而藏摧。意夫人之在兹,托行云以送怀。行云逝而无语,时奄冉而就过。徒勤思以自悲,终阻山而带河。

这段文字颇为别致,作者通过对人的动作和周围环境的描写,将一个相思者从傍晚等待情人的出现,直到深夜,失望而归以及竟夕相思的种种心理活动,刻画得细致入微。这种心理描写在诗赋中很少出现,倒有些类似小说的写法。这种描写不但在曹植《洛神赋》中,就是后来以描写心理活动见长的江淹《恨赋》和《别赋》,也没有这样具体和传神。在这里,不论是在"南林"中等待、夕阳中的失望而归,还是通宵失眠、仰望夜空等情节,都与电影中的一个个镜头相似,能给人以难忘的印象。这不能不说是抒情小赋中的杰作。

陶渊明的作品在流传中已有散佚,今天所见的《陶渊明集》,已非萧统所编的原本。他是否还有别的赋没有流传下来,已不可知。然而即以这三篇赋作而论,也可以说他是卓然大家,远非晋代多数赋家所及。至于他那种平易自然的风格,更与后来南北朝赋家之作的时有斧痕凿迹者不同。只是由于他诗歌的成就甚高,因此掩盖了他辞赋的成就。但从辞赋史而论,他的地位还是十分突出的。

## 第六章　南朝辞赋

南朝宋、齐、梁、陈四代一百多年中,文风几经变化。以辞赋来说,刘宋一代的赋,文体有的基本上仍沿袭汉魏之旧,可以"古赋"目之;有的已具骈俪色彩,可以视为"骈赋"的萌芽。这种情况,大体始于刘宋中期以后。宋初像谢灵运、颜延之、谢惠连等人的赋,基本上还属于"古赋"范畴。稍后谢庄和鲍照的赋,情况就不很相同。谢庄的代表作《月赋》,骈俪色彩已很重,后来的选家大抵把它当作"骈赋"看待。鲍照的赋如《芜城赋》、《舞鹤赋》等名作,似介于"古赋"和"骈赋"之间,所以后来的选家如清代的姚鼐和李兆洛两人,一个提倡"古文",一个提倡骈文,但姚氏《古文辞类纂》和李氏《骈体文钞》都收了《芜城赋》。姚鼐甚至还以为此赋尚无俳气。但鲍照另一些赋则显系"骈赋",如《游思赋》和《伤逝赋》,在文体上已很接近齐梁以后的作品。这说明刘宋后期的辞赋,正处于一个变化阶段。到了鲍照以后,辞赋中的古风就逐渐减少。继之而起的江淹,虽在手法上多取法于鲍照,却基本上已是较典型的"骈赋"。江淹的创作大多作于宋末,而他的一生经历了宋、齐、梁三代。到了齐代,江淹实已"才尽"。从南齐以后,由于"永明体"诗歌的兴起,诗和文都进一步骈俪化,辞赋自亦不能例外。"永明体"的兴起,虽在诗歌方面产生了较好影响,产生了谢朓等作家,但在辞赋方面,传诵之作似不多见。比较有名的像沈约的《八咏》,已基本上成了杂言诗。和"永明诗人"同时,但并非一个流派的张融作有《海赋》,在齐梁辞赋中可谓独树一帜,可惜非全篇,《南齐书》本传所载误夺甚多。此赋虽有些较好的句子,却历来未甚传诵。所以辞赋在齐和梁初,其实比较寂寞。直到梁中叶以后,萧纲、萧绎、徐陵和庾信,才又较多地作赋。他们的赋和前人不同之处是文体进一步接近歌行,常用五七言句,另一特点是喜欢用典,甚至每句一典。但由于萧纲等人长期处于宫廷之中,生活面比较狭窄,所以作品不论思想内容或艺术成就都难和过去的名篇相比。只有庾信,因为晚年经过乱离,写出了不少传诵的名篇。然而一般来说,他由于长期留居北方,已被算作北周作家,不在南朝赋家之列。所以总的来说,南朝辞赋也像诗歌一样,到梁中叶以后日趋衰落,作品数量虽还不少,然而缺少传诵的名篇。

通观南朝一百多年的辞赋,我们基本上可以说,当时不能算辞赋的鼎盛时期。尽管在这一阶段确曾产生一些传诵的名篇,但真正以赋名家的作者并不多。比较来说,鲍照、江淹和庾信在当时可以算是辞赋大家,然而就他们本人的贡献来说,鲍照似乎主要是一位诗人,庾信的诗和骈文,成就亦不亚于辞赋。江淹的情况可能稍有不同,他最为传诵之作也许是《恨赋》和《别赋》两篇,而其他辞赋似亦不甚为人称道。这种情况主要是由于魏晋以后诗歌兴起,许多作家已把主要精力放在作诗方面。所以当时的辞赋从技巧上讲,颇多超越汉人之处,而作为一个时代最有成就的文体,显然已由赋让位于诗了。

## 第一节　颜延之、谢灵运和南朝初年辞赋

南朝初年的文学家以颜延之和谢灵运最为著名。颜延之(384~456)字延年,琅邪临沂(今属山东)人。他的诗与谢灵运齐名而实际成就远不如谢,历来早有定评。但在辞赋方面,他的《赭白马赋》见于《文选》,颇有名句,对后世亦有影响。此赋实为应制之作,通篇歌颂宋文帝的功德,写得典雅庄重,虽辞藻华美,却不免雕琢过甚,缺乏生气。篇中形容骏马的形态,有些句子对后人颇有影响。如"双瞳夹镜,两权协月",显为杜甫《骢马行》中"隅目青荧夹镜悬"所本;写马疾驰,"且刷幽燕,昼秣荆越",更是李白《天马歌》"鸡鸣刷燕晡秣越"和杜甫《骢马行》"昼洗须腾泾渭深,夕趋可刷幽并夜"所出。这些名句也可以看出颜延之在构思和遣词方面的匠心。此外,他有《白鹦鹉赋》、《寒蝉赋》等,但所存均系类书所引佚文,较少特色。

谢灵运(385~433)是东晋名臣谢玄之孙,袭封康乐公,陈郡阳夏(今河南太康)人。他是南朝最杰出的诗人之一,但辞赋却似非其所长。他的《山居赋》见《宋书》本传,篇幅很长,且多生僻字词,除对了解南朝庄园制有一定史料价值外,似无太多特点。钱锺书先生在《管锥编》中说:"谢诗工于模山范水,而所作诸赋,写景却鲜迥出。"但钱先生又认为其《岭表赋》"萝蔓绝攀,苔衣流滑",《长溪赋》"飞急声之瑟汩,散轻文之涟罗"等句较为可取。(见第四册第1285页)所以《文选》收了大量谢诗而不取其赋,是有见地的。

谢灵运的族弟谢惠连(394~433)的诗才深得灵运称赏,他也善于作赋。他的《雪赋》是南朝咏物小赋中的名作。此赋假托西汉时梁孝王刘武在菟园赏雪,召集了司马相如、枚乘和邹阳等人作赋咏雪。

其中写雪景的一段极为精工:

> 其为状也,散漫交错,氛氲(fēn yūn,气盛貌)萧索。蔼蔼浮浮,瀌瀌(biāo biāo,形容雪大)弈弈(盛貌)。联翩飞洒,徘徊委积。始缘甍(méng,屋脊)而冒栋,终开帘而入隙。初便娟于墀(chí,台阶)庑(大屋),末萦盈于帷席。既因方而为珪,亦遇圆而成璧。眄睐则万顷同缟,瞻山则千岩俱白。于是台如重璧,逵似连璐,庭列瑶阶,林挺琼树。皓鹤夺鲜,白鹇(xián)失素。纨袖惭冶,玉颜掩嫭。若乃积素未亏,白日朝鲜,烂兮若烛龙(传说中衔烛照耀北方的神龙)衔耀照昆山。尔其流滴垂冰,缘霤(liù,屋顶上流下的雨水)承隅,粲兮若冯夷(河神)剖蚌列明珠。

这种刻意描写雪景之句十分工致,和当时诗歌"情必极貌以写物,辞必穷力而追新"(《文心雕龙·明诗》)之风完全一致。其长处在于观察细致,描写逼真,形容得宜,但有时未免过于追求形似而陷于呆板。如"既因方而为珪,亦遇圆而成璧"两句就有此弊。值得注意的是此赋假托三个作家的文字,是把写景归之司马相如,把说理归之枚乘,而在邹阳作歌一段则颇有抒情意味。这种先写景、次抒情、最后说理的安排,和以写景为重点的做法都与当时诗歌的写法相同。这说明南朝辞赋已受到诗歌的深刻影响。谢惠连还有一些赋均不全,艺术成就也不如《雪赋》。

稍后于谢惠连的谢庄(421～466)字希逸,是灵运、惠连的族侄。他的《月赋》历来被人们与《雪赋》并称。有些评论家如清代刘熙载对《雪赋》评价稍高,而今天读者则更喜欢《月赋》。《月赋》在行文的安排方面,有不少地方取法《雪赋》。如此赋写曹植(陈王)在月夜怀念应玚、刘桢,而命王粲作赋,其情节和《雪赋》托于梁孝王相同。不同的是《雪赋》托三人为辞,而《月赋》只托王粲一人。这篇赋的抒情气氛,也较《雪赋》为浓。赋一开始写曹植赏月,即不同于一般的游览,而是"初丧应(场)刘(桢),端忧多暇",接着用"绿苔生阁,芳尘凝榭"衬托出他心绪不佳,已很久没有出游。这时他虽然出来赏月,仍是"临濬壑而怨遥,登崇岫而伤远"。因此在他眼里月色都显得萧瑟悲凉。所以王粲的赋月,也正是笼罩在这样一种浓厚的感情氛围中。赋中写景最精彩的一段是:

若夫气霁地表,云敛天末,洞庭始波,木叶微脱。菊散芳于山椒,雁流哀于江濑。升清质之悠悠,降澄晖之蔼蔼。列宿掩缛,长河(银河)韬映。柔祇雪凝,圆灵水镜。连观霜缟,周除冰净。

月光下的秋色本已使人感到清冷,然在心怀忧伤者眼中,则更容易引起愁思哀伤。下文写到曹植在此时的处境,愈见寂寞伤神:

若乃凉夜自凄,风篁成韵,亲懿莫从,羁孤递进。聆皋禽之夕闻,听朔管之秋引。于是弦桐练(同"拣",选择)响,音容选和,徘徊房露(古曲名),惆怅阳阿(亦古曲名),声林虚籁,沦池灭波。情纡轸其何托,诉皓月而长歌。

情调凄绝,迥非常态可比。所以赋末所作二歌,也悲愁哀怨,令人歔欷。如第一首"美人迈兮音尘阙,隔千里兮共明月。临风叹兮将焉歇,川路长兮不可越",纯是望月怀远的情调。第二首虽不像这样明显,却意在言外,情味悠长。从全赋看来,《月赋》已做到情景交融,比《雪赋》之偏于咏物更能感人,因此也更见传诵。

谢庄除《月赋》外,还有《曲池赋》和《赤鹦鹉赋应诏》及《舞马赋应诏》等。其中《曲池赋》只剩几句佚文见《艺文类聚》,辞采和情调都较好。《赤鹦鹉赋》亦有佳句。另外他的《山夜忧吟》、《怀园引》一类介于诗赋之间的作品似更值得注意。如《山夜忧吟》:

庭光尽,山明归。流风乘轩卷,明月缘河飞。涧鸟鸣兮夜蝉清,橘露靡兮蕙烟轻。凌别浦兮值泉跃,经乔林兮遇猿惊。南皋别鹤伫行汉,东邻孤管入青天。沉疴白发共急日,朝露过隙讵赊年。年去兮发不还,金膏玉液岂留颜。回舲(líng,有窗户的船)拓绳户,收棹掩荆关。

这篇杂言作品从形式到内容已基本上属于诗的范畴。如果把它与湛方生的同类作品相比,显然可以看出谢庄之作是有意识地把短赋改造成诗。像"南皋别鹤伫行汉"以下四句,和唐代七言歌行已十分相近。如果说晋代夏侯湛和湛方生之作还可算作小赋的话,这种作品到谢庄手里已更似杂言诗。此后沈约《八咏》,萧综《听钟鸣》、《悲落叶》则已纯属诗体。这种杂言诗对南北朝后期小赋有很大影响。在这个转变过程中,谢庄的作用不可忽视。其实这种作品的影响还不限于赋,而且也见之于诗,如李白《鸣皋歌》即直接受其影响。在南朝作家中,谢庄在五言诗方面成就不算很高,而他的赋却颇有成就。

## 第二节 鲍照

鲍照(?~466)字明远,远祖是上党(今山西潞城一带)人,其后迁居东海(晋郡名,治所在今山东郯城),他实际上出生于今江苏镇江附近。鲍照不但是一位杰出的诗人,也是著名的辞赋家。其出身贫寒,一生坎坷,许多诗赋作品都表现了他的这种不得志的牢骚。他的辞赋代表作《芜城赋》是一篇吊古伤今的作品,历来传诵。许多学者以为此赋作于宋孝武帝大明三年至四年(459～460),其根据是大明三年时,宋竟陵王刘诞在广陵(今扬州)起兵反对朝廷,遭到残酷镇压,使广陵城受到很大破坏。此说有一定根据,但究系推测。因为据《文选》李善注,此赋是登广陵故城所作。赋中所写的广陵昔日盛况是指汉景帝时吴王刘濞建都时的广陵,下距鲍照作赋时已六百年左右,广陵城址完全可能有变迁,李善所谓"故城",当非南朝时南兖州刺史所治的广陵城。再说刘诞举兵之事,宋孝武帝十分恼火,攻下广陵后,曾下令屠城以泄愤。在这种情况下,鲍照冒着风险去凭吊兵火之余的广陵,似不甚近情理。再说他和刘诞也没有什么交往,不可能随便去犯此忌讳,所以此赋还是作为一般的凭吊古迹之作较好理解。

鲍照在宋文帝元嘉后期曾任始兴王刘濬的幕僚,到过广陵。广陵在历史上曾经是一个历史名城,汉高祖刘邦封他的侄儿刘濞于此,国号吴。刘濞利用其封地的优越条件,煮盐、采铜,在诸侯国中最为富强。他因此和朝廷对立,到汉景帝时,发动了"七国之乱",但终于被削平。根据现存的史料来看,广陵城从汉至南朝,确实衰落得很严重。西汉时的广陵国统县四,户三万六千多,口十四万多人;东汉广陵郡统县十一,户八万三千多,口四十一万余人;晋代广陵郡统八县,户八千八百;南朝宋时统县四,户七千七百余,口四万五千多人。这些统计未必精确,而且从各史地理志看来,两晋南北朝各郡人口,都往往比两汉有所减少;这已很能说明南朝时的广陵城确比两汉时大大地衰落了。鲍照的《芜城赋》所突出描写的正是广陵城这种前盛后衰的情景。他写刘濞建都广陵时的繁荣:

迤(mǐ yǐ,平坦)平原,南驰苍梧涨海(指南海),北走紫塞雁门。柂(指船舶运输)以漕渠,轴以昆冈,重江复关之隩,四会五达之庄。当昔全盛之时,车挂轊(wèi,车轴头),人驾肩,廛閈(hàn,廛閈,民户)扑地,歌吹沸天。孳货盐田,铲利铜山,才力雄富,士马精妍。故能参(同"侈")秦法,佚周令,划崇墉,刳濬洫,图修世以休命。是以版筑雉堞之殷,井干烽橹之勤。格高五岳,袤(mào,宽)广三坟;崒(zú,险峻)若断岸,矗(chù,高耸)似长云,制磁石以御冲,糊赪(chēng,红色)壤以飞文。观基扃之固护,将万祀而一君。

极写当年广陵城人口众多、歌舞升平以及城墙建筑的牢固。然而这种盛况并没有维持多久,尽管地形依旧,而鲍照当时所见的情况却完全不同:

　　泽葵依井,荒葛胃(juàn,萦绕)涂。坛罗虺蜮,阶斗麏(jūn,麂类)鼯。木魅山鬼,野鼠城狐。风嗥雨啸,昏见晨趋。饥鹰厉吻,寒鸱吓雏。伏虣(当作"虦",hán,白虎)藏虎,乳血餐肤。崩榛塞路,峥嵘古馗(kuí,同"逵",道路)。白杨早落,塞草前衰。棱棱霜气,蔌蔌风威。孤蓬自振,惊沙坐飞。灌莽杳而无际,丛薄纷其相依。通池既已夷,峻隅又已颓。直视千里外,唯见起黄埃。凝思寂听,心伤已摧。

这是一片凄凉寂寞的景象。这里既有写实,也有夸张,和前面所写的盛况形成强烈的对比。以上两段文字中,后一段显得更为精彩。其纯粹描写自然环境,而长期战乱给整个社会带来的破坏和人民所遭受的灾难已突现在读者面前。这里的许多句子都有奇特的构思和想象,如"孤蓬自振,惊沙坐飞"八字,本是风吹飞蓬的普通现象,而作者却用了"自振"二字,似乎无风自飞,有鬼怪作祟,使人在阴森的气氛中不觉毛骨悚然。所以清人刘熙载曾认为用这八个字即可概括其诗歌奇险的特色,这是很有见地的。又如"饥鹰厉吻"四字,也给人深刻的印象,似乎可看到鹰嘴在动,急于攫食的形象。这种手法在过去辞赋中很少出现。更值得注意的是这两段写景文字一段写盛,一段写衰,似乎是纯客观的描写,而作者的感情却已寓于其中,因此接下去写"歌堂舞阁"等建筑的坍毁、美人的死亡等都水到渠成,顺理成章。赋的末尾以"边风急兮城上寒,井径灭兮丘陇残。千龄兮万代,共尽兮何言"作结,更觉一片惆怅之情郁结心怀,不由使人感慨万端。此赋所以至今盛传不衰,正是由于它具有高超的艺术技巧和强烈的感染力。

鲍照辞赋的另一篇名作《舞鹤赋》,虽属咏物之作,实暗寓身世之感。作者写鹤本是"朝戏于芝田,夕饮乎瑶池"的野禽,却因"厌江海而游泽,掩云罗而见羁",这样就失去了自由。作者认为鹤的起舞是有感而发,用以表现内心的痛苦。这种拟人化的构思,正是作者仕途失意的生动写照。赋中写到鹤起舞的环境:

> 于是穷阴杀节,急景凋年,凉沙振野,箕风动天,严严苦雾,皎皎悲泉,冰塞长河,雪满群山。既而氛昏夜歇,星物澄廓,星翻汉回,晓月将落,感寒鸡之早晨,怜霜雁之违漠,临惊风之萧条,对流光之照灼。唳清响于丹墀,舞飞容于金阁。

这里一片萧条,最易使人有悲秋之思。作者把鹤起舞安排在这样的气氛中,正是要借鹤喻人。赋写鹤的舞姿亦极传神,如历来称道的名句:

众变繁姿,参差渍(jiàn,重复)密,烟交雾凝,若无毛质,风去雨还,不可谈悉。

形容尤见生动。钱锺书先生特别称赞"若无毛质"四字,认为"鹤舞乃至于使人见舞姿而不见舞体,深抉造艺之窈眇,匪特描绘新切而已"(《管锥编》第四册第1312页)。萧统《文选》对鲍赋仅选《芜城赋》与此赋,亦可见对它的推重。

　　鲍照其他的赋虽不如这两篇传诵之广,但也有不少长处。如《野鹅赋》亦善用比兴,以寓其不容于同僚之叹。《游思赋》和《伤逝赋》从内容和文体来说,都和后来江淹的一些赋相近。这些作品对江淹的影响是显而易见的。如《游思赋》中"暮气起兮远岸黑,阳精灭兮天际红",对江淹《赤亭渚》诗中"水夕潮波黑,日暮精气红"之句,显然有所启发;《伤逝赋》中"露团秋槿,风卷寒萝,凄怆伤心,悲如之何",也与江淹《别赋》中写情人离别一段的"送君南浦,伤如之何"句法相似。在南朝辞赋的发展中,鲍照占有极重要的地位。他的赋尚存古风,并不十分骈化;但《伤逝赋》诸作已有骈俪倾向,开江淹等人骈赋之先。江淹及后来的萧纲、萧绎等人在描写心理方面虽更趋细致,却不免纤弱,而鲍照却无此弊。

## 第三节　江淹

　　江淹(444~505)字文通,济阳考城(今河南兰考东)人。他早年孤贫,曾任宋建平王刘景素的幕僚,因谏劝景素反对朝廷的密谋,曾被贬为建安吴兴(今福建浦城)令。这个时期他很不得志,许多著名的诗赋皆作于此时。后来萧道成掌握刘宋政权,对他很看重,到南齐一代他官位渐高,梁初官至金紫光禄大夫,封醴陵侯,卒于梁武帝天监四年。现存作品大部分作于宋末,也有一小部分作于齐初。至于齐武帝永明后期,他就很少有传世之作,故人称"江郎才尽"。

在南朝作家中,所作辞赋流传至今的当以鲍照和江淹两人最多;而从唐以来,人们也喜欢将两人合称"江鲍"。值得注意的是:江淹后期虽然做了大官,而前半生也颇坎坷,遭遇与鲍照有类似之处。也许正由于遭遇相近,时代相去不远(鲍卒时江年二十三),故其颇受鲍影响。除诗歌外,他的辞赋代表作《恨赋》和《别赋》即从鲍照作品得到启发。从艺术价值而论,《别赋》当然更胜于《恨赋》,而由用意来说,《别赋》和另外一些赋皆发挥其一个"恨"字。所以钱锺书先生说:"《别赋》曰:'盖有别必怨,有怨必盈',实即恨之一端,其所谓'一赴绝国,讵相见期',讵非《恨赋》之'迁客海上,流戍陇阴'耶?然则《别赋》乃《恨赋》之附庸而蔚为大国者,而他赋之于《恨赋》,不啻众星之拱北辰也。"(见《管锥编》第四册第 1411 页)此外,这两篇赋的不少意思,都在《青苔赋》中有所表现。而《青苔赋》的后半篇,又与鲍照《芜城赋》十分相似。很可能《青苔赋》之作是受了鲍照的启发,而《恨赋》、《别赋》又是发挥《青苔赋》的一些情节。如《青苔赋》说:

> 若乃崩隍十仞,毁冢万年。当其志力雄俊,才图骄坚,锦衣被地,鞍马耀天。淇上相送,江南采莲。妖童出郑,美女生燕。而顿死艳气于一旦,埋玉玦于穷泉。寂兮如何,苔积网罗。视青藦之杳杳,痛百代兮恨多。故其所诣必感,所感必哀,哀以情起,感以怨来。魂虑断绝,精念徘徊者也。

这里"若乃崩隍十仞,毁冢万年"两句,实即鲍照《芜城赋》"井径灭兮丘陇残"之意;"当其志力雄俊"至"江南采莲",当即用《芜城赋》"当昔全盛之时"一段之意而稍易其辞;"妖童出郑,美女生燕"又即"东都妙姬,南国丽人"之意;"顿死艳气于一旦,埋玉玦于穷泉"二句亦即"莫不埋魂幽石,委骨穷尘"之意;至其"苔积网罗"以下,恰似"千龄兮万代,共尽兮何言"的同义语。可见《青苔赋》乃有意模仿《芜城赋》。《青苔赋》虽非名篇,但《恨赋》、《别赋》中不少情节均包含其中。如"昼遥遥而不暮,夜永永以空长"与《别赋》"夏簟清兮昼不暮,冬釭凝兮夜何长"用意全同;"故其所诣必感,所感必哀"二句,又与《别赋》"有别必怨,有怨必盈"二句相似。更值得注意的是《青苔赋》中"痛百代兮恨多"亦即《芜城赋》"天道如何,吞恨者多"及"千龄兮万代,共尽兮何言"的意思,而这一思想又正是《恨赋》的基调。《恨赋》以"自古皆有死,莫不饮恨而吞声"作结,亦不过发挥《芜城赋》篇末之意。至于江淹赋中的名句取自鲍照者则更不可胜数。如《恨赋》中写冯衍"左对孺人,顾弄稚子",即取意于鲍照《拟行路难》中"弄儿床前戏,看妇机中织";《别赋》中"倘有华阴上士"一段,亦取意于鲍照《代升天行》。其《灯赋》亦显然受鲍照《代淮南工》影响。这些都说明江淹受鲍照影响之大,远胜于其他作家。

江淹辞赋以《恨赋》、《别赋》为最著名,而《别赋》艺术实尤突出。此赋善用华美辞藻,刻画各种不同类型人物的离情别绪。赋中写人物心理以细腻见长。如写"行子"和"居人"的心情,都通过描写周围事物来加以烘托,颇生动传神:

是以行子肠断,百感凄恻。风萧萧而异响,云漫漫而奇色。舟凝滞于水滨,车逶迟于山侧。棹容与而讵前,马寒鸣而不息。掩金觞而谁御,横玉柱而沾轼。居人愁卧,恍若有亡。日下壁而沉彩,月上轩而飞光。见红兰之受露,望青楸之离霜。巡曾楹而空掩,抚锦幕而虚凉。知离梦之踯躅,意别魂之飞扬。

风、云本是自然景物,太阳下山、月亮升起,更是日常可见的现象。但在为离情所支配的人看来,似乎因为自己的惜别之情,风云也改变了原来的形态。车马和船并不理解人的离情,但怀着别绪的人,由于眷恋故乡和亲人,觉得车船也故意减低速度,和自己一样依恋不舍。这种描写逼真地反映出远行者的复杂心情。至于"居人",大抵是女子,她见日落月出,想到了丈夫出门,晓行夜宿;目睹霜露下降,想到了丈夫旅途苦辛。暮色降临,她还习惯地想到丈夫该回来了,然而屋里空空,这才想起他已远行。这种描写可谓委婉曲折,细致入微。此赋还列述了各种不同人物的离别情状,如富贵者之别、剑客壮士之别、从军者母子之别、远赴绝域者之别、夫妇之别、游仙者之别和情人之别等。这种种别情各不相同,作者写来有声有色,各具特点。如剑客之别显得悲壮:

乃有剑客惭恩,少年报士。韩国(聂政)赵厕(豫让),吴宫(专诸)燕市(荆轲)。割慈忍爱,离邦去里,沥泣共诀,抆血相视。驱征马而不顾,见行尘之时起,方衔感于一剑,非买价于泉里。金石震而色变,骨肉悲而心死。

夫妇之别主要写妻子的心情,又极缠绵悱恻:

又若君居淄右,妾家河阳,同琼珮之晨照,共金炉之夕香。君结绶兮千里,惜瑶草之徒芳。惭幽闺之琴瑟,晦高台之流黄。春宫閟(bì,闭)此青苔色,秋帐含兹明月光,夏簟清兮昼不暮,冬釭凝兮夜何长!织锦曲兮泣已尽,回文诗兮影独伤。

情人之别则写得比较含蓄而一往情深,富于诗意:

> 下有芍药之诗,佳人之歌,桑中卫女,上宫陈娥。春草碧色,春水渌波,送君南浦,伤如之何! 至乃秋露如珠,秋月如珪,明月白露,光阴往来。与子之别,思心徘徊。

这些描写都能把握各种人的不同心理,虽同是离情,而表现各各不同。这正是作者平时对各种人物和感情有细致深入的理解和体验的结果。因此这篇作品在南朝抒情小赋中,尤为人们所爱读。

当然,《别赋》也有缺点,如写学仙者一段,情绪与全篇不太协调。这大约是作者欣赏鲍照名句"暂游越万里,少别数千龄"而勉强凑入的。另外,作者确有求仙思想,这在他《丹砂可学赋》及《与交友论隐书》中均可看出。但这毕竟与全赋气氛不同。此外,由于作者刻意求新,有时遣词有欠通处,如"心折骨惊"一语,就颇为论者疵议。

江淹的《恨赋》写法与《别赋》有些类似,不过他写各种人的生死之恨,不是以离别的性质来分类,而是举出各种类型的代表人物来咏叹,艺术上虽稍逊于《别赋》,亦颇见传诵。此外如《青苔赋》、《泣赋》、《去故乡赋》、《哀千里赋》、《待罪江南思北归赋》等,情调都与《恨赋》、《别赋》相似,手法亦较近。他的《四时赋》、《丽色赋》、《赤虹赋》、《江上之山赋》等,写景和抒情都时有佳句。他还有一些介于诗赋间的作品如《山中楚辞》、《杂三言五首》等,大抵模仿《楚辞》,仍属赋体,与谢庄等人之作不很一样。他的《邃古篇》则仿效屈原《天问》,在一定程度上对柳宗元的《天对》有影响。

## 第四节　齐及梁初辞赋

齐及梁初是南朝诗歌的一个繁荣时代,当时的诗风发生了很大的变化。南齐武帝永明(483~493)年间有一位叫周颙(yóng)的人,把语言分为平上去入四声。于是诗人沈约(441~513)就把四声运用到诗歌创作中去,提出"四声八病"之说。和沈约同派的诗人还有谢朓(464~499)和王融(468~494)。这一诗派号为"永明体"。"永明体"的出现,给后来律诗的形成准备了条件。他们强调声律的作用,因此也影响到了文和赋,使骈文和辞赋进一步讲究声律。讲求声律一事,对诗歌曾有好影响,而对辞赋来说,积极作用则不大。这种倾向尽管在南北朝时尚未显出太大消极作用,却也直接导致唐代律赋的出现,束缚了创作,从而使辞赋成了应试的工具,很少产生什么有价值的作品。

永明作家中,谢朓的诗歌成就最高,但他的赋却少传诵之作。他的赋据清严可均所辑,凡九篇,其中《思归赋》、《怀德赋》较长,大约是全文,然而缺乏精彩之句。其他各赋均系类书所载佚文,多半为奉达官贵人之命而作,唯《临楚江赋》和《游后园赋》写景较好。如《临楚江赋》中"尔乃云沉西岫,风动中川,驰波郁素,骇浪浮天;明沙宿莽,在路相悬;于是雾隐行雁,霜眇虚林,迢迢落景,万里生阴"诸句,颇有情致,然而比起他的诗来,仍不免有所逊色。

沈约赋现存情况与谢朓有些类似。他的《郊居赋》见《梁书》本传,性质与谢灵运《山居赋》相似。《梁书·王筠传》载,沈约曾以此赋给王筠看,王筠读至"雌霓连蜷"句,把"霓"读成"五激反"(相当于 nì 的入声),沈约大喜,他就怕人读为"五鸡反"(相当于今读 nī)。这说明此赋在当时已甚难读,所以萧统《文选》不收,实有见地。沈约另一些赋大都因类书节引而存,其中亦偶有写景好句。清严可均《全梁文》中所辑沈约赋有一篇《愍衰草赋》。严氏将其作为赋收入是因为《艺文类聚》卷八十一收此作品时归入"赋"的一类,其实这是沈约于南齐明帝时代任东阳太守时所作《八咏》之一。这《八咏》在《玉台新咏》中被当作杂言诗收入,可见早在梁代人们已把它看作诗①。原文略云:

> 愍衰草,衰草无容色,憔悴荒径中,寒荄不可识。昔时兮春日,昔日兮春风。衔华兮佩实,垂绿兮散红。……岩陬兮海岸,冰多兮霰积。……布绵密于寒皋,吐纤疏于危石。……雕芳卉之九衢,贾灵茅之三脊。风急崤道难,秋至客衣单。既伤檐下菊,复悲池上兰。飘落逐风尽,方知岁早寒。流萤暗明烛,雁声断裁续。……霜夺茎上紫,风销叶中绿。……秋鸿兮疏引,寒乌兮聚飞。径荒寒草合,草长荒径微。园庭渐芜没,霜露日沾衣。……(《艺文类聚》卷八十一)

这篇作品以三字句开端,和作者的《六忆》诸诗相同。全篇多数为五言句,只有部分句中杂有"兮"字和四句六言句。至于用"兮"字之句,仍属五言,可见它基本上已是杂有一些六言句的五言诗。这和谢庄的同类作品又有不同,它虽从赋体发展而来,其本身已纯属诗体。

---

① 据明寒山赵氏覆宋本《玉台新咏》卷九,徐陵原编《玉台新咏》只收《八咏》中《望秋月》、《临春风》两篇。其余文篇附于本卷之末,乃后人增入。不过《八咏》本属一组,选录两首,已说明它们是诗。徐陵编《玉台新咏》是在梁武帝时,奉太子(简文帝萧纲)命,距沈约之卒不过三十年左右。徐氏做法当较合沈约本意。

《八咏》中确有一些很好的作品,但我们还是应该把它算作诗的范畴。

南齐一代除"永明体"作家外,还有一位张融(444~497),字思光,吴郡吴(今江苏苏州)人,在当时是有名的怪僻人物,对自己的文才颇自负。他曾航海至交州,作《海赋》。此赋颇多奇丽之句,虽稍逊于木华之作,亦自有特点。如写海涛的汹涌之状,用了"湍转则日月似惊,浪动则星河如覆"等句,就很生动。钱锺书先生在《管锥编》中对此赋中"浮微云之如梦,落轻雨之依依"两句拟云于梦颇为称赞。又如"照天容于鳀(tí,大鲇鱼)渚,镜河色于鲦浔,括盖余以进广,浸夏洲以洞深,形每惊而义维静,迹有事而道无心"等句借海面可以映出天上景色、而海底寂然不动比喻人的形迹可以有千变万化,而心却可以不受影响,也颇受钱先生称赞(见第四册第1344页)。这种用写景以喻玄理的手法,在历来文学作品中亦颇少见。

## 第五节 梁陈辞赋

南朝文学发展到梁中期以后,渐渐出现衰落趋势。这和当时文人较少注意社会现实,一味从书本中追求典故,"竞须新事"(钟嵘《诗品》语)有关。这种风气从宋代颜延之、谢庄开始,后来永明时王融亦有此弊。到了梁代,此风渐盛,并波及文和赋。据《梁书·沈约传》载,沈约晚年与梁武帝比赛所记关于栗的典故,比梁武帝少三条。他对人说:"此公护前,不让即羞死。"又同书《王僧孺传》:"其文丽逸,多用新事,人所未见者,世重其富。"可见用典之风日盛。因此梁中叶以后辞赋亦以用典多为特色。

梁初作家如江淹、沈约等均经历宋齐二代,卒于梁武帝天监年间。稍后的何逊、吴均等,在齐代已从事创作,他们的诗歌颇有佳作,而赋则很少特色,不为人们称道。梁武帝萧衍及昭明太子萧统均能文,诗文尚有佳作,赋亦非其所长。比较起来,倒是简文帝萧纲、元帝萧绎在诗赋方面稍有成就。萧纲是"宫体诗"的创始者,萧绎诗风与其相近。他们周围还有一些文人如庾肩吾、庾信父子和徐摛、徐陵父子等。庾信后入北周,作品内容发生变化,成为北朝文学大家。徐陵则为陈代作家。萧氏兄弟及其周围文人的诗题材狭窄,大抵写妇女生活及咏物,历来评价不高。但这些作品除个别几首内容不健康外,基本上仍有若干可取之处。如对声律和对仗的讲究、辞藻的华丽等,只是风格纤弱,成就不足与前人相比。这些作家中萧纲和萧绎也好作赋,此外徐陵亦作赋,现存《鸳鸯赋》一篇,乃与萧纲唱和之作。

萧纲(503~551)字世缵,梁武帝第三子。侯景之乱中,梁武帝死,萧纲被立为皇帝,在位二年,被侯景所杀。其赋今存二十余篇,其中《悔赋》、《錞于赋》及《筝赋》见《文苑英华》,是全文。这三篇赋成就不高,《悔赋》模仿江淹《恨赋》而艺术感染力远不及之。《筝赋》、《錞于赋》用典甚多,无动人之句。他的一些短赋却较好,如《采莲赋》写采莲女:

  于是素腕举,红袖长,回巧笑,堕明珰。荷稠刺密,亟牵衣而绾裳;人喧水溅,惜亏朱而坏妆。物色虽晚,徘徊未反。畏风多而榜危,惊舟移而花远。

写法较为细致,虽不免纤弱,毕竟能给人以较深的印象。他的《对烛赋》和《鸳鸯赋》都有七言句,颇似歌行。尤其《对烛赋》七言句和五言句几占一半以上。赋中写更深夜阑,烛泪渐多之状:

  渐觉流珠走,熟视绛花多。宵深色丽,焰动风过。夜久惟烦铗,天寒不畏蛾。

观察很细,写得也还生动,音节优美,有一定的艺术价值。只是此赋题材较小,对读者较少动人的力量。

萧绎(508~554)字世诚,萧纲之弟。初封湘东王,侯景之乱时任荆州刺史。萧纲死后,他派王僧辩、陈霸先平侯景,在江陵称帝。后被西魏俘杀。他的赋和萧纲近似,现存之作共八篇,其中《玄览赋》最长,但艺术价值不高。较为人喜爱之作是《荡妇秋思赋》。其篇首云:

荡子之别十年,倡妇之居自怜。登楼一望,惟见远树含烟。平原如此,不知道路几千。

全取《古诗十九首》中"青青河畔草"诗意,但加以细致描绘,读来音节颇佳,然也和萧纲之作一样,有失于纤弱。其中描写荡妇愁思一段,似较有感染力:

于时露菱庭蕙,霜封阶砌,坐视带长,转看腰细。重以秋水文波,秋云似罗,日黯黯而将暮,风骚骚而渡河。妾怨回文之锦,君思出塞之歌。相思相望,路远如何?鬓飘蓬而渐乱,心怀愁而转叹。愁萦翠眉敛,啼多红粉漫。

这种描写看来也颇细致,然而推敲起来,却大抵模仿或化用前人之句。如"带长"、"腰细"系化用《古诗十九首·行行重行行》中"衣带日以缓"之句;"秋水文波"等语则模仿江淹《别赋》的"春水渌波";"鬓飘蓬而渐乱"用《诗经·伯兮》"首如飘蓬"之典。这说明梁陈作家所以不及前人,主要是缺乏社会生活,从而走入了到前人作品中找寻佳句、"窥陈编以盗窃"的歧途。萧绎还有一篇《秋风摇落》,乃取宋玉《九辩》中悲秋之意而作,文体模仿《楚辞》,亦属抒情之作,但新意不多。

梁陈间作家徐陵(507~583)曾编有《玉台新咏》,他的诗中亦偶有佳作,主要以骈文著名。他的赋仅存《鸳鸯赋》一篇,似亦不全,而是从《艺文类聚》中所辑之佚文。从文体看来,与萧纲、萧绎之作较近,也是好用典故,且杂有七言句。因特色不多,历来亦不甚传诵。后来作家如陈代的陈叔宝、江总、张正见等也写过一些赋,都没有脱出这个窠臼,所以并未产生什么传诵之作。

# 第七章 北朝辞赋

自西晋末年的"八王之乱"以后,各族军事首领纷纷入据中原,使黄河流域成了各族军阀混战的战场。原来居住在黄河中下游地区的士族文人纷纷随着东晋政权逃亡到长江以南。因此,在东晋及以后一段很长的时间内,南方的文化远远超过了原来作为文化中心的中原地区。因此长期以来,人们认为东晋和南北朝初期,似乎只有南方有文人作品,而北方则除几首民歌外,并无他作。这种看法虽然有些片面,却也未始没有一定的道理。这是因为长期的战乱,使中原一些文人大都逃亡,即使留居在那里的,也无法安心进行创作。后来鲜卑拓跋氏虽统一了北方,但由于这个部族在入据中原前受汉化影响较浅,统治者对文学并不重视,所以北魏初期的文学似乎比十六国混战时更不发达。这种情况对辞赋来说,更是如此。因为诗歌往往可以即景生情,脱口而出;文章则包括一些应用文字,自然不乏作者;至于辞赋,则须呕心沥血地构思和雕琢,没有一个安定环境和朝廷的奖励,确实很难有人创作。所以从现存北朝的早期作品看来,传诵的辞赋的确很少。

当然,说十六国和北朝初期根本无人作赋,恐亦非事实。以现有材料而论,在十六国时代,留居北方的卢谌就曾作过《征艰赋》,此赋屡见引于《水经注》,但未见南方作者提及,可能与其只流传于北方有关。然其原文今佚,已无从知其全貌。割据今甘肃西部的前凉、西凉等政权对文学提倡颇力,西凉政权建立者李暠就能作赋。其他一些少数民族政权中,亦有人作赋,如前秦时有个"洛阳少年",作赋受苻坚称赞,南凉的秃发归亦能作赋。这些赋虽多已散佚,但其影响是存在的。所以在北魏初期,一部分从凉州入魏的文人,就曾作赋。在他们的影响下,北魏早期文人高允也作过赋。这些赋有些虽然流传了下来,却并无突出成就。

北魏孝文帝拓跋宏迁都洛阳,大力提倡汉化以后,北方确实产生了一些文人,其中有些人也写过一些较可读的赋。这些赋多半模仿南朝,在艺术上比前阶段作品也有较大进步,当然比起后来由南入北的庾信来,还远远不及。在今天看来,北朝辞赋中杰出的作家,仍然只有庾信一人。然而对北朝原有作家的作用也应有适当的估价,不然就不能解释为什么在隋唐统一之后,较有成就的文人大抵是北方人而非南方人的事实。

## 第一节　十六国和北魏辞赋

西晋灭亡以后,中原文人大部分逃亡江南,因此在黄河中下游地区,文学活动几乎陷于停顿。当时留在北方的文人,只有一位卢谌曾作过《征艰赋》,却未能留存。但是,在十六国初期,割据今甘肃河西走廊的前凉张氏政权统治区还比较安定,一部分中原文人也逃亡到这里。加之前凉统治者提倡文化,因此凉州一带成了当时北方的文化中心。前凉张骏、谢艾等人均有文集流传到南方,但今已亡佚,未知他们是否作赋。然而由于当时凉州文化发达,在整个十六国时代不断有文人出现。其中在赋的方面较有成就的是西凉的建立者李暠（351~417）。据《晋书》记载，他作有《述志赋》、《槐树赋》和《大酒容赋》等。其中《述志赋》全文见《晋书·凉武昭王李玄盛传》（"玄盛"是李暠的字，唐代自称李暠之后，故称他的谥号和字）。这篇赋主要抒写生平抱负，并叙述了凉州自前凉灭亡以后各政权兴衰的事迹。由于西凉的实力不如与之为敌的北凉，所以作者颇有自危之感。此赋叙史事较多，写法与潘岳《西征赋》有些类似。赋中对战乱中的人民有所同情，但艺术价值不很突出，所以不甚传诵。李暠建立的西凉政权为时不久，但当时出现过一些文人如刘昞等后来入北魏，为北魏文化作出了一定的贡献。

北魏的统治者是鲜卑拓跋氏。这个部族受汉化较浅，因此从386年正式建立起，一直到471年孝文帝元宏即位止，很少提倡文化，没有多少人从事创作。当时作过辞赋的，现仅知有张渊和高允二人。张渊是一位天文学家，他历仕前秦、后秦和夏，晚年入魏，任太史令。他作有《观象赋》一篇，见《魏书》本传。这篇赋主要写天象，不很好懂，所以作者自己作了注释。他在赋中历叙诸星，有时不免涉及一些迷信传说，手法偏于铺陈。但篇末"尔乃凝神远瞩，矖（xǐ，看）目八荒，察之无象，视之渺茫，状若浑元之未判别，又似浮海而睹沧浪。幽遐迥以希夷，寸眸焉能究其傍"诸语，表现了他在观看列星时感到宇宙的宽广和自身的渺小，则较有韵味。

高允（390~487）是北魏著名学者，他虽有诗赋，一般缺少艺术价值。据《魏书》本传说他作有《代都赋》，但久已散佚。现存只有一篇《鹿苑赋》，见《广弘明集》卷二十九。此赋是称颂魏献文帝拓跋弘兴建佛寺之作，内容和艺术技巧均无可取。张渊和高允的出现，说明北魏初年文学虽不发达，但仍有个别作家在从事辞赋写作。

魏孝文帝即位以后，北魏文学逐步兴起。这是因为孝文帝既大力提倡汉化,他本人又爱好文学。但统治者的提倡并不能马上奏效,因此北魏较有名的作家大抵出现于末期。其中较有名的如郑道昭、常景、袁翻、李骞和温子昇等。其中郑、常、温三人虽有诗文传世,却未作赋。现在可以见到的北魏辞赋数量不多,艺术成就亦不如南朝。但北魏有些赋却能对现实有所讥刺,如元顺的《蝇赋》、卢元明的《剧鼠赋》等,都借物喻人,颇有意义。《蝇赋》附见《魏书·任城王澄传》,作者是北魏宗室,尔朱荣之乱中被害。此赋多四言句,较少文采,内容是讥刺谗佞乱政,显系针对北魏明帝时朝政混乱而发。卢元明《剧鼠赋》见《初学记》卷二十九,辞采及手法与元顺《蝇赋》相类似,但刻画老鼠的丑恶形象较生动。如"其为状也,憯恢(疑即"惨淡")咀呀,睢离睒瞡(shǎn shì,目光闪烁)。须似麦穟半垂,眼如豆角中劈,耳类槐叶初生,尾若酒杯余沥"等,尚有情趣。

另一类如李骞《释情赋》、阳固《演赜赋》等,都写作者对现实的不满。《释情赋》比较明显,《演赜赋》则多述史事以寓鉴戒。这两篇赋较重辞藻,其写法与李暠《述志赋》一样,都是在叙事中兼抒情怀。这些赋的手法与潘岳《西征赋》等还相近,和南朝的抒情小赋则颇不同。至于袁翻的《思归赋》则纯属抒情,在艺术手法上明显模仿鲍照和江淹,在北朝赋中较为少见。如:

  思故人兮不见,神翻覆兮魂断。断魂兮如乱,忧来兮不散。俯镜兮白水,水流兮漫漫。异色兮纵横,奇光兮烂烂。下对兮碧沙,上睹兮青岸。岸上兮氤氲,驳霞兮绛氛。风摇枝而为弄,日照水以成文。行复行兮川之畔,望复望兮望夫君。君之门兮九重门,余之别兮千里分。愿一见兮导我意,我不见兮君不闻。魄惝恍兮知何语,气缭戾兮独萦纡。

这种抒情笔调与南朝一些短赋十分相似。其虽有明显化用《楚辞》句子的地方，然辞藻华美，音节和谐，毕竟在北魏辞赋中是比较突出的。这篇赋说明北魏后期文人的辞赋尽管还不及南朝，但已达到一定的水平。

## 第二节　颜之推和北齐辞赋

北魏衰乱之后，在北方出现了东魏和西魏两个对峙的政权。东魏的大权由鲜卑化的汉人高氏掌握，西魏政权则归鲜卑族宇文氏控制。后来高氏代替了东魏，改号为齐；宇文氏篡了西魏，改号周。北齐割据了黄河中下游地区，这里本是北魏的政治文化中心，因此北方文人大抵聚居于此。在北魏末至北齐的文人中，最有名的要数温子昇（495～547）、邢劭（496～？）和魏收（506～572）。温、邢成名较早，而且温子昇在东魏后期被高澄所害，因此邢劭又与魏收齐名。这三位作家在诗歌和骈文方面都有一定的成就，但所存辞赋甚少。据《北史·魏收传》载，温子昇没有作过赋，邢劭作赋亦不多，而魏收据说作赋较多。所以魏收为了压倒温、邢，曾声称要能作赋才算"大才士"。从这句话可以看出北齐时的文人还十分重视赋的价值。但魏收赋已佚，只剩下《南狩赋》、《骋游赋》等五篇题目。邢劭作《新宫赋》，尚有佚文见《艺文类聚》卷六十二，但残缺过甚，已无法见其特色。此外像卢询祖的《筑长城赋》，只剩《北齐书·卢文伟传》所引六句佚文，更无从窥其全貌。现存北齐人所作的赋，最可重视的是一位由南入北的作家颜之推所作的《观我生赋》。

颜之推（531～？）字介，原籍琅邪临沂（今属山东），祖上随东晋南迁。他初仕梁，西魏攻克江陵时被俘北迁，在途中逃奔北齐。北齐亡后入周,卒于隋代。他是著名的散文家,作有《颜氏家训》。《观我生赋》作于北齐灭亡之后,但历来因他久居北齐,其事迹亦见《北齐书》,故习惯把他算作北齐人。

《观我生赋》见《北齐书》本传,是一篇用赋体写的自传,作者自己为赋作了注,说明赋中所叙事实,使读者对他的经历有更清楚的了解。由于他经历了侯景之乱、江陵的陷落及北齐之亡等重大历史事件,所以此赋也是研究梁及北齐的重要史料。此赋的艺术成就历来认为不如庾信《哀江南赋》,但它亦有长处,正如钱锺书先生所说,此赋"修词洁适鲜疵,是其所长"(《管锥编》第四册第1547页)。这篇赋和庾信《哀江南赋》一样,能反映重大的历史事件,这是辞赋史上罕见的。在赋中,作者写到自己的身世之感,也有很动人的句子,如:"予一生而三化,备荼毒而蓼辛;鸟焚林而铩翮,鱼夺水而暴鳞;嗟宇宙之辽旷,愧无所而容身。"最后作者自称"向使潜于草茅之下,甘为畎亩之人,无读书而学剑,莫抵掌以膏身",就不会经历如此艰险。这种想法虽然有点消极,但从他的具体经历来看,这种心情也是完全可以理解的。

## 第三节 庾信

庾信(513~581)字子山,南阳新野(今属河南)人,梁代诗人庾肩吾子,早年随父出入梁代宫廷,任太子萧纲(后来的简文帝)的"东宫抄撰学士","侯景之乱"时逃奔江陵,并奉萧绎之命出使西魏。当他到达长安后,西魏出兵攻克江陵,杀了萧绎,庾信因此留居北方,成了北周作家。

庾信早年的诗文和南朝萧纲、萧绎、徐陵等"宫体诗人"文风相近,其当时的诗赋虽多散佚,尚有一些存世。但到了北方以后,生活的变化,使他的创作发生了重大变化。他能用华丽的辞藻来表现身世之感和思乡之情,风格苍凉遒劲,堪称独步一时。同时,他到北周,对北周文风也起了很大影响。原来北朝自东魏、西魏对峙以来,西魏文化远不如东魏发达。所以庾信入北以前,北周基本上没有产生什么作家。再加上北周的建立者宇文泰对华丽文风颇为反感,曾命苏绰仿《尚书》作《大诰》,欲以改变文风。这种行政手段当然不能奏效。所以当庾信、王褒等南方作家入北之后,北周文人群起仿效。因此北周文风比起北齐来似更近于南朝。但北周时间很短,原来的北方文人虽然学庾信文体,却未产生重要作家。特别在辞赋方面,北周一代值得称道的仅庾信一人而已。

庾信辞赋可分为前后两期。前期在南方所作虽与萧纲等人文风相近,但他的才华胜于时辈,艺术成就亦高出众人。这时期作品有《春赋》、《灯赋》、《镜赋》、《荡子赋》、《对烛赋》、《鸳鸯赋》等,其中以《春赋》和《荡子赋》较为读者喜爱。这些赋大抵用典较多,辞藻华美,音节和谐,却不免有纤弱之弊。如《春赋》开首:

> 宜春苑中春已归,披香殿里作春衣。新年鸟声千种啭,二月杨花满路飞。河阳一县并是花,金谷从来满园树。一丛香草足碍人,数尺游丝即横路。开上林而竞入,拥河桥而争渡。出丽华之金屋,下飞燕之兰宫。钗朵多而讶重,髻鬟高而畏风。眉将柳而争绿,面共桃而竞红。影来池里,花落衫中。

这种文体代表着梁中叶以后辞赋的特点,如喜用七言句、注意声律、好用典等都与萧绎等人相近。至于《荡子赋》,内容则与萧绎《荡妇秋思赋》类似,而音节更优美,感情亦较深。这说明他的才华确实胜于二萧。不过这些赋的内容只限于妇女生活,手法也少变化。如果没有后来的生活经历,庾信的成就也许不会比二萧及徐陵高出多少。

庾信到了北方以后,由于经历了梁代灭亡及背井离乡的种种不幸遭遇,他的文风发生了很大的变化。他的作品风格显得沉郁悲凉,笔力趋于苍劲,和前期之作有着显著的不同。这时期的代表作《哀江南赋》更是以生动的形象描写了侯景之乱及江陵陷落的始末,与颜之推的《观我生赋》同属当时史事的实录;文学价值则历来公认远胜颜作。在这篇赋中,他对梁武帝晚年的昏聩腐朽作了尖锐的批评:梁武帝本人忽视政务,不修武备,一味"谭劫烬之灰飞,辩常星之夜落",空谈佛学;大臣们则"宰衡以干戈为儿戏,搢绅以清谈为庙略",无异于"乘渍水以胶船,驭奔驹以朽索",卒致"小人则将及水火,君子则方成猿鹤"。对元帝萧绎的批判尤为尖锐:

> 沉猜则方逞其欲,藏疾则自矜于己,天下之事没焉,诸侯之心摇矣。既而齐交北绝,秦患西起,况背关而怀楚,异端委而开吴,驱绿林之散卒,拒骊山之叛徒。营军梁㵐(zhà,水名,在今湖北省),蒐乘巴渝,问诸淫昏之鬼,求诸厌劾之符。荆门遭廪延之戮,夏口滥逵泉之诛。蔑因亲以教爱,忍和乐于弯弧。既无谋于肉食,非所望于论都。未深思于五难,先自擅于三端。登阳城而避险,卧砥柱而求安。既言多于忌刻,实志勇而刑残。但坐观于时变,本无情于急难。

这里写萧绎在侯景之乱中袖手旁观,不救父亲之急难,而后来又一味消灭异己,对西魏的进攻毫无准备,终致江陵失陷。其每句差不多都有史事与典故作比喻,而且用得颇确切。这种写法当然给今天读者带来一些不便,但也可看出作者驾驭典故的能力。赋中写江陵陷落

后人民被俘北上之情,尤为感人:

> 冤霜夏零,愤泉秋沸,城崩杞妇之哭,竹染湘妃之泪。水毒秦泾,山高赵陉,十里五里,长亭短亭。饥随蛰燕,暗逐流萤。秦中水黑,关上泥青。于时瓦解冰泮,风飞电散,浑然千里,淄渑一乱。雪暗如沙,冰横似岸。逢赴洛之陆机,见离家之王粲。莫不闻陇水而掩泣,向关山而长叹。况复君在交河,妾在青波,石望夫而逾远,山望子而逾多。

这简直是一幅惨不忍睹的流民图。据史载,西魏平江陵后,曾驱赶许多平民入关,逼他们做奴隶,赏赐给大臣贵族。这些被驱迫的平民家破人亡,一路历尽艰难的惨状,在这篇赋中得到了真实生动的描述。像《哀江南赋》这样篇幅很长、用典极多的赋,一直被传诵不衰,正是由于它以如椽的巨笔写出了这样重大的历史事变中种种动人心魄的场面。所以杜甫在《戏为六绝句》中称:"庾信文章老更成,凌云健笔意纵横。"当然,《哀江南赋》也不是全无缺点,其中有些句子由于过分拘于对仗声律,也有欠通顺之处,如"崩于巨鹿之沙,碎于长平之瓦"两句,就为金人王若虚所疵议。所以钱锺书先生谓此赋"波澜腾泻,不免挟泥沙耳"(《管锥编》第四册第1547页)。

庾信除《哀江南赋》外,还有许多抒情小赋,亦颇传诵。这些赋大抵都用比兴手法寄托其乡关之思及身世之感。如著名的《小园赋》,被论者推为仅次于《哀江南赋》的佳作。此赋长处在于善用白描手法,读来亲切感人。如写园中景色:

> 鸟多闲暇,花随四时,心则历陵枯木,发则睢阳乱丝。非夏日而可畏,异秋天而可悲。一寸二寸之鱼,三竿两竿之竹。云气

荫于丛蕾,金精荞于秋菊。枣酸梨酢,桃榹(sī,山桃)李薁(yù,一种果实,似李)。落叶半床,狂花满屋,名为野人之家,是谓愚公之谷。试偃息于茂林,乃久羡于抽簪。虽有门而长闭,实无水而恒沉。三春负锄相识,五月披裘见寻。问葛洪之药性,访京房之卜林。草无忘忧之意,花无长乐之心。鸟何事而逐酒,鱼何情而听琴。

用美好的景色及闲居之乐来反衬自己内心悲苦,虽有这些乐事益增伤感,故读来令人倍觉自然亲切。

他的另一名篇《枯树赋》与谢惠连《雪赋》、谢庄《月赋》一样,假托古人之事以言情。赋中写东晋殷仲文对庭树的叹息和桓温感叹柳树之事,虽都见于《世说新语》,但殷仲文任东阳太守时,桓温早已死去,此赋却说桓温因闻殷之言而兴叹,显属虚构。此赋写的是树木,讲到了许多关于树木的典故,主旨在借以自喻。如写到兵燹之后树木被砍伐、焚烧而雕枯之状云:

若乃山河阻绝,飘零离别。拔本垂泪,伤根沥血。火入空心,膏流断节。横洞口而敧卧,顿山腰而半折。文衰者合体俱碎,理正者中心直裂。

这正是暗喻自己离开了家乡,来到长安,备受困顿的经历。因此作品又加上了一段纯系抒情的话:

况复风云不感,羁旅无归,未能采葛,还成食薇,沉沦穷巷,芜没荆扉,既伤摇落,弥嗟变衰。《淮南子》云:木叶落,长年悲,斯之谓矣?

这真如画龙点睛,突出了全赋的主题。类似于此赋的还有《竹杖赋》等,手法亦与此相类,而艺术上稍逊,故不及此赋有名。

庾信的抒情小赋中还有一篇《伤心赋》,亦写个人不幸的遭遇,颇为沉痛,与《小园赋》等不同的是它着重写家庭的不幸,较少涉及政治变故。总的来说,他这些抒情小赋一般都较伤感,这是他身历种种不幸造成的。杜甫在《咏怀古迹》中说:"庾信平生最萧瑟,暮年诗赋动江关。"的确,庾信诗赋之所以动人,正与他饱经忧患有关,所以虽然悲愁,感情却真挚深沉,加以笔力苍劲,亦为同时作家所不及。

除了这些抒情之作外,庾信一些应制赋亦间有佳句,如《三月三日华林园马射赋》中"落花与芝盖齐飞,杨柳共春旗一色",前一句可能是化用南朝民歌《读曲歌》"青幡起御路,绿柳荫驰道"而来。后来唐代王勃作《滕王阁序》,其中"落霞与孤鹜齐飞,秋水共长天一色"之句,显然又出于庾信。这说明即使是应制之作,庾信的才华也有值得称颂和借鉴的地方。

# 结束语

赋这种文体虽然早在战国时代已经产生,但历来论赋者莫不以汉魏六朝为赋的全盛时代。这是因为战国赋家中虽有屈原这样伟大的作家,但他的作品一般都不以赋名,其性质亦近于诗。继起的宋玉虽有称赋的作品,但它们是否出于宋玉之手,历来还有争论,而且其铺陈夸饰的特点也才露端倪。加之汉魏六朝拥有众多的作家和作品,其中颇多传诵之作,所以人们谈论辞赋,往往以这一时期为重点。

其实正如上述,汉魏六朝辞赋本身是在不断变化和发展的。不难看到,两汉和魏晋南北朝的辞赋就不太一样。两汉虽也有若干抒情小赋,但毕竟以大赋为盛;魏晋南北朝虽也有大赋,而比较传诵的则多为抒情小赋。从文学发展的角度来说,大赋和抒情小赋的兴衰亦有其必然的原因。像西汉司马相如、杨雄的大赋,在今天也许较少受到读者的喜爱,但它们在文学史上却也有着不可忽视的地位。因为在西汉时代,我国文学的传统积累还不像后来那样丰富,因此像司马相如那样写作"控引天地,错综古今"的大赋,显然是一种艰巨的事情。加上他身处汉帝国的全盛时代,他的赋作也确实反映了这个时代兴旺发达的气象。继起的杨雄虽然处于西汉开始衰落的时代,但表面的繁荣景象毕竟还在,所以亦非有意粉饰太平。他们的辞赋至少有两大特点在文学史上产生了深刻的影响,这就是气势宏大、笔力雄健和词汇丰富、善于夸饰。所谓气势宏大、笔力雄健,在内容方面主要是指作者们善于描写宏大的场面,众多的事物。这种描写一般比较简练概括而不失于烦琐。在形式方面则主要是多用排比,句法多变,不流于整齐划一。这一特点在某种程度上接近于后来文论家所谓的"阳刚之美"。汉代大赋的这些特点对后世的辞赋、散文均有影响。例如鲍照的《芜城赋》之所以为一些提倡散文的人所欣赏,就是因为它继承了汉赋那种刚健的笔力。后来一些散文家欣赏司马相如、杨雄的赋,也正是从这一特点着眼的。如韩愈在《进学解》中提到"子云相如,同工异曲",就是因为他从司马相如、杨雄那里学习了这种笔法。他的《平淮西碑》典雅庄重,即取法于司马相如;他的《送孟东野序》气势雄骏,亦与司马相如、杨雄之作相类,其他辞赋家和散文家也都在一定程度上受着他们的影响。

至于汉代大赋词汇丰富和善于夸饰的特点,对后世的影响尤为明显。关于这点,晋代葛洪在《抱朴子·钧世》中曾认为《诗经》不及汉晋大赋"汪濊博富"。他说:

> 若夫俱论宫室,而奚斯路寝之颂(指《鲁颂》),何如王生之赋《灵光》乎?同说游猎,而叔畋(指《郑风·叔于田》)卢铃(见《齐风》)之辞,何如相如之言《上林》乎?并美祭祀,而《清庙》(见《周颂》)《云汉》(见《大雅》)之辞,何如郭氏(璞)《南郊》之艳乎?等称征伐,而《出车》、《六月》(同见《小雅》)之作,何如陈琳《武军》之壮乎?

他这样比较虽不一定很确当,但汉魏两晋人的辞赋在描写手法的丰富及辞藻的广博华丽方面,确实大大超越了《诗经》。这是文学本身发展的必然结果,虽不能以此苛责《诗经》,却不妨说后人比前人确有高明之处。

特别应该提到的是在汉代诗歌写作几乎陷于停顿,钟嵘《诗品》说:"自王扬枚马之徒,辞赋竞爽,而吟咏靡闻。"这一时代的所谓纯文学作品,其实只有辞赋一体,所以文学语言的丰富和发展,基本上依靠这些辞赋家的努力,而这些辞赋家也确实作出了他们的贡献。刘勰在《文心雕龙·夸饰》中曾谈到这些辞赋的长处:"至如气貌山海,体势宫殿,嵯峨揭业,熠耀焜煌之状,光采炜炜而欲然,声貌岌岌其将动矣。"这个评价也许过高了一些,但这些辞赋家对丰富文学语言及描写技巧,确实有着不可忽视的贡献。事实上魏晋以后许多杰出的诗人,大抵都兼作辞赋。他们不但在作赋时曾向两汉赋家学习,就是作诗,也有不少意境取自汉赋。如曹操《观沧海》中"日月之行,若出其中;星汉灿烂,若出其里"等名句,显然化用司马相如《子虚上林赋》中"日出东沼,入乎西陂"之句。曹植的《白马篇》中"控弦破左的,右发摧月支"与"长驱蹈匈奴,左顾陵鲜卑"诸句,亦属化用张衡《西京赋》中"弯弓射乎西羌,又顾发乎鲜卑"之句。建安诗人所以取得这样辉煌的成就,不能不说和他们熟悉汉赋并从中吸取营养有关。建安以后如晋太康诗人和南朝元嘉诗人之作,其辞藻华丽,亦与吸取辞赋创作的成就有一定关系。特别像谢灵运、鲍照一些描写山水的诗,常有较古奥的词汇,这显然是为了反对平淡无味的玄言诗,而向辞赋学习的缘故。事实上这些诗中的一些古字,往往是辞赋中常用而在前人的诗中较少出现的。所以汉赋本身虽不甚为今天读者所喜爱,而其影响后代诗人,特别是为魏晋以后诗歌的繁荣准备了条件,这个功绩似亦不应忽视。至于魏晋以后的辞赋,在技巧和辞藻方面,亦曾不断地影响后来的诗人,如前面谈到的孙楚、颜延之等人的赋,就对唐代李白、杜甫等大诗人也有所沾溉。至于唐诗中效法辞赋的作品为数亦不少,如杜甫的《火》、《三川观水涨》,韩愈的《南山诗》等,排比铺张,手法即与辞赋类似。

至于汉魏六朝辞赋在文体方面的作用,亦颇可注意。历来论赋者常将赋分为"古赋"、"骈赋"和"律赋"等几类。其中律赋产生于唐以后,纯是应科举之作,没有多大价值。关于古赋与骈赋之分,其实也和散文与骈文之分一样,并无明确的界线。例如晋宋二代之赋,就像当时的文一样,有些很难说是"古体"还是"骈体"。因为一般来说,骈文之兴,本由于古代汉语是单音节词,便于对仗之故。散文中骈句的增多,其原因之一就是受了辞赋的影响。因为赋有铺陈的特点,势必使用排比对偶,排句而略求字数整齐,就自然形成了骈句。所以自汉以来,赋和散文就出现了一个骈化的过程。只是到了齐梁,骈文才占主导地位,辞赋中的骈赋,似亦正式出现于此时。由于骈文越来越讲求声律,于是骈赋就发展成了律赋,直到后来限韵作赋,则完全成了文字游戏。

在赋的发展过程中还有一点很值得注意的是它在文体方面和诗的相互影响。赋本身虽是由诗发展而来,但到后来似乎分了家。据陆机《文赋》的说法,赋是"体物"之作,而诗则为"缘情"之作。所以在汉魏,诗、赋在辞藻、技巧方面虽相互影响而文体则颇有区别。但自抒情小赋出现后,西晋傅玄、夏侯湛等人试图用接近诗的句子写赋,后经湛方生等人的努力,终于发展形成像沈约《八咏》那样的作品。这种作品使梁陈的抒情小赋进一步接近诗,而这些小赋的句法又为隋唐歌行的出现准备了条件。试看唐代卢照邻的《长安古意》、骆宾王的《帝京篇》诸作,从反映社会生活而论,显非南北朝后期那些短赋所能及,但从刻画贵族生活的手法以及文体特点方面看,都和萧纲、萧绎等人的小赋有许多相似之处。因此,可以说汉魏六朝辞赋不但本身有它的卓越价值,而且它为唐诗繁荣所作的准备,亦功不可没。

# 魏晋文学

# 第一章 绪 论

## 第一节 魏晋文学的定义

长期以来,许多文学史的研究者,都把魏晋作为中古时期的开始,并且认为从这时候起,文学开始进入自觉的时代。这种看法显然有其根据,并且已被多数学者所认同。不过严格地说,以"魏晋"来代表文学史上的一个阶段,似有其缺陷。因为所谓的"魏"实际上仅是三国之一,并未统一全中国,当时与它并存的吴蜀二国也有其自己的作家和作品。再说"魏"这个阶段究竟从何时算起?如果从黄初元年(220)曹丕称帝开始,那么势必把曹操和许多建安作家划入汉代;但若从建安元年(196)曹操迎汉献帝迁都许昌算起,则当时尚未有"魏"的封号(曹操封魏公在建安十八年,213)。① 笔者认为"魏晋文学"之名虽已约定俗成,但究其实质似不如改称"三国两晋文学"较为精确。因为三国鼎立的局面形成于建安十三年(208)的"赤壁之战",把这一年作为汉代与三国的分界,似比较合适。如果是这样,我

---

① 《文选》李善注释曹植《与杨德祖书》中"德琏发迹于此魏"句,以为应玚家乡近于许昌,其实当时并无魏国,许昌乃汉帝所都,即使到后来亦不在曹操封邑之内。

们不妨把祢衡、孔融等作家归入汉代,而把其他作家如王粲、刘桢等人划入三国。这样做也许有人会产生疑问,那就是曹丕在《典论·论文》中把孔融归入"建安七子"之列,而"七子"之说又历来为人们所沿用。孔融正好是建安十三年(208)"赤壁之战"以前被曹操所杀。而且,"七子"的提法,似未必妥当。因为孔融的思想和政治态度都与其余六人有很大不同。再说曹丕本人也未必把孔融与其他六人看作一个群体。例如他著名的《与吴质书》谈到建安作家,也仅及王粲、刘桢等六人而不提孔融。曹植的《与杨德祖书》和杨修的《答临淄侯笺》谈到建安作家时,也没有提到孔融①。后来谢灵运作《拟魏太子邺中集诗八首》,除曹丕、曹植之外,也仅有阮瑀、王粲、徐幹、陈琳、应玚、刘桢六人,正好和曹丕《与吴质书》提到的人名相同。可见不论曹丕或曹植、谢灵运都认为孔融与其他建安作家有区别,把他归入汉代作家之列,比较合适。

至于三国两晋文学的下限,似以宋武帝刘裕代晋(420)为断限较妥。这是历来流行的做法。近年以来,有的研究者因为东晋时代已经出现了南北对峙的局面而把东晋划归南北朝时期,这亦有较充分的理由。不过从历史的发展来看,魏晋和南北朝本可作为一个大的段落,如果把这个时期再分作两个阶段,那么依照传统的做法将晋宋之交作为分界,亦有其根据。因为东晋和"十六国"虽然也属南北对峙,但其时北方还没有形成一个统一的政权②。再说从南方政权的性质来说,东晋时期,基本上是琅邪王氏、陈郡谢氏等中原南迁的高

---

① 曹植《与杨德祖书》作于建安十七年阮瑀去世以后,二十二年其他五人去世以前,他只提存者,故不及阮瑀,而加上了杨修。
② "五胡十六国"中,后赵疆域较大,但仍与前凉及慕容氏分境,只有前秦苻坚时曾短期统一北方,然为时仅七八年(376~383)。

门士族掌握政权,而刘宋以后,政权基本上已落入出身于"北府兵"将领的彭城刘氏、兰陵萧氏等次等士族之手。这些人物执政以后,虽然仍给高门士族以优厚待遇,却逐渐任用"寒人",不把实权委托给那些高门人士,因此政局为之一变。从此以后,许多高门渐趋败落,如陈郡谢氏在宋初就有不少人被杀,从此一蹶不振。如果从文学方面来说,晋宋之际,也正是"庄老告退,山水方滋"(《文心雕龙·明诗》)的时期。所以笔者在这里对"魏晋文学"的论述,基本上以建安十三年(208)到永初元年(420)这二百一十二年时间为断限。当然有时为了叙述和论证的方便起见,也不免要提到此前及此后之事。

## 第二节　魏晋的社会状况和思潮

魏晋两朝是在秦汉以来统一的中央集权帝国已经出现之后,再一次走向分裂的时代。这种分裂割据局面的出现,有其必然的社会原因。我们知道,早在秦统一六国以前,为了适应社会生产力发展的需要,采用了商鞅提出的废井田、开阡陌的政策,取得了富国强兵的效果,终于并吞六国,实现了统一全国的目的。但这种政策所带来的后果,却是促使土地兼并日益加剧,出现了"富者田连阡陌,而贫者无立锥之地"的情况。这种情况在战国迄于秦代,还未显出其严重性。秦末的农民大起义又在一定程度上对地方豪强进行了打击。正因为如此,汉初帝王对其臣民的控制还是非常有力的。当时士人的命运基本上决定于帝王的意志,正如东方朔在《答客难》中说的:"圣帝德流,天下震慑,诸侯宾服,连四海之外以为带,安于覆盂。天下平均,合为一家,动发举事,犹运之掌。"因此帝王完全可以控制其臣民,包括那些士人,就像东方朔所谓:"故绥之则安,动之则苦;尊之则为将,卑之则为虏;抗之则在青云之上,抑之则在深渊之下;用之则为虎,不用则为鼠。"但随着经济的发展,土地兼并的矛盾日趋尖锐。早在汉文帝时,贾谊在《陈政事疏》中已提出了这个问题,后来汉武帝等人虽然采取过一些措施,却没有收到多少成效。王莽禁止土地买卖,其目的亦在抑制兼并。然而他那套"开倒车"的政策,非但达不到目的,反而使社会矛盾进一步尖锐化。当时起来反对王莽的各种力量,除了"赤眉"等农民军外,还有不少人本是地方上的豪强。例如隗嚣起兵讨伐王莽时的檄文,就把"田为王田,买卖不得,规锢山泽,夺民本业"(见《后汉书·隗嚣传》)作为王莽的重要罪状之一。其实光武帝刘秀也是这一阶层出身。这个阶层的人物,不但有较强的经济实力,而且也具有不小的政治影响。《后汉书·樊宏传》记王莽新朝末光武帝兄刘伯升起兵,樊宏奉王莽守将之命招降,樊却留在伯升军中。守将想杀死其家属,属官们都劝阻说:"樊重(宏父)子父,礼义恩德行于乡里,虽有罪,且当在后。"后来他回家,"与宗家亲属作营堑自守,老弱归之者千余家。时赤眉贼掠唐于乡,多所残杀,欲前攻宏营,宏遣人持牛酒米谷,劳遣赤眉。赤眉长老先闻宏仁厚,皆称曰:'樊君素善,且今见待如此,何心攻之。'引兵而去,遂免寇难。"这说明一些地方上的豪民,有时不论对农民还是官府都能有一定影响。后来汉光武帝和他的子孙们都曾热衷于招徕名士,恐怕不完全是慕其虚名,而是考虑到他们在百姓中的号召力。因为这些人在百姓中的威信甚高。《后汉书·逸民列传·逢萌传》载,东汉初,逢萌隐于琅邪劳山,北海太守派人致礼,逢萌不答,太守发怒,派兵去捉他,当地百姓却"相率以兵弩捍御,吏被伤流血,奔而还"。即使在农民战争爆发以后,某些名士仍深得人们尊敬。《后汉书·郑玄传》:"建安元年,自徐州还高密,道遇黄巾贼数万人,见玄皆拜,相约不敢入县境。"这种事例说明东汉时代的士人,其地位比起西汉时代东方朔所言,已有很大的不同。

不过东汉时代的政治较之西汉更为黑暗腐败,士人们对宦官、外戚的专权深感不满,屡加抨击,和朝廷的矛盾变得十分尖锐,因此发生了"党锢之祸"。然而随着黄巾军的起事,朝廷不得不赦免这些"党人",以便利用他们的力量去对付黄巾军。事实上后来出现的不少割据者中大多数人本是地方上的豪右强宗,有些甚至还是名士(如刘表就是显例)。例如像曹操这样的人物,本出宦官家庭,在地方上却有一定的实力。他自称"自以本非岩穴知名之士,恐为海内人之所见凡愚"(《三国志·魏志·武帝纪》注引《魏武故事》所载《让县自明本志令》),所以他得势以后,一再下令求才,实际上正是要团结当时的名士,为自己所用。不过那些名士,大抵深受两汉以来儒家教育的影响,对曹操的行为很难完全满意,于是就常常和他产生矛盾,而且有时显得十分尖锐。但为了镇压农民军和维护政局的稳定,那些名士又需要这样一个铁腕人物。例如前面提到的孔融,起初曾作诗热烈歌颂曹操,而后来却发生冲突以致被曹操所杀。但不管曹操如何杀戮名士,却仍有不少人继续与他合作。这种又联合又斗争的关系至少贯穿了整个三国时代,后来的何晏、夏侯玄、嵇康等人和司马懿父子的矛盾,其性质亦与此相类。

当然,那些和曹操及司马氏发生矛盾的士人,情况并不一样,其出发点亦不完全相同。例如:嵇康被司马昭所杀,而阮籍、向秀等人则得善终;即使同样被杀的人如何晏和嵇康,其情况亦颇有别,不能一概而论。但这种矛盾实质上就是马克思和恩格斯在《德意志意识形态》中所讲到的统治阶级内部一些专门为本阶级编造关于其自身幻想的人和本阶级另一部分人的矛盾(见《马克思恩格斯选集》第1卷,第52页)。一般说来,魏晋是继两汉之后出现的皇朝,两汉四百年的统治,提倡的是儒家那套伦纲礼教,士人不通儒家经典,不能进入仕途。因此久而久之，这些"纲常"、"礼法"就深入了不少士人的灵魂。尤其中国古代的知识阶层，其主要的谋生途径是做官，而且他们要实现其学说和抱负，亦只有靠做官与从政。但是既要从政，就必然要依附某些掌握实权的个人或集团。但当权的统治者，对于儒家和"六经"的态度，却与那些士人迥异。他们所以宣扬那套纲常、礼法，多半是出于利用。因为儒家那套学说既难真正实施，同时它虽因对百姓有某些欺骗性而有利于统治，却也在某种程度上束缚着统治者的手脚。因此统治者们虽口头上提倡，实际上并不真信。例如历史上第一个实行尊儒的汉武帝，就像汲黯说的那样"内多欲而外施仁义"。后来的帝王亦无不如此。如果说西汉武、宣诸帝时，政局还较稳定的话，他们的后继者所面临的政局却与之不同。尤其是西汉末年王莽擅权，尽管他口头上处处引证"六经"，而和多数士人的矛盾却到了十分尖锐的程度。正如《后汉书·逸民列传》所说："汉室中微，王莽篡位，士之蕴藉义愤甚矣。是时裂冠毁冕，相携持而去之者，盖不可胜数。"光武帝建立东汉，竭力征聘隐士，确实使士人和朝廷间的矛盾趋于缓和。但随着东汉统治的衰落，外戚、宦官相继乱政，矛盾又再一次尖锐起来，就像上书所说："自后帝德稍衰，邪孽当朝，处子耿介，羞与卿相等列，至乃抗愤而不顾，多失其中行焉。"这里所说的"失其中行"就是指某些士人看透了统治者的腐朽，目睹儒家的"纲常"、"礼法"不足以限制统治者的行为，反而只是束缚民众的手段，因此转而佯狂傲世，做出一些当时被视为怪诞的行为来。如《风俗通义·愆礼》载，当时汝南人夏甫"闭户塞牖，不见宾客"，"头不著巾，身无单衣，足常木屐，食止壃菜"，后来"及母终亡，不列服位"。同书《过誉》载，江夏太守河内赵仲让，曾任高唐令，到任几十天便称狂，"乱首走出府门"而去。后来做权臣梁冀的属官，又"冬月坐庭中，向日解衣裘捕虱，已因倾卧，厥形悉表露"。这种怪诞的行为，已与魏晋许多名士十分相似。所以《抱朴子·汉过》中说到这种现象时归因于"当涂端右阉官之徒,操弄神器,秉国之钧,废正兴邪,残仁害义,蹲踏背憎,即聋从昧,同恶成群,汲引奸党,吞财多藏,不知纪极"。于是在士人中造成了恶劣影响。葛洪所说的种种行为如:"嗜酒好色,阘茸无疑者,谓之率任不矫。求取不廉,好夺无足者,谓之淹旷达节。蓬发裹服,游集非类者,谓之通美泛爱。反经诡圣,顺非而博者,谓之庄老之客。……懒看文书,望空下名者,谓之业大志高……"这些都开了魏晋那些名士怪诞行为的先河。当然,这几种人物的行径,有些实有其苦衷,并不像葛洪所指责的那样卑劣。所以近人余嘉锡先生在《世说新语笺疏》中曾说:"盖魏晋人一切风气,无不自后汉开之。"(中华书局版第21页)

当然,这些怪诞之风,到了魏晋时代,确实变本加厉。这一方面是由于魏晋统治者的政策不同于东汉,正如傅玄所说:"近者魏武好法术,而天下贵刑名,魏文慕通达,而天下贱守节。其后纲维不摄,而虚无放诞之论盈于朝野……"(《晋书·傅玄传》)傅玄所说,自然有一定的道理,但更重要的原因,恐怕是当时的政局激之而使然。例如曹操,人们大抵认为他不能算个儒家的崇奉者,但作为一个统治者,他仍然需要利用"纲常"、"礼教"这一套来巩固其统治。例如他杀害孔融,就以孔融"鼓吹不孝"来作为借口。曹操虽口头上讲要忠于汉朝,实际上处处都在巩固自己的统治,为后来曹丕夺取帝位做准备。他甚至威逼汉献帝,杀害伏皇后,这种行为如果从封建伦理来看,毕竟是"大逆不道",然而他在当时却又是"纲常名教"的维护者。这种严重矛盾的现象,许多士人显然看得很清楚,这不能不使他们对所谓的"名教"产生一定的怀疑和反感,但长期儒家教育的影响,又使他们心灵深处,并不能真正摆脱其束缚,于是就出现了这样的矛盾现象:热心于鼓吹名教者,却是名教的破坏者;激烈反对名教者,其实自己却笃信名教。像曹操、孔融、司马昭、嵇康、吕安就是这样。当然,像何晏之被司马懿所杀,情况就与此稍有区别。何晏与曹魏皇室的关系本较特殊①,在曹丕、曹叡时代,并未受到重用,直到少帝曹芳时,曹爽秉政,他才被任为散骑侍郎,迁侍中、尚书。何晏和王弼是正始时代玄学的代表人物。何晏的学说代表着"从汉代经学向玄学的转变"(许杭生《魏晋玄学史》第 61 页)。从他的政治思想看来,也没有超出儒家思想的范畴。例如他上奏少帝曹芳,要他治国"必先治其身,治其身者慎其所谓"。他劝少帝近"正人",远"佞人",建议少帝"可自今以后,御幸式乾殿及游豫后园,皆大臣侍从,因从容戏宴,兼省文书,询谋政事,讲论经义,为万世法"(《三国志·魏志·三少帝纪·齐王芳》)。从这些话看来,他并不像历来说的那样是一个"浮华之徒"。据《三国志·魏志·诸夏侯曹传》注引《魏氏春秋》载,司马懿发动高平陵政变后,"使(何)晏与治曹爽等狱。晏穷治党与,冀以获宥。宣王(司马懿)曰:'凡有八族。'晏疏丁(谧)、邓(飏)等七姓。宣王曰:'未也。'晏穷急,乃曰:'岂谓晏乎!'宣王曰:'是也。'乃收晏。"看来他被杀,是因为被卷入了政治斗争的漩涡,从他现存的著作如《论语集解》、《景福殿赋》考察,似不致于此。据说他和曹爽等"阴谋反逆,并先习兵"(《三国志·诸夏侯曹传》),未知确否。但据许杭生先生考证,何晏生年与曹丕、曹植"相差不会太多"(《魏晋玄学史》第 56 页),在黄初至景初期间(220~239)一直未受重用,而曹爽时才得升迁,那么其党附曹爽,想非无故。不过,那些执政者虽然杀过一些名士,但一般也不愿多所杀戮,还要尽量利用他们。例如阮籍对司

---

① 《三国志·魏志·诸夏侯曹传》:"晏,何进孙也。母尹氏,为太祖(曹操)夫人。晏长于宫省,又尚公主。"注引《魏略》云:"太祖为司空时,纳晏母并收养晏……而晏无所顾惮,服饰拟于太子,故文帝特憎之,每不呼其姓字,尝谓之'假子'。"

马昭的行为显然也不满意,但司马昭对他仍取保留的态度(嵇康《与山巨源绝交书》)。即使杀了人,他们也时有补救的行为,如曹操杀杨修后,仍对其父杨彪进行安抚。司马昭杀嵇康后,亦感后悔。这说明了执政者与名士间关系的复杂性。

  魏晋的思想家和作家,大抵都是士人,他们的出身与社会地位虽有着这样或那样的差异,然其基本情况,却与那些名士多少有类似之处。因此他们与统治者的关系,大体上也有着既合作又矛盾的情况。这和汉代似乎并无太大区别。不过魏晋以后的社会状况,和汉代已有很大不同,面对新的现实,人们自然也会提出许多新的思想观点。首先,从汉代以来,在思想界占统治地位的一直是以董仲舒为代表的"三纲五常"以及阴阳谶纬学说,经过西汉特别是东汉的历史经验,证明它不但不足以保障百姓的安定生活,亦不足以维护皇朝的统治。对于许多士人来说,既难以此实现其抱负,反而又在很大程度上束缚他们的个性。于是早在西汉末年,就有严遵等人转而倾向老庄思想,到了东汉,此风尤甚。王充作《论衡》,对董仲舒的学说,颇多批判。张衡作《两京赋》,已有多处流露出老庄思想的影响,至于《思玄》、《归田》二赋,道家思想尤为明显。著名的经学家马融,其人品颇为后人非议。不过,他的一些做法,显然受了庄子的影响。其实岂止这些士人,连某些统治者本人,也并不拘守礼法,史称曹操"任侠放荡","佻易无威重";曹丕的"慕通达"更是如此,据《世说新语·伤逝》载,他在吊王粲之丧时,竟带着随从一起作驴鸣,可见其行为与儒学礼法亦大相径庭。

  老庄思想的抬头,对当时士人的思想确实起到了一定的解放作用。这主要表现在他们的生活态度方面。例如:建安时代的狂士仲长统,作《乐志论》,说只要有一定的生活条件,可以满足其生活要求,就当安居田园,以"老氏"、"至人"的思想自慰,不羡进入帝王之门。

后来嵇康作《与山巨源绝交书》强调:"故君子百行,殊途而同致,循性而动,各附所安。故有处朝廷而不出,入山林而不返之论。且延陵高子臧之风,长卿慕相如之节,志气所托,不可夺也。"这种论点,实际上是强调人的志趣和个性。这种思想的出现,对文学的发展无疑是有积极作用的。

魏晋人由于强调个性,因此对"礼法"十分反感,阮籍作《大人先生传》,把"礼法之士"比作一群裤中的虱子;刘伶作《酒德颂》,也对这些人极尽讽刺和揶揄。阮籍自称"礼岂为我设邪"(《晋书》本传)。他们蔑弃礼法,却十分强调个人的感情。《世说新语·惑溺》注引《荀粲别传》:"粲常以妇人才智不足论,自宜以色为主。骠骑将军曹洪女有色,粲于是聘焉。容服帷帐甚丽,专房燕婉。历年后,妇病亡。未殡,傅嘏往喭粲,粲不哭而神伤。嘏问曰:'妇人才色并茂为难。子之聘也,遗才存色,非难遇也。何哀之甚?'粲曰:'佳人难再得。顾逝者不能有倾城之异,然未可易遇也。'痛悼不能已已,岁余亦亡。"这种公然重色轻德之论,与汉人显然有极大差别,而荀粲其人,从晋到南朝,一直受人仰慕。同书《伤逝》:"王戎丧儿万子,山简往省之,王悲不自胜。简曰:'孩抱中物,何至于此!'王曰:'圣人忘情,最下不及情。情之所钟,正在我辈。'简服其言,更为之恸。"这种表现,在"礼法之士"看来,不免过分,但以人情而论,似都不必非议,而这样强调感情,亦显得真率,对文学创作起着不小的推动作用。

魏晋人由于受儒家思想和"礼法"的束缚较少,由此思想比较活泼,敢于发表许多大胆的议论。例如嵇康在《与山巨源绝交书》中自称"非汤武而薄周孔",还作《管蔡论》,为历来被指为坏人的管叔、蔡叔辩护;他作《难自然好学论》,否认儒家的说教合于人的本性;至于他的《太师箴》,甚至对历来的统治者进行了强烈的批判。这种种论点,在儒家思想占统治地位的汉代,是很难设想的。

由于儒家思想的统治发生了动摇,人们的思维方式也发生了变化。这种变化有的虽为老庄的影响,有的似与现实生活的发展有关。如:《三国志·魏志·三少帝纪》注引《搜神记》载,曹丕生前作《典论》,认为"火浣布"这东西是根本不可能存在的。到曹叡时,曾下诏把《典论》刊石,以永示来世。但到少帝齐王芳即位之前,西域就来献"火浣布",于是只能刊灭这段文字,为人们所笑。这种事实使不少人对某些问题的看法有了改变。例如所谓的"神仙"之说,虽早在战国时已经出现,但在汉代士人中相信的人不多。到了魏晋,信者渐多。嵇康作《养生论》断言:"夫神仙虽不目见,然记籍所载,前史所传,较而论之,其有必矣。似特受异气,禀之自然,非积学所能致也。至于导养得理,以尽性命,上获千余岁,下可数百年,可有之耳。"这些言论并非故作怪论,他大约是真求过仙的,在《与山巨源绝交书》中,他自称"又闻道士遗言,饵术黄精,令人久寿,意甚信之";在《游仙诗》中亦称"采药钟山隅,服食改姿容"。在现在人看来,神仙自然不可能存在,嵇康这些话也不能说正确。不过,他那种言论,在一定程度上突破了传统的思维模式,对加强文学的想象力有一定的积极意义。在这种情况下,人们开始对其生活的周围世界作新的思考。例如郭璞在其《注山海经叙》中说:"庄生有云:'人之所知,莫若其所不知。'吾于《山海经》见之矣。夫以宇宙之寥廓,群生之纷纭,阴阳之煦蒸,万殊之区分,精气浑淆,自相濆薄,游魂灵怪,触象而构,流形于山川,丽状于木石者,恶可胜言乎?然则总其所以乖,鼓之于一响;成其所以变,混之于一象。世之所谓异,未知其所以异;世之所谓不异,未知其所以不异。何者?物不自异,待我而后异,异果在我,非物异也。"这段话,如果具体到看待《山海经》中许多神话,自然未必正确,但如果作为一种思维方式,则颇有其合理性。因为人们对世上的事物至今还不能有充分的认识,未知的东西还是比已知的要多。如果因为不认识、不理解而斥为怪诞,一律否认,亦非求知的好方法。郭璞这段话,实际上意味着当时人想广泛理解世界的努力。正如在郭璞以前,就有张华作《博物志》,吴万震作《南州异物志》等,就是这样。即使他们对某些神话和荒诞传说的肯定,虽有悖事理,有时亦有益文章。因为文学创作离不开幻想。魏晋以后大量志怪小说的出现,其故事多不可信,而在文学的题材和手法方面,都得到了很大的丰富。东晋以后,由于政治和文化中心南移,许多文人接受了南方民歌及民间故事的影响,所创作的文学在内容和形式方面,都发生了变化。从内容方面而论,中原民间也有神话故事,但这些神都是威灵显赫,令人敬畏的,几乎没有人会去设想富有人情味的神,更不会有关于人神恋爱的事(《三国志·魏志·钟繇传》注所载女鬼故事,只是鬼而非神,且作者乃南方人陆云之侄)。至于相传为曹毗所作的《杜兰香别传》记神女杜兰香下嫁凡人张硕,则为前此所未有。这种情节前此只有像《楚辞·九歌》中一些篇章及后此的南方民歌《神弦歌》中才有类似的记载,而这些作品所反映的则为纯粹的南方民俗。至于在诗歌的形式方面,亦有较显著的变化。本来在汉代的民歌《相和歌辞》中,形式是比较多样的,四言、五言、七言、杂言都有。魏时以《相和歌辞》为基础而适当加以改造的"清商三调"也基本如此。但到东晋以后的乐府诗,却基本上是五言与七言。这种变化显然和南方本来盛行五言的《子夜歌》及七言的《白纻歌》有密切的关系。

魏晋以后,佛教日盛,这大约是因当时战乱频繁,民不聊生,使得许多人转而皈依宗教以求解脱。地方上的割据势力,也曾利用佛教来扩大自己的势力。《三国志·吴志·刘繇传》:"笮融者,丹阳人,初聚众数百,往依徐州牧陶谦,谦使督广陵、彭城运漕,遂放纵擅杀,坐断三郡委输以自入。乃大起浮图祠,以铜为人,黄金涂身,衣以锦采,垂铜槃九重,下为重楼阁道,可容三千余人,悉课读佛经。令界内及旁郡人有好佛者,听受道,复其他役,以招致之,由此远近前后至者五千余户。"这是历史上关于大批人信奉佛教的较早记载。佛教传入中国较早,相传为东汉明帝时代。传入中国后,就有一些西域僧人在汉人协助下翻译佛经,但在士人中的影响不大。佛教在士大夫中广泛流传则始于东晋。其中在北方影响较大的是佛图澄、释道安和鸠摩罗什,在南方则当推支遁和慧远。佛图澄主要生活在后赵中后期,一些典籍中关于他的记载颇多神话色彩,但很少有关于他思想观点的论述。他的弟子释道安生活于前秦时代,他有一些文章传世,不但佛学的造诣极深,连文章亦为当时长安许多文人所宗。鸠摩罗什乃佛经翻译的大师,他宣扬大乘佛法,由于他能通汉语,所以深解译经的甘苦。在《高僧传》卷二中载其论文体语云:"天竺国俗,甚重文制,其宫商体韵以入弦为善。凡觐国王,必有赞德,见佛之仪,以歌叹为贵,经中偈颂,皆其式也。但改梵为秦,失其藻蔚,虽得大意,殊隔文体,有似嚼饭与人,非徒失味,乃令呕哕也。"在他的影响下,其弟子僧肇所作《肇论》,不但是著名的哲学著作,其文章每为历来所推崇。南方东晋统治区的名僧支遁,和许多士大夫都有交往,其中像许询、孙绰、袁宏等均一时著名诗人。支遁的学说主要是援老庄以解佛理,引佛学以释老庄,例如他对《庄子·逍遥游》的解释,就与向秀、郭象等说不同,而为大部分士人所接受。他本人也是著名的玄言诗人,据一些论者说,他的诗对南朝大诗人谢灵运有一定影响。慧远乃释道安弟子,他不但精通佛学和老庄,还兼通儒家的丧礼。他和刘遗民、周续之、雷次宗、谢灵运、宗炳等士大夫都有深交,据有的书中说,和陶渊明也有过来往。他的《沙门不敬王者论》,曾在后世的思想界引起强烈的反响。后来梁释僧祐所编的《弘明集》中,有不少论点都与此文有关。慧远还善于作诗文,他不但有诗文传世,而且在他的影响下,庐山的一些佛教徒,也有诗文创作,对写景作品颇有影响。

由于佛教的广泛传播和佛经的大量翻译,许多印度和西域的故事,也都传入中国,对文学创作产生影响。例如东晋初干宝的《搜神记》中,就有某些故事带有明显的佛经故事色彩。其中也许是梁吴均《续齐谐记》中所载的那个"鹅笼书生"的故事,最为人们所乐道。至于专门宣传佛教的志怪小说,起源亦甚早,现存最早的作品,当推东晋谢敷的《光世音应验记》,其书在国内久佚,经孙昌武教授自日本访求得之,并校点出版。在此后较有名的宣扬佛教的著作,还有南朝刘义庆的《宣验记》、王琰的《冥祥记》等,都有许多文学价值较高的故事。由于佛教盛行,僧侣们为了传教,又使用"唱导"的方法,用宣讲故事的形式宣扬佛教。据《高僧传》记载,最早的是刘宋的释道照,他卒于元嘉十年(433),年六十六,曾为宋武帝刘裕讲过佛义,据此推测则这种"唱导"在东晋时已有。"唱导"的出现不但推动了佛教的传播,对后来唐代的俗文学更有极大的影响。

## 第三节　魏晋文学的历史地位

前面我们曾经说到用"三国"来代替"魏"的概念似乎比较科学,主要因为历来论者说到当时文学上的巨大变化,都发生在曹丕代汉以前,而且还在曹操被封为魏公之前。例如南朝宋檀道鸾在《续晋阳秋》中论及文学的发展时说:"自司马相如、王褒、扬雄诸贤,世尚赋颂,皆体则《诗(经)》、《(离)骚》,傍综百家之言。及至建安,而诗章大盛,逮乎西朝①之末,潘(岳)陆(机)之徒虽时有质文,而宗归不异

---

① 东晋、南朝建都建康(今南京),故时人称建都洛阳的魏和西晋为"西朝",或称"中朝"。

也。"(见《世说新语·文学》注引)他这段话,显然认为汉代文学的主要形式是辞赋,而建安以后则为诗歌。后来西晋作家其实是继承了建安的传统。稍后于檀道鸾的沈约,在《宋书·谢灵运传论》中,论到两汉作家,也主要讲的是辞赋家,而"至于建安,曹氏基命,二祖(曹操和曹丕)陈王(曹植),咸蓄盛藻,甫乃以情纬文,以文被质"。至于钟嵘的《诗品序》则说得更明确,他认为两汉基本上无诗,只有辞赋,而诗歌的黄金时代,则在建安年间。他说:"自王(褒)、扬(雄)、枚(乘)、(司)马(相如)之徒,词赋竞爽,而吟咏靡闻。从李都尉迄班婕妤,将百年间,有妇人焉,一人而已。诗人之风,顿已缺丧。东京二百载中,惟有班固《咏史》,质木无文。降及建安,曹公父子,笃好斯文,平原(曹植)兄弟,郁为文栋,刘桢王粲,为其羽翼。次有攀龙附凤,自改于属车者,盖将百计。彬彬之盛,大备于时矣。"他公然认为诗歌必须遵循建安的传统,所以在批评东晋的"玄言诗"时,就说那些作品"建安风力尽矣"。那么所谓的"建安风力"究竟是什么内容呢?据刘勰在《文心雕龙·明诗》中说,建安的诗风是:"并怜风月,狎池苑,述恩荣,叙酣宴,慷慨以任气,磊落以使才;造怀指事,不求纤密之巧;驱辞逐貌,唯取昭晰之能,此其所同也。"在同书的《时序》中,刘勰更进一步从社会现实方面阐述了建安诗风形成的原因。他写道:"自献帝播迁,文学蓬转,建安之末,区宇方辑。魏武以相王之尊,雅爱诗章;文帝以副君之重,妙善辞赋;陈思以公子之豪,下笔琳琅;并体貌英逸,故俊才云蒸。仲宣委质于汉南,孔璋归命于河北,伟长从宦于青土,公幹徇质于海隅,德琏综其斐然之思,元瑜展其翩翩之乐,文蔚休伯之俦,于叔德祖之侣,傲雅觞豆之前,雍容衽席之上,洒笔以成酣歌,和墨以藉谈笑,观其时文,雅好慷慨,良由世积乱离,风衰俗怨,并志深而笔长,故梗概而多气也。"这种诗风后来一直被人们视为诗歌创作的典范。后来作家论诗,大抵都标榜建安,如唐代的陈子昂在反对初唐某些绮靡诗风时就提出了"汉魏风骨"的口号;李白在称赏谢朓之作时,亦有"蓬莱文章建安骨"之语。甚至因反对华丽文风因而对建安诗人亦持否定态度的隋人李谔,也认为建安时代是文风丕变之始。所以他上书隋文帝时说道:"魏之三祖,更尚文词,忽君人之大道,好雕虫之小艺。下之从上,有同影响,竞骋文华,遂成风俗。江左齐梁,其弊弥甚,贵贱贤愚,唯务吟咏。"(《隋书·李谔传》)李谔其人从根本上否定文学创作,他的意见自不必深论。但从中也可以看出不论赞成者或反对者,都认为建安诗歌有着划时代的作用。

建安诗歌为什么能具有如此重大的历史作用呢？这必须从我国诗歌的发展史中去寻找答案。原来诗歌的起源是和人类俱生的。我国古代的学者认为诗的产生是由于人们需要抒发其感情,所谓"'诗言志,歌永言'。故哀乐之心感,而歌咏之声发"(《汉书·艺文志》)。这种诗歌的产生是自然而然的,正如古人所谓"饥者歌其食,劳者歌其事"(何休《春秋公羊传解诂》),所以鲁迅先生曾谈到古代人在文字发明之前,甚至连话也不会说的时候,就可能发出"杭育杭育"的叫声(见《且介亭杂文·门外文谈》)。这些原始的歌谣,大多数已散失,因为当时还没有办法把它记录下来。现存最早的诗,大多保存于《诗经》中。这些诗基本产生于周代,也可能有少数作于商代。这些诗绝大多数为无名氏的作品,而且它本身与音乐是分不开的。据说《诗经》三百篇,孔子都能配乐歌唱。但诗本身除了可以歌唱外,也可以诵读。据《国语·周语》等书记载,周朝的天子左右就有一些失去视觉的人对他朗诵歌谣,规箴得失。《周礼·春官·瞽矇》中,还记载这些人的职责有"讽诵诗、世奠系"。其所谓"世",据韦昭《国语·楚语》注,就是讲述古代君主的事迹,"为之陈有明德者世显,而暗乱者世废也"。他们所讽诵的内容,现在均已散佚。但有一点是比较清楚的,那就是历叙前世君主的成败,显然会有较多的叙述成分,其篇幅可能比一般的诗要长,所以采取"不歌而诵"的形式。这种形式最早大约亦取自民间,而朝廷则加以利用。从这种"不歌而诵"的方式中,就产生了一种新的文体,那就是"赋"。所以历来说"不歌而诵谓之赋"。"赋"这种文体形式是多种多样的,它虽起自民间,但为士人所采用以后,就有了多种形式。《汉书·艺文志》将"赋"分为"屈原赋"、"陆贾赋"、"荀卿赋"和"杂赋"四类。不过这种分类究竟以什么作为标准,现在已弄不清楚。大体上看来,"杂赋"中可能有一部分是民间作品,有些甚至类似实用技术的口诀。至于"屈原赋"一类中,屈原一人的作品形式就不同,他的后学宋玉之作也是这样。宋玉的作品除《九辩》外,其他作品和以屈原作品为代表的《楚辞》颇有不同。因此《文选》中把《九辩》归入"骚"类,而把其他赋作归入"赋"类。这类赋在汉代特别受到帝王爱好,因为它更便于歌颂功德及夸耀国家的富强,所以作者甚多,相反地,诗歌在当时却很少出现。不过,即使在汉时,诗歌亦未绝迹。因为即使在统治者和士大夫中,作诗者也不少。从汉高祖的《大风歌》、《鸿鹄歌》算起,像戚夫人、赵王刘友、朱虚侯刘章,均有歌传世,但这大多是发愤而作,未必写成文字。但像唐山夫人的《安世房中歌》,司马相如、邹阳在《郊祀歌》中的作品及韦孟《讽谏诗》等,还是人们所熟知的文人诗,只不过这些诗大多不是五言诗罢了。然而即使西汉一代,亦非绝无五言诗,且不论《相和歌辞》等民歌中的五言诗,因为这些诗究竟是西汉抑或东汉之作,很难判断,但像李延年的歌辞,基本上是五言;《汉成帝时歌谣》("邪径败良田")通篇五言;又如《史记正义》所引《楚汉春秋》载虞姬别项羽之诗,也很难断定是伪作。因此我们即使说历来相传苏武、李陵的"苏李诗"及班婕妤的《怨歌行》均非他们本人所作,也不能说西汉没有五言诗。到了东汉,那就更不用说了,大量的乐府诗中既有五言之作,至于无名氏的古诗,据钟嵘所说,大约有近五十首,如果再加上秦嘉、徐淑、郦炎、赵壹之作以及"苏李诗"和班婕妤所作的诗,数量亦颇可观。不过这些五言诗中,可以确切考定其作者的为数极少,而其中最出色的倒是那些无名氏之作。

建安时代在诗歌领域里开始了两种重大的变化。一种是对乐府诗的整理和加工,一种是使五言诗进一步趋向成熟和多样化。以乐府诗而论,我们知道:流传至今的汉代民歌中有不少是"相和歌辞",到了建安时代,曹操等人对乐曲进行整理和加工,对有的歌辞进行了修改润饰,有的甚至仅取其曲调,而另易新辞。经过曹操等人加工之后的乐曲,就成了后来魏"清商署"中演奏的曲调,故称"清商三调"。这些曲辞经过他们改写或润饰,在《宋书·乐志》和后来郭茂倩的《乐府诗集》中,就题为曹操、曹丕等人所作。现在看来,曹操所作一般悲凉有古气,而曹丕所作则文辞华丽,保存民歌的色彩较少。所以清人沈德潜在《古诗源》中说:"孟德诗犹是汉音,子桓以下,纯乎魏响。"又说:"子桓诗有文士气,一变乃父悲壮之习矣。要其便娟婉约,能移人情。"曹操的诗,还都是乐府诗,而曹丕的诗就有一些是徒诗。到了曹植,即使写作乐府,也不一定配乐歌唱,所以刘勰说他的诗"无诏伶人"、"事谢丝管"(《文心雕龙·乐府》)。正因为诗和乐的分离,他作诗就可以一心追求文辞的华美,所以宋代的敖陶孙认为曹植诗如"三河年少,风流自赏"。但也正因为诗乐的分家,使建安以后作家开始注意诗句的音节。有些研究者注意到曹植和陆机的诗中有不少合律之句,大约是由于此故。除了乐府以外,徒诗也得到了大发展。汉代产生的徒诗如那些无名氏古诗,虽达到了很高的水平,但其诗风据《文心雕龙·明诗》说是"结体散文,直而不野",和后代的文人诗还不相同。但其中有一部分已趋向华丽,所以钟嵘《诗品》说"旧疑是建安中曹(植)、王(粲)所制"。五言诗到了曹植、王粲手里,确实进一步文人化,不但诗歌的题材进一步扩大,辞采也越来越华美,用典渐多,对仗亦更趋工整。即使号称"气过其文,雕润恨少"的刘桢,其诗亦常有对仗。后来被视为"其源出于公幹"的左思也是这样。这说明诗至建安确实发生了巨大变化。从建安开始的这种变化,至西晋的潘岳、陆机等"太康作家"仍继续向前发展,所以檀道鸾称"太康诗人"与建安"宗归不异"。后来南北朝诗人之作,无不取法建安和太康,所以钟嵘论魏晋诗,以曹植为"建安之杰",刘桢、王粲为辅;陆机"为太康之英",潘岳、张协为辅;加上南朝的谢灵运"为元嘉之雄",颜延之为辅,都视为"五言之冠冕,文词之命世"(《诗品序》)。后来梁武帝称赞北魏温子昇的诗文,比之于曹植、陆机(《魏书·温子昇传》);隋王通对南北朝作家多有微词,而唯独对曹植、陆机,竭力推崇。现在我们阅读南朝诗歌,往往可以发现许多诗人的作品中有不少是有意识地学魏晋人的作品,如《学魏文帝》(江淹)、《学刘公幹体》(鲍照)、《拟阮公"夜中不能寐"》(鲍照)、《效阮公诗》(江淹)、《拟咏怀》(庾信),至于拟曹植、陆机之作更是不可胜举,可见魏晋诗歌对后世的影响极为深远。

  以文章而论,骈、散二体之分,到了魏晋才进一步明显起来。文章使用对仗,至少在先秦已经出现。清代的阮元作《文言说》,特别强调《周易》中的《文言传》。现在看来,《文言传》大约是战国人所作。其实在先秦诸子中,我们也可以发现不少对偶句(例如《庄子》、《荀子》等)。但这些书整体上说,还并不都是这样。《战国策》中情况亦复如此。这说明那些作者并非有意为之,所以同一个李斯,其《谏逐客书》和《论督责书》的文体就大不一样。汉初贾谊、邹阳、枚乘之文都富于文采,且有不少对句,这大约和他们本人是辞赋家有关。但像讲究刑名的晁错,其文风犀利峭刻,多用散句,接近先秦法家如韩非子等人的书。汉武帝罢黜百家、独尊儒术以后许多人的文章都以儒家的"六经"为准则,行文一般讲究典雅,虽不像晁错那样质直锐利,却也不都像贾、枚、邹等人那样华丽,所以后来论文诸家,提倡散体或骈体的人,对此都较肯定。到东汉以后,情况就不同了。由于辞赋的影响,使文章中的排句和对仗逐渐增多,辞采亦趋向华丽,所以东汉人的文章,在萧统所编《文选》和后来那些骈文家那里虽颇受重视,而提倡散体的人则对班固以外的当时作家,似都很少赞赏。因为时至东汉后期,一些人的文章已都有较明显的骈化倾向。例如蔡邕和孔融,就是如此。不过他们都是有名的文学家,至于其他人写应用文字,却未必如此。

进入魏晋以后,文章的骈化倾向更为明显。例如曹操本人虽崇尚刑名法术,其文风亦较质朴,但他在一些比较重要的公文方面,往往要叫陈琳、阮瑀等文人执笔,而这些人的文章,大抵有较多骈文气息。《三国志·魏志·王粲传》注引《典略》,记载曹操很欣赏陈琳、阮瑀的文才,即便是陈琳为袁绍写檄文骂他,他还是厚聘陈,可见他对骈化的倾向并不反对。至于曹丕和曹植的文章,更趋骈化。曹植的《求自试表》、《求通亲亲表》,都可以说基本上已属骈体。同时和此后的人写文章,骈化倾向日益加重。像潘勖的《册魏公九锡文》、阮籍的《为郑冲劝晋王笺》都是这样。入晋后陆机和潘岳之文较此又进了一步。这种倾向,不但在魏国境内如此,在吴国亦有所表现,如韦昭的《博弈论》就是一例。相对来说,蜀国可能稍轻。如诸葛亮的《出师表》和由蜀入晋的李密《陈情表》,虽均为名文,但感情真挚动人,行文似较质朴。

魏晋的文章不同于两汉之处,主要在于内容,而不在形式。汉代人的文章从武帝以后,一般都宣扬儒家学说,往往要引证经书中的话立论。到了魏晋,由于儒家思想的统治已经动摇,再加上曹操其人正如鲁迅所说是"改造文章的祖师",提倡怎样想就怎样写,因此文章的内容比较丰富多样而且日见深刻。例如关于人的性格问题,汉人大抵限于"善"、"恶"相混的看法,后来王充、王符试图用身体的构造来解释性格的差异。到了魏代,刘劭作《人物志》,吸取了王充、王符的学说,而加以发展,论证了各种不同人物的性格和才能,为后来"才"、"性"问题的争论及玄学的兴起准备了条件。嵇康的《声无哀乐论》、《养生论》、《难自然好学论》等,往往和别人反复争论,愈辩愈深入,思维益趋缜密。后来玄学家的互相驳难,盖受此影响。这种论难之风,更为后来《弘明集》中那些有关佛学问题的争论文章开创了先河。

  魏晋时代由于人们经历了长期的黑暗统治和战乱,对君主的权力产生了怀疑,因此才会有嵇康《太师箴》、鲍敬言《无君论》和陶渊明《桃花源记》这样的作品产生。也正是由于人们对现实的极端不满和对传统思想的极度失望,才使有些人由于蔑弃礼法,转而做出许多违反常情的行为,例如胡毋辅之、毕卓、光逸等人物之任诞佯狂,只求一时的痛快;有的甚至像《抱朴子·讥惑》、《抱朴子·疾谬》所讲的那样失去廉耻,还有的人出于对现实的失望,转而追求"超脱",或"来生"的安乐,于是求仙拜佛,使许多离奇的宗教故事广为传播,流入文人笔端,成为各种志怪小说,并且成为诗文中经常引用的典故。更有甚者是这些志怪小说的内容,甚至被当成信史,载入史籍以内,像范晔的《后汉书》、裴松之的《三国志注》,就有不少这样的内容,后来唐修《晋书》,更多采这些内容,以致像《郭璞传》那样,几乎通篇都是荒诞的故事。这种情形对创作来说,在一定程度上可谓"有益文章",而对人们理解世界及其历史,则亦有较大的消极作用。

# 第二章 "三曹"及其家族

## 第一节 曹操

"建安文学"的繁荣自然是当时的社会现实和汉以来的文学传统发展的结果。但作为当时政权的实际操纵者曹操,"以相王之尊,雅爱诗章",其倡导、奖掖之功亦不可没。曹操(155~220)字孟德,沛国谯(今安徽亳州)人,三国时代杰出的政治家、军事家和文学家。他的父亲曹嵩是宦官曹腾的养子,官至太尉,袭腾爵费亭侯。曹操早年"任侠放荡,不治行业",所以不为当时人所重。汉灵帝熹平三年(174),曹操刚满二十岁,就被举为孝廉,出任为郎官,被任命为洛阳北部尉,为官甚严,惩治不法豪强,为皇帝左右的宠臣所忌,被调为顿丘令。光和六年(183),黄巾起事,朝廷以曹操为骑都尉,到颍川郡一带镇压黄巾军。后以功为济南相,调任东郡太守,因为与权臣们不合,便辞官还乡。这时边章、韩遂等人叛乱,朝廷又征曹操为典军校尉。这时正好灵帝死去,太子刘辩即位,是为少帝。这时少帝年幼,何太后临朝,以兄何进为大将军。何进目睹宦官乱政,就和袁绍商议尽诛宦官,但太后不同意,于是何进就召原驻西部的将领董卓入京,想胁令太后同意。但董卓的军队未到,宦官就诱何进入宫,把他杀害。袁绍等人因此率兵入宫，尽杀宦官。及至董卓进入洛阳，废少帝刘辩，改立献帝刘协，专擅朝政，洛阳城中大乱，曹操就变易姓名逃亡东归，到达陈留，散财招募军队，准备讨伐董卓。

献帝初平元年(190)，当时各地刺史、太守等官员纷纷起兵讨伐董卓，推袁绍为盟主。董卓听说兵起，就把献帝逼迁长安，焚烧洛阳宫室。但各路军队畏董卓之强，都不敢进兵奋击，曹操因兵力单薄，到扬州募兵，又进驻顿丘等地。这时，司徒王允联合董卓部将吕布杀了董卓。董卓部下的李傕、郭汜又起兵进攻长安，杀王允，击败吕布。李傕、郭汜专擅朝政，不久又争权互攻。这时割据各地的官员，也争权夺利互相攻打。兴平二年(195)，汉献帝因为李傕、郭汜互攻，就开始东还。次年，曹操派兵西迎献帝，见洛阳残破，遂迁都于许昌，改元建安(196)，从此朝廷的大权落入曹操之手。曹操掌握朝政以后，很快就和占据黄河以北广大地区的军阀袁绍发生了激烈的冲突，终于在建安五年(200)爆发了"官渡之战"。在这次战争之前，袁绍的力量本远胜于曹操，但因指挥失当，却被曹操打得大败。后来袁绍惭愤得病而死，袁绍的长子袁谭和幼子袁尚争权相攻，曹操乘机渡河进攻，各个击破，终于建安十年(205)破杀袁谭。这时居住于今河北、辽宁及内蒙古交界一带的少数民族乌桓，接纳了袁绍子袁熙和袁尚，入塞与曹操为敌。建安十二年(207)曹操又出兵大破乌桓，斩其首领蹋顿，基本上平定了北方。次年，曹操又出兵南征荆州的刘表，正好刘表病死，幼子刘琮代立，向曹操投降，曹操遂乘胜直抵江陵(今属湖北)，想东下进攻割据今长江下游的孙权，实现其席卷全国的目的。这时，刘备和孙权联合抗曹，在赤壁(在今湖北赤壁市境)与吴将周瑜相遇，周瑜用火攻大破曹军，使曹操仓皇北还，从此形成了三国鼎立之势。

"赤壁之战"以后，北方仍在曹操的统治之下，曹操实力仍在刘备与孙权之上,因此形成了吴、蜀联合抗魏之势。汉献帝已完全处于曹操手掌之中。建安十九年(214),曹操被封为魏公,二十一年(216)又进爵为王,二十五年(220)病死于洛阳,年六十六。曹丕代汉,追尊曹操为"武皇帝",故亦称"魏武帝"。

　　曹操作为汉末的割据者之一,初起时力量并不强大,而且作为一个宦官家庭出身的人,其政治影响比不上"四世三公"门第尊贵的袁绍和袁术,也比不上出身皇族且早已成为名士的刘表,但他最后取得了统一北方的成功,绝不是偶然的。首先,他注意发展农业生产,设置屯田,收到了强兵足食的效果。这种政策的施行较早,据《三国志·魏志·任峻传》所引他在建安六年所下之令说,置屯田是采用了枣祗的建议,而早在他起兵不久还和吕布等人相持之际,枣祗已在东阿试行,收到了很好的成效。建安元年他迎献帝都许昌以后,枣祗又向他建议广加实施,取得了"丰足军用,摧灭群逆"之功。后来他和吴、蜀相持,仍在许多地方屯田积谷,使魏国在经济实力上大大超过吴、蜀,为后来西晋的统一创造了条件。

　　其次是他实行了摧抑豪强的政策,减轻了贫苦百姓的负担,提高了人民生产的积极性。例如《三国志·魏志·武帝纪》注引他建安九年所下之令云:"袁氏(袁绍)之治也,使豪强擅恣,亲戚兼并,下民贫弱,代出租赋,衒鬻家财,不足应命。"他认为这样做,"欲望百姓亲附,甲兵强盛,岂可得邪?"于是他规定了田租的定额,要郡国官员检查监督,"无令强民有所隐藏,而弱民兼赋也"。这种政策显然得到了广大民众的拥护。

　　在录用人才的问题上,曹操采用"任人唯才"的政策。原来汉代以来,选用官员的办法是"乡举里选",即由地方长官来举荐。但地方长官也不可能了解那些士人的全面情况,不得不听取乡里中人对他们的评论。但乡里中广大群众的意见,郡县长官还是不可能听到的,他只能听到乡里中一些地位较高的豪强的评价,而这些人物对士人的评价往往带着个人的成见,挑剔士人们某些细节来否定全人。正如曹操所说,他们结成党羽,互相毁誉,颠倒黑白,欺骗朝廷,使有志之士得不到任用。在这一问题上,曹操有自己的看法,他认为即使一个人品行上有缺陷,只要有真正的才能,亦可任用。他认为不一定"廉士"才可用,甚至说"不仁不孝而有治国用兵之术者",亦当举荐。这种政策,无疑使他得以广泛搜求才智之士,也团结了广大的士人,使他们能够发挥其聪明才智。

曹操所招致的士人中除了有政治、军事才能的人外,也包括不少有文学才能的人,如前文讲到过的陈琳、阮瑀。因为在一个政权中,需要各种人才,其中也包括文学人才。正如曹丕所说,"文章"是"经国之大业",而曹操本人又爱好文学。《三国志·魏志·武帝纪》注引《魏书》说他"御军三十余年,手不舍书,昼则讲武策,夜则思经传,登高必赋,及造新诗,被之管弦,皆成乐章"。对于有文学才能的人,他都"设天网以该之,顿八纮以掩之,今悉集兹国矣"(曹植《与杨德祖书》)。邺下文才之盛,历来传为美谈,建安时代文学的兴盛,显然和曹操的提倡分不开。

曹操不但提倡和奖励文学,而且他自己也善作诗文。他的诗(包括相传为他所作的和某些佚句)一共二十余首,全系乐府体,从形式方面看来,四言、五言和杂言的都有。其中反映汉末史事最为真切的,当推《薤露》和《蒿里》,其中《蒿里》传诵更广:

关东有义士,兴兵讨群凶。初期会盟津,乃心在咸阳。军合力不齐,踌躇而雁行。势利使人争,嗣还自相戕。淮南弟称号,刻玺于北方。铠甲生虮虱,万姓以死亡。白骨露于野,千里无鸡鸣。生民百遗一,念之断人肠。

这首诗写的就是献帝初平时关东诸将起兵讨伐董卓,由于各怀私心,非但没有成功,反而自相残杀,造成百姓遭受重大灾难的事实。这些事,曹操都曾亲身经历,所以写来十分真切动人,因而其诗被后人称为"汉末实录"和"诗史",这确实是当之无愧的。

他的《步出夏门行》大约作于建安十一年(206)秋冬间讨伐乌桓之时,乃四言诗,一共四解(一个乐章为一"解"),前面还有"艳"(前奏)。这"四解"虽构成一个整体,但各"解"仍有其相对的独立性,所以有些讨论者,往往把每"解"作为独立的诗篇论述。其中最为传诵的是第一解《观沧海》和第四解《神龟虽寿》。如《观沧海》:

> 东临碣石,以观沧海。水何澹澹,山岛竦峙。树木丛生,百草丰茂。秋风萧瑟,洪波涌起。日月之行,若出其中。星汉灿烂,若出其里。[幸甚至哉,歌以咏志。]①

这诗大约是他行军途中登临碣石山时写诗以述目睹的海上景色。诗中写景极为生动,虽着墨不多,而大海之浩茫、树木的繁盛尽收眼底。这种写景的诗,在此前诗歌中颇为少见。特别值得注意的是此诗不但是写景,而且是咏志抒情。"日月之行"四句,写海之宽广,显然受了司马相如《上林赋》中"日出东沼,入乎西陂"的影响,而其用意亦在显示曹操作为一个政治家的胸襟之博大,能够容纳各种人才,正如汉初唐山夫人《安世房中歌》所说的"大海荡荡水所归,高贤愉愉民所怀"。在这里,吐露了曹操想统一全国,包容各种力量的雄心壮志。诗的气象十分宏伟,语言简练刚劲,显示出非凡的笔力。

---

① 方括弧内八字,是每解末句都有的,与诗的本义关系不大,下引第四解时略。

第二解《冬十月》和第三解《河朔寒》写河朔风土及严寒之状,对出征军人及行旅者表示了同情。第四解《神龟虽寿》则写到了曹操对年寿和抱负问题的思考,同时也是承上一解"士隐者贫,勇侠轻非"而言,号召有才志的人及时来和他合作,建功立业:

> 神龟虽寿,犹有竟时。腾蛇乘雾,终为土灰。骥老①伏枥,志在千里;烈士暮年,壮心不已。盈缩之期,不但在天;养怡之福,可得永年。

这里曹操谈到了人的寿命有限,他并不是单纯地怕生命的终尽,而是觉得在有限的生命中,要实现自己的抱负恐时日不足,因此要靠"养怡之福"来延长寿命,完成自己的事业。他并不是宿命论者,认为寿命的长短"不但在天",人力可以起一定的作用。因此虽写到人生的短促,却无悲观情调,显出一个有志之士的积极进取之心。因此"骥老伏枥"四句,一直为人们所传诵和称赏。和《步出夏门行》比较相似的,就是《短歌行》。此诗因为后来被《三国演义》所录,所以最为人们所熟知:

> 对酒当歌,人生几何。譬如朝露,去日苦多。慨当以慷,忧思难忘。何以解忧,唯有杜康。青青子衿,悠悠我心。但为君故,沉吟至今。呦呦鹿鸣,食野之苹。我有嘉宾,鼓瑟吹笙。明明如月,何时可掇。忧从中来,不可断绝。越陌度阡,枉用相存。契阔谈䜩,心念旧恩。月明星稀,乌鹊南飞。绕树三匝,何枝可依。山不厌高,海不厌深。周公吐哺,天下归心。

---

① "骥老"一本作"老骥"。今从《宋书·乐志》。

这首诗根据《三国演义》中的描写,是曹操在赤壁之战前夕,作于长江上的战船中。这大约是罗贯中受了苏轼《赤壁赋》的影响,其实并无确切根据。但"月明星稀"四句,大约是指当时到南方去的士人。曹操认为他们去投那些割据者,必当无成,还是应该北还,归附自己。所以用"山不厌高"四句来表示自己能容纳才智之士的心胸。如果照这样来理解,那么此诗之作,当在平定袁绍、统一北方之后。此诗也写到了人生的短促,但亦无消极的情绪,还是强调要建功立业,不负此生。这些话也不光是自勉,同时亦用以告诫那些尚未归附的士人。

　　曹操诗歌中,还有一些名篇,如《苦寒行》、《却东西门行》两篇,写行旅之艰辛,亦为人所传诵,尤其《苦寒行》更为陆机等人所模仿。他另一些诗似是叙述其理想之作,如《对酒》、《度关山》等,这些诗的主旨亦颇可取,但说教气较重,艺术上显得逊色。其所以能为晋乐所采,流传至今的原因,也可能与乐曲之美有关①。他还有些诗则似与其生平及思想不太一样,如《塘上行》,《宋书·乐志》说是曹操作,但诗风哀怨,似弃妇口吻,因此有人疑为他人所作,不过曹操精通音律,也许是他对古辞作了加工,遂被归入他名下。又如《气出唱》、《度关山》和《秋胡行》,乃游仙之作,据曹丕《典论》佚文说,曹操并不信神仙;又《文选》卷二十四李善注引曹操《善哉行》佚句有"痛哉世人,见欺神仙"语。不过曹操对求仙可能有个认识过程,《三国志·魏志·武帝纪》引张华《博物志》说曹操"又好养性法,亦解方药,招引方术之士",因此对一些讲神仙的古辞进行加工润饰,甚至作过一些此类诗歌,亦属可能。

---

① 这些乐曲,其曲调已失传,但在南朝还能演奏。《乐府诗集》卷三十引王僧虔《技录》,称曹丕《短歌行》("仰瞻")"声制最美",可见所取不光看文辞,也看曲调。

曹操的文章,现存者多属应用文学,其中最能显示他性格的,当推《三国志·魏志·武帝纪》注引《魏氏春秋》所载的《让县自明本志令》,此文作于建安十五年(210)十二月,历叙他起兵以至下令的种种经历。其中讲他初起时只是想为汉朝立功,做一个将军、列侯,并未想到会成就这么大的事业。这些话正如清人恽敬在《辨微论》中所分析的那样,应属真心话。至于后半部分说到自己不想交出兵权,"诚恐已离兵为人所祸也。既为子孙计,又已败则国家倾危,是以不得慕虚名而受实祸",这也是真实想法。当然说到自己三世事汉,不可能有取代汉朝之心,则就未必可信。但总的来说,从这篇文章中可以比较清楚地看出曹操这个人物的内心活动及性格形成过程。文中叙述生平,确实活生生地显示了一个有血有肉的人物,应该说是一篇不可多得的文章。其文风质朴刚劲,很少雕饰,和他那些诗歌有异曲同工之美。不过曹操之文也并不都是质朴的,只是那些令文,乃以上级身份告知下级,但求达意,故不重辞藻亦不讲究用典,但另一些文章如《请爵荀彧表》、《与王修书》、《祀故太尉桥玄文》等,亦多少杂有对句,和东汉一些文章类似。曹操亦能作赋,今所见者如《沧海赋》、《登台赋》皆仅存一二句佚文,《鹖鸡赋》已佚,但序当有佚文。

## 第二节　曹丕(附甄后)　曹叡

曹丕(187~226)字子桓,曹操次子,汉灵帝中平四年出生于故乡谯(今安徽亳州)。这时东汉的政治已腐朽不可收拾,黄巾起义亦已爆发。曹操目睹朝政的混乱,从济南相任上辞官回乡,在谯城外五十里筑精舍,想"秋夏读书,冬春射猎",以待时机。但曹操家居的时间并不长,不久便被征为典军校尉,去到洛阳,当时曹丕才三岁,仍留于家乡。曹操因反对董卓,变易姓名逃回家乡时,可能并未携带家属。后来曹操起兵讨伐董卓时,他的家族可能已随行。曹丕在《典论·自叙》中说:"予时年五岁,上(曹操)以世方扰乱,教予学射,六岁而知射。又教余骑马,八岁而知骑射矣。"按:曹丕五岁为汉献帝初平二年(191),八岁为兴平元年(194),这时曹操正在忙于征战,并未回乡,可见这时曹丕虽然年幼,却已在曹操军中生活。曹操大约为了让曹丕习惯于征战生活,所以出征时常带着他。例如建安元年(196)出征张绣战败。长子曹昂战死,而曹丕"乘马得脱",当时年仅十岁左右。建安九年(204),曹操攻克邺城,曹丕随行,进入袁尚宅,见到袁熙妻甄氏,悦其姿容,遂娶之,这时曹丕才十八岁。

曹操自攻下邺城以后,就以此地为自己的根本之地,将家属安置于此。曹丕也经常居于邺城,当时在那里聚集着一批曹操所召集的文士,如王粲、刘桢等人,曹丕就成了他们的东道主。除了在邺城外,曹丕有时也随从曹操出征或到一些地方遨游,如南皮(今属河北)、小平津(今洛阳附近),还曾到过他家乡亳州附近的蠡吾。建安十六年(211),曹丕二十五岁,被任命为五官中郎将,并做曹操的副手。建安二十二年(217),又成为魏王太子,正式成为曹操的继承者。建安二十五年(220),曹操病死,曹丕继位为丞相魏王,当年他就代汉自立,国号魏。曹丕在位七年,黄初七年(226)病死,年四十。死后被谥为魏文帝,庙号高祖。因此与父曹操、子曹叡合称"魏三祖"。

曹丕成为曹操的继承人,照封建社会的惯例,本是顺理成章的,因为曹操的发妻丁氏,早在建安初年被废,而曹丕母卞氏已被正式定为继室。曹操的长子曹昂又在南征张绣时战死。在卞氏所生诸子中,曹丕居长。但曹操当时并不完全从这个角度来考虑,这是因为曹丕的同母弟曹植自幼文才出众,早年作《铜雀台赋》,深受曹操称赏。曹操每次向他提问,他都能"应声而对",由此特别受到宠爱。当时曹操幕下的一些文人如丁仪、丁廙、杨修等也都拥护曹植,想推举他为曹操的继承人。他们的主张也曾影响到曹操,曹操多次想立曹植为太子。但是曹植只是一个文人,恃才放纵,往往不拘细节,更不会使用权诈。那些支持他的人,也不过是些文人,对曹操所起的影响显然较小,而且也提不出多少计谋。相反地,曹丕毕竟比曹植老练得多,史称"文帝御之以术,矫情自饰,宫人左右,并为之说,故遂定为嗣"(《三国志·魏志·陈思王传》)。除了曹丕本人外,他的谋士吴质,亦多权诈。更能影响曹操的是曹操所倚重的官员,如崔琰、毛玠、贾诩、程昱、徐奕、何夔、邢颙、卫臻等,他们都站在曹丕一边。他们大都坚持封建社会的正统观点,反对废长立幼,更不满曹植的恃才放纵,这就决定了曹丕取得继承权的必然性。显然曹丕之所以取得胜利,是和当时社会上颇有势力的高门士族的支持有关。所以当他登上帝位以后,就采纳了陈群的建议,实行"九品中正制",在各州郡设立"中正"官,把士人分为上中下九等,根据等第来任用官吏。这制度实行以后,多数"中正"官并不是根据人们的才德去评定次序,往往只是根据人们出身的门第,于是形成了"上品无寒门,下品无士族"(西晋刘毅语,见《晋书》卷四十五本传)[①]的局面。

曹丕作为一个帝王,其雄才大略显然远逊其父,因此在政治上似乎并无多大建树。《三国志·文帝纪》对他虽颇加称颂,然而在晋时,已有人持不同的看法。如刘颂就认为汉末之乱,经过曹操的整顿,"然后吏清下顺,法始大行",但到曹丕和曹叡,情况就不同了,"奢淫骄纵,倾殆之主也。然内盛台榭声色之娱,外当三方英豪严敌,事成克举,少有愆违,其故何也? 实赖前绪,以济勋业。然法物政刑,固已渐颓矣"(《晋书·刘颂传》)。当然,比起历史上那些荒淫的君主,曹

---

[①] 西晋和东晋各有一刘毅,《晋书》中皆存传,故注明朝代及卷数。

不还是有很大区别的。他主观上确也想把政事办好,他曾下过《息兵诏》、《轻刑诏》,主张减轻人民的负担,又下诏取士不限年龄,想广泛吸引人才。他最推崇汉文帝,认为汉文帝有"大人之量",认为汉文帝的政策使"天下赖安,能弘三章之教,恺悌之化,欲使曩时累息之民得阔步离谈,无危惧之心"(《汉文帝论》)。他在位的七年中,战争较少,因为前期正是吴蜀交战之际,后来蜀国又致力于平定南方少数民族,无暇北顾。至于吴国曾一度向魏称臣,后来虽有冲突,但规模不大。所以黄初年间的政局尚称安定。不过曹丕对曹植等亲人颇为刻薄寡恩,甚至可以说是狠毒。他生活上亦颇奢侈,像《拾遗记》所载他迎娶美女薛灵芸事,恐不可信,但形容他的奢侈颇为惊人,恐有一定的事实基础,否则刘颂似不会说他是"倾殆之主"。他的个人品行,亦多过恶,《世说新语·贤媛》记载他悉取曹操宫人自侍,连卞后也斥之为:"狗鼠不食汝余,死故应尔!"

曹丕在政治和人品方面虽无足称道,但在文学上却有其贡献。建安时代文学的繁荣,是和他分不开的。因为当时的多数文人都集中在魏国,并且聚居邺城。这些文人虽多半由曹操招致,而曹操当时显然掌管着军国大事,很难分出精力来具体领导文学创作。真正作为这个文人集团的组织者的当为曹丕。从现存的史料看来,曹丕不但是他们的东道主,而且对他们颇有感情。例如:阮瑀死后,他就很悲伤,在《与朝歌令吴质书》中谈道:"元瑜长逝,化为异物,每一念至,何时可言。"他为了哀悼阮瑀,曾作《寡妇赋》,在序中说:"陈留阮元瑜与余有旧,薄命早亡,每感存其遗孤。未尝不怆然伤心,故作斯赋。"后来陈琳、王粲、徐幹、应玚、刘桢等,都在建安二十二年(217)先后逝世,曹丕更是伤感,亲自为他们编定各自的文集。在《与吴质书》中,他又写道:"昔年疾疫,亲故多离其灾,徐、陈、应、刘①,一时俱逝,痛可言邪!昔日游处,行则连舆,止则接席,何曾须臾相失!……谓百年已分,长共相保,何图数年之间,零落略尽,言之伤心。倾撰其遗文,都为一集。观其姓名,已为鬼录。追思昔游,犹在心目,而此诸子,化为粪壤,可复道哉!"他不但对这些长期在一起宴饮赋诗的文人有深切的友情,即使对他父亲的政敌如孔融,亦颇推崇。《后汉书·孔融传》:"魏文帝深好融文辞,叹曰:'扬(雄)班(固)俦也。'募天下有上融文章者,辄赏以金帛。"这表现了他对文学的爱好和提倡。

  曹丕自己的创作,现存的有诗、文和辞赋。《文心雕龙·时序》说曹丕"妙善辞赋",但现在看来,他的赋较之诗文,恐少特色,所以不受人们重视,因此已无完整的作品留存,多为类书所录残篇。现今所知篇名的达二十七八首,其中既有铺张叙事的大赋,也有写景抒情的小赋。如他的《沧海赋》,似和王粲《游海赋》同受东汉初年班彪《览海赋》的影响,但班赋似较多神话成分,而王、曹之作,较多写实。从《艺文类聚》所录佚文来看,曹丕此赋对后来西晋木华的《海赋》有一定影响,而从手法和构思来说,则东晋郭璞的《江赋》似更多地取法此赋。他的《柳赋》比较完整,前面有序云:"昔建安五年,上与袁绍战于官渡时,余始植柳。自彼迄今,十有五载矣。左右仆御已多亡。感物伤怀,乃作斯赋。"这段话对后来亦颇有影响。《世说新语·言语》:"桓公(东晋桓温)北征②,经金城,见前为琅邪时种柳,皆已十围。慨然曰:'木犹如此,人何以堪!'攀枝执条,泫然流涕。"桓温此

---

①  此处未提王粲,据《三国志·魏志·王粲传》,王粲卒于这一年春天,而徐、陈诸人则稍后,不是同一时间。
②  《晋书·桓温传》作"自江陵北伐",有误。清钱大昕《廿二史考异》已辨其非。这里姑置勿论。

语,当受曹丕《柳赋》启发,后来庾信又借此典故,衍化为《枯树赋》,可见此赋在文学史上有其影响。

曹丕的诗既有乐府诗,也有徒诗,历来对他的诗歌评价不太一致。刘勰似更看重他的乐府诗。如《文心雕龙·才略》在把曹丕和曹植作比较时,认为曹植"诗丽而表逸";曹丕则"乐府清越,《典论》辩要,迭用短长,亦无懵焉",似更看重他的乐府。钟嵘《诗品》把曹丕列入中品,认为曹丕诗"则所计百许篇,率皆鄙质如偶语。惟'西北有浮云'十余首,殊美赡可玩,始见其工矣"。这"西北有浮云"乃现存诗中的《杂诗二首》中的第二首,乃徒诗而非乐府。大抵钟嵘所评,限于五言,像曹丕的《善哉行》("上山采薇")、《燕歌行》("秋风萧瑟天气凉")和《陌上桑》("弃故乡")等因为是四言、七言和杂言,均不在其论列范围之内。这样看来,钟嵘心目中曹丕的好诗似亦不少。

曹丕的诗中最有名的也许是他的《燕歌行》,其第一首云:

> 秋风萧瑟天气凉,草木摇落露为霜。群燕辞归雁南翔,念君客游多思肠。慊慊思归恋故乡,君何淹留寄他方。贱妾茕茕守空房,忧来思君不敢忘,不觉泪下沾衣裳。援琴鸣弦发清商,短歌微吟不能长。明月皎皎照我床,星汉西流夜未央。牵牛织女遥相望,尔独何辜限河梁。

此诗写一个思妇想念其出外的丈夫,音节优美,文字华丽,颇为哀婉动人。此诗在我国诗歌史上是七言诗中较早的成熟作品,对后世有较大影响。《燕歌行》凡二首,另一首("别日何易会日难"),亦颇有名,但艺术上较前一首稍逊,所以《文选》仅取前一首。他的四言乐府亦多佳作,如《善哉行》第一首:

上山采薇,薄暮苦饥。溪谷多风,霜露沾衣。野雉群雊,猴猿相追。还望故乡,郁何垒垒。高山有崖,林木有枝。忧来无方,人莫之知。人生如寄,多忧何为?今我不乐,日月如驰。汤汤川流,中有行舟。随波回转,有似客游。策我良马,被我轻裘。载驰载驱,聊以忘忧。

此诗写客游者思乡的苦闷,用山谷的荒凉景色衬托自己的思乡之情,又用水流中的行舟比喻自己的漂泊无定,十分形象而且亲切感人。他还有一首《短歌行》,乃哀悼曹操之作。诗中"呦呦游鹿,草草鸣麑。翩翩飞鸟,挟子巢栖。我独孤茕,怀此百离。忧心孔疚,莫我能知"诸句,睹物兴情,亦颇真切。此诗在南朝被评为"声制最美",可见曹丕不但擅长文学,亦精于音律。

曹丕现存的五言诗以钟嵘所推崇的"西北有浮云"为最著:

西北有浮云,亭亭如车盖。惜哉时不遇,适与飘风会。吹我东南行,行行至吴会。吴会非我乡,安得久留滞。弃置勿复陈,客子常畏人。

此诗亦写游子漂泊他乡的悲苦。所谓"适与飘风会"一语,暗喻汉末的兵乱,可见他对那些羁旅他乡的士人颇为同情。他的《清河见挽船士新婚与妻别作》,一说为徐幹作,但当依《玉台新咏》作曹丕,此诗云:

与君结新婚,宿昔当别离。凉风动秋草,蟋蟀鸣相随。冽冽寒蝉吟,蝉吟抱枯枝。枯枝时飞扬,身体忽迁移。不悲身迁移,但惜岁月驰。岁月无穷极,会合安可知?愿为双黄鹄,比翼戏清池。

此诗的构思和手法颇受《古诗十九首》的影响。此诗之作,对后来杜甫的《新婚别》有一定影响。曹丕的《芙蓉池作》、《于玄武陂作》等诗,则为写景之作,已颇注意辞藻和对仗,如"丹霞夹明月,华星出云间","菱茨覆绿水,芙蓉发丹荣"等,开后来写景诗的先河。总的来说,曹丕的诗,其辞采不如曹植华美,但较之曹操已多雕润,所以沈德潜认为曹操诗"犹是汉音",而曹丕则"纯乎魏响"。应该说他是由古朴走向华丽的过渡时期人物。古人认为他"去植千里"似失于偏颇,但近人据此以为曹植反而是"形式主义"而不如曹丕,则更不合文学发展的事实。

曹丕之文亦多佳作,如著名的《与朝歌令吴质书》,此文历来广为传诵。吴质是曹丕的好友,又是他和曹植争夺继承人资格的主要谋士。因此他写到当年在一起游宴之事,颇为动人:

> 每念昔日南皮之游,诚不可忘。既妙思六经,逍遥百氏,弹棋闲设,终以六博,高谈娱心,哀筝顺耳。驰骋北场,旅食南馆。浮甘瓜于清泉,沉朱李于寒水。白日既匿,继以朗月。同乘并载,以游后园。舆轮徐动,参从无声。清风夜起,悲笳微吟,乐往哀来,怆然伤怀。余顾而言,斯乐难常。足下之徒,咸以为然。今果分别,各在一方。元瑜长逝,化为异物。每一念至,何时可言。

这段文字其实很讲究辞藻和色彩,还有不少对偶句,已开骈体文之先河。但是由于真情流露,显得十分自然真切。文中写相聚之乐和离别之悲,形成鲜明反差,更觉感人。他的另一篇文章《典论·自叙》则为质朴的散文,文中自述平生经历,如实道来,娓娓动人,活画出曹丕的性格特点。如写他和邓展比试剑术一段,虽属真人真事,而其生动的描写却胜似某些小说。

曹丕在文学方面的又一贡献是在文学批评方面,他的《典论·论文》和《与吴质书》可以说是我国文学批评史上的里程碑。这两篇文章都作于建安后期,邺下文人集团中多数人员均已去世,曹丕因整理他们的遗作,就谈到了这些作家各人的长处和缺陷,但文中一些论点亦适用于其他作家。此文首先从"文人相轻"的现象说起。他认为产生这种现象的原因在于:

> 夫人善于自见①,而文非一体,鲜能备善,是以各以所长,相轻所短。

在他看来,各个文人其作品所以有不同的长处和短处,是由于各人的气质、性格决定了其作品风格。所以他说:

> 文以气为主,气之清浊有体,不可力强而致。譬诸音乐,曲度虽均,节奏同检,至于引气不齐,巧拙有素,虽在父兄,不能以移子弟。

这里强调来源于天赋的气质。这种论点在我国当以曹丕为首先提到,多少已接近"风格就是人"的观点。从这个观点出发,他对建安作家的创作进行评论,认为:

---

① "善于自见"指善于发现自己的长处。

> 王粲长于辞赋,徐幹时有齐气①,然粲之匹也。如粲之《初征》、《登楼》、《槐赋》、《征思》,幹之《玄猿》、《漏卮》、《圆扇》、《橘赋》。虽张(衡)、蔡(邕)不过也。然于他文未能称是。琳、瑀之章表书记,今之俊也。应玚和而不壮,刘桢壮而不密,孔融体气高妙,有过人者,然不能持论,理不胜辞,至于杂以嘲戏,及其所善,扬(雄)、班(固)俦也。

在《与吴质书》中,他还谈到陈琳"章表殊健,微为繁富";刘桢"有逸气,但未遒耳,其五言诗之善者,妙绝时人";王粲"独自善于辞赋。惜其体弱,不足起其文,至于所善,古人无以远过",这些评论都很中肯。

在《典论·论文》中,曹丕肯定了文学的重要作用:"盖文章,经国之大业,不朽之盛事。"他还对各种文体作了初步的分类:"盖奏议宜雅,书论宜理,铭诔尚实,诗赋欲丽。"这样就把"诗"、"赋"这些纯文学作品与其他学术及应用文区别开来,为后来的文体分类开了先河。《典论·论文》今见《文选》,但恐非全文,如《北堂书钞》卷一百引《典论·论文》佚文云:"或问屈原、(司马)相如之赋孰愈,曰:优游按衍,屈原之尚也;穷侈极妙,相如之长也。然原据托譬喻,其意周旋,绰有余度矣。长卿(司马相如)、子云(扬雄),意未能及已。"此论亦极有见地。

曹丕的文集据《隋书·经籍志》著录,原有二十三卷,今佚。明人辑有《魏文帝集》一卷。黄节先生有《魏武帝文帝诗注》,已见前。

曹丕之妻甄氏,前面已经谈到过。曹丕称帝后她被后妻郭氏所

---

① "齐气"二字,历来颇多争论,台湾朱晓海教授《清理"齐气"说》(《台大中文学报》第9期,1997年6月)认为指徐幹掌握当时通行的"雅言"(即今所谓"普通话")不甚成熟,杂有齐地方音,故曰"齐气"。此说较历来各家之说为妥。

谮，赐死于邺。《玉台新咏》收录《塘上行》题为甄后作，恐系附会，因为此诗乃"清商三调"中的"清调曲"，乃魏时经常演奏之曲，如果取甄后之诗演奏，恐是公开宣扬曹丕失德。

曹丕之子曹叡（205~239）字元仲，后继位为帝，谥"魏明帝"。他在施政方面较曹丕尤为奢侈，亦能作诗，故历来有"魏三祖"的说法。不过曹叡作品实不足上匹父祖。不过他的《猛虎行》似较有名：

> 双桐生空井，枝叶自相加。通泉浸其根，玄雨润其柯。绿叶何蓊蓊，青条视曲阿。上有双栖鸟，交颈鸣相和。何意行路者，秉丸弹是窠。

此诗见《艺文类聚》，似有残缺，但"双桐生空井"句颇有名，常为后人模仿。他还有《长歌行》及《种瓜篇》，亦颇有文采及情感，不失为可诵之作。

## 第三节　曹植

建安作家中成就最高的，历来都推曹植。曹植（192~232）字子建，曹操子，曹丕弟。建安十六年（211）封平原侯，十九年改为临淄侯，曹丕代汉初遭贬谪，黄初二年（221）封鄄城王，四年徙雍邱王，其年到洛阳朝见曹丕，此后多次徙封，最后在明帝曹叡太和五年（231），改封陈王，次年卒，谥为陈思王。

曹植出生的那年，关东诸将征讨董卓的战争联盟已经瓦解，各路军马的领导人纷纷成为割据者，互相厮杀。从当时情况看来，曹植当出生在军中，所以他后来在《陈审举表》中自称"生乎乱，长乎军"，应该是事实。但在军中长大并不等于他熟知政治与军事斗争的复杂性。建安五年(200)官渡之战时,他才九岁,从此战以后,在北中国的大地上已无足以置曹操于死地的力量,所以当时的军国大事,连曹丕也不用操心,更不用说曹植了。所以谢灵运在《拟魏太子邺中集诗序》说他"公子不及世事,但美遨游。然颇有忧生之嗟"。这几句话看起来似乎有些矛盾,既说他"不及世事,但美遨游",又何来"忧生之嗟"呢?其实这几句话十分概括地道出了建安后期曹植的处境。应该承认,曹植早年确实是无忧无虑的。他十几岁登铜雀台作赋为曹操所称赏,再加上对答提问的迅速,使曹操"特见宠爱"。曹操的这种情绪,显然会使臣下们有所觉察,尤其是建安十九年(214)出征孙权时叫他留守邺城,并且以自己二十三岁为顿丘令事告诫曹植,更说明有意加以考察,确有把他立为继承人的意图,于是丁仪、丁廙、杨修等人自然要竭力促成其事,以求获取攀龙附凤的前途。但要以曹植代替曹丕,势必引起曹操左右一些坚持传统的人物的反对,另外曹丕左右的一些谋士如吴质等人,也会出主意与丁仪等人对抗。其实曹植当时不过是一个单纯的青年,他献赋无非是为显露自己的才华,至于要夺取继承人资格的想法未必真有。他只是一味露才扬己,恃才傲物,不计后果。这正是他"任性而行,不自雕励"的一贯性格。及至因此引起了和曹丕的矛盾,甚至遭到许多人的反对,特别是因"乘车行驰道中,开司马门出"引起曹操对他宠爱的衰退。对于这种处境,他显然不可能再不觉察,于是不能不产生忧生之嗟。然而在这种情况下,他仍没有也不可能有办法改变其处境,仍只好"不及世事,但美遨游"来度日,这在一定程度上说,反而能免招非议。这主要是曹丕被立为太子以后的状况,至于在这以前,似有所不同。这在曹植的诗中,表现得比较清楚。例如他早年所作的《名都篇》:

> 名都多妖女,京洛出少年。宝剑值千金,被服丽且鲜。斗鸡东郊道,走马长楸间。驰骋未及半,双兔过我前。揽弓捷鸣镝,长驱上南山。左挽因右发,一纵两禽连。余巧未及展,仰手接飞鸢。观者咸称善,众工归我妍。归来宴平乐,美酒斗十千。脍鲤臇胎鰕,寒鳖炙熊蹯。鸣俦啸匹侣,列坐竟长筵。连翩击鞠壤,巧捷惟万端。白日西南驰,光景不可攀。云散还城邑,清晨复来还。

这首诗大约是他当年纵乐豪饮生活的写照,和另一诗《箜篌引》相类似,这在当时的贵族公子大约是常见,所以人们并无非议。唐李白《将进酒》云:"陈王昔时宴平乐,斗酒十千恣欢谑。"就认为此诗写的是曹植自己,且引以为榜样,并无批评之意。从此诗看来,他确实是"但美遨游",且"不及世事",却看不出有什么"忧生之嗟",倒是《箜篌引》后半篇,流露出这种"忧生"的情绪,可能《箜篌引》作于《名都篇》之后,境况已有变化。不过,即使在早年,他也不是没有建功立业之志,他所羡慕的是一些立功边疆的人。如著名的《白马篇》:

> 白马饰金羁,连翩西北驰。借问谁家子,幽并游侠儿。少小去乡邑,扬声沙漠垂。宿昔秉良弓,楛矢何参差。控弦破左的,右发摧月支。仰手接飞猱,俯身散马蹄。狡捷过猴猿,勇剽若豹螭。边城多警急,虏骑数迁移。羽檄从北来,厉马登高堤。长驱蹈匈奴,左顾凌鲜卑。弃身锋刃端,性命安可怀。父母且不顾,何言子与妻。名编壮士籍,不得中顾私。捐躯赴国难,视死忽如归。

曹植未必真有高强的武艺,他也没有真正到边疆上去立功。因此此诗主要是一种理想,他认为应该以这些"幽并游侠儿"为榜样。他虽然专长在文学,却并不甘心做一个文人。在《与杨德祖书》中,他曾说:"吾虽薄德,位为藩侯,犹庶几戮力上国,流惠下民。建永世之业,留金石之功,岂徒以翰墨为勋绩,辞赋为君子哉!"只有当他建功立业之志不得实现,才著书立说,如《薤露行》中说:

> 天地无穷极,阴阳转相因。人居一世间,忽若风吹尘。愿得展功勤,输力于明君。怀此王佐才,慷慨独不群。鳞介尊神龙,走兽宗麒麟。虫兽犹知德,何况于士人。孔氏删《诗》、《书》,王业粲已分。骋我径寸翰,流藻垂华芬。

此诗可以看出他的抱负。那时,他不但有建功立业的雄心,亦对战乱给人民带来的痛苦抱有很深的同情,如他的《送应氏》二首其一:

> 步登北邙阪,遥望洛阳山。洛阳何寂寞,宫室尽烧焚。垣墙皆顿擗,荆棘上参天。不见旧耆老,但睹新少年。侧足无行径,荒畴不复田。游子久不归,不识陌与阡。中野何萧条,千里无人烟。念我平生亲,气结不能言。

这里的"应氏",即应场、应璩兄弟,此诗之作,大约在建安十五六年间,当时洛阳遭董卓焚烧,尚未恢复,所以曹植所写的情况,当是实录。此诗感情真挚,十分动人,与曹操的《蒿里》有异曲同工之妙。这时曹植虽然年纪还轻,诗才却已成熟,当时名作如《赠徐幹》,就颇见特色:

> 惊风飘白日,忽然归西山。圆景光未满,众星灿以繁。志士营世业,小人亦不闲。聊且夜行游,游彼双阙间。文昌郁云兴,迎风高中天。春鸠鸣飞栋,流猋激棂轩。顾念蓬室士,贫贱诚足怜。薇藿弗充虚,皮褐犹不全。慷慨有悲心,兴文自成篇。宝弃

怨何人,和氏有其怨。弹冠俟知己,知己谁不然。良田无晚岁,膏泽多丰年。亮怀璠玙美,积久德愈宣。亲交义在敦,申章复何言。

此诗首句以"惊风飘白日"统率全篇,显示时光之易逝,当及时建功立业,写景生动,"飘"字尤见其工。下文"圆景"二句,以月亮比徐幹,以"众星"比其他人,显示徐幹之才能出众。"志士"二句点出徐幹之不同凡响,为鲍照《行京口至竹里》中"君子树令名,细人效命力"诸句所本。这种手法为历来所推崇,后人认为他"最工起调"(清沈德潜《古诗源》),与此类似的还有《杂诗六首·其一》中的"高台多悲风",都是千古名句。这种手法不论在其前期或后期诗中都不少。

曹操死后,曹植的处境发生了根本的变化。曹丕代汉自立之后,鉴于汉代宗室藩王多次叛乱,所以对他们防范特严。尤其由于曹植早年曾有被立为太子的可能,所以曹丕对他特别猜忌。据说曹操刚死,他另一个儿子曹彰从长安来到洛阳,曾问到曹操的玺绶,显然有干预继位者的意图,遭贾逵拒绝(见《三国志·魏志·贾逵传》)。又有记载说,曹彰到洛阳后,曾对曹植说:"先王召我者,欲立汝也。"曹植答云:"不可,不见袁氏兄弟乎?"(见《三国志·魏志·陈思王传》)后一条史料未必确实,但也可以看出继承人之争,至此当余波未平。这样,曹丕对曹植和曹彰忌恨更甚。其中曹彰为人勇猛,长于用兵,所以曹丕对他下了毒手。《世说新语·尤悔》云:"魏文帝忌帝任城王(曹彰)骁壮,因在卞太后阁共围棋,并啖枣。文帝以毒置诸枣蒂中,自选可食者而进。王弗悟,遂杂进之。既中毒,太后索水救之,帝预敕左右毁瓶罐,太后徒跣趋井,无以汲,须臾遂卒。复欲害东阿(曹植),太后曰:'汝已杀我任城,不得复杀我东阿!'"这故事虽属小说,从当时的情况来看,似颇可能。因为此事发生在黄初四年(223)曹彰和曹植到洛阳朝见曹丕之时。在归途中，曹植作了他的名诗《赠白马王彪》。此诗有序云："黄初四年五月，白马王、任城王与余俱朝京师，会节气。到洛阳，任城王薨。至七月，与白马王还国。后有司以二王归藩，道路宜异宿止，意每恨之。盖以大别在数日，是用自剖，与王辞焉，愤而成篇。"这里写到曹彰之死，极为悲愤，但在当时的条件下，自然不能直说下毒之事。《赠白马王彪》一诗，历来都认为是曹植的代表作之一，此诗云：

> 谒帝承明庐，逝将归旧疆。清晨发皇邑，日夕过首阳。伊洛广且深，欲济川无梁。泛舟越洪涛，怨彼东路长。顾瞻恋城阙，引领情内伤。大谷何寥廓，山树郁苍苍。霖雨泥我涂，流潦浩纵横。中逵绝无轨，改辙登高冈。修坂造云日，我马玄以黄。玄黄犹能进，我思郁以纡。郁纡将难进，亲爱在离居。本图相与偕，中更不克俱。鸱枭鸣衡轭，豺狼当路衢。苍蝇间白黑，谗巧令亲疏。欲还绝无蹊，揽辔止踟蹰。踟蹰亦何留，相思无终极。秋风发微凉，寒蝉鸣我侧。原野何萧条，白日忽西匿。归鸟赴乔林，翩翩厉羽翼。孤兽走索群，衔草不遑食。感物伤我怀，抚心长太息。太息将何为，天命与我违。奈何念同生，一往形不归。孤魂翔故域，灵柩寄京师。存者忽复过，亡没身自衰。人生处一世，去若朝露晞。年在桑榆间，影响不能追。自顾非金石，咄唶令心悲。心悲动我神，弃置莫复陈。丈夫志四海，万里犹比邻。恩爱苟不亏，在远分日亲。何必同衾帱，然后展殷勤。忧思成疾疢，无乃儿女仁。仓卒骨肉情，能不怀苦辛。苦辛何虑思，天命信可疑。虚无求列仙，松子久吾欺。变故在斯须，百年谁能持。离别永无会，执手将何时。王其爱玉体，俱享黄发期。收泪即长路，援笔从此辞。

此诗颇长,有人以为当分七首,但《文选》作一首看待,当有根据。且诗歌中每一段末句和下一段文意相接的手法,前人称之为"顶针"的格式。这种手法盖取法《诗经·大雅》中的《文王》《大明》等篇,故此诗似作为一个整体看待较妥。这首诗感情真挚,悲愤之情溢于言表,且用写景手法来衬托自己的心情,愈加亲切动人。明代文学家王世贞在《艺苑卮言》中评此诗"非邺中诸子可及","吾每至'谒帝'一章,便数十过不可了,悲婉宏丽,情事理境,无所不有",确非虚誉。

曹植后期的诗,名篇更多,有的写他建功立业的壮志,如《杂诗》第五首:

仆夫早严驾,吾将远行游。远游欲何之,吴国为我仇。将骋万里涂,东路安足由。江介多悲风,淮泗驰急流。愿欲一轻济,惜哉无方舟。闲居非吾志,甘心赴国忧。

此诗吐露其立功沙场之志,情绪激昂,而写到其报国无门的境遇又极悲愤,钟嵘评曹植的诗说"骨气奇高",此首可以作为代表。尽管他有为魏国建功之志,而朝廷对他却十分猜忌,不断地改变其封地,"十一年中而三徙都"(《三国志·魏志·陈思王传》),使他迁徙无定,十分痛苦。因此在所作乐府诗《吁嗟篇》中写到了这种悲愤之情:

吁嗟此转蓬,居世何独然。长去本根逝,夙夜无休闲。东西经七陌,南北越九阡。卒遇回风起,吹我入云间。自谓终天路,忽焉下沉渊。惊飙接我出,故归彼中田。当南而更北,谓东而反西。宕宕当何依,忽亡而复存。飘飘周八泽,连翩历五山。流转无恒处,谁知吾苦艰。顾为中林草,秋随野火燔。糜灭岂不痛,愿与根荄连。

此诗写他漂泊无定的生活十分生动,显示了他内心的悲愤,历来被视为名作。和这篇相似的还有著名的《七哀诗》:

明月照高楼,流光正徘徊。上有愁思妇,悲叹有余哀。借问叹者谁?言是客子妻。君行逾十年,孤妾常独栖。君若清路尘,妾若浊水泥。浮沉各异势,会合何时谐。愿为西南风,长逝入君怀。君怀良不开,贱妾当何依。

此诗原来是徒诗,因文辞优美,音节调谐,因此被改编为"清商三调"中的《楚调曲》,入乐歌唱(晋乐所奏与原文有所不同)。此诗主旨显然是托男女以喻君臣,吐露他对曹丕、曹叡的怨恨,但"怨而不怒",所以魏国乐官仍加采用。此诗以"清路尘"比得意的丈夫,以"浊水泥"比失宠的妇女,实为自比,设想巧妙,而"明月照高楼"二句,以写景显示思妇内心,尤为千古传诵之句。

除了自悲身世之外,曹植还有一些怀念友人之作,显出其真挚的友情。如《杂诗六首》之一,据《文选》李善注说,亦"别京已后,在鄄城思乡而作",此说当有据。原诗云:

高台多悲风,朝日照北林。之子在万里,江湖迥且深。方舟安可极,离思故难任。孤雁飞南游,过庭长哀吟。翘思慕远人,愿欲托遗音。形影忽不见,翩翩伤我心。

此诗中"高台多悲风"句历来被传为名句,而思念朋友的深切之情亦跃然纸上,后半篇写想托孤雁致意而不可得,更为含蓄,意味深长,亦

衬托出作者心情的孤寂。像这种用意的诗,还有《野田黄雀行》:

> 高树多悲风,海水扬其波。利剑不在掌,结友何须多。不见篱间雀,见鹞自投罗。罗家见雀喜,少年见雀悲。拔剑捎罗网,黄雀得飞飞。飞飞摩苍天,来下谢少年。

此诗大约是为丁仪、丁廙等友人而作。曹操在时,曾有一些人拥曹植为太子,曹丕深恨之。《三国志·魏志·陈思王传》:"文帝即王位,诛丁仪、丁廙,并其男口。"曹植大约欲救二丁而不得,故作此诗。这诗的构思,疑取自汉代以来的民间故事,与《焦氏易林·益之革》"雀行求粒,误入网罟(yù,渔网);赖仁君子,复脱归室"的情节相同。《易林》虽属卜筮之书,却多采书传典故及民间传说,曹植亦喜俳优小说,因此疑此诗构思皆取民间故事。这时曹植由于饱尝了折磨,对普通百姓的困苦有了更深的同情,如《泰山梁甫行》,对"边海民"的生活困苦深表同情。同时他对那些迫害他的人并不心服,在所作《鰕䱇篇》中,比那些人为水中小鱼和蓬篱间的燕雀,对之颇为轻蔑。

  曹植在我国诗歌史上占有特别重要的地位。钟嵘《诗品》不但说他是"建安之杰",甚至认为他的诗"骨气奇高,词采华茂,情兼雅怨,体被文质,灿烂古今,卓尔不群";还感叹云:"嗟乎,陈思之于文章也,譬人伦之有周孔,鳞羽之有龙凤,音乐之有琴笙,女工之有黼黻。俾尔怀铅吮墨者,抱篇章而景慕,映余晖以自烛……"从魏晋至齐梁,诗人无不奉曹植为典范,即使唐宋以后,人们亦无不承认他为诗歌史上的一大高峰,他的影响是不可忽视的。

  曹植在文学上的成就不限于诗歌,他也擅长文和赋。他的文以"书"、"表"二体中名篇较多。大抵前期之作"书"类最著,后期则以"表"为主。这是因为前期他比较自由,可以和朋友来往,吐露心曲。

例如《与杨德祖书》,就是与他的好友杨修论文之书,信中不但向他吐露了自己的抱负,而且也谈到了对当时文人的一些评价,如认为陈琳"不闲于辞赋";又批评了刘季绪的"好诋诃文章";主张"世人之著述,不能无病",应该欢迎别人润饰和改正,说明他对文章利病的重视,至于说"辞赋小道,固未足以揄扬大义",乃相对于政治功业而言。全文真率自然,而行文典雅流畅,显示出作者高度的文学修养。另一篇《与吴季重书》是写给曹丕的谋士吴质的。在信中,他对吴质的文才亦颇推重。他甚至说到宴饮之乐,"愿举太山以为乐,倾东海以为酒,伐云梦之竹以为笛,斩泗滨之梓以为筝,食若填巨壑,饮若灌漏卮,其乐固难量,岂非大丈夫之乐哉!"这种放纵的言论,毫不顾忌吴质是自己的政敌。这一方面显示了他胸襟的真率,亦表现出其不成熟的一面。又如他后期所作的《与司马仲达书》指责司马懿在对吴作战时"曾无矫矢理纶之谋,徒欲候其离舟,伺其登陆,乃图并吴会之地,牧东野之民,恐非主上授节将军之心也"。这种指责不无道理,但司马懿是曹叡信任的人,而曹植自己又受猜忌,提出这种批评,其实对他自己不利。徐公持先生在评曹植几篇表文时说:"他这种毫不掩饰的功名心,急切希望参与政权的欲望,以及肆无忌惮的态度,不但难于得到曹叡的理解,甚至只能引起对他进一步的怀疑和警惕,至少会使曹叡强烈地感到这位叔父之难于驾驭。"(《魏晋文学史》第87页)。这几句评语十分深刻,我们读《与司马仲达书》,也会产生同样的感受。可见他即使历尽苦难,性格并无大变化。

曹植后期的文章,主要有《求自试表》、《求通亲亲表》和《陈审举表》,上引徐公持先生的评语就是针对此三文而发。在这三篇文章中,文辞的华丽当推《求自试表》,感情的深挚则推《求通亲亲表》,至于《陈审举表》,《文选》未录,其实此文对魏国政局的看法,有较深的预见性,其价值亦不容低估。《求自试表》是一篇骈文气息很重的文章,文中吐露了他建功立业的壮志。文中写自己听到魏军在一次战争中被吴军打败时说:"流闻东军失备,师徒小衄,辍食弃餐,奋袂攘衽,抚剑东顾,而心已驰于吴会矣!"这种急于建立功业的心情,在曹植这样有浓厚诗人气质的人身上是完全可能的。但他深知曹叡未必会任用他,所以他说:

> 臣闻明主使臣,不废有罪。故奔北败军之将用,秦鲁以成其功;绝缨盗马之臣赦,楚赵①以济其难。臣窃感先帝早崩,威王弃代,臣独何人,以堪长久。常恐先朝露,填沟壑,坟土未干,而身名并灭。臣闻骐骥长鸣,伯乐昭其能;卢狗悲号,韩国知其才。是以效之齐楚之路,以逞千里之任,试之狡兔之捷,以验搏噬之用。今臣志狗马之微功,窃自惟度,终无伯乐韩国之举,是以于邑而窃自痛者也。

这里多用对句,而由于是真情的流露,所以读来仍感自然流畅。《求通亲亲表》写得更沉痛:

> 每四节之会,块然独处,左右惟仆隶,所对惟妻子,高谈无所与陈,发义无所与展,未尝不闻乐而拊心,临觞而叹息也。

此文虽写得很凄凉,却并不卑屈,他公然说:

> 臣伏自惟省,无锥刀之用。及观陛下之所拔授,若臣为异

---

① 这里"楚赵"二字,本应为"秦赵",因上文已有"秦"字,而秦国君主本姓赵,故改"秦"为"赵",已启后世骈文在对仗中避免用字重复之风。

姓,窃自料度,不后于朝士矣。

几句话一针见血地指出了自己受限制的原因在于曹丕父子对亲人的猜忌。在《陈审举表》中,他更尖锐地指出:

> 故谋能移主,威能慑下,豪右执政,不在亲戚。权之所在,虽疏必重;势之所去,虽亲必轻。盖取齐者田族,非吕宗也;分晋者赵魏,非姬姓也。惟陛下察之。

这几句话以春秋时史实为例,说明异姓之臣同样可威胁皇位。后来司马氏代魏,以事实证明了曹植的预见。这说明曹植虽是一个文士,对政局亦未始无某些见地。当然,像他那种坦率的性格,如果真的从政,亦未必能做好。

曹植的赋,现今知道其篇名者约五十余篇,但大部分为零星佚文,并非全篇。他早年为曹操所赏识,即在辞赋。他在《与杨德祖书》中称辞赋为"小道",不想以"辞赋为君子"是因为他有志在政治上做一番事业,并非轻视自己的辞赋成就。他的辞赋中以《文选》所载《洛神赋》最为著名。六朝以来文学家也大抵认为《洛神赋》的成就高过其他赋作。如齐梁作家沈约在《与陆厥书》中称:"以《洛神》比陈思他赋,有似异手之作。"这篇赋当是"托男女以喻君臣"的用意,吐露自己欲效忠朝廷而不可得的心声。后来有人把它附会为思念曹丕之妻甄氏之作,此说大约在唐以前已经出现,李商隐诗中已用此典。① 后来宋尤袤刻《文选》,把无名氏的"记曰"

---

① 李商隐《涉洛川》诗:"宓妃漫结无穷恨,不为君王杀灌均。"又《东阿王》诗:"君王不得为天子,半为当时赋《洛神》。"

一段文字误入李善注,以后就被广泛流传,衍为戏剧。其实此说根本不可信,因为甄后嫁曹丕时,曹植不过十三岁,比甄后至少小五六岁,他当时亦未及到邺城,等见到甄后时,她早已是他嫂子了。再说此赋之作,在黄初以后,曹丕、曹叡相继为帝,曹植处境如此险恶,岂敢作赋说爱皇帝之妻子或母亲,显然绝无可能。不过,赋中写洛神之美,确实饱含感情,其中有虚写,有实写。虚写之笔如"翩若惊鸿,婉若游龙"诸句颇为传神;实写如"襛纤得衷,修短合度"诸句,亦极细腻。最为传神的也许是:

> 扬轻袿之猗靡兮,翳修袖以延伫。体迅飞凫,飘忽若神。凌波微步,罗袜生尘。

通过其动作的描写来显示洛神之美,最为生动。篇末云:

> 动朱唇以徐言,陈交接之大纲。恨人神之道殊兮,怨盛年之莫当。抗罗袂以掩涕兮,流泪襟之浪浪。悼良会之永绝兮,哀一逝而异乡。无微情以效爱兮,献江南之明珰。虽潜处于太阴,长寄心于君王。

这段文字言有尽而意无穷,令人回味无穷。他这篇赋写成后,在文人中引起深刻反响。东晋大画家顾恺之据此绘《洛神图》,书法家王献之书写为法帖,都是艺术史上的瑰宝。

他的《鹞雀赋》写雀为鹞所追逐,就对鹞自称"身体些小,肌肉瘠瘦,所得盖少。君欲相啖,实不足饱"。鹞仍想吃雀,而雀就"依一枣树,棘(丛)蘘多刺",使鹞无法捕捉,回去对别的雀自夸其能,情节颇似民间故事。这篇赋和1993年出土的《神乌傅(赋)》在写作手法上颇相似。汉乐府中亦有禽言诗,又《焦氏易林》中有"雀行求食,出门见鹞,颠蹶上下,几无所处"语(《大有》之《萃》),与此情节相近。曹植在《与杨德祖书》中曾称"夫街谈巷说,必有可采,击辕之歌,有应风雅",可见他很重视民间文学。《三国志·魏志·陈思王传》注引《魏略》载,邯郸淳初见曹植,曹植对他"诵俳优小说数千言",由此推想,此赋可能取材于民间故事。与此类似的还有一篇《蝙蝠赋》,乃讽刺作品,文体亦与此相类。这些作品与敦煌俗赋相近,它们在文学史上的地位值得注意。

曹植集据《隋书·经籍志》,原有三十卷,今佚。后来辑本以南宋嘉定刊本为最早。清人丁晏《曹集诠评》、朱绪曾《曹集考异》为较好的版本。近人黄节《曹子建诗注》,细微严密,最为学者推崇。今人赵幼文《曹植集校注》(人民文学出版社版)注释较详,但把作品依年代编排,恐有失当处。

## 第四节　曹氏其他作家

曹氏家族中在文学上最有成就的是曹操、曹丕和曹植,但其他人物亦有能文者。如曹彪(195～251),也就是"白马王彪",字朱虎,曹操子,曾与曹植同至洛阳朝见,后改封楚王。齐王芳嘉平元年(249),太尉王凌密谋废曹芳、立曹彪,以制止司马氏夺权,被司马懿所杀,后司马懿又迫令曹彪自杀。曹彪之诗,今仅存《答东阿王诗》四句:"盘径虽怀抱,停驾与君诀;即车登北路,永叹寻先辙。"见《初学记》卷十八引,恐非全篇。钟嵘《诗品》把曹彪列入下品,说他的诗虽远不如曹植,"而亦能闲雅矣"。

曹魏的"三少帝"中,曹髦(241～260)字彦士,曹丕孙,东海王霖子。嘉平六年（254），司马师废齐王芳，迎立曹髦。曹髦好学尚文，因不堪司马氏专权，谋诛司马昭，反为所杀。死后被废，谥高贵乡公。据《隋书·经籍志》云，梁时有《高贵乡公集》四卷，至隋已亡。今存诗二首，皆非全篇。如"荥（同"赫"）荥东伐，悠悠远征，泛舟万艘，屯卫千营"（《北堂书钞》卷一百一十七引）。"干戈随风尘，武骑齐雁行"（《太平御览》卷三百五十一引）。因残缺过甚，均难判断其文学价值。

曹魏的宗室曹冏字元首，生卒年不详。曹操祖曹腾兄叔兴之后，官至弘农太守。他作有《六代论》一篇，被收入《文选》。所谓"六代"，指夏、殷、周、秦、汉、魏。此文论分封制与郡县制的得失，认为曹魏没有吸取前代教训，"子弟王空虚之地，君有不使之民，宗室窜于闾阎，不闻邦国之政。权均匹夫，势齐凡庶。内无深根不拔之固，外无盘石宗盟之助，非所以安社稷为万代之业也"。此文全属政论性质，曾有人认为系曹植作。《晋书·曹志传》："（晋）武帝尝阅《六代论》，问志曰：'是卿先王（曹植）所作耶？'志对曰：'先王有手所作目录，请归寻按。'还奏曰：'按录无此。'帝曰：'谁作？'对曰：'以臣所闻，是臣族父冏所作。以先王文高名著，欲令书传于后，是以假托。'帝顾谓公卿曰：'父子证明，足可为审，可无复疑。'"但近人高步瀛在《魏晋文举要》中说："按：允恭（曹志字）最称好学，岂有先王所作，必待寻按目录，乃定是非。且素知元首假托，何不即相证明，待帝再问耶。或缘此论于司马氏后事有若烛照，方身立朝廷，恐以先王遗训致招猜忌，故逊词诡对耳。"（第66~67页）高氏同意清何焯之说，以为曹冏"不以文章名世，安得宏伟至此"，其意以为乃曹植文。可备一说，但苦乏确证。

# 第三章　王粲、刘桢和建安文人

历来论建安时代集合在曹氏父子左右的文人时,常称"建安七子"。这"七子"之说,原出曹丕的《典论·论文》,其中包括孔融。但孔融在政治上与曹操不合,并死于"赤壁之战"以前,没有参加过曹丕等人在邺城之宴游,而且曹丕本人似并不把他和其他六人看作同一集团,所以在《与吴质书》中讲到其他六位作家而不及孔融。所以徐公持先生在《魏晋文学史》中认为还是《文心雕龙·时序》中所举十人(除王粲等六人外,加了邯郸淳、杨修、繁钦和路粹)较妥(见第102页)。笔者完全同意这种看法。因此在本书中不谈孔融,却加上另一些作家。

## 第一节　王粲　刘桢

王粲(177~217)字仲宣,山阳高平(今山东邹城市)人,诗人、辞赋家。他的曾祖王龚、祖父王畅都以为官正直闻名。王畅更和李膺等人并列为"八俊"之一。父王谦,灵帝末曾为大将军何进长史。汉献帝初平元年(190),关东诸将起兵讨伐董卓,董卓就迫使皇帝和百官迁都长安。这一年王粲刚十四岁,亦随父西迁。到长安后,他曾去见蔡邕,蔡邕当时官左中郎将,"才学显著,贵重朝廷",门前"常车骑填巷,宾客盈坐"。当蔡邕听说王粲来访,就"倒屣迎之"。当众人见王粲年纪轻,身材不高,都感惊讶。蔡邕说:"这是王公的孙子,有异才,我不及他。""吾家书籍文章,尽当与之。"(见《三国志·魏志·王粲传》)。初平四年(193),王粲十七岁,被司徒所辟,献帝诏授黄门侍郎。他目睹长安政局混乱,不受。这时王允以计杀董卓,然而长安的祸乱并未因此消除,于是王粲就和他的友人孙萌一起到荆州去依附刘表。刘表看他相貌不出众、身体又弱而且举止又简易不拘细行,不大看重他。刘表死后,幼子刘琮继立,正逢曹操前来讨伐,王粲就劝刘琮归降,刘琮接受了他的意见。曹操辟王粲为丞相掾,赐爵关内侯,后迁军谋祭酒,曹操封魏公,他为魏国侍中。王粲记忆力极强,曾和人一起读路边的碑,读毕即能背诵,不失一字;观看别人下围棋,下完把棋局弄乱,他也能重新摆出。又见识广博,有问必答。当时大乱之后,许多制度都废弛了,常由王粲掌管其修订工作。他擅长算术,更精于文章,往往举笔而成,好像早有准备。建安二十一年(216)他随曹操征东吴,建安二十二年(217)春天得病死在路上,年仅四十一。

曹丕在《典论·论文》中说"王粲长于辞赋",据《三国志》本传,他"著诗、赋、论、议垂六十篇",而现今所知他的赋就有二十四篇之多,可见赋在他的作品中确占重要地位。可惜这些赋多为零星佚文或残篇,只有《登楼赋》因为《文选》所收为完整之作。此赋是他在荆州时所作,所登之楼历来有江陵、当阳和麦城三种说法。按:《水经注·沮水》云:"东对麦城,故王仲宣之赋《登楼》云'西接昭丘'是也。"又《漳水》:"漳水又南径当阳县。又南径麦城东,王仲宣登其东南隅,临漳水而赋之曰:'夹清漳之通浦,倚曲沮之长洲'是也。"此说最确切有据,故清人吴景旭《历代诗话》及亡友沈玉成先生《王粲评传》皆从之。从赋中"遭纷浊而迁逝兮,漫逾纪以迄今"二句看来,此赋之作当在建安十年(205)以后,曹操已经击败袁绍,眼看就要统一北方了。王粲此时大约对曹操已抱有希望,故有"冀王道之一平兮,假高衢而骋力"语。但与此同时,他还在为刘表作《谏袁谭书》、《与袁尚书》,劝袁谭、袁尚释嫌合作,共御曹操。这大约非其本意,而是刘表要他写而不得不写。可见他当时的心情十分苦闷。这在赋中也表现得很清楚。他看到麦城一带虽甚富庶却不安心留于此地,所以说"虽信美而非吾土兮,曾何足以少留"。他通过写景,衬托出自己的心情:

惧瓠瓜之徒悬兮,畏井渫之莫食。步栖迟以徙倚兮,白日忽其将匿。风萧瑟而并兴兮,天惨惨而无色。兽狂顾以求群兮,鸟相鸣而举翼。原野阒(qù,寂静)其无人兮,征夫行而未息。心凄怆以感发兮,意忉(dāo,忧愁)怛而憯(同"惨")恻。循阶除而下降兮,气交愤于胸臆。夜参半而不寐兮,怅盘桓以反侧。

这段文字写得萧瑟疏旷,回荡着一种悲凉之气。这不光是因为白天和薄暮的时间变化,而且更是作者心境的直接呈露。这篇赋在魏晋抒情小赋中是传诵名作。据曹丕说与此赋一样为王粲代表作的还有《初征赋》、《槐赋》和《征思赋》等赋。其中《征思赋》只剩二句佚文;《初征赋》和《槐赋》亦仅存片断见于类书所引。但《艺文类聚》所载《游海赋》的佚文较长,其中有"洪涛奋荡,大浪踊跃。山隆谷窊,宛亶相搏。怀珍藏宝,神隐怪匿。或无气而能行,或含血而不食,或有叶而无根,或能飞而无翼"一段,这种离奇的设想对晋代木华的《海赋》和郭璞的《江赋》都有直接影响。由此可以想见,作为"七子之冠冕"(刘勰语)的王粲,其作品虽多散佚,但对魏晋以后不少作家有着深刻影响。

王粲的诗亦深受后人推崇。他最著名的代表作当推《七哀诗》的第一首：

> 西京乱无象，豺虎方遘患。复弃中国去，委身适荆蛮。亲戚对我悲，朋友相追攀。出门无所见，白骨蔽平原。路有饥妇人，抱子弃草间。顾闻号泣声，挥涕独不还。未知身死处，何能两相完。驱马弃之去，不忍听此言。南登灞陵岸，回首望长安。悟彼下泉人，喟然伤心肝。

《七哀诗》今存三首，第一、二首见《文选》，第三首见《古文苑》。这三首似非一时一地之作，其中第三首内容与第一、二首有别；第一、二首则同见《文选》，可能同时所作。从第二首看，似作于到荆州较久之后，那么第一首当为后来所追记。其所以写得这样深切动人，如在目前，正因为其事本身给王粲留下的印象太深刻了。母亲对孩子的感情是最深的，古人往往用"如保赤子"来形容人的慈爱，而现在出现在作者面前的，却是"饥妇人"已走投无路，不得不"抱子弃草间"。"未知身死处，何能两相完"二句，几乎一字一泪，感人肺腑。明人钟惺说曹操的《蒿里》等诗为"汉末实录"、"诗史"，王粲此诗也同样可以当之无愧。《七哀诗》的第二首内容和《登楼赋》有些类似。诗中"山冈有余映，岩阿增重阴。狐狸驰赴穴，飞鸟翔故林"都是写景，却句句体现出其思乡之情；"流波激清响，猴猿临岸吟。迅风拂裳袂，白露沾衣衿"四句，亦都是写景，却写出时不我待、要及早建功立业之心，确实做到了融情于景，亦为建安诗中的名作。他的《杂诗》凡五首，第一首见于《文选》，乃到邺城后所作：

> 日暮游西园,冀写忧思情。曲池扬素波,列树敷丹荣。上有特栖鸟,怀春向我鸣。寒衿欲从之,路险不得征。徘徊不能去,伫立望尔形。风飙扬尘起,白日忽已冥。回身入空房,托梦通精诚。人欲天不违,何惧不合并。

西园是邺城诸文士经常游宴之地,从这首诗看,他归附曹操后尽管位在其他诸文士之上,也曾参加过修订制度等事,但他仍觉未尽其才,心中还是有苦闷。不过相对于在荆州时,他总算得到了一定的重视,再说曹操的为人毕竟不同于刘表,所以他即使有一定不满,也不像在荆州时那样强烈和直率。总的来说,他在邺下诸文士中最想依附曹操去做一番事业,因此诗中时有过分颂扬曹操之处,如比之为周公(《公宴诗》),称之为"圣贤"(《从军诗》其五)。这些话颇为后来评论家所批评。他所以会有这种思想,可能与他的出身及教养有关。因为他的曾祖和祖父都在汉朝有过政绩,他自己又深受儒家思想的影响,从《荆州文学记官志》看,他对传统的儒学颇为笃信,虽称"通脱",其实还比较拘于礼法,不像刘桢等人之富于傲岸不群之气。他虽有建立功业之心,却限于"输力明君",起一定的辅佐作用。这在《从军诗》其四中表现得较明显:

> 朝发邺都桥,暮济白马津。逍遥河堤上,左右望我军。连舫逾万艘,带甲千万人。率彼东南路,将定一举勋。筹策运帷幄,一由我圣君。恨我无时谋,譬诸具官臣。鞠躬中坚内,微画无所陈。许历为完士,一言犹败秦。我有素餐责,诚愧伐檀人。虽无铅刀用,庶几奋薄身。

这种想为统一事业贡献力量的想法未始没有积极意义,但总显得信心不足,缺乏昂扬之气。曹丕在《与吴质书》中说他"体弱,不足起其文";钟嵘《诗品》说他"文秀而质羸",当即指这种情况而言。

和王粲齐名的刘桢(？～217)字公幹,东平宁阳(今属山东)人。东汉散文家刘梁之孙(一说乃其子),建安诗人、散文家,曾为曹操的司空军谋祭酒,后为曹丕的五官中郎将文学。他为人恃才高傲,不拘礼数。《三国志·魏志·王粲传》注引《典略》:"太子(曹丕)尝请诸文学,酒酣坐欢,命夫人甄氏出拜。坐中众人咸伏,而桢独平视。太祖(曹操)闻之,乃收桢,减死输作。"但《三国志》也说"刑竟署吏",可见还是任用他。《典略》又记载曹丕曾赐他廓落带,后又想要还,作书嘲弄他,他复书云:

桢闻荆山之璞,曜元后之宝;随侯之珠,烛众士之好;南垠之金,登窈窕之首;鼲貂之尾,缀侍臣之帻。此四宝者,伏朽石之下,潜污泥之中,而扬光千载之上,发彩畴昔之外,亦皆未能初自接于至尊也。夫尊者所服,卑者所修也;贵者所御,贱者所先也。故夏屋初成而大匠先立其下,嘉禾始熟而农夫先尝其粒。恨桢所带,无他妙饰,若实殊异,尚可结也。

此书文辞华丽,语气不卑不亢,极为得体。《世说新语·言语》记刘劭论庾怿以旧羽扇献晋成帝事,用"柏梁云构,工匠先居其下",即用刘桢此典。所以《典略》称刘桢辞旨巧妙。这也可以看出刘桢性格的高傲。当然,刘桢也不是一味轻视别人,他对正直的人还是很推崇的,如《三国志·魏志·邢颙传》载,他为曹植的平原侯庶子时,邢颙为家丞,曹植礼遇刘桢而疏简邢颙,刘桢就写信称邢颙之善。《三国志·魏志·王昶传》载王昶诫其子侄的书信中,把他和徐幹对比,认为愿意他们效法徐幹,又说:"东平刘公幹,博学有高才,诚节有大意,然性行不均,少所拘忌,得失足以相补。吾爱之重之,不愿儿子慕之。"这段话大约代表了当时多数士人对刘桢的看法。

刘桢的诗以《赠从弟》三首为最著名:

泛泛东流水,磷磷水中石。蘋藻生其涯,华叶纷扰溺。采之荐宗庙,可以羞嘉客。岂无园中葵,懿此出深泽。

亭亭山上松,瑟瑟谷中风。风声一何盛,松枝一何劲。冰霜正惨凄,终岁常端正。岂不罹凝寒,松柏有本性。

凤凰集南岳,徘徊孤竹根。于心有不厌,奋翅凌紫氛。岂不常勤苦,羞与黄雀群。何时当来仪,将须圣明君。

在这三首诗中,为人引用最多的是第二首。其三首诗的内容彼此都有联系,第一首写蘋藻之出自清流,非园葵之可比;第二首以松柏自喻,显示不畏强暴,自守志节之决心;第三首以凤凰为喻,不满现实,想离飞远举,不与黄雀为伍。末句"何时当来仪,将须圣明君",更点明了在他心目中,曹操尚不算"圣君",这和王粲的态度不大一样。因此在他的诗中,绝少歌功颂德之辞。诗风豪迈,却不如王粲之深沉。他的诗中也写到了不得志的苦闷,如《赠徐幹》:

谁谓相去远,隔此西掖垣。拘限清切禁,中情无由宣。思子沈心曲,长叹不能言。起坐失次第,一日三四迁。步出北寺门,遥望西苑园。细柳夹道生,方塘含清源。轻叶随风转,飞鸟何翻翻。乖人易感动,涕下与衿连。仰视白日光,皦皦高且悬。兼烛八纮内,物类无颇偏。我独抱深感,不得与比焉。

此诗怨愤之情颇深,其写景之句亦富辞采,但抒情处多用白描,较少注意藻饰,所以钟嵘《诗品》说他的诗"气过其文,雕润恨少"。

王粲和刘桢历来被认为是建安作家中成就最高的两位诗人。后人对他们的评价往往有不同的看法。迄今所知,早在齐梁时代,这种分歧已经存在。正如江淹《杂体诗三十首序》说的:"公幹仲宣之论,家有曲直。"例如:刘勰和钟嵘的意见就有区别。刘勰在《文心雕龙·明诗》中认为五言诗"兼善则子建、仲宣,偏美则太冲(左思)、公幹",显然以为王粲胜于刘桢。在同书《才略》中,更说:"仲宣溢才,捷而能密,文多兼善,辞少瑕累,摘其诗赋,则七子之冠冕乎?"钟嵘似更看重刘桢,他在《诗品序》中认为"昔曹刘殆文章之圣",具体评论刘桢时又说他"然自陈思已下,桢称独步"。这种不同,一方面是由于各人的艺术趣味不同,另一方面,恐亦有时代的因素。因为刘宋初年当东晋玄言诗盛行之后,诗人们为了纠正"淡乎寡味"之病,力求辞藻和用典,像颜延之更是力求繁密。这时诗人自然不会取法"雕润恨少"和"壮而不密"(曹丕评刘桢语)的刘桢,而更推崇王粲。到了宋末以至齐梁,人们看到颜延之、谢庄一派诗风,"尤为繁密,于时化之,故大明泰始中,文章殆同书钞"。为了纠正这种诗风,人们又更强调刘桢之作。《文心雕龙》着重总结前代经验,故推尊王粲,《诗品》兼评当时诗风,故更看重刘桢。但不论刘勰还是钟嵘,对王粲、刘桢都作了较高的评价,而且二人对后来诗人都存在不可忽视的影响,如王粲之于潘岳、张协,刘桢之于左思都有着深刻的渊源关系,这是人们所共知的。因此二人在文学中上均有其卓越的地位。

《王粲集》据《隋书·经籍志》著录原有十一卷,《刘桢集》原有四卷,均已散佚。明人张溥《汉魏六朝百三家集》有辑本,今人俞绍初《建安七子集》(中华书局版)最为完备。

## 第二节　陈琳　阮瑀　徐幹　应场

除了孔融,和王粲、刘桢同在"七子"之列的,还有陈琳、阮瑀、徐幹和应场。这四人的专长和成就各有不同。陈琳(156~217)字孔璋,广陵射阳(今江苏宝应)人。在邺下文人中,他年龄较长,汉灵帝中平(184~189)年间,曾为大将军何进主簿。何进谋召外地将领诛杀宦官,陈琳曾进谏,认为诛宦官只要调动京城力量即可成功,不必征召地方驻军。这样反而会大权旁落,事必无成。何进不听,结果被宦官所杀。陈琳避难到冀州,依附袁绍,袁绍叫他掌管文书。"官渡之战"前,袁绍叫他作檄文讨伐曹操。他在这篇文章中历数曹操的罪恶,说曹操:"又特置发丘中郎将,摸金校尉,所过隳突,无骸不露。身处三公之位,而行桀虏之态,污国虐民,毒施人鬼。"还斥其父祖:"司空曹操祖父中常侍腾,与左悺、徐璜并作妖孽,饕餮放横,伤化虐民。父嵩,乞丐携养,因赃假位,舆金辇璧,输货权门;窃盗鼎司,倾覆重器。操赘阉遗丑,本无懿德,犷狡锋协,好乱乐祸。"这种指斥极为严厉。文中写到袁绍的军威:"雷霆虎步,并集虏廷,若举炎火以爇飞蓬,覆沧海以沃熛炭,有何不灭者哉!"气势十分雄壮。《文心雕龙·檄移》云:"陈琳之《檄豫州》,壮有骨鲠,虽奸阉携养,章密太甚,发丘摸金,诬过其虐;然抗辞书衅,皦然露骨矣。敢指曹公之锋,幸哉免党之戮也。"这种檄文夸大对方的罪恶,大约是当时的常例,所以曹操不予计较,还说他的檄文医好了自己的头风,对他加以重用。他归附曹操后,又为曹操作《檄吴将校部曲文》,亦颇有气势。这说明当时文士的一个重要职能是为统治者舞文弄墨。

曹丕在《典论·论文》和《与吴质书》中论到陈琳,都很称赞他的章表等应用文,但未及其诗赋。他不善于辞赋大约是事实,所以曹植在《与杨德祖书》中对他有所讥评。他的赋现存者大抵为类书所录片断,看不出有多少特色。不过他的诗却不乏名篇。其中最有名的是《饮马长城窟行》:

> 饮马长城窟,水寒伤马骨。往谓长城吏,"慎莫稽留太原卒。""官作自有程,举筑谐汝声。""男儿宁当格斗死,何能怫郁筑长城!"长城何连连! 连连三千里。边城多健少,内舍多寡妇。作书与内舍,"便嫁莫留住。善事新姑嫜,时时念我故夫子。"报书往边地,"君今出语一何鄙!""身在祸难中,何为稽留他家子? 生男慎莫举,生女哺用脯。君独不见长城下,死人骸骨相撑拄!""结发行事君,慊慊心意关。明知边地苦,贱妾何能久自全?"

此诗最早见于《玉台新咏》卷一,在此卷中录有《饮马长城窟行》二首:一为"青青河边草,绵绵思远道",题蔡邕撰;一首即此诗,题陈琳撰。但《文选》所录"青青河边草",谓为"古乐府",不作蔡邕诗。《水经注·河水》云:"(秦)始皇三十三年,起自临洮,东暨辽海,西并阴山,筑长城及开南越,昼警夜作,民劳怨苦,故杨泉《物理论》曰:秦始皇使蒙恬筑长城,死者相属,民歌曰:'生男慎勿举,生女哺用脯,不见长城下,尸骸相支柱',其冤痛如此矣。"杨泉是由吴入西晋的人,他所见的"生男"四句,谓为秦代民歌,当有根据。又《水经注·河水》:"自(白道)城北出有高阪,谓之白道岭。沿路惟土穴,出泉,挹之不穷。余每读《琴操》,见《琴慎相和雅歌录》云:'饮马长城窟。'及其跋陟斯途,远怀古事,始知信矣。"从此记载看来,陈琳此诗疑更近《饮马长城窟》的原始歌词。如果结合杨泉《物理论》来看,现存这首诗恐是陈琳根据民歌原词加工润饰的,所以保留着民歌中的原句,而且诗风质朴刚劲,具有民间文学的特色。诗中使用代言体活画出役夫的绝望心情、他妻子的忠于爱情以及"长城吏"的专横,不加雕饰,而感人至深,因此历来传诵。

陈琳的诗也有感叹时光易逝,功业未成的内容,如《游览》第二首:

> 节运时气舒,秋风凉且清。闲居心不娱,驾言从友生。翱翔戏长流,逍遥登高城。东望看畴野,回顾览园庭。嘉木凋绿叶,芳草纤红荣。骋哉日月逝,年命将西倾。建功不及时,钟鼎何所铭。收念还房寝,慷慨咏坟经。庶几及君在,立德垂功名。

此诗所抒之情,在建安诗人中较常见,在艺术上较之王粲、刘桢确大为逊色。钟嵘《诗品》对"七子"中多数人都有评价,却不谈陈琳,可能对他的诗评价不高。

和陈琳同以章表闻名的阮瑀(?~212)字元瑜,陈留(今河南开封附近)人。他现存的文章以《文选》所录《为曹公作书与孙权》较有名。此文善于用古事为喻以说明现实的问题,如谈到赤壁之战时,一方面为孙权开脱,另一方面又动之以军威,如云:

> 夫似是之言,莫不动听,因形设象,易为变观。示之以祸难,激之以耻辱,大丈夫雄心,能无愤发。昔苏秦说韩,羞以牛后,韩王按剑作色而怒,虽兵折地割,犹不为悔,人之情也。仁君年壮气盛,绪信所䁥,既惧患至,兼怀忿恨,不能复远度孤心,近虑事势,遂贵见薄之决计,秉翻然之成议。加刘备相扇扬,事结衅连,推而行之。想畅本心,不愿于此也。

这些话虽颇婉转,实际上处处露出强弱异势的威胁,所以下文又说:

"以君之明，观孤术数，量君所据，相计土地，岂势少力乏，不能远举，割江之表，宴安而已哉？甚未然也。"这完全是恫吓之辞。其实当时鼎足之势已成，曹操实无力攻取江南，此文不过虚张声势，但文章既委婉，又富于气势，显示了阮瑀的文才。

阮瑀亦善诗，他最有名的诗是《驾出北郭门行》：

> 驾出北郭门，马樊不肯驰。下车步踟蹰，仰折枯杨枝。顾闻丘林中，噭噭有悲啼。借问啼者出，"何为乃如斯？""亲母舍我殁，后母憎孤儿。饥寒无衣食，举动鞭捶施。骨消肌肉尽，体若枯树皮。藏我空室中，父还不能知。上冢察故处，存亡永别离。亲母何可见，泪下声正嘶。弃我于此间，穷厄岂有资。"传告后代人，以此为明规。

后母虐待前妻之子，是历来存在的一个社会问题，作者用白描手法生动地写出了这一令人同情的事实，虽无雕饰，愈为悲凄，可与汉乐府《孤儿行》《妇病行》并读。

阮瑀的诗存者不多，除《驾出北郭门行》外，似当以《七哀诗》较有特色，如第二首：

> 临川多悲风，秋日苦清凉。客子易为戚，感此用哀伤。揽衣久踟躅，上观心与房。三星守故次，明月未收光。鸡鸣当何时，朝晨尚未央。还坐长叹息，忧忧难可忘。

这首诗写愁而未说出忧愁的原因，如果结合第一首来看，似与悲叹年命不长有关。阮瑀的诗风较少雕藻，故钟嵘《诗品》把他列为下品，评价不高。历来的论者也大抵重视其文过于其诗。

曹丕称辞赋可以与王粲相匹的徐幹(171~218),字伟长,北海(今山东昌乐)人。幼聪颖勤学,年未二十即下笔成章。时值灵帝末政局昏乱,隐居不仕。曹操平袁绍后,方入曹操幕为司空军谋祭酒,后为曹丕五官中郎将文学,又转曹植平原侯文学,后以疾病转剧,退居穷巷,著《中论》二十二篇。建安二十三年(218)遇疫卒。

徐幹少无宦情,曹丕在《与吴质书》中称:"观古今文人,类不护细行,鲜能以名节自立。而伟长独怀文抱质,恬淡寡欲,有箕山之志,可谓彬彬君子矣。著《中论》二十余篇,成一家之言,辞义典雅,足传于后,此子为不朽矣。"在"七子"中,曹丕似对他的评价最高。当时人王昶在诫其子侄时亦云:"北海徐伟长,不治名高,不求苟得,澹然自守,惟道是务。其有所是非,则托古人以见其意,当时无所褒贬。吾敬之重之,愿儿子师之。"可见其为人在当时很受人推崇。现在看来,《中论》系学术著作,虽文气雍容典雅,但毕竟不是文学作品,因此历来论文者很少谈及。此外,曹丕在《典论·论文》中说徐幹的赋为"然(王)粲之匹也"。可惜他现存的辞赋都为零星佚文,尤其是曹丕所称许的《玄猿》、《漏卮》、《圆扇》、《橘赋》四篇,业已一字无存,已很难说他足与王粲并提的理由,倒是他的诗歌虽存者不多,却不乏佳作。如《玉台新咏》所载的《室思》:

沉阴结愁忧,愁忧为谁兴?念与君相别,各在天一方。良会未有期,中心摧且伤。不聊忧餐食,慊慊常饥空。端坐而无为,仿佛君容光。(其一)

峨峨高山首,悠悠万里道。君去已日远,郁结令人老。人生一世间,忽若暮春草。时不可再得,何为自愁恼。每诵昔鸿恩,贱躯焉足保。(其二)

浮云何洋洋,愿因通吾辞。飘飘不可寄,徒倚徒相思。人离

皆复会,君独无返期。自君之出矣,明镜暗不治。思君如流水,何有穷已时。(其三)

惨惨时节尽,兰华凋复零。喟然长叹息,君期慰我情。展转不能寐,长夜何绵绵。蹑履起出户,仰观三星连。自恨志不遂,泣涕如涌泉。(其四)

思君见巾栉,以益我劳勤。安得鸿鸾羽,觏此心中人。诚心亮不遂,搔首立悁悁。何言一不见,复会无因缘。故如比目鱼,今隔如参辰。(其五)

人靡不有初,想君能终之。别来历年岁,旧恩何可期。重新而忘故,君子所尤讥。寄身虽在远,岂忘君须臾。既厚不为薄,想君时见思。(其六)

这六首诗,各本题目不同,有的把前五首叫"杂诗"而只有第六首称"室思",今从吴兆宜说,以明覆宋本《玉台新咏》为准。从这六首诗看,徐幹似受《古诗十九首》等作品的影响较深,诗风较平易质朴,因此不为某些论者所欣赏,像钟嵘《诗品》,就把他列入下品,说他和刘桢唱和是"以莛扣钟",但"亦能闲雅"。然而像第三首的"自君之出矣"以下四句,六朝诗人颇多仿作,但正如清人沈德潜所说:"总逊其自然。"(《古诗源》卷六)由此亦可见徐幹的诗歌成就实不可忽视。他还有《为挽舡士与新娶妻别》,对"挽舡士"深表同情,而诗中"凉风动秋草,蟋蟀鸣相随"等句,既写时节也衬托人的心情,亦颇动人。

和上述几位作家齐名的还有应玚(?～217),字德琏,汝南南顿(今河南项城)人。他是汉代著名学者应劭弟珣之子,早年流寓他乡,曹操迎汉献帝都许昌后,以其父珣为司空掾,他也随同来到许昌。关于他的生平,《三国志·魏志·王粲传》及裴注记述甚少。据谢灵运《拟魏太子邺中集诗·应玚》云:"一旦逢世难,沦薄恒羁旅。天下昔未定,托身早得所。官渡厕一卒,乌林预艰阻。"可见他到曹操幕下较早。他后来曾为曹植的平原侯庶子,又为曹丕的五官将文学。建安二十二年冬遇疫卒。应场在邺中诸文士中成就较低,他比较有名的是《文选》所录《侍五官中郎将建章台集诗》:

朝雁鸣云中,音响一何哀。问子游何乡,戢翼正徘徊。言我寒门来,将就衡阳栖。往春翔北土,今冬客南淮。远行蒙霜雪,毛羽日摧颓。常恐伤肌骨,身陨沉黄泥。简珠堕沙石,何能中自谐。欲因云雨会,濯翼陵高梯。良遇不可值,伸眉路何阶。公子敬爱客,乐饮不知疲。和颜既以畅,乃肯顾细微。赠诗见存慰,小子非所宜。为且极欢情,不醉其无归。凡百敬尔位,以副饥渴怀。

此诗纯用雁自比,情调悲凄,在当时公宴一类诗中,尚称佳作。

应场之文存者不多,只有《文质论》稍为人注意。此文见于《艺文类聚》,似是与阮瑀争论之作。阮文认为"丽物苦伪,丑器多牢"。应场认为"文"和"质"各有其用,立论较为公允。曹丕评应场的文风,说他"和而不壮"(《典论·论文》),又说:"德琏常斐然有述作之意,其才学足以著书,美志不遂,良可痛惜。"(《与吴质书》)

## 第三节　繁钦　潘勖　路粹

繁(pó)钦(?~218)字休伯,颍川(治所在今河南许昌)人,汉魏间诗人。早年即得名于家乡一带,汉灵帝末,可能到过青州,后来又避乱到荆州,依附刘表。但他看到刘表缺乏雄才大略,又北投曹操,为豫州从事。建安十三年(208)为丞相主簿,随从曹操南征,后又随从西征长安。他和曹丕颇有交谊,曾得歌者薛访车子,作书与曹丕称之,曹丕有答书。繁钦死后,曹丕曾为他编文集。

繁钦现存的作品以《玉台新咏》所录的《定情诗》为最有名:

> 我出东门游,邂逅承清尘。思君即幽房,侍寝执衣巾。时无桑中契,迫此路侧人。我既媚君姿,君亦悦我颜。何以致拳拳,绾臂双金环。何以道殷勤,约指一双银。何以致区区,耳中双明珠。何以致叩叩,香囊系肘后。何以致契阔,绕腕双跳脱。何以结恩情,美玉缀罗缨。何以结中心,素缕连双针。何以结相与,金薄画搔头。何以慰别离,耳后玳瑁钗。何以答欢忻,纨素三条裙。何以结愁悲,白绢双中衣。与我期何所,乃期东山隅。日旰兮不来,谷风吹我襦。远望无所见,涕泣起踟蹰。与我期何所,乃期山南阳。日中兮不来,飘风吹我裳。逍遥莫谁睹,望君愁我肠。与我期何所,乃期西山侧。日夕兮不来,踯躅长叹息。远望凉风至,俯仰正衣服。与我期何所,乃期北山岑。日暮兮不来,凄风吹我襟。望君不能坐,悲苦愁我心。爱身以何为,惜我华色时。中情既款款,然后克密期。褰衣蹑茂草,谓君不我欺。厕此丑陋质,徙倚无所之。自伤失所欲,泪下如连丝。

此诗尚有佚句见《文选》曹植《洛神赋》李善注,疑《玉台新咏》收入时有所删节。诗中假托一个女子的口吻,称见到了所喜爱的人,便对他倾心,然而相约之后,对方却失信,造成她内心的悲苦。此诗所谓"定情",据余冠英先生解释:"这里'定情'是镇定其情的意思。"(《汉魏六朝诗选》第110页)繁钦这首诗在格式上循环往复,类似《诗经》中的不少民歌,但排比铺张,又类似汉赋,诗风巧丽,颇具特色,为历来所传诵。他的诗现存者不多,但亦不乏佳作,如《咏蕙诗》,以秋蕙自比,结句"比我英芳发,鹍鸩已先鸣",似亦有时不我待,对当前处境有所不满的情绪。

繁钦亦擅散文,《文选》录其《与魏文帝笺》,向曹丕称扬薛访的歌唱云:

> 而此孺子遗声抑扬,不可胜穷。优游转化,余弄未尽。既其清激悲吟,杂以怨慕,咏北狄之遐征,奏胡马之长思,凄入肝脾,哀感顽艳。是时日在西隅,凉风拂衽,背山临溪,流泉东逝。同坐仰叹,观者俯听,莫不泫泣殒涕,悲怀慷慨。

这段描写虽着墨不多,却很传神,不亚于某些写音乐的辞赋。所以曹丕在为他的文集作序时,特别提到此事。

潘勖(? ~215)初名芝,字元茂,陈留中牟(今属河南)人,献帝建安中为尚书郎,迁右丞。他的文章以《文选》所录《册魏公九锡文》为最著名。这是建安十七年(212)以献帝名义册命曹操为魏公的公文。文中列举曹操"大功"十条,文辞典雅,结构严整,成为后世这类文章的典范。《文心雕龙·风骨》云:"昔潘勖锡魏,思摹经典,群才韬笔,乃其骨髓峻也。"把他和司马相如的《大人赋》相提并论。清李兆洛评此文"神完气足,朴茂渊懿,扬(雄)班(固)俦也"(《骈体文钞》卷七)。可见历来颇受人称赏。

路粹(? ~215)字文蔚,陈留(今河南开封附近)人。献帝初平间,曾随朝廷西迁长安。建安元年拜尚书郎,后为曹操司空军谋祭酒,后随曹操征汉中,因"违禁贱请驴"被杀。他颇有文才,但人们畏其刀笔。其文章今仅存二篇,皆见《后汉书·孔融传》。其中一篇为代曹操作书与孔融,调解孔融与郗虑的关系。另一篇乃奉曹操命诬奏孔融,其中颇多不实之词。《文心雕龙·奏启》说:"路粹之奏孔融,则诬其丑恶。"同书《程器》更说他"餔啜而无耻"。但是,刘勰亦承认路粹的文才,在《时序》中论及邺下文人,也把他列为一员。

## 第四节　邯郸淳　杨修　吴质

邯郸淳一名竺,字子叔,颍川长葛(今属河南)人,生卒年不详,汉魏间学者、书法家和文学家。《三国志·魏志·王粲传》注引《魏略》说他:"博学有才章,又善《苍》、《雅》、虫、篆、许氏(当指汉许慎《说文解字》)字指。"初平年间他从关中避乱到荆州,曹操平荆州,素闻其名,招致之。当时曹丕想使他成为自己的官属,但曹植也求得到他。曹操叫他去见曹植,曹植对他表现技艺,又"诵俳优小说数千言",使邯郸淳极为佩服,屡称曹植之能,为曹丕所恨。曹丕称帝后,以他为博士给事中。他作《投壶赋》千余言,为曹丕所赏,赐帛千匹。据《隋书·经籍志》,他有集二卷,又有《笑林》三卷,今佚。

邯郸淳的文章清严可均《全三国文》辑有五篇,但其中《孝女曹娥碑》一篇,时代当早于邯郸淳,非淳所作。其余四篇中,《投壶赋》因受曹丕所赏,较有名。但今天看来,似乎典雅而乏文采。其他三篇皆应用文字,似亦无太多特色。

杨修和吴质两人的政见不同,而文学上各有成就。杨修(175~219)字德祖,弘农华阴(今属陕西)人,其高祖杨震至父杨彪四世皆官至太尉。修自幼聪明,年十八即作《司空荀爽述赞》。建安初,举孝廉,除郎中,为曹操仓曹属主簿。曹操多次出征,他多随行。曹操未立太子时,他和丁仪、丁廙等竭力拥戴曹植,并为曹植出主意。建安二十四年(219),从曹操西征,与刘备相拒于阳平,曹操素忌杨修之才,又以其党于曹植,遂借故杀修。杨修之文,清严可均《全后汉文》

辑有七篇。他的《节游赋》写景颇注重色彩。如：

> 行中林以彷徨,玩奇树之抽英。或素华而雪朗,或红彩而发赪。绿叶白蒂,紫柯朱茎。杨柳依依,钟龙蔚青。纷灼灼以舒葩,芳馥馥以播馨。

这种铺采摛文之作,颇见他的文才。又如他的《神女赋》,乃从曹操征荆州时作,其中"纤縠文袿,顺风揄扬,乍合乍离,飘若兴动"诸句,对后来曹植《洛神赋》有一定影响。

他最著名的文章是《文选》所录《答临淄侯笺》,此文对曹植的文才推崇备至,认为他"含王(粲)超陈(琳)度越数子矣"。针对曹植不愿"以翰墨为勋绩,辞赋为君子"之论,他说：

> 今之赋颂,古诗之流,不更孔公,《风》、《雅》无别耳。修家子云(杨雄),老不晓事,强著一书,悔其少作。若此仲山(仲山甫)周旦(周公)之俦,为皆有怨邪? 君侯忘圣贤之显迹,述鄙宗之过言,窃以为未之思也。若乃不忘经国之大美,流千载之英声,铭功景钟,书名竹帛,斯自雅量,素所畜也。岂与文章相妨害哉!

这论点似较通达。

吴质(178~230)字季重,济阴(今山东定陶)人,建安初入曹操幕,以文才为曹丕所重。曹操平河北,他与曹丕同游南皮。曹丕与曹植争为太子时,他常为曹丕出谋划策。历任朝歌令、元城长。曹丕代汉后,为北中郎将,封列侯。

吴质的作品似以书信为最有名。《文选》录其《答魏太子笺》、《在元城与魏太子笺》及《答东阿王书》。《答魏太子笺》讲到当年与

曹丕及邺下诸文人游宴之事,颇为伤感:

> 然年岁若坠,今质已四十二矣,白发生鬓,所虑日深,实不复若平日之时也。但欲保身敕行,不蹈有功之地,以为知已之累耳。游宴之欢,难可再遇,盛年一过,实不可追。

他的《答东阿王书》,似系后来追改,因为他覆书时,曹植尚未封王。此书对曹植似略有规劝之意如云:

> 若追前宴,谓之未究,倾海为酒,并山为肴,伐竹云梦,斩梓泗滨,然后极雅意,尽欢情,信公子之壮观,非鄙人之所庶几也。若质之志,实在所天。思投印释韨,朝夕侍坐,钻仲父之遗训,览老氏之要言,对清酤而不酌,抑嘉肴而不享,使西施出帷,嫫母侍侧,斯盛德之所蹈,明哲之所保也。

从这段话看,吴质似乎受儒家影响较深,其实不尽然。《三国志·魏志·王粲传》注引《魏略》说到他得志后因早年不为乡里所重,因此声言"我欲溺乡里耳",受到董昭批评。又引《世语》说吴质在曹丕称帝后,"怙威肆行",死后被人谥为"丑侯"。可见这些话,未必是真实思想。

吴质也能诗,曹丕死后,作《思慕诗》,对曹丕之死颇为伤感,但缺乏文采,不受人重视。

## 第五节　蔡琰

女诗人蔡琰字文姬,陈留圉(今河南杞县)人,蔡邕之女,生卒年不详。她博学有才辩,初适河东卫仲道,夫亡无子,归宁于家。献帝兴平(194~195)中,被匈奴左贤王部下所掠,在匈奴十二年,生二子。后来曹操因为和蔡邕有旧交,乃派使者以金璧赎她回来,让她重嫁董祀。据《后汉书·列女传·董祀妻传》载,婚后董祀曾犯罪当死,她亲自去见曹操求免。曹操还问起蔡邕的藏书,她说有四千多卷,但她还能背诵的只有四百余卷。她请求给予纸笔写出送呈,不差一字,由此可见其才学高超。她的作品现存可信者是《后汉书》本传所载的两首《悲愤诗》,一首为五言,一首为骚体。关于这两首诗的真伪,过去学者颇有争议,有的信五言而疑骚体,有的则相反,信骚体而疑五言。其实这种争论都乏有力证据,不过是根据诗中个别字句推论。如有人认为五言那篇不该斥董卓,其实蔡邕当时哀悼董卓,实由于董卓对他有私恩,至于董卓的暴行,蔡邕亦未必不反对,更何况蔡琰?还有人怀疑骚体,是因为其艺术价值不如五言诗,但一个作家的创作,艺术水平本来可以有所高下,似亦不足证为伪作。再说范晔上距建安,不过二百年左右,他作《后汉书》又有许多前人著作为根据,在缺乏足够史料的条件下,似乎不必对哪一篇随便怀疑。① 当然,以艺术水平而言,五言诗似更高些。原诗云:

汉季失权柄,董卓乱天常。志欲图篡弑,先害诸贤良。逼迫迁旧邦,拥主以自强。海内兴义师,欲共讨不祥。卓众来东下,金甲耀日光。平土人脆弱,来兵皆胡羌。猎野围城邑,所向悉破

---

① 作者过去执笔写《中国文学史》(中国科学院文学所编)时,曾怀疑骚体有些内容不合蔡琰生平,其实无非指"身执略兮入西关"和"历险阻兮入羌蛮"二句。现在看来,蔡琰被掠后情况尚无确切史料,很可能先虏入关,再到匈奴居住地(五言诗亦言"长驱西入关"),似与蔡琰事迹无矛盾。

亡。斩截无孑遗,尸骸相撑拒。马边悬男头,马后载妇女。长驱西入关,回路险且阻。还顾邈冥冥,肝脾为烂腐。所略有万计,不得令屯聚。或有骨肉俱,欲言不敢语。失意几微间,辄言毙降虏。要当以亭刃,我曹不活汝。岂敢惜性命,不堪其詈骂。或便加棰杖,毒痛参并下。旦则号泣行,夜则悲吟坐。欲死不能得,欲生无一可。彼苍者何辜,乃遭此厄祸。

这是全诗的第一段,写董卓所率领的羌胡兵卒掳掠的惨状,十分具体。"马边悬男头,马后载妇女","或有骨肉俱,欲言不敢语",这些诗句字字血泪,非有亲身经历者不能道。下面写到达胡地后情况,亦很感人:

有客从外来,闻之常欢喜。迎问其消息,辄复非乡里。

这种从希望到绝望的心情尤为真切。写到曹操派人来迎,而又难舍亲生儿子的情景,亦使人同情:

天属缀人心,念别无会期。存亡永乖隔,不忍与之辞。儿前抱我颈,问母欲何之。人言母当去,岂复有还时?阿母常仁恻,今何更不慈。我尚未成人,奈何不顾思。见此崩五内,恍惚生狂痴。号泣手抚摩,当发复回疑。

写母子分别情景,亦极真实动人。在到了家乡以后,一看战乱后残破景象,更使人伤感:

既至家人尽,又复无中外。城郭为山林,庭宇生荆艾。白骨不知谁,纵横莫覆盖。出门无人声,豺狼号且吠。

这种惨状,亦可与曹操《蒿里》、王粲《七哀》相印证。她的骚体诗所写内容,大体与此相仿,但没有此诗那样深刻动人。其中有些用写景来衬托心情的句子,亦颇感人,如"胡笳动兮边马鸣,孤雁归兮声嘤嘤",亦颇为历来论者称道。

被题为蔡琰的诗还有一首《胡笳十八拍》,此诗《后汉书》不载,仅见于宋郭茂倩《乐府诗集》和朱熹《楚辞集注·后语》。历来研究者对此均持怀疑态度。这首诗情调亦很悲凉,在艺术上亦颇有可取处,但多少显得浅露,文体似非汉魏之作。如第十拍:

城头烽火不曾灭,疆场征战何时歇。杀气朝朝冲塞门,胡风夜夜吹边月。

这种句子已露唐人风格。如第三句不用韵,这在鲍照以前已极罕见,汉魏诗更无其例。"杀气"二句,对仗工整,已注意平仄相对,其非蔡琰之作,当可定论。①

---

① 按:《乐府诗集》卷五十九引唐刘商《胡笳曲序》曰:"蔡文姬善琴能为《离鸾别鹤》之操》。胡虏犯中原,为胡人所掠,入番为王后,王甚重之。(魏)武帝与邕有旧,敕大将军赎以归汉。胡人思慕文姬,乃卷芦叶为吹笳,奏哀怨之音。后董生以琴写胡笳声十八拍,今之《胡笳弄》是也。"据此《胡笳十八拍》作为曲调,亦唐人董庭兰作,文辞当更在其后。又李颀《听董大弹胡笳弄兼寄语房给事》云:"蔡女昔造胡笳声,一弹一十又八拍。胡人落泪沾边草,汉使断肠对归客。"只说蔡琰造曲,未云作辞,玩李诗,谓曲作于胡地,而今本《胡笳十八拍》有五段为归乡后事,亦不合。疑诗当中唐以后人作。

## 第六节 仲长统

仲长统(180~220)字公理,山阳高平(今山东邹城)人。少好学,博览书籍,善于文辞。曾游历青、徐、并、冀诸州,为朋友所推崇。《后汉书》本传说:"统性俶傥,敢直言,不矜小节,默语无常,时人或谓之狂生。"后为荀彧(yù)举荐为尚书郎,后参丞相曹操军事,著有《昌言》,卒于曹丕代汉之年。友人缪袭称其文章足以继迹西汉董(仲舒)、贾(谊)、刘(向)、扬(雄)等人。

仲长统擅长散文,但亦能诗。《后汉书》本传载其诗二篇:

> 飞鸟遗迹,蝉蜕亡壳。腾蛇弃鳞,神龙丧角。至人能变,达士拔俗,乘云无辔,骋风无足。垂露成帏,张霄成幄。沆瀣当餐,九阳代烛。恒星艳珠,朝霞润玉。六合之内,恣心所欲。人事可遗,何为局促。

> 大道虽夷,自几者寡。任意无非,适物无可。古来绕绕,委曲如琐。百虑何为,至要在我。寄愁天上,埋忧地下。叛散五经,灭弃风雅。百家杂碎,请用从火。抗志山西,游心海左。元气为舟,微风为柂。敖翔太清,纵意容冶。

二诗在艺术上虽很难说有很高成就,但其思想内容,已开后来嵇康、阮籍和刘伶等人的先河,其诗体亦与东晋玄言诗颇近似,因此值得注意。

他的散文以《乐志论》为最有名。此文反映了一些"居有良田广宅"的士人们的傲世之志,他们生活富足,可以"消摇一世之上,睥睨天地之间,不受当时之责,永保性命之期。如是则可以陵霄汉,出宇宙之外矣。岂羡夫入帝王之门哉"。这种思想和魏晋时不少文人的生活态度是一脉相承的。尽管如此,他并没有忘怀世事。在《昌言》一书中,他对当时的现实颇有深切之见。如《理乱篇》分析了创业君主和其继承者的区别。认为那些创业者经过战争,历尽艰难而得天下,所以时刻担心别人不服,而所谓"继体之君"就不同了,自以为别人"赖我而得生育,由我而得富贵",因此"奔其私嗜,骋其邪欲",以致政局混乱而失天下。《损益篇》分析了社会上贫富不均的原因,认为"田无常主,民无常居"是动乱的原因。《法诫篇》指出西汉之盛,在于能专任大臣,而"光武惩数世之失权,忿强臣之窃命,矫枉过直,政不任下,虽置三公,事归台阁"。这些话,一语道破了帝王之专制,造成了东汉外戚、宦官擅权,亦颇有见地。《昌言》文辞流畅,能借史为鉴,具有较强的说服力。文中有时已带有骈气,说明骈文的出现,亦属汉语单音词较多,自易流为对仗。从《昌言》来看,其思想实综合儒、法、道三家的成分。这大约是当时思想界的趋势,和曹操重刑名,曹丕尚通脱属于同一潮流。

## 第七节 缪袭 左延年

缪袭和左延年的生活时代,可能比前面几位文人略晚,他们都活到了魏明帝曹叡以后,但其作品似还未及反映司马氏代魏的情况,所以放在本章论述。

缪袭(186~245)字熙伯,东海(今山东郯城一带)人。建安时,为御史大夫府所辟举,历事曹操、曹丕、曹叡,至齐王芳正始六年(245)卒,年六十。缪袭与仲长统为友。仲长统卒后,他表上《昌言》,盛称仲长统之文。他兼善诗赋,其赋今可考知者有《许昌宫赋》和《青龙赋》,皆零星佚文,无甚特色。他的诗以《魏鼓吹曲》十二首为著。这些诗显然模仿汉代的《铙歌》,用以取代它们,大约作于曹叡太和(227~232)年间。① 这些诗都是歌功颂德的,但技巧上还颇有可取之处。如第二曲《战荥阳》:

战荥阳,汴水陂。戎士愤怒,贯甲驰。阵未成,退徐荥。二万骑,堑垒平。戎马伤,六军惊。势不集,众几倾。白日没,时晦冥。顾中牟,心屏营。同盟疑,计无成。赖我武皇,万国宁。

荥阳之战是曹操起兵之初和董卓部下之战,此战因寡不敌众而败。此诗写得还是很有气势的。

第四曲《克官渡》是写曹操与袁绍的战争:

克绍官渡,由白马。僵尸流血,被原野。贼众如犬羊,王师尚寡。沙塠旁,风飞扬。战不利,士卒伤。今日不胜,后何望。土山地道,不可当。卒胜大捷,震冀方。屠城破邑,神武遂章。

这一仗打得很艰苦,却是曹操平定北方的决定性战役,作者毫不掩饰战争初期的不利,以此歌颂曹操的武功。在这组诗中,不但写战争,也写到了对战死者的哀悼,情调亦颇悲凉:

---

① 《乐府诗集》卷十八引《晋书·乐志》说"魏武帝使缪袭造鼓吹十二曲以代汉曲",误。查《晋书·乐志》云"及魏受命,改其十二曲,使缪袭为词"云云。今按曲中有"武皇"、"文皇"字样,当为太和以后作。

> 旧邦萧条,心伤悲。孤魂翩翩,当何依。游士恋故,涕如摧。兵起事大,令愿违。博求亲戚,在者谁。立庙置后,魂来归。

这些诗对稍后吴韦昭的《吴鼓吹曲》、晋傅玄的《晋鼓吹曲》都有直接的影响。

如果说缪袭的《魏鼓吹曲》带有较重的庙堂气息的话,那么差不多同时的左延年之作,却富有民间文学气息。关于左延年的生平及籍贯现在已难确考。先师余冠英先生曾对笔者讲道:根据汉代李延年、辛延年的名、字推测左延年为魏代乐工。这一推测很有道理。看来现存一些题名左延年之作,很可能本是民歌,左延年只是作了加工而非创作。例如今存左延年诗有《从军行》二首:

> 苦哉边地人,一岁三从军。三子到燉煌,二子诣陇西。五子远斗去,五妇皆怀身。(见《乐府诗集》卷三十二)
> 
> 从军何等乐,一驱乘双驳。鞍马照人白,龙骧自动作。(见《初学记》卷二十二)

这两首诗全无雕饰,当是民歌。现在我们看王粲的《从军诗》一开头就是"从军有苦乐",似即用此二诗意。后来陆机、颜延之的《从军行》,起句皆为"苦哉远征人",似亦模仿左延年之作。但王粲在左延年以前,未必见过左诗,疑此曲本民歌,左延年只是在音律或文字上做过修改。

左延年的名作当为《乐府诗集》卷六十一所载的《秦女休行》:

> 始出上西门,遥望秦氏庐。秦氏有好女,自名为女休。休年十四五,为宗行报仇。左执白杨刃,右据宛鲁矛。仇家便东南,

仆僵秦女休。女休西上山,上山四五里,关吏呵问女休。女休前置辞,平生为燕王妇,于今为诏狱囚。平生衣参差,当今无领襦。明知杀人当死,兄言快快,弟言无道忧。女休坚辞为宗报仇,死不疑。杀人都市中,徼我都巷西。丞卿罗东向坐,女休凄凄曳桎前。两徒夹我,持刀刀五尺余。刀未下,朣胧击鼓赦书下。

这首诗的本事已不可考,史籍中汉魏二代皆无燕王妇为宗报仇的记载,很可能本为民间传说。《乐府诗集》在题下云:"左延年辞,大略言女休为燕王妇,为宗报仇,杀人都市,虽被囚系,终以赦宥,得宽刑戮也。晋傅玄云'庞氏有烈妇'[1],亦言杀人报怨,以烈义称,与古辞义同而事异。"从这段话看来,郭茂倩似亦认为本诗乃古辞,经左延年加工。从此诗的文体看来,不但文字质朴,而且句子长短不齐,和汉代的《妇病行》《孤儿行》类似,可能本辞产生年代较早,但现在的文辞似已经加工,如开首四句,似有意模仿汉乐府《陌上桑》,这些地方,很可能就出于左延年之手。

---

[1] 傅玄亦有《秦女休行》,详见下章。

# 第四章　从黄初到正始

## 第一节　应璩　李康　刘劭

应璩(190~252)字休琏,应玚之弟。《三国志·魏志·王粲传》注引《文章叙录》说他:"博学好属文,善为书记。文、明帝世,历官散骑常侍。齐王即位,稍迁侍中、大将军长史。曹爽秉政,多违法度,璩为诗以讽焉。其言虽颇谐合,多切时要,世共传之。复为侍中,典著作。嘉平四年卒,追赠卫尉。"他兼擅诗文,其诗以《百一诗》为最有名。《文选》李善注引晋李充《翰林论》云:"应休琏五言诗百数十篇,以风规治道,盖有诗人之旨焉。"后人对《百一诗》有几种不同的解释,李善《文选注》据《百一诗》序云:"时谓曹爽曰:'公今闻周公巍巍之称,安知有百一之失乎?'"以为"百一"之名起于此,其说较妥。《百一诗》据说本一百〇一篇,也有人说一百三十篇。但今所见者仅《文选》所录的一篇:

下流不可处,君子慎厥初。名高不宿著,易用受侵诬。前者隳官去,有人适我闾。田家无所有,酌醴焚枯鱼。问我何功德,三入承明庐。所占于此土,是谓仁智居。文章不经国,筐箧无尺书。用等称才学,往往见叹誉。避席跪自陈,贱子实空虚。宋人遇周客,惭愧靡所如。

这是一首讽刺诗,讥刺那些无才德而徒有虚名之辈,虽身居高位,实乏善足陈,好比宋人把燕石当作宝物,被周客识破,其惭愧实无地自容。这大约是讥刺曹爽左右一些官员皆无能之辈。他的诗大抵都寓讥刺,如《杂诗》:

细微苟不慎,堤溃自蚁穴。腠理早从事,安复劳针石。哲人睹未形,愚夫暗明白。曲突不见宾,焦烂为上客。思愿献良规,江海倘不逆。狂言虽寡善,犹有如鸡跖。鸡跖食不已,齐王为肥泽。

这首诗既属讥刺,亦寓劝诫,虽不免有些说教气,但后世论者对此多有称赏,如《文心雕龙·明诗》云:"若乃应璩《百一》,独立不惧,辞谲义贞,亦魏之遗直也。"钟嵘《诗品》把他列入中品,说他"祖袭魏文。善为古语,指事殷勤,雅意深笃,得诗人激刺之旨"。他那些诗在晋代颇有影响,十六国成汉时,龚壮曾作诗七首以讽李寿而托之应璩,可见人们对他的诗颇为推崇。钟嵘甚至认为陶渊明诗出于应璩。萧子显《南齐书·文学传论》亦将"全借古语,用伸今情"之诗,说成类似应璩。这些例子都说明应璩在六朝诗坛上确有较重要的地位。

应璩的诗虽喜用古语,却不以文采见长,而他的书翰在文采方面则颇有特色。例如他的《与侍郎曹长思书》,讲到王肃、何曾等人皆被拔授显职,而自己不被任用,颇有不满。他说:

王肃以宿德显授,何曾以后进见拔,皆鹰扬虎视,有万里之望。薄援助者,不能追参于高妙,复敛翼于故枝,块然独处,有离群之志。汲黯乐在郎署,何武耻为宰相,千载揆之,知其有由也。德非陈平,门无结驷之迹;学非扬雄,堂无好事之客;才劣仲舒,无下帷之思;家贫孟公,无置酒之乐。悲风起于闺闼,红尘蔽于机榻。幸有袁生,时步玉趾,樵苏不爨,清谈而已,有似周党之过闵子。夫皮朽者毛落,川涸者鱼逝,春生者繁华,秋荣者零悴,自然之数,岂有恨哉!

这段话几乎每句用典,对仗亦工整,除了有些地方还不是平仄相对(当时尚无四声之说)外,几乎已与后来的骈文相似。此文的不平之气溢于言表,充分显示了作者对当时朝政的不满。由于仕进之路受到挫折,他又向往归隐。在《与从弟君苗君胄书》中,他写到了北游之乐,接着说:

来还京都,块然独处。营宅滨洛,困于嚣尘,思乐汶上,发于寤寐。昔伊尹辍耕,郅恽投竿,思致君于有虞,济蒸人于涂炭。而吾方欲秉耒耜于山阳,沉钩缗于丹水,知其不如古人远矣。然山父不贪天地之乐,曾参不慕晋楚之富,亦其志也。

这大约是他看出了仕途的险恶,预见到司马懿与曹爽之争最后必然导致流血冲突之故。

和应璩差不多同时的散文家李康字萧远,一说字肃远,中山(今河北定州一带)人。《文选》李善注引《集林》说他:"性介立,不能和俗。著《游山九吟》,魏明帝异其文,遂起其家为寻阳长,政有美绩。病卒。"他的文章以《文选》所录《运命论》为最著。这篇文章讨论的是天下的治乱,个人的穷达。他的结论是"夫治乱,运也;穷达,命也;贵贱,时也"。这种结论看来似乎近于宿命论。国家的治乱,虽有其一定的规律,但在人们未能认识这种规律时,往往归结为帝王将相个人的作用,而这些人物的仁慈或暴虐,英明或昏庸,又往往与其个人因素有关,人们很难掌握,遂归之"天命"或"神"的意志。这在当时是不必苛责的。至于个人的穷达、贵贱,本来有很多偶然因素,作者归之于命,虽看似消极,亦可理解。但从《运命论》看来,李康绝不是屈从于命运的人,他说:

> 然则圣人所以为圣者,盖在乎乐天知命矣。故遇之而不怨,居之而不疑也。其身可抑,而道不可屈;其位可排,而名不可夺。譬如水也,通之斯为川焉,塞之斯为渊焉,升之于云则雨施,沉之于地则土润。体清以洗物,不乱于浊,受浊以济物,不伤于清。是以圣人处穷达如一也。夫忠直之迕于主,独立之负于俗,理势然也。故木秀于林,风必摧之;堆出于岸,流必湍之;行高于人,众必非之。前监不远,覆车继轨。然而志士仁人,犹蹈之而弗悔,操之而弗失,何哉?将以遂志而成名也。求遂其志,而冒风波于险涂;求成其名,而历谤议于当时。彼所以处之,盖有算矣。

这就是说,有志节的人尽管处于不利的形势,亦决不降志辱身,他们为了"遂志"、"成名"并不怕艰险。他为了强调士人独立的人格,断言:

> 若夫立德,必须贵乎?则幽厉之为天子,不如仲尼之为陪臣也。必须势乎?则王莽董贤之为三公,不如扬雄(董)仲舒之阒其门也。必须富乎?则齐景之千驷,不如颜回原宪之约其身也。

这些话可以看出李康那种兀傲的性格。他更明确地指出:

> 故古之王者,盖以一人治天下,不以天下奉一人也。古之仕者,盖以官行其义,不以利冒其官也。古之君子,盖耻得之而弗能治也,不耻能治而弗得也。

这篇文章虽说"乐天知命",内容却颇为激愤。文章颇长,清人李兆洛评此文"奇气喷薄,要亦愤懑之言"。又说:"骇足奔驰,源出《国策》,与李斯《逐客》、《督责》二篇亦相出入。"(《骈体文抄》卷二十)本文可目为论说文的典范之作。《文心雕龙·论说》评此文云:"至如李康《运命》,同《论衡》而过之。"钱锺书先生在《管锥编》中,亦颇推崇本文,称其波澜壮阔,认为可并驾司马迁、韩愈,"于魏晋间文,别具机调"(第三册1081页)。

刘劭字孔才,广平邯郸(今属河北)人,生卒年不详,建安中曾为计吏,到许昌,在荀彧座上,论预测有日食时应否朝会的问题。后为御史大夫郗虑所辟,恰逢郗被免,仍拜太子舍人,迁秘书郎。曹丕代汉,为尚书郎、散骑侍郎,参加类书《皇览》的编纂。曹叡时任陈留太守。他曾作《赵都赋》,被曹叡所称赏,因此叫他作《许都》、《洛都》二赋。据《三国志·魏志·王粲附刘劭传》的记载,当时曹叡所筑宫室颇为奢侈,因此二赋均寓讽谏之意。惜二赋今均已散佚,只有《赵都赋》尚有佚文,但亦严重残缺。从现存的佚文看来,似模仿班固、张衡等人摹写京都的大赋。如写女乐:

> 尔乃进夫山中名倡,襄国妖女,狄鞮妙音,邯郸才舞。六八骈罗,递奏迭举。体凌浮云,声哀激楚……姿绝伦之逸态,实倖然而寡偶。(《艺文类聚》卷六十一)

写海景：

> 巨鳌冠山，陵鱼吞舟。吸潦吐波，气成云雾。(《文选》木华《海赋》，李善注)

写游侠：

> 游侠之徒，晞风拟类，贵交尚信，轻命重气。义激毫毛，节成感慨。(《太平御览》卷四百七十三)

从这些文字看来，他作赋大约拟张衡而不及。不过刘劭的名留后世，似乎主要不在文学创作而在其理学名著《人物志》。此书专门探讨人才的识拔问题。书中认为人的体态、面貌与才能都决定于其所禀受的五行(金、木、水、火、土)之性而各异。由于禀赋各异，所以人各有其专长，这就是"偏至之才"。这些"偏至之才"无法互相统率，只有具有"中庸之德"的"圣人"才能调和众才，使之各尽其能。许杭生先生论《人物志》云："《人物志》已接近于玄学，一旦超越任贤使能的范围，进一步探寻天地、万物、自然社会的精神性本体，就走向了玄学。"(《魏晋玄学史》第33页)因此《人物志》虽非文学作品，但对玄学及文学的影响都很大。如果从文体上看，《人物志》好用骈句和排句，与李康《运命论》亦颇有类似之处。如《释争》云：

> 是以君子举不敢越仪准，志不取凌轨等，内勤己以自济，外谦让以敬惧。是以怨难不在于身，而荣福通于长久也。彼小人则不然，矜功伐能，好以陵人。是以在前者人害之，有功者人毁之，毁败者人幸之。是故并辔争先，而不能相夺，两顿俱折，而为

后者所趋。由是论之,争让之途,其别明矣。

这种以骈句说理的文体,对后来学者的论说文有很大影响。东晋南北朝一些宗教哲学论文如梁释僧祐所编《弘明集》中不少论文及后秦僧肇的《肇论》,大抵都属这种文体。因此《人物志》虽非文学作品,却很值得注意。

## 第二节 何晏 夏侯玄 钟会

何晏(？~149)字平叔,南阳宛(今河南南阳)人,著名的玄学家和文学家。汉末大将军何进之孙,父早卒,母尹氏为曹操所纳。《世说新语·夙惠》:"何晏七岁,明惠若神,魏武奇爱之,因晏在宫内,欲以为子。晏乃画地令方,自处其中。人问其故,答曰:'何氏之庐也。'魏武知之,即遣还。"但他仍很受宠,《三国志·魏志·曹爽传》注引《魏略》:"晏无所顾惮,服饰拟于太子,故文帝特憎之,每不呼其姓字,尝谓之假子。"因此在黄初年间不受任用,到明帝曹叡时曾做过一些散官。齐王曹芳即位后,他附和曹爽,得为散骑侍郎,迁侍中尚书。正始十年(249),司马懿发动政变后,他被加谋反的罪名,后被杀。

何晏和王弼(226~249)同为正始玄学的代表人物。历来对何晏的评论都属贬斥之辞。这是因为他既是曹爽一派人物,司马懿得势后,人们对他自多诋毁。更主要的是晋代遭到永嘉之乱后,人们把西晋灭亡的原因归咎于清谈和玄学,因此东晋的学者范宁甚至以为他的罪"深于桀纣"。但清代学者钱大昕在《何晏论》中已经对此提出批评,认为他劝诫齐王曹芳的话"有大儒之风",说他是忠于魏的。关于曹氏和司马氏的争权,其实只是统治者内部之争,可以不去管它。

至于西晋之亡自有其必然的原因,也不能完全归罪于玄学。如果从何晏现存的文学作品来看,他在政治上似乎并非毫无可取的见解。例如在魏明帝曹叡太和六年(232)所作的《景福殿赋》,可以说是何晏在文学方面的代表作。当时他虽不受曹叡重用,而在作赋时则颇有劝诫的用意。如:

> 图象古昔,以当箴规。椒房之列,是准是仪。观虞姬之容止,知治国之佞臣。见姜后之解珮,寤前世之所遵。贤钟离之谠言,懿楚樊之退身。嘉班妾之辞辇,伟孟母之择邻。故将广智,必先多闻。多闻多杂,多杂眩真。不眩焉在,在乎择人。故将立德,必先近仁。欲此礼之不愆,是以尽乎行道之先民。朝观夕览,何与书绅。
>
> 遥目九野,远览长图。俯眺三市,孰有孰无。睹农人之耘耔,亮稼穑之艰难。惟飨年之丰寡,思《无逸》之所叹。感物众而思深,因居高而虑危。惟天德之不易,惧世俗之难知。观器械之良窳,察俗化之诚伪。瞻贵贱之所在,悟政刑之夷陂。亦所以省风助教,岂惟盘乐而崇侈靡。

这些言论都可以和钱大昕所引证的《三国志·魏志·三少帝·齐王芳纪》中何晏的话相印证。

《景福殿赋》在手法上颇受东汉王延寿《鲁灵光殿赋》的影响,以善于描写建筑之壮丽著称。其中有虚写,有实写,都能各尽其妙。虚写如:

> 远而望之,若摛朱霞而耀天文;迫而察之,若仰崇山而戴垂云。羌瑰玮以壮丽,纷奕奕其难分,此其大较也。若乃高甍崔

鬼,飞宇承霓。绵蛮(富于文采)黮黗(tǎn duì,黑的样子,引申为幽深),随云融泄(流动的样子)。鸟企山峙,若翔若滞,峨峨嶪(yè)嶪,罔识所属。虽离朱之至精,犹眩曜而不能昭晰也。

虽然是虚写,却已显出景福殿的雄伟壮丽,给人以深刻的印象。至于实写的部分,尤多精彩,只是由于古代建筑上许多名词已不大为现代人所了解,而且辞赋中尤不免有些罕见的字词,因此较难阅读,但还显得很有气势。如:

尔其结构,则修梁彩制,下褒上奇。桁梧复叠,势合形离。 巍如宛虹,赫如奔螭。南距阳荣,北极幽崖,任重道远,厥庸孔多。

至于写到建筑内部各种雕刻的精致,描绘尤为细腻,只是古字及古代名物较多,这里不具引。

何晏亦能诗,但古人对他评价不太高。《文心雕龙・明诗》说他的诗"浮浅"。《诗品》列入中品。他的诗今存两首又佚句二句。其中较好的如:

鸿鹄比翼游,群飞戏太清。常恐天网罗,忧祸一旦并。岂若集五湖,顺流唼浮萍。逍遥放志意,何为怵惕惊。

这就是《言志诗》的第一首,大约作于曹爽执政时期,他已经卷入了争权斗争的漩涡之中,欲脱身而不能,所以诗中颇有忧生之嗟。钟嵘《诗品》说:"平叔'鸿鹄'之篇,风规见矣。"可谓深知何晏之志。另一首"转蓬去其根",内容与此亦颇相似。

何晏除了哲学著作和诗赋外,也作过《白起论》(见《史记·白起列传》裴骃《集解》引)那样的史论,深责白起之屠杀赵国降卒,认为白起"破赵之功小伤秦之败大","降杀之为害,祸大于剧战",这种论调其实是发挥儒道二家之论,而一贯带兵作战的司马懿父子,却未必赞同此说。

和何晏这种主张相近的是夏侯玄(209~254),字太初,沛国谯(今安徽亳州)人,魏将夏侯渊从子,与何晏、王弼并称"正始名士"。他早年曾为散骑、黄门侍郎,曹爽时,为散骑常侍、中护军,曾任征西将军,驻关中。高平陵事件后,被调回洛阳,任大鸿胪、太常等职,实夺其兵权。嘉平六年(254),司马师杀李丰,因诬夏侯玄谋反,把他杀害。他能文亦善作赋,今存有《皇胤赋》的佚文,见《艺文类聚》等类书。但他最有名的文章也许是《乐毅论》,他评论战国时乐毅为燕攻齐,只剩下莒、即墨二城未下,燕昭王死去,惠王听信谗言,以骑劫代乐毅,遂功败垂成的事,认为乐毅攻齐,其意不在兼并,更不是无力攻克莒、即墨,而是要等待二城之守将和百姓自愿来归降。他认为"逼之以威,劫之以兵"使双方流血,只会失去天下的民心,"衰济孙之仁,亏齐士之节,废廉善之风,掩宏通之度,弃王德之隆"。这种论调很可能是为自己任征西将军与蜀国作战无功辩护。但此文对后世颇有影响,大书法家王羲之曾把它写成法帖。当时王羲之父子的法帖像《孝女曹娥碑》、《东方先生画像赞》、《洛神赋》均为当时传诵的名文,可见本文在当时的地位。

当时喜作史论的人很多,何晏、夏侯玄之外,还有钟会。钟会(225~264)字士季,颍川长社(今河南长葛)人,魏大臣钟繇的幼子。其少敏慧,正始中为秘书郎,迁尚书郎、中书郎,倾心以事司马懿,曾从司马师征毌丘俭,迁黄门侍郎,又从司马昭征诸葛诞,后为司隶校尉。伐蜀之役,与邓艾分道伐蜀,诬邓艾谋反,旋又在成都起兵反对司马昭,事败为乱兵所杀。

钟会是一个阴谋家,但其人在文学和学术上却都有才能,曾作《四本论》,认为"才"、"性"相合。他曾去见嵇康,嵇康不理会他,他怀恨在心,就对司马昭进谗,后来嵇康之死,和他不无关系。不过钟会亦未必忠于司马氏。据《三国志·魏志·三少帝·高贵乡公纪》注引《魏氏春秋》,魏少帝曹髦曾和荀顗、崔赞、袁亮、钟毓、虞松等讨论夏少康与汉高祖优劣,曹髦认为少康优于汉高祖,因为少康恢复夏朝比高祖更难。后来"钟会退而论次焉"。这次讨论,钟会本人并未参加,他所以要记下此事,恐怕是想坐观曹髦与司马昭的成败,曹胜则献文取媚,司马胜则以此告密。此文其实无甚文采。钟会较有名的文章当为《檄蜀文》。此文是魏元帝景元四年(263)他和邓艾分兵伐蜀时所作。《文选》中全文收录,说明南北朝人很重视此文。这篇文章陈述蜀国历来进攻中原无成及历来割据蜀地者皆被平定之史实,接着又以吴国孙壹、唐咨降魏受封为例,告诫蜀人说:

> 诚能深鉴成败,邈然高蹈,投迹微子之踪,措身陈平之轨,则福同古人,庆流来裔。百姓士民,安堵乐业,农不易亩,市不回肆,去累卵之危,就永安之计,岂不美与?若偷安旦夕,迷而不返,大兵一放,玉石俱碎,虽欲悔之,亦无及也。

啖之以利,动之以威,文章写得有声有色。《文心雕龙·檄移》称此文"征验甚明",说是"壮笔"。魏蜀之争本无是非可言,但统一毕竟胜于分裂,而从文章来说,此文不失为一篇名作。

## 第三节　阮籍

　　阮籍(210~263)字嗣宗,陈留尉氏(今属河南)人,建安作家阮瑀之子。阮瑀逝世时他才三岁。阮籍从小有大志,任性不羁,有时闭门读书,连月不出,有时登山临水,流连忘返。他博览群书,尤好《老》、《庄》,喜饮酒,能啸,善弹琴。由于他性情与常人不同,当时人多说他"痴",只有族兄阮武(一说为族叔)赏识他。他曾跟随叔父到东郡,兖州刺史王昶请和他相见,他终日不言,王昶自以为不能测度他。这时太尉蒋济听说他有杰出才能,就辟举他。阮籍写了奏记送到都亭,婉言表示谢绝。蒋济起初认为他不会应辟,见了奏记很高兴,以为奏记所言不过是口头上的客套话,又得知他已到都亭,误以为他已应命,于是派人迎接他,而阮籍已走了,蒋济大怒。后经别人劝说,阮籍才去当了蒋济的掾属。后来又曾任尚书郎,不久告病免官。曹爽当政,召为参军,他又称病归田里。过了一年多,就发生了高平陵事件,曹爽被废死,当时人才服他有预见性。此后,他曾任司马懿的太傅从事中郎,司马懿死后,又为司马师的大司马从事中郎。高贵乡公曹髦即位,被任散骑常侍,封关内侯。司马昭辅政,他向司马昭求为东平相,司马昭同意了,他就骑驴到任,不过十天左右又回了家。后又为司马昭的大将军从事中郎。他又听说步兵营的厨中有人善于酿酒,并藏有酒三百斛,便求为步兵校尉,其实是遗落世事。当时司马昭的党羽们正忙于为司马昭"受九锡"之典,司马昭本人又假装推让,公卿们要阮籍代郑冲作《劝晋王笺》,阮籍起初喝醉了酒,忘记写作,在别人催促下,他便一挥而就,即现今《文选》中所收的《为郑冲劝晋王笺》。他卒于景元四年(263)的冬天,这时嵇康已被杀,蜀国亦即将灭亡,再过两年晋武帝就代魏称帝了。

阮籍的为人以性情乖僻著称,所以从年轻时代起,人们就说他"痴",至于后来一些人对他有更多非议,如西晋末年的刘琨就说过"嗣宗之为妄作"(《与卢谌书》),清代钱大昕更认为:"方典午(指司马氏)之世,士大夫以清谈为经济,以放达为盛德,竞事虚浮,不修方幅,在家则丧纪废,在朝则公务废,而(范)宁为此论以箴砭当世,其意非不甚善,然以是咎嵇阮可,以是罪王何不可。"(《何晏论》)大抵他们批评嵇康、阮籍,不外乎因为这些人蔑弃礼法,从事清谈而废弃政治事务,导致了朝政日益混乱,产生了"八王"、"五胡"之乱。其实,这种指责并不合乎事实。西晋之亡是统治者极端腐朽,又互相争权夺利,给予各族军事首领们以可乘之机的结果,不能归罪于这些清谈名士。尤其像阮籍其人,对西晋之亡实在难加其咎。我们知道,阮籍本来不是一个不关心政事的人。《晋书》本传说:"籍本有济世志,属魏晋之际,天下多故,名士少有全者,籍由是不与世事,遂酣饮为常。"据说他"尝登广武,观楚汉战处,叹曰:'时无英雄,使竖子成名'",可见他本是很有抱负的人,然而当时的局势又很难让他施展其抱负。他生活的时代,正是曹魏和司马氏争权十分激烈的时代。从曹魏方面说,正如西晋刘颂所指出的,曹丕、曹叡都是"倾殆之主"(见前)。曹叡死后,齐王曹芳继位,又是个平庸无能的君主,辅政的曹爽更是个贪婪权势、毫无才能的庸人,对这个集团显然很难有所指望。相对来说,司马懿父子的政治才能显然远在曹爽等人之上。但他们惯于使用阴谋诡计,残杀异己,手段十分毒辣,这就使具有正义感的士人很难和他们合作。再加上阮籍之父阮瑀生前很受曹操重用,阮籍虽不一定想效忠曹氏,却对曹魏不能无所同情。因此他只有佯狂避世,既不愿为曹魏皇室殉葬,也不愿做司马懿父子的帮凶。所以他和司马氏父子始终保持着一定的距离,却又不去得罪他们。例如:《晋书》

本传载,司马昭曾经为儿子司马炎(后来的晋武帝)求婚于阮籍,"籍醉六十日,不得言而止"。以司马昭的权势,求做阮籍的儿女亲家,这在庸俗趋势的人是求之不得的,而阮籍却避之唯恐不及,说明他对司马昭的行径颇有反感。但在当时,他也不敢公然和司马昭对抗。所以当人们要他作《为郑冲劝晋王笺》时,他开始"沉醉忘作",但临到向他索取时,又不得不当场就写。他这样做,内心显然是很痛苦,当"沉醉忘作"的借口失效以后,他实在出于无奈而作此文,却绝非其本意。阮籍对他的处境显然十分清楚,为了全身远祸,他不得不把内心的喜怒隐藏起来,变得"喜怒不形于色","发言玄远,口不臧否人物"。但作为人,总有其喜怒和好恶,免不了要有所表现,于是就对人有了"青白眼"之别。据云,阮籍丧母,嵇喜去吊丧,阮以白眼对之;嵇康带着酒和琴前去,阮籍大喜,以青眼对之。这种"青白眼"其实就是喜怒,可见阮籍为了全身免祸起见,虽力求隐藏自己的好恶喜怒,有时还是难免流露。不过,由于阮籍在士人中有很高的声望,执政的司马昭之流也尽量想笼络他,所以嵇康在《与山巨源绝交书》中说阮籍"至为礼法之士所绳,疾之如仇,幸赖大将军(司马昭)保持之耳"。这并不是说司马昭赞赏阮籍,而是他也不愿得杀戮名士的恶名。同时,阮籍为了避免和司马氏发生冲突,他的言行其实也很谨慎。例如:他所发的惊人之论,其实还是有所节制的。《晋书》本传载:"有司言有子杀母者,籍曰:'嘻!杀父乃可,至杀母乎!'坐者怪其失言。帝(司马昭)曰:'杀父,天下之极恶,而以为可乎?'籍曰:'禽兽知母而不知父,杀父,禽兽之类也。杀母,禽兽之不若。'众乃悦服。"从这个例子可以看出阮籍的言论虽与一般人有不同,归根结底并不和礼法相反。这就不同于嵇康之公然声称"非汤武而薄周孔"。其"至慎"处正在这里。然而,就是这样,也断非阮籍的本意。阮籍尽管自己不拘礼法,却不愿他儿子阮浑效法。《晋书》本传载,阮浑"有父风,少慕通达,不饰小节",阮籍却对他说:"仲容(阮咸)已豫吾此流,汝不得复尔!"可见阮籍本意不想佯狂,实为无可奈何而为之。《晋书》本传又说他"时率意独驾,不由径路,车迹所穷,辄恸哭而反",这种表现说明他的内心充满了矛盾和痛苦。

阮籍不但是一位玄学名士,而且也是一位有杰出成就的作家,兼长诗、散文和辞赋,其中成就最高的是诗。他的诗现存八十多首,其中四言诗三首,五言诗八十二首,皆以《咏怀》为名,另有《采薪者歌》和《大人先生歌》各一首。其中最为人所传诵的当然是五言的《咏怀诗》。这部分作品虽各种版本在次序上各有不同,但都是这八十二首诗。阮籍当年所作是否仅限于此数,已无可确考。以今所知,《魏书·李彪传》载,北魏李彪出使南齐,曾向齐武帝称引阮籍诗句,其中有"宴衍清都中,一去永矣哉"二句,不见今八十二首中。可能在南北朝时,尚有一些业已散失的篇章。这八十多首诗,并非一时之作,可能当时编集子的人把阮籍所有的诗收在一起,统名之曰《咏怀诗》。《咏怀诗》历来号称难于解释。钟嵘《诗品》评阮诗:"晋步兵阮籍,其源出于《小雅》。无雕虫之功。而《咏怀》之作,可以陶性灵。言在耳目之内,情寄八荒之表。洋洋乎会于风雅,使人忘其鄙近,自致远大,颇多感慨之词。厥旨渊放,归趣难求。颜延年注解,怯言其志。"《文心雕龙·明诗》评阮诗亦谓其"遥深"。的确,阮籍生当魏晋易代之际,为了避免触犯忌讳,语言说得比较隐晦曲折是事实,但只要我们不强求把每一首诗和某些史实联系起来,那么诗的基本旨趣还是可以理解的。事实上不少诗恐未必针对某一具体事件而发,如果不过于深究,那么绝大多数诗还是可以解释的。如各本第一首:

中夜不能寐,起坐弹鸣琴。薄帷鉴明月,清风吹我襟。孤鸿号外野,翔鸟鸣北林。徘徊将何见,忧思独伤心。

这是作者在秋夜中心怀忧思而不能入眠时所见的景物。这种萧瑟的景象又增加了诗人的忧愁。这种情调在其他诗人的作品中也常有,本来没有什么费解之处。但后来的注家偏要牵强附会,说是"夜中,喻昏乱";"孤鸿,喻贤臣孤独在外";"翔鸟,鸷鸟,好回飞,以比权臣,在近则晋文王也"。这种做法正如黄侃先生批评的:"类皆摭字以求事,改文以就己。"又如第二首:

　　二妃游江滨,逍遥顺风翔。交甫怀环佩,婉娈有芬芳。猗靡情欢爱,千载不相忘。倾城迷下蔡,容好结中肠。感激生忧思,萱草树兰房。膏沐为谁施,其雨怨朝阳。如何金石交,一旦更离伤。

这首诗其实是借男女之情以比喻朋友的交谊,有的可以长久,有的则开始时似乎很知心,后来却分手了。这两种情况不论在任何时代都可能发生,尤其在魏晋之际政治斗争十分激烈的时代,更易出现。这样解释本来没有什么困难,但有人偏要把本诗和魏晋史事密切配合,说什么"初,司马昭以魏氏托任之重(这句话本身就不对,司马懿当年曾受曹叡托孤之任,但司马昭却无此事),亦自谓能尽忠于国,至是专权僭窃,欲行篡逆,故嗣宗婉其辞以讽刺之",这样一解释,全成了政治问题,而诗的抒情意味也就丧失殆尽了。即使一些确系讥刺当时统治者的诗,其实亦不必过于机械地理解,如第三十一首:

　　驾言发魏都,南向望吹台。箫管有遗音,梁王安在哉。战士食糟糠,贤者处蒿莱。歌舞曲未终,秦兵已复来。夹林非吾有,朱宫生尘埃。军败华阳下,身竟为土灰。

这首诗确实写出了当时统治集团的贪图享乐和荒淫。这种批判所指不但包括曹氏和司马氏，甚至包括某些大臣。但有人却要断定是把战国的魏代指曹魏，说预言魏不亡于敌国则亡于权奸。其实诗中并无指斥权奸之语，而曹魏又未被敌国所灭。其实如果将魏晋统治集团作为一个集团来看，不仅本诗不难理解，而且其批判的指向也很明确，实际上针对的是刘颂所说的"季世"，而非某个人。

《咏怀诗》的内容并不限于当时的政局，有时也写到个人的情怀。如：

> 天马出西北，由来从东道。春秋非有托，富贵焉常保。清露被皋兰，凝霜沾野草。朝为媚少年，夕暮成丑老。自非王子晋，谁能常美好。（其四）
>
> 炎暑惟兹夏，三旬将欲移。芳树垂绿叶，青云自逶迤。四时更代谢，日月递差驰。徘徊空堂上，忉怛莫我知。愿睹卒欢好，不见悲别离。（其七）

这两首诗都只是感叹时光易逝，恐不为人所知，并非针对某事某人。《咏怀诗》中还清楚地展示了阮籍的思想矛盾。早年，他确实是有"济世之志"，想干一番事业的。如第二十一首：

> 于心怀寸阴，羲阳将欲冥。挥袂抚长剑，仰观浮云征。云间有玄鹤，抗志扬哀声。一飞冲青天，旷世不再鸣。岂与鹑鷃游，连翩戏中庭。

这首诗写到了他当年的壮志。那时，他是一位儒家学说的信徒。

在第十五首中他说：

> 昔年十四五，志尚好书诗。被褐怀珠玉，颜闵相与期。开轩临四野，登高有所思。丘墓蔽山冈，万代同一时，千秋万岁后，荣名安所之。乃悟羡门子，嗷嗷今自嗤。

现实教训了他，使他改变了原来的想法。但什么事情使他思想发生变化，他没有说。只是说到了"荣名"的不足恃。在当时的情况下，建功立业既然无可能，还不如守拙自保。在第八首中，他说：

> 灼灼西颓日，余光照我衣。回风吹四壁，寒鸟相因依。周周尚衔羽，蛩蛩亦念饥。如何当路子，磬折望所归。岂为夸誉名，憔悴使心悲。宁与燕雀翔，不随黄鹄飞。黄鹄游四海，中路将安归。

这显然是对当时现实极端绝望的悲叹。在第六十七首中，他对一些礼法之士作了辛辣的讽刺：

> 洪生资制度，被服正有常。尊卑设次序，事物齐纪纲。容饰整颜色，磬折执圭璋。堂上置玄酒，室中盛稻粱。外厉贞素谈，户内灭芬芳。放口从衷出，复说道义方。委曲周旋仪，姿态愁我肠。

历来评论此诗的人都指出此诗是对礼法之士的讽刺，这无疑是对的。但有人一定要把此诗说成对司马氏或何晏等人的讥刺则大可不必。此诗矛头所向实为社会上种种伪君子。这和他的《大人先生传》是一致的。阮籍的诗,以幽深见长,虽不甚重视雕琢,而以真切感人,对后世影响很大。从六朝的鲍照、江淹和庾信开始,拟阮诗者甚众。唐代诗人陈子昂的《感遇》诗,受阮籍影响尤深。

阮籍的《大人先生传》是阮籍文章的代表作,文中的"大人先生"实际上体现了阮籍本人的思想。这篇文章虽称为"传",其实更像赋。文中虚构了有人给"大人先生"写信,称扬那些"君子"说:

> 天下之贵,莫贵于君子,服有常色,貌有常则,言有常度,行有常式。立则磬折,拱若抱鼓,动静有节,趋步商羽,进退周旋,咸有规矩。心若怀冰,战战栗栗,束身修行,日慎一日,择地而行,唯恐遗失。诵周孔之遗训,叹唐虞之道德。唯法是修,唯理是克。手执珪璧,足履绳墨,行欲为目前检,言欲为无穷则。少称乡闾,长闻邦国,上欲图三公,下不失九州牧。故挟金玉,垂文组,享尊位,取茅土,扬声名于后世,齐功德于往古。奉事君上,牧养百姓,退营私家,育长妻子,卜吉而宅,虑乃亿祉,远祸近福,永坚固已。此诚士君子之高致,古今不易之美行也。

这些话看来句句是褒扬,实际上字字含讥刺,活画出一个伪君子和"国贼禄蠹"的嘴脸。阮籍进一步斥责这些人,比之为虱子:

> 且汝独不见夫虱之处于裈中,逃乎深缝,匿乎坏絮,自以为吉宅也。行不敢离缝际,动不敢出裈裆,自以为得绳墨也。饥则啮人,自以为无穷食也。然炎丘火流,焦邑灭都,群虱死于裈中而不能出。汝君子之处区内亦何异夫虱之处裈中乎?悲夫,而乃自以为远祸近福,坚无穷已。

这种讽刺十分辛辣,说明了阮籍对礼法之士的极度蔑视。阮籍还写过一些论说文,如《乐论》、《通易论》、《达庄论》、《通老论》等。这些文章作为文学作品看不失为讽刺文学的佳品,但作为玄学论文,其深刻的程度似不如嵇康。

阮籍的赋亦以讽刺之作见长,如他的《猕猴赋》中写道:

> 夫猕猴直其微者也,犹系累于下陈。体多似而匪类,形乖殊而不纯。外察慧而内无度兮,故人面而兽心。性偏浅而干进兮,似韩非之囚秦;扬眉额而骤眲兮,似巧言而伪真。

这显然是借猕猴以斥责某些趋炎附势之徒。他还有一篇《鸠赋》,其序云:

> 嘉平中得两鸠子,常食以黍稷,后卒为狗所杀,故为作赋。

这篇赋似亦有寓意,徐公持先生认为"两鸠子"可能指曹芳、曹髦二人一个被废,一个被杀(《魏晋文学史》第196~197页),这是很有道理的。因为阮籍虽未必效忠曹魏,但司马氏夺取魏国政权,用了许多残忍和卑劣的手法,阮籍对弱者会流露一定的同情,这也完全可能。

阮籍的集子据《隋书·经籍志》记载,在梁代有十三卷,又录一卷,至隋仅存十卷,后散佚,后来的辑本卷数各不相同,多者凡四卷(丁福保《汉魏六朝名家集》),少者仅一卷(张溥《汉魏六朝百三家集》)。现有注本以近人黄节先生《阮步兵咏怀诗注》(人民文学出版社本)和今人陈伯君《阮籍集校注》(中华书局本)为最善。

## 第四节　嵇康

嵇康(224~263)字叔夜,祖上本姓奚,会稽上虞(今属浙江)人,后避仇徙居谯国铚(今安徽宿州西)的嵇山,因此为嵇氏。嵇康早年丧父,有奇才,性豪迈,不事修饰,而容仪俊美,为人所称。他博览群书,尤好老庄,颇信服食养生之道。他的妻子乃魏宗室沛王曹林之女(一说孙女),因此他被任命为中散大夫。这本是个闲散的官职,他经常采药游山泽,流连忘返。他所交游的人有阮籍、山涛、向秀、刘伶、王戎、阮咸,号称"竹林七贤"。这七人虽以豪迈拔俗,不以世务系心著称,但各人的出处却各不相同。例如山涛等人并没有离开仕途。山涛任尚书吏部郎,曾举嵇康以自代,嵇康便写信和他绝交,这就是著名的《与山巨源绝交书》。后来,嵇康的友人吕安之妻,为兄吕巽所淫,吕巽反诬吕安"不孝"。嵇康便作《与吕长悌(巽)绝交书》,并为吕安辩诬。这时钟会又向司马昭进了谗言,结果嵇康遂为司马昭所杀。

嵇康是著名的玄学家和散文家,同时亦兼擅诗赋。他的诗以四言诗最为有名,如《文选》和《晋书》本传所载的《幽愤诗》,是他被诬下狱后所作:

嗟余薄祜,少遭不造。哀茕靡识,越在襁褓。母兄鞠育,有慈无威。恃爱肆姐,不训不师。爰及冠带,凭宠自放。抗心希古,任其所尚。托好老庄,贱物贵身。志在守朴,养素全真。曰余不敏,好善暗人。子玉之败,屡增惟尘。大人含弘,藏垢怀耻。民之多僻,政不由己。惟此褊心,显明臧否。感悟思愆,怛若创痛。欲寡其过,谤议沸腾。性不伤物,频致怨憎。昔惭柳惠,今愧孙登。内负宿心,外恧良朋。仰慕严郑,乐道闲居。与世无营,神气晏如。咨予不淑,婴累多虞。匪降自天,实由顽疏。理弊患结,卒至囹圄。对答鄙讯,縶此幽阻。实耻讼冤,时不我与。虽曰义直,神辱志阻。澡身沧浪,岂云能补。嗈嗈鸣雁,奋翼北游。顺时而动,得意忘忧。嗟我愤叹,曾莫能俦。事与愿违,遘兹淹留。穷达有命,亦又何求。古人有言,善莫近名。奉时恭默,咎悔不生。万石周慎,安亲保荣。世务纷纭,祗搅予情。安乐必诫,乃终利贞。煌煌灵芝,一年三秀。予独何为,有志不就。惩难思复,心焉内疚。庶勖将来,无馨无臭。采薇山阿,散发岩岫。永啸长吟,颐性养寿。

此诗历叙生平及致祸之由,毫不掩饰自己的看法,读来真切动人。清人沈德潜评此诗云:"通篇直直叙去,自怨自艾,若隐若晦。'好善暗人',牵引之由也;'显明臧否',得祸之由也。至云'澡身沧浪,岂云能补',悔恨之词切矣。末托之'颐性养寿',正恐未必能然之词。华亭鹤唳,隐然言外。"(《古诗源》卷六)

嵇康的《赠秀才入军诗》也是名作。"秀才"即其兄嵇喜。对于嵇喜的从军,嵇康其实很不赞成,所以诗中主要写惜别之情,写自己的孤独,几乎很少涉及军旅之事。如:

息徒兰圃,秣马华山。流磻平皋,垂纶长川。目送归鸿,手挥五弦。俯仰自得,游心太玄。嘉彼钓叟,得鱼忘筌。郢人逝矣,谁与尽言。

闲夜肃清,朗月照轩。微风动袿,组帐高褰。旨酒盈樽,莫与交欢。鸣琴在御,谁与鼓弹。仰慕同趣,其馨若兰。佳人不存,能不永叹。

这里写的都是平居生活,作者把这种生活写得意趣盎然,而笔锋一转,写到嵇喜入军之后,自己无人可与共谈,更显得惆怅。

嵇康还有一首五言的《赠秀才诗》:

> 双鸾匿景曜,戢翼太山崖。抗首漱朝露,晞阳振羽仪。长鸣戏云中,时下息兰池。自谓绝尘埃,终始永不亏。何意世多艰,虞人来我疑。云网塞四区,高罗正参差。奋迅势不便,六翮无所施。隐姿就长缨,卒为时所羁。单雄翻孤逝,哀吟伤生离。徘徊恋俦侣,慷慨高山陂。鸟尽良弓藏,谋极身心危。吉凶虽在己,世路多险巇。安得返初服,抱玉宝六奇。逍遥游太清,携手长相随。

此诗《文选》等总集都不收录。但钟嵘在《诗品序》中把"叔夜双鸾"亦归入"五言之警策者"之列。现在看来,此诗韵前半较好,后半未免过于浅露。钟嵘大约也看到了这一点,因此评嵇康诗"过为峻切,讦直露才,伤渊雅之致"。《诗品》的评论本只论五言,而嵇康五言诗不多,其评论疑即对此诗而发。

嵇康的诗和阮籍一样,历来被论为是魏末诗人中成就最高的。《文心雕龙·明诗》对正始诗风颇有微词,但刘勰又说:"唯嵇志清峻,阮旨遥深,故能标焉。"为什么嵇、阮之诗能高出时辈,傅刚先生在《魏晋南北朝诗歌史论》中作了很中肯的分析,他认为嵇、阮的诗具有"风骨",主要表现在作品所具有的力气上。"嵇康虽文采不足,是'骨劲气猛'"、"风力有余";阮籍"慷慨任气,响逸调远"。这种风力"直接来源于他们的'师心'、'使气'的个性特点"(第79页)。

嵇康的赋以《文选》所录《琴赋》为最著名。这篇赋首先从梧桐生于高山写起，其手法颇似王褒的《洞箫赋》和马融的《长笛赋》。由于嵇康本人就善于弹琴，所以写琴声的节奏变化尤为传神：

> 于是曲引向阑，众音将歇，改韵易调，奇弄乃发。扬和颜，攘皓腕，飞纤指以驰骛，纷㨉(shè)𢶎(zhí，声音纷繁)以流漫。或徘徊顾慕，拥郁抑按。盘桓毓养，从容秘玩。闼尔奋逸，风骇云乱。牢落凌厉，布濩半散。丰融披离，斐䃶奂烂。英声发越，采采粲粲。或间声错糅，状若诡赴。双美并进，骈驰翼驱。初若将乖，后卒同趣。或曲而不屈，直而不倨。或相凌而不乱，或相离而不殊。时劫掎以慷慨，或怨嬧而踌躇。忽飘飖以轻迈，乍留联而扶疏。或参谭繁促，复叠攒仄。从横骆驿，奔遁相逼。拊嗟累赞，间不容息。瑰艳奇伟，殚不可识。

这段文字比较艰涩难读，但辞赋中行文往往如此，其大意无非是形容各种声音的或迟或速，繁杂多变。在描绘乐器的辞赋中，此赋占有重要地位。除了此赋外，嵇康的《卜疑》其实亦属辞赋一类。《卜疑》的文体模仿《楚辞·卜居》。文中假托一位"弘达先生"在出仕和归隐问题上请"太史贞父"求卜吉凶。他的陈述其实已说明归隐高于出仕。接着又说："时移俗易，好贵慕名；臧文(仲)不让位于柳季(下惠)，公孙(弘)不归美于董生(仲舒)，贾谊一当于明主，绛灌(周勃和灌婴)作色而扬声。""太史贞父"听后，只说"至人不相，达人不卜"，似乎不置可否，而文中刺世之意已十分明显。

嵇康的文以《与山巨源绝交书》最为传诵。此文对山涛举荐他做官十分不满。称要他做官，"有必不堪者七，甚不可者二"：

卧喜晚起,而当关呼之不置,一不堪也。抱琴行吟,弋钓草野,而吏卒守之,不得妄动,二不堪也。危坐一时,痹不得摇,性复多虱,把搔无已,而当裹以章服,揖拜上官,三不堪也。素不便书,又不喜作书,而人间多事,堆案盈机,不相酬答,则犯教伤义,欲自勉强,则不能久,四不堪也。不喜吊丧,而人道以此为重,已为未见恕者所怨,至欲见中伤者,虽瞿然自责,然性不可化,欲降心顺俗,则诡故不情,亦终不能获无咎无誉如此,五不堪也。不喜俗人,而当与之共事,或宾客盈坐,鸣声聒耳,嚣尘臭处,千变百伎,在人目前,六不堪也。心不耐烦,而官事鞅掌,机务缠其心,世故繁其虑,七不堪也。又每非汤武而薄周孔,在人间不止此事,会显世教所不容,此甚不可一也。刚肠疾恶,轻肆直言,遇事便发,此甚不可二也。以促中小心之性,统此九患,不有外难,当有内病,宁可久处人间邪!

这一段话生动地写出了嵇康的性格,因此当人们论及嵇康时,无不论到此文。但嵇康之文中最富特色的也许还是那些论说文。其中《养生论》见于《文选》,文中承认神仙的存在,认为人"导养得理,以尽性命,上获千余岁,下可数百年,可有之耳"。这看法未必妥当。但其论辩往往精审细密,为学者们称赞。如:

　　夫服药求汗,或有弗获;而愧情一集,涣然流离。终朝未餐,则嚣然思食;而曾子衔哀,七日不饥。夜分而坐,则低迷思寝;内怀殷忧,则达旦不瞑。劲刷理鬓,醇醴发颜,仅乃得之;壮士之怒,赫然殊观,植发冲冠。由此言之,精神之于形骸,犹国之有君也。神躁于中而形丧于外,犹君昏于上国乱于下也。夫为稼于汤之世,偏有一溉之功者,虽终归焦烂,必一溉者后枯,然则一溉之益,固不可诬也。而世常谓一怒不足以侵性,一哀不足以伤身,轻而肆之,是犹不识一溉之益,而望嘉谷于旱苗者也。是以君子知形恃神以立,神须形以存,悟生理之易失,知一过之害生。故修性以保神,安心以全身,爱憎不栖于情,忧喜不留于意,泊然无感,而体气和平。又呼吸吐纳,服食养身,使形神相亲,表里俱济也。

这种论证颇具说服力。所以袁行霈先生评论此文云:"他的论辩文独高一世的原因,在于析理缜密,辞喻丰博,兼宗各法之家与道家论理之特长,做到精核而不失之苛察,贯串而不失之虚浮,从而将论辩文推到新的高度。"(高等教育出版社《中国文学史》,第二册第166页)

嵇康这种论辩文章还有《声无哀乐论》和《难张辽叔自然好学论》。《声无哀乐论》提出:"夫天地合德,万物贵生,寒暑代往,五行以成。故章为五色,发为五音。音生之作,其犹臭味,在乎天地之间,其善与不善,虽遭遇浊乱,其体自若而不变也。岂以爱憎易操,哀乐改度哉。"因此他认为"声音自当以善恶为主,则无关于哀乐,哀乐自当以情感,则无系于声音"。其辨析事理亦极明确。此论对清谈家们影响很大,直到东晋时代,人们还经常在谈论此问题。《难张辽叔自然好学论》尤为大胆,他指出:

> 六经以抑引为主,人性以从欲为欢。抑引则违其愿,从欲则得自然。然则自然之得,不由抑引之六经;全性之本,不须犯情之礼律。故知仁义务于理伪,非养真之要术,廉让生于争夺,非自然之所出也。

他因此得出了"不学未必为长夜,六经未必为太阳"的著名论点。

他的《管蔡论》更是一篇值得注意的文章。在此文中认为周代的管叔和蔡叔并非像历来所说的是坏人,而是忠于周朝而不理解周公才起兵叛乱的。他说:

  逮至(周)武(王)卒,嗣诵(周成王)幼冲,周公践政,率朝诸侯,思光前载,以隆王业。而管蔡服教,不达圣权,卒遇大变,不能自通,忠疑乃心,思在王室,遂乃抗言率众,欲除国患,翼存天子,甘心毁旦(周公),斯乃愚诚愤发,所以徼福也。

这篇文章似乎是借古以论时事,为起兵反对司马氏的毌丘俭辩护。因此《晋书》本传载,钟会借此进谗,说嵇康"欲助毌丘俭,赖山涛不听",其实这恐为捕风捉影之谈。嵇康虽是曹魏的亲戚,但曹魏对宗室本来很薄,嵇康未必要尽忠于魏。再说作为一个普通士人,嵇康并无实力去帮助毌丘俭。再说像《管蔡论》这种为历史人物翻案的文章,从建安以来,作者甚多,嵇康也可能借此为毌丘俭说几句话,却不等于说他真有力量去帮助毌丘俭。不过这种文章也说明嵇康善于思考,立论能发人意表。

  嵇康还有一篇《太师箴》,文中对君权进行了批判,认为他们"凭尊恃势,不友不师,宰割天下,以奉其私……矜威纵虐,祸崇丘山,刑本惩暴,今以胁贤,昔为天下,今为一身……"这些观点在当时可谓难能可贵。他的《家诫》是告诫儿子做人道理的。这篇文章的内容是要他儿子服从礼法,小心谨慎地生活,和他平常的言行大异其趣。这说明嵇康的本意并不愿意那样狂放傲世,他的许多言行,实为愤世嫉俗之言,有他不得已的苦衷。尽管如此,他的诗歌、论文和书信却在文学史上留下了不可磨灭的影响。

# 第五章 吴蜀文学

　　三国时代的政治、经济和文化中心都在黄河流域，再加上吴蜀两国比较弱小，能招致的文人自不如魏国之多。因此历来谈论三国文学实际上只谈魏国文学，最多也只讲到蜀国诸葛亮的《出师表》。其实吴蜀两国还是有其文学的，而且其历史地位亦不容轻视。因为西晋一代文人中如《陈情表》作者李密、《三国志》作者陈寿都来自蜀国，著名诗人陆机及其弟陆云则来自吴国。

　　蜀国占据的是现今四川一带，在汉代就有不少文学之士，如司马相如、王褒、杨雄等，都是杰出的辞赋家。吴国占据今长江的中下游，其中长江下游在西汉就出了严忌、严助诸人，至东汉尤盛，如《论衡》作者王充、《吴越春秋》作者赵晔、《越绝书》作者袁康，都是今浙江一带人。这时中原名士游吴者亦不少，如梁鸿、蔡邕就是明显的例子。长江中游的文学传统更是源远流长。像今湖北的江陵一带，本是屈原、宋玉的故乡，东汉的王逸、王延寿父子也是这一带人。到了东汉末，祢衡曾在今武汉附近作《鹦鹉赋》，王粲等著名作家都曾避乱来此。刘表在这里曾建立学校，为此王粲还曾作《荆州文学记官志》，这对文风的兴盛显然会有影响。不过，由于曹操平定刘表，把寓居荆州的文士带回北方，再加上吴国的政治中心在建业（今南京），因此相对来说文学不如下游发达。但总的来说，吴蜀二地不但有其文学，而且文风和魏国亦有所不同。

## 第一节 诸葛亮和蜀国文学

在三国中，蜀国的疆域最小，国力不如魏吴。但是从某种意义上说，诸葛亮的存在亦显示了蜀国人才并不比魏吴逊色。

诸葛亮(181~234)字孔明，琅琊阳都(今山东沂南)人，著名的政治家和军事家。他同时也是一位杰出的散文家，其《出师表》历来为人们所传诵，其文学成就亦不容忽视。诸葛亮早年丧父，随从父诸葛玄往依刘表。诸葛玄死后，诸葛亮就躬耕于襄阳(今属湖北)城西二十里的隆中。当时刘备正依附刘表，在新野(今属河南)，诸葛亮的友人徐庶向刘备推荐诸葛亮。刘备曾三次去访问他，当时诸葛亮就向刘备提出了著名的"隆中对"，主张占有荆州，再取益州(今四川一带)，以便待天下之变，从荆益二州出兵北伐，夺取中原。后来蜀国的基本战略正是照这一方案制定的。诸葛亮提出这一方案后，就出来辅佐刘备。不久，曹操出兵讨伐刘表，刘表子刘琮投降。诸葛亮和刘备就联合东吴的孙权，在赤壁(今湖北赤壁)击败曹操，从此据有荆州，并乘益州刘璋暗弱，从而攻取蜀地。这时蜀国开始了北伐之计，命关羽从荆州进攻樊城，北图宛洛。这时东吴乘虚攻取荆州，杀了关羽。刘备于是从益州东下攻吴，被吴将陆逊所败，逃归白帝城，病死。临死把儿子刘禅托付诸葛亮。诸葛亮为了北定中原，先出兵平定南方的少数民族，然后屡次出兵祁山，进图关中，最后病卒于五丈原军中。

诸葛亮在文学方面的成就，主要是散文，其中《出师表》尤为著名。这篇文章作于蜀后主刘禅建兴五年(227)。当时诸葛亮已平定了南方,决计北伐,给刘禅上表向他推荐郭攸之、费祎、董允等人,并且要他修明内政,重兴汉室。这篇表文吐露了诸葛亮对蜀的一片忠诚,并不作雕饰,而自然动人。在文中,他谆谆告诫刘禅:

> 诚宜开张圣听,以光先帝遗德,恢弘志士之气,不宜妄自菲薄,引喻失义,以塞忠谏之路也。

在举荐郭攸之诸人,论述其长处后,又一次告诫刘禅说:

> 亲贤臣,远小人,此先汉所以兴隆也;亲小人,远贤臣,此后汉所以倾颓也。先帝在时,每与臣论此事,未尝不叹息痛恨于桓、灵也。

这段话,既有说理,又有历史的例证,最后又提到"先帝"(刘备),以父子之情打动刘禅,语既剀切,又极凄楚。反复叮咛,体现了他既要出征又放心不下朝廷事务的心情。杜甫在《蜀相》中说到"两朝开济老臣心",这种文字,正是"老臣心"的体现。文中还有一段话,更为读者所熟知:

> 臣本布衣,躬耕于南阳,苟全性命于乱世,不求闻达于诸侯。先帝不以臣卑鄙,猥自枉屈,三顾臣于草庐之中,谘臣以当世之事,由是感激,遂许先帝以驱驰。后值倾覆,受任于败军之际,奉命于危难之间,尔来二十有一年矣。先帝知臣谨慎,故临崩寄臣以大事也。受命以来,夙夜忧叹,恐托付不效,以伤先帝之明。故五月渡泸,深入不毛。今南方已定,兵甲已足,当奖帅三军,北

> 定中原,庶竭驽钝,攘除奸凶,兴复汉室,还于旧都。此臣所以报先帝,而忠陛下之职分也。

这些话全是肝鬲中语,不需要任何藻饰,其感人处却为任何辞藻华丽之文所不及。所以像《文选》这样着重选录骈俪之文的总集,也选录了这篇文章。这说明萧统和他左右的学士毕竟是深知文章的。

诸葛亮还有一篇文章亦颇有名气,那就是《三国志·蜀志》本传注引《汉晋春秋》所载的另一篇章表,乃建兴六年(228)十一月的"上言",后来有人称之为《后出师表》,恐怕未必妥当,所以徐公持先生在《魏晋文学史》中只称《建兴六年上言》,似较合理。对这篇文章裴松之在注中说:"此表,《亮集》所无。出张俨《默记》。"后来有人对此表真伪提出怀疑,徐公持先生在《魏晋文学史》中根据张俨去诸葛亮时间颇近,当时吴蜀修好,张俨没有必要伪造诸葛亮文书,故以为此文不伪。笔者同意这种看法,但从文章本身来说,此文恐不及《出师表》之深切动人,所以《文选》仅取《出师表》是有其原因的。但文中"臣鞠躬尽力,死而后已,至于成败利钝,非臣之明所能逆睹也"数语,亦为大家所熟知。

诸葛亮能文,但历来还有谓他能诗,作《梁父吟》之说。这也许是从《三国志》本传中有"亮躬耕陇亩,好为《梁父吟》"一语而来。但"好为"二字,究竟是喜唱还是喜作,本可两解。至于《诸葛亮集》的原本,乃陈寿所编,目录附见《三国志》本传,没有收诗。今存《梁甫吟》古辞,咏春秋时晏婴以二桃杀三士的故事,看不出与诸葛亮有什么关系,当为无名氏古诗。

诸葛亮是作为政治家和军事家出现在历史上的,大约因为他政治业绩太大,文名反为所掩。晋武帝叫陈寿编《诸葛亮集》,其目的全在吸取其施政经验,"而有补于当世"(陈寿上表中语)。至于他的文章,当时人似不太重视。陈寿在上表中提到:"论者或怪亮文彩不艳,而过于丁宁周至。臣愚以为咎繇大贤也,周公圣人也,考之《尚书》,咎繇之谟略而雅,周公之诰烦而悉。何则,咎繇与舜、禹共谈,周公与群下矢誓故也。亮所与言,尽众人凡士,故其文指不得及远也。"陈寿的话是有一定道理的。但他似乎只谈了个"丁宁周至",尚未谈及"文彩不艳"。因为两汉政论文章,本来有的注重辞藻,有的不太注重。诸葛亮之文,其实亦用对仗,如"苟全性命于乱世,不求闻达于诸侯"、"受任于败军之际,奉命于危难之间"等,只是由于文章情真意切,使人不觉其使用对仗而已。至于辞藻华艳,这在当时也要看具体情况。即以《出师表》和曹植的《求自试表》而论,二文在《文选》中同列一卷,而辞藻确有不同。诸葛亮的文章朴素而曹植华丽。但二人处境不同是一个重要因素。曹植当时急于求得任用,要尽量施展其才华;诸葛亮是托孤老臣,才能早为刘禅所知,他所以反复陈说,正反映了他深知刘禅之为人而必须一再叮咛。二文用意不同,而《出师表》感人之深,又驾《求自试表》而上之,所以传诵更为广泛。

蜀国的文人除诸葛亮外,还有秦宓(?~226)、杨戏(?~261)以及入晋的郤正(?~278)等人。秦宓在当时已被人称为"扬文藻见瑰颖"(《三国志·蜀志》本传)。他的文章颇有辞藻,如他的《答王商书》:

> 仆得曝背乎陇亩之中,诵颜氏之箪瓢,咏原宪之蓬户,时翱翔于林泽,与沮溺之等俦,听玄猿之悲吟,察鹤鸣于九皋,安身为乐,无忧为福,处空虚之名,居不灵之龟,知我者希,则我贵矣。斯乃仆得志之秋也,何困苦之戚焉。

一派隐逸者的论调,而用了一些对仗,与魏国文人之作比较相近,说明当时文体的骈俪化,自汉代以来就开始,并非只有魏国文人如此。他的诗,过去不大被注意,徐公持先生首先注意到他的五言诗《远游》:

> 远游何所见,所见邈难纪。岩穴非我邻,林麓无知己。虎则豹之兄,鹰则鹞之弟。困兽走环冈,飞鸟惊巢起。猛气何咆厉,阴风起千里。远游长叹息,叹息远游子。

此诗用意似近于汉淮南小山的《招隐士》,从艺术成就上说似难与三曹、"七子"的名篇相比,但说明魏国以外,亦有人作诗。

杨戏的《季汉辅臣赞》载于《三国志·蜀志》本传,是四言的颂赞之文,为蜀汉的君臣作赞,如称诸葛亮云:

> 忠武英高,献策江滨。攀吴连蜀,权我世真。受遗阿衡,整武齐文。敷陈德教,理物移风。贤愚竞心,佥忘其身。诞静邦内,四裔以绥。屡临敌庭,实耀其威。研精大国,恨于未夷。

这种文体对后来陆机的《汉高祖功臣颂》、袁宏的《三国名臣序赞》和常璩《华阳国志》中的《先贤士女总赞》都有一定影响。

郤正据《三国志·蜀志》本传说他:"尤耽意文章,自司马(相如)、王(褒)、扬(雄)、班(固)、傅(毅)、张(衡)、蔡(邕)之俦遗文篇赋,及当时美书善论,益部有者,则钻凿推求,略皆寓目。"又说他"凡所著述诗论赋之属垂百篇"。本传所载《释讥》一篇,陈寿说"其文继于崔骃《达旨》",其实和东方朔《答客难》、扬雄《解嘲》均属一类,较之前人,似少特色。

## 第二节　韦昭与吴国文学

　　吴国建都于建业，地处长江下游，这一带在汉末的战乱中遭受的兵燹相对要少些。根据王充《论衡·超奇篇》论这带人才说："前世有严夫子，后有吴君高，末有周长生。……会稽文才，岂独周长生哉？所以未论列者，长生尤逾出也。"王充《论衡》作于东汉之初，下距三国还有一百多年，此后梁鸿、蔡邕相继前来，对这里文化的发展起了很大作用。尤其是汉末避乱南来的士人甚多，而当地士人亦已闻名中原，所以左思《吴都赋》中提到了"虞魏之昆，顾陆之裔"。据《三国志·吴志》记载，当时吴国人士，不论是本地的或外来的都有不少人著书立说。外来人中如张昭（彭城人）"著《春秋左氏传解》及《论语注》"；薛综（沛郡竹邑人）"凡所著诗赋难论数万言，名曰《私载》，又定《五宗图述》、《二京解》"；胡综（汝南固始人）曾奉孙权命作赋，"凡自权统事，诸文诰策命，邻国书符，略皆综之所造也"。当地人如顾谭（吴郡吴人）"著《新言》二十篇"；虞翻（会稽余姚人）曾为《周易注》，"又为《老子》、《论语》、《国语》训注"；作《毛诗草木虫鱼疏》的陆玑，是吴郡人；韦曜（即韦昭，吴郡云阳人）作《国语解》，他的诗文，亦有流传至今者。可见吴国文学之盛。由于作品的散佚，我们只能从《三国志·吴志》诸传，《宋书·乐志》和《文选》中看到韦昭、胡综、华覈、薛莹等人的少数作品。但当时吴国人能文者还有不少。如今所存陆机的文章，有些当是别人所作。像《吴大帝诔》（见《艺文类聚》卷十三）和《孙权诔》（见《宋书·乐志》及《太平御览》卷一）。其实孙权卒于魏嘉平四年（252），在陆机出生前八年。"诔"当为初死时所作,非陆机文甚明。① 又《吴太常顾谭诔》(见《文选》任昉《为范尚书让吏部封侯第一表》注),顾谭卒于魏正始八年(247),在陆机出生前十四年,亦非陆机作。这种诗文自然不会是魏、蜀人作,当为吴国其他人作。这说明当时吴国能文者甚多,惜其作品未能留存。

吴国人中文章最有名的,当数韦昭(203~273)。韦昭字弘嗣,后人避司马昭讳称他韦曜。他少年时好学能文,初为丞相掾,除西安令,还为尚书郎,迁太子中庶子,后为博士祭酒,孙皓时官至中书仆射、侍中等职。后来因谏孙皓过失,被下狱,死于狱中,年七十。韦昭的文章以《博弈论》最为著名。此文据《三国志·吴志》本传载,韦昭在任太子中庶子时,有个蔡颖亦在当时的太子孙和左右。蔡颖喜欢博弈,孙和认为无益,叫韦昭作论。在这篇文章中,韦昭对博弈者作了很尖锐的批评,他说:

今世之人,多不务经术,好玩博弈,废事弃业,忘寝与食,穷日尽明,继以脂烛。当其临局交争,雌雄未决,专精锐意,神迷体倦,人事旷而不修,宾旅阙而不接,虽有太牢之馔,《韶》、《夏》之乐,不暇存也。至或赌及衣物,徒棋易行,廉耻之意弛,而忿戾之色发。然其志不出一枰之上,所务不过方罫(guǎi,棋盘上的格子)之间。胜敌无封爵之赏,获地无兼土之实。技非六艺,用非经国。立身地不阶其术,征选者不由其道。求之于战阵,则非孙吴之伦也。考之于道艺,则非孔氏之门也。以变诈为务,则非忠信之事也。以劫杀为名,则非仁者之意也。而空妨日废业,终无补益。是何异设木而击之,置石而投之哉。且君子之居室也,勤

---

① 《吴大帝诔》有"随化太素"句,《孙权诔》又有"有命太素"句,一篇诔文不会重复使用这样的词句,疑非一篇文章,则当时为孙权作诔者不止一人。

身以致养;其在朝也,竭命以纳忠。临事且犹旰食,而何暇博弈之足耽。

古代所谓"六博"和弈棋,本是一种游戏,当然不能毫无节制,以致旷时废业,但作为一种休息或娱乐,本来无所不可。此文斥责未免过当,而且立论未免过于偏激。然而文章写得颇有辞藻,连用排句和对仗,与汉魏人的不少论文颇近似。

韦昭被孙皓囚禁之后,还曾通过狱吏上书给孙皓,送上他的著作,此文写得颇哀婉,行文亦较朴素,不像《博弈论》之多用排句。

韦昭还作过《吴鼓吹曲》十二首,这十二首诗,似为取代《汉铙歌》而作,可能受了缪袭《魏鼓吹曲》的影响。这些诗亦见于《宋书·乐志》,其中也有一些较有艺术价值。如《乌林》,写赤壁之战:

曹操北伐,拔柳城。乘胜席卷,遂南征。刘氏不睦,八都震惊。众既降,操屠荆。舟车十万,扬风声。议者狐疑,虑无成。赖我大皇,发圣明。虎臣雄烈,周与程。破操乌林,显章功名。

这首诗似和缪袭的《克官渡》比较类似,官渡之战对于魏正像赤壁之战对于吴一样具有决定性意义,此诗写得亦颇有气势。《吴鼓吹曲》中最精彩的,似乎是《秋风》:

秋风扬沙尘,寒露沾衣裳。角弓持弦急,鸠鸟化为鹰。边垂飞羽檄,寇贼侵界疆。跨马披介胄,慷慨怀悲伤。辞亲向长路,安知存与亡。穷达固有分,志士思立功。邀之战场,身逸获高赏,身没有遗封。

此诗激昂慷慨,颇似后来的一些边塞诗,在艺术上似较《魏鼓吹曲》中的诗高出一筹。

胡综(183~243)字伟则,少年丧父,随母避难江东,孙策为会稽太守时,把他留在吴,叫他与孙权一起读书。孙权为讨虏将军,以胡综为金曹从事,后为侍中。孙权称帝时,据说有黄龙见于夏口(今汉口),孙权因此作"黄龙大牙"(古代行军时的一种旗帜),命胡综作赋。所作之赋四字一句,全为歌颂之辞,很难说有文采,但《三国志·吴志·吴主传》所载吴蜀会盟之文,据《胡综传》说是胡综所作,文章模仿《尚书》《左传》,颇为典雅,陈寿说此文"文义甚美",当非虚誉。

华覈(219~278)字永先,吴郡武进(今江苏常州)人,始为上虞尉,转典农都尉,以文学入为秘府郎,迁中书丞。孙亮时,和韦昭、薛莹同修《吴书》,曾上疏切谏孙皓之大营宫室,文中言辞颇为剀切:

> 蜀为西藩,土地险固,加承先主统御之术,谓其守御足以长久,不图一朝,奄至倾覆。唇亡齿寒,古人所惧。交州诸郡,国之南土,交趾、九真二郡已没,日南孤危,存亡难保,合浦以北,民皆摇动,因连避役多有离叛,而备戍减少,威镇转轻,常恐呼吸复有变故。昔海虏窥窬东县,多得离民,地习海行,狃于往年,钞盗无日。今胸背有嫌,首尾多难,乃国朝之厄会也。

这篇奏疏孙皓虽不采纳,亦未加罪。后来孙皓又派人要他的文章,他只得作文说:

> 咨覈小臣,草芥凡庸。遭眷值圣,受恩特隆。越从朽壤,蝉蜕朝中。熙光紫闼,青琐是凭。崇抱清露,沐浴凯风。效无丝氂,负阙山崇。滋润含垢,恩贷累重。秽质被荣,局命得融。欲

报罔极,委之皇穹。圣恩雨注,哀弃其尤。猥命草对,润被下愚。不敢违敕,惧速罪诛。冒承诏命,魂逝形留。

此文实为一首四言诗,这种四言诗在魏国境内亦颇流行,但佳作绝少,除曹操和嵇康外,传诵之作亦不多。华覈此篇,虽很难说精彩,但在孙皓的淫威下,其恐惧之情表现得亦很明显。

薛莹(?～282)字道言,沛郡竹邑(今安徽宿州)人。《二京赋注》作者薛综之子。初为秘府中书郎,孙皓即位,为左执法,迁选曹尚书,太子少傅。建衡三年(271),孙皓追叹薛综遗文,命薛莹继作。薛莹作四言诗一首,叙述孙吴政权对薛氏的恩德,诗颇典雅。诗中自称:

及臣斯陋,实暗实微。既显前轨,人物之机。复傅东宫,继世荷辉。才不逮先,是忝是违。乾德博好,文雅是贵。追悼亡臣,冀存遗类。如何愚胤,曾无仿佛。瞻彼旧宠,顾此顽虚。孰能忍愧,臣实与居。夙夜反侧,克心自论。父子兄弟,累世蒙恩。死惟结草,生誓杀身。虽则灰陨,无报万分。

看来他的四言诗确较华覈之作稍胜,华覈曾上疏说自己和韦昭、周昭、梁广等人与薛莹一起修《吴书》,"莹涉学既博,文章尤妙,同寮之中,莹为冠首"。当是符合事实的。

薛莹又作有《后汉纪赞》,论光武帝云:

王莽之际,天下云乱,英雄并发,其跨州据郡,僭制者多矣。人皆冀于非望。然考其聪明仁勇,自无光武俦也。宏宽博纳,计虑如神。是以任光、窦融,望风景附;马援一见,睹颜识奇。故能以十数年间扫除群凶,清复海内。岂非天之所辅赞哉!古者师不内御,而光武命将,皆授以方略,使奉图而进。其违失无不折伤。岂文史之过乎?不然,虽圣人其犹病诸。

他指出战场变化甚多,作战计划不可能一切预定,史书记载说光武出兵都先定方略,违者必败,未免把他神化了。这种怀疑,亦确有见地。

# 第六章　西晋初期作家

## 第一节　向秀　刘伶　赵至

　　向秀字子期,河内怀(今河南武陟)人,生卒年不详,据今人汤一介先生推测,约生于魏明帝太和初(227),卒于晋武帝咸宁末(280)。早年为山涛所赏识,又与嵇康、吕安为友。《晋书》本传说:"(嵇)康善锻,秀为之佐,相对欣然,旁若无人。又共吕安灌园于山阳。"嵇康被杀后,他被迫应辟举,到了洛阳。司马昭问他:"闻有箕山之志,何以在此?"他答云:"以为巢(父)许(由)狷介之士,未达尧心,岂足多慕。"司马昭听了很高兴。从此他开始了仕宦生涯,历任黄门侍郎、散骑常侍等官职。他入仕后,朝中发生任恺与贾充的朋党之争,向秀支持任恺,但最后任恺失败被免职。从此向秀在朝不再过问政事,卒于位。

　　向秀是一位学者,他曾为《庄子》作注。当他开始作注时,嵇康对他说:"此书讵复须注,正是妨人作乐耳。"等注释完成后,他又送给嵇康去看,得到嵇康的称赞。《庄子注》今佚,据说被郭象窃为己注,但向注尚有佚文,据许杭生先生在《魏晋玄学史》中统计,尚存二百余条。此外,据《世说新语·文学》注引《向秀别传》,他还注过《周易》,

但不如《庄子注》精,故业已散佚。

向秀的文学作品以《文选》和《晋书》本传所录的《思旧赋》为最有名。此文为怀念嵇康、吕安而作,其序云:

> 余与嵇康、吕安居止接近,其人并有不羁之才。嵇意远而疏,吕心旷而放,其后并以事见法。嵇博综技艺,于丝竹特妙,临当就命,顾视日影,索琴而弹之。余逝将西迈,经其旧庐。于时日薄虞渊,寒冰凄然。邻人有吹笛者发声寥亮。追想曩昔游宴之好,感音而叹,故作赋曰……

这篇序言简洁的文字,写出了嵇康临危不惧,从容赴死的态度,给人留下深刻印象。下半写自己重经其旧庐时是在一个寒冷的傍晚,又听到了邻人的笛声,联想起嵇康当年弹琴之事,也只是几句话,把心中的悲伤和盘托出。向秀当时的政治环境十分险恶,他显然只能强调自己过去与嵇康、吕安的交谊,很难对他们的死因作进一步评论。但"意远而疏"、"心旷而放"显然不应该构成被处死刑的理由。赋中"叹《黍离》之愍周兮,悲《麦秀》于殷墟"二句,曲折地表现了嵇康、吕安之死与政治原因有关。但从全赋看来,却是一片物是人非之感,由邻人的笛声联想到嵇康的琴声,内心中悲愤异常,却欲语又止。正如许杭生先生说的,向秀"虽然感到'中心如噎'(《诗经·王风·黍离》中语),透不过气来,但又没有勇气像嵇康那样生活,因此他这种难言的苦衷,只好以极其隐晦的方式,用《黍离》中'知我者谓我心忧,不知我者谓我何求'的诗句来暗喻自己的苦闷和彷徨"(《魏晋玄学史》第263页)。

向秀的文章只有一篇《难养生论》最为完整。此文是为反驳嵇康的《养生论》而作。他认为人的情欲是天生的:"夫人含五行而生,口思五味,目思五色,感而思室,饥而求食,自然之理也。但当节之以礼耳。"因此人追求富贵,亦属天性,只是要"求之以道"而已。因此他不同意嵇康说的通过对精神的修养,便能"少私寡欲",益以服食便能长寿。他不相信通过养生即能长寿,而认为寿命长短与导养无关。他否定人能活几百年或千年,显然是对的。但又认为人的寿命决定于"天命",亦未必妥当。这篇论文与嵇康互相诘难,说明当时人在论辩方面日益趋向细密。

刘伶字伯伦,沛国(今江苏沛县)人,生卒年不详,许杭生先生认为他"大约与阮籍年龄相仿"(《魏晋玄学史》第176页)。《晋书》本传说他"身长六尺,容貌甚陋。放情肆志,常以细宇宙齐万物为心"。他和阮籍、嵇康同游竹林,意气颇相投。他曾为建威参军,晋武帝泰始初,曾应对策,他大谈"无为而化"的道理,晋武帝认为无用,未加任用,后以寿终。

刘伶为人嗜酒,以狂诞闻名。《世说新语·任诞》记载:"刘伶病酒,渴甚,从妇求酒。妇捐酒毁器,涕泣谏曰:'君饮太过,非摄生之道,必宜断之!'伶曰:'甚善。我不能自禁,唯当祝鬼神自誓断之耳。便可具酒肉。'妇曰:'敬闻命。'供酒肉于神前,请伶祝誓。伶跪而祝曰:'天生刘伶,以酒为名,一饮一斛,五斗解酲。妇人之言,慎不可听!'便引酒进肉,隗然已醉矣。"又云:"刘伶恒纵酒放达,或脱衣裸形在屋中。人见讥之,伶曰:'我以天地为栋宇,屋室为裈衣;诸君何为入我裈中?'"

据《晋书》本传说,刘伶"未尝厝意文翰",但他的《酒德颂》却是历来传诵之作:

有大人先生,以天地为一朝,万期为须臾。日月为扃牖,八荒为庭衢。行无辙迹,居无室庐。幕天席地,纵意所如。止则操

> 卮执觚,动则挈榼提壶。唯酒是务,焉知其余。有贵介公子,搢绅处士,闻吾风声,议其所以。乃奋袂攘襟,怒目切齿。陈说礼法,是非锋起。先生于是方捧罂承槽,衔杯漱醪。奋髯箕踞,枕曲藉糟。无思无虑,其乐陶陶。兀然而醉,豁尔而醒。静听不闻雷霆之声,熟视不睹泰山之形。不觉寒暑之切肤,利欲之感情。俯观万物,扰扰焉如江汉之载浮萍。二豪侍侧焉,如蜾蠃之与螟蛉。

这里所写的"大人先生"虽出假托,实际也就是刘伶本人的化身。文中写这位"大人先生"饮酒的狂态,活画出魏晋名人纵酒任诞的狂态。这些人所以要这样狂放,实由于魏晋间的仕途十分险恶,名士少有全身者,他们不能不佯狂纵酒以求免祸。此文虽较简短,但写得笔酣墨畅,纵横自如,所以清人何焯称赞为"真逸才也"(《义门读书记》卷四十九)。

刘伶除《酒德颂》外,亦有诗一首传世,这就是《艺文类聚》卷七所载《北芒客舍诗》:

> 泱漭望舒隐,黮黤(yǎn tǎn,黑暗)玄夜阴。寒鸡思天曙,拥翅吹长音。蚊蚋归丰草,枯叶散萧林。陈醴发悴颜,巴歈畅真心。缊被终不晓,斯叹信难任。何以除斯叹,付之与瑟琴。长笛响中夕,闻此消胸襟。

"北芒"当即洛阳北部的北邙山一带,这里是从洛阳到黄河以北去经常走过的地方。刘伶经过这里夜宿客舍写他所见景色,似不一定有什么暗喻,但他心中确有不平,因此要借"瑟琴"之声来抒发其胸襟中的幽愤是很自然的。他和嵇康、阮籍等人的志趣颇相近,处于魏晋之际险恶的政治环境中,对现实有所不满是可以理解的。

赵至的《与嵇茂齐书》一文,不但在《文选》一书中,而且在文学史上也是一个特例。此文题作"赵景真与嵇茂齐书",而文章一开头却称"安白"。所以历来对此文有二说:一说为赵至给嵇康从子嵇蕃的信,另一说为吕安给嵇康的信。据《文选》李善注引《嵇绍(嵇康子)集》云:"赵景真与从兄茂齐书,时人误谓吕仲悌(安)与先君(嵇康)书。故具列本末。赵至字景真,代郡人,州辟辽东从事;从兄太子舍人蕃,字茂齐,与至同年相亲。至始诣辽东时作此书与茂齐。"后来东晋干宝作《晋纪》则以为是吕安与嵇康书。李善对此似并列二说,不作结论,但后来"五臣"李周翰注则从干说。清代以来,梁章钜《文选旁证》、近人高步瀛《魏晋文举要》信嵇绍的说法,但黄侃则信干说。现在看来,黄侃认为赵至是代郡人,不应有"北土之性,难以托根"语,又指出赵至归就州应辟,似并非很不得意,此说似颇有理。但文中说对方:

> 吾子植根芳苑,擢秀清流,布叶华崖,飞藻云肆,俯据潜龙之渊,仰荫栖凤之林,荣曜眩其前,艳色饵其后,良俦交其左,声名驰其右,翱翔伦党之间,弄姿帷房之里,从容顾盼,绰有余裕,俯仰吟啸,自以为得志矣,岂能与吾同大丈夫之忧乐者哉!

这些话似略有讥刺之意,又不太像吕安对嵇康的口吻。在一时尚难定论的条件下,不妨二说并存。

## 第二节　陈寿　李密

陈寿(233~297)字承祚,巴西安汉(今四川南充)人。早年从谯周学习《尚书》、《春秋》三传等,尤致力于《史记》和《汉书》,仕蜀汉,官至散骑黄门侍郎等职,当时宦官黄皓专权,陈寿不会曲意奉承,因此屡遭贬斥。后遭父丧,使婢丸药被乡里所讥,因此蜀平后累年不得官。张华为司空,爱惜其才,举为孝廉,除佐著作郎,补阳平令。后来编《诸葛亮集》,奏呈,因此任著作郎,领本郡大中正。又撰《三国志》,为当时所称,张华将举他为中书郎,但为荀勖忌,出为长广太守,以母老辞。母卒,遗命葬洛阳,却被人以不送丧回乡为由而遭贬。后为太子中庶子,未拜,卒。他的著作除《三国志》外,还有《古国志》及《益都耆旧传》,今佚。

陈寿的著述主要是《三国志》,这是一部史书。前人对陈寿的文章有不同的评价,东晋常璩在《华阳国志》中说他"属文富艳",而唐代刘知幾在《史通·核才》中说他"不习于文"。平心论之,陈寿的文章虽称不上华美,却简洁流畅,作为史书,显然不宜使用过于华丽的文体。从《三国志》的内容看来,陈寿似十分注重文字的简洁和真实。在《三国志》中绝少荒诞不经的故事,这在过去的史书中是比较少见的。现今流传的一些三国时代的离奇故事,如曹操死前伐树出血因此得病,诸葛亮死前有长星落营等等情节,都见于裴松之所引其他典籍,陈寿悉屏去不载。可见他作史力求真实可信,这显然是很大的长处。但另一方面,正因为求实,所以文字较少夸饰,在一定程度上也使人觉得"文不得奇"。不过,《三国志》中也不乏精彩之笔,有时淡淡几笔,却颇传神。如《魏志·贾诩传》记曹操问贾诩以立嗣问题:

太祖又尝屏除左右问诩,诩嘿然不对。太祖曰:"与卿言而不答,何也?"诩曰:"属适有所思,故不即对耳。"太祖曰:"何思?"诩曰:"思袁本初(绍)、刘景升(表)父子也。"太祖大笑,于是太子遂定。

此段文字颇简,却显示了贾诩的机智,颇为传神。又如《魏志·典韦传》写典韦的悍勇:

太祖征荆州,至宛,张绣迎降。太祖甚悦,延绣及其将帅,置酒高会。太祖行酒,韦持大斧立后,刃径尺,太祖所至之前,韦辄举斧目之。竟酒,绣及其将帅莫敢仰视。后十余日,绣反,袭太祖营,太祖出战不利,轻骑引去。韦战于门中,贼不得入。兵遂散,从他门并入。时韦校尚有十余人,皆殊死战,无不一当十。贼前后至稍多,韦以长戟左右击之,一叉入,辄十余矛摧。左右死伤者略尽。韦被数十创。短兵接战,贼前搏之。韦双挟两贼击杀之,余贼不敢前。韦复前突贼,杀数人,创重发,瞋目大骂而死。贼乃敢前,取其头,传观之,覆军就视其躯。

这段描写十分生动,徐公持先生在《魏晋文学史》中指出此文取法《史记·项羽本纪》(第303页),的确很中肯。《三国志》中这样的精彩文字甚多,如《蜀志·关羽传》:

羽尝为流矢所中,贯其左臂,后创虽愈,每至阴雨,骨常疼痛,医曰:"矢镞有毒,毒入于骨,当破臂作创,刮骨去毒,然后此患乃除耳。"羽便伸臂令医劈之。时羽适请诸将饮食相对,臂血流离,盈于盘器,而羽割炙引酒,言笑自若。

这就是著名的"关云长刮骨疗毒"的故事,罗贯中在《三国演义》中把医生说成是华佗,但基本情节并无改变,成了小说中的精彩片断。其实《三国演义》中许多为人们所乐谈的故事,有不少取材于《三国志》(当然,有一部分取自裴注),都敷衍为极生动的文章。这说明《三国志》虽不以辞藻见长,而其文学价值却不容忽视。

和陈寿同为由蜀入晋的文人还有一位李密。李密(224~287)字令伯,一名虔,犍为武阳(今四川彭山)人。他出生六个月丧父,四岁时母亲改嫁,由祖母刘氏抚养成人。早年师事谯周,通《左氏春秋》,事祖母孝顺。曾仕蜀为尚书郎、大将军主簿、太子洗马等职,曾出使孙吴。蜀亡后,他回乡侍奉祖母。晋武帝司马炎代魏后,于泰始三年(267)立儿子司马衷(惠帝)为太子,下诏征李密为太子洗马。李密仍无意出仕,上表说明刘氏病重,不能应征。文中自述身世云:

臣以险衅,夙遭闵凶,生孩六月,慈父见背;行年四岁,舅夺母志。祖母刘愍臣孤弱,躬亲抚养。臣少多疾病,九岁不行,零丁孤苦,至于成立。既无叔伯,终鲜兄弟,门衰祚薄,晚有儿息。外无期功强近之亲,内无应门五尺之童,茕茕孑立,形影相吊。而刘夙婴疾病,常在床蓐,臣侍汤药,未尝废离。

这些话说得非常真挚,接着,他又向晋武帝说:

但以刘日薄西山,气息奄奄,人命危浅,朝不虑夕。臣无祖母,无以至今日;祖母无臣,亦无以终余年。母孙二人,更相为命。是以区区不敢废远。臣今年四十有四,祖母刘今年九十有六,是臣尽节于陛下之日长,报养刘之日短也。乌鸟私情,愿乞终养。

这些话纯用白描手法,感情凄恻诚恳而文笔典雅清丽,因此感动了晋武帝,终于不再强迫他应征。后来,刘氏去世后,李密服丧期满,还是去洛阳做了太子洗马,后又任尚书郎、河内温令等职,最后被任为汉中太守,临行时他作了一首诗,末章云:

人亦有言,有因有缘。官无中人,不如归田。明明在上,斯语岂然。

此诗引起了晋武帝的不满,因人参奏,去职,回乡后病逝。

李密是个博学之人,据《华阳国志》等书记载,他曾著有《述理论》十篇,今佚。他为历来的人所熟知,主要是由于《陈情表》。

## 第三节　羊祜　杜预

羊祜(221~278)字叔子,泰山南城(今山东费县西南)人。他是蔡邕的外孙,又是司马师的妻弟。他为人博学,善于写文章。魏明帝青龙末(237),州郡辟举他,他都不应命。司马昭为大将军,又征辟他,他尚未应召,即拜中书侍郎,不久又迁给事中、黄门郎。魏末,官至秘书监,迁中领军。晋武帝代魏,进号中军将军,加散骑常侍,封郡公,让不受,乃改封侯。后为尚书右仆射,卫将军。晋武帝欲平吴,以祜为都督荆州诸军事,镇襄阳,后加车骑将军,开府如三司之仪。羊祜上表固让,不听。羊祜在襄阳,垦田练兵,与吴接境,不用诈谋,颇得吴人之心。羊祜平生好游山水,常游于岘山,死后百姓在此建碑立庙,见其碑者莫不流涕。羊祜所著文章,据《隋书·经籍志》记载,在梁代有二卷,录一卷,入隋仅一卷。今存文七篇,其中惟《文选》所录《让开府表》为有名。此文即泰始八年(272)辞开府如三司之仪时所作。文中力言自己不宜受此宠任的理由云:

> 臣自出身已来,适十数年,受任外内,每极显重之地。常以智力不可强进,恩宠不可久谬,夙夜战栗,以荣为忧。臣闻古人之言,德未为众所服,而受高爵,则使才臣不进;功未为众所归,而荷厚禄,则使劳臣不劝。今臣身托外戚,事遭运会,诚在宠过,不患见遗,而猥超然降发中之诏,加非次之荣,臣有何功可以堪之?何心可以安之?以身误陛下,辱高位,倾覆亦寻而至。愿复守先人弊庐,岂可得哉。违命诚忤天威,曲从即复若此。盖闻古人申于见知,大臣之节,不可则止。臣虽小人,敢缘所蒙,念存斯义。

这篇文章写得很恳切,表现了羊祜既感激朝廷给自己的荣宠,又害怕宠禄太过,易招忧患的心情。羊祜在晋初,不失为一个忠勤的官员,他的确不是贪图富贵而是想建立一番功业。所以在文章的后半,他又向晋武帝推荐了一些贤臣,最后,他又提到了"今道路未通,方隅多事",可见他最关心的还是平吴统一的大业。

羊祜死后继其任者杜预(222~284)字元凯,京兆杜陵(今陕西西安东南)人。他的父亲杜恕与司马懿不合,被幽囚而死,所以杜预早年在仕途上并不顺利。后来司马昭为晋王,杜预成了司马昭妹夫,起家尚书郎,后为镇西长史。晋武帝泰始年间,为河南尹。后为度支尚书。羊祜病重,举杜预自代,因此以本官行平东将军,领征南军。羊祜死后,他就任镇南大将军、都督荆州诸军事。他屡次上表论伐吴之计。吴平之后,他以为天下虽平,忘战必危,因此勤于讲武,又修学校,兴水利。后征入为司隶校尉,加特进,未到洛阳,卒于邓县(今河南邓州)。

杜预主要是一个政治家和学者。他酷好《左传》,曾著《春秋左氏经传集解》,为现存《左传》注本中最完整的古注。据《隋书·经籍志》著录,隋代有《杜预集》十八卷,今佚。他的文章,《文选》仅录一篇,即《春秋左氏传序》,此文其实是一篇学术文章,较少辞采。大抵杜预之文都较质朴。据《晋书》本传说,"当时论者谓预文义质直,世人未之重",这恐亦事实。因为从《晋书》本传中所载他的四篇章奏看,都是这样,尽管杜预自己的文章较少文采,但并不等于他不看重文章的写作。据《隋书·经籍志》载,隋时存有他所编的《善文》五十卷,属于"总集"一类。近人骆鸿凯在《文选学》一书中说:"总集之存于今者,以《文选》为最古。鸿篇巨制,垂范千秋。然溯其起源,最初选集列代之文以成一书者,当自晋杜预之《善文》始。杜书早亡,而据《史记·李斯传》《集解》引辩士隐姓名《遗章邯书》云:'在《善文》中。'则知其搜采颇广。《圣贤群辅录》,章怀《后汉书·皇后纪》注并有征引,又知其于选文之外,颇涉作者生平。"(第1页)因此认为此书在挚虞《文章流别集》、李充《翰林论》和萧统《文选》之前,当为这些选本之起源。现在看来,骆鸿凯此语是有道理的。因为古人心目中的"文章",应用文占有十分重要的地位,尤其是朝廷官员,尤重此类文字,所以最早的总集首先是《善文》那样的应用文选本,这很好理解。不过,应用文毕竟不是纯文学作品,也不等于"文章"的全部,所以真正的文学总集,从现有的史料来看,还是以挚虞《文章流别集》为最早。不过,杜预那种选文章又论述作者生平的体例,却为挚虞、李充等人所取法,所以总集的出现,杜预有其功绩,在文学史上亦应有其地位。

## 第四节 傅玄 张华 何劭

傅玄(217~278)字休奕,北地泥阳①(今甘肃宁县)人。他早年孤贫,博学善属文,解钟律,性刚直,魏末州举秀才,除郎中,曾参加《魏书》的写作,迁弘农太守,领典农校尉,后为散骑常侍。晋武帝代魏,加驸马都尉。他上疏晋武帝,批评当时的士风说:"近者魏武好法术,而天下贵刑名;魏文慕通达,而天下贱守节。其后纲维不摄,而虚无放诞之论盈于朝野,使天下无复清议,而亡秦之病复发于今。"他认为晋武帝"未举清远有礼之臣,以敦风节;未退虚鄙,以惩不恪"。他屡次上疏论政,内容不外乎发展农业、提倡儒学及预防入处汉地的少数民族作乱。可见他在思想上比较接近传统的儒学,和魏晋的玄学思潮颇有不同。后为太仆,转司隶校尉。泰始五年(269)因事被免官,卒于家。

傅玄的作品以诗为最有名,而且多数是乐府诗。这些诗大多见于《玉台新咏》,在诗中流露了对妇女的同情。如著名的《豫章行·苦相篇》:

> 苦相身为女,卑陋难再陈。儿男当门户,堕地自生神。雄心志四海,万里望风尘。女育无欣爱,不为家所珍。长大避深室,藏头羞见人。垂泪适他乡,忽如雨绝云。低头和颜色,素齿结朱唇。跪拜无复数,婢妾如严宾。情合同云汉,葵藿仰阳春。心乖

---

① 西晋的北地泥阳在今陕西铜川市耀州区,但傅玄籍贯依据汉代傅介子籍贯,请参看魏明安先生《傅玄评传》(南京大学出版社本)。

甚水火,百恶集其身。玉颜随年变,丈夫多好新。昔为形与影,今为胡与秦。胡秦时相见,一绝逾参辰。

这首诗写妇女从出生到年老色衰,始终受轻视,只得听候丈夫摆布,而年老以后,又遭遗弃,其命运之悲惨,使人同情。篇末"昔为形与影"四句,尤哀婉动人。此诗纯用白描,很少雕饰,在晋诗中自成一种特色。

他的《车遥遥篇》,《乐府诗集》作梁车𣪩(cāo)诗,恐误,当从《玉台新咏》。① 此诗写一个思妇的悲怨之情,极为传神:

车遥遥兮马洋洋,追思君兮不可忘。君安游兮西入秦,愿为影兮随君身。君在阴兮影不见,君依光兮妾所愿。

傅玄的乐府诗不仅善于写哀怨之情,也能写出一些性格刚强的妇女的形象。如他的《和班氏诗》,写的是秋胡妻的故事。秋胡故事本为民间传说,迄今所知的记载始于刘向《列女传》。在汉代的《相和歌辞》中,已有《秋胡行》,当即咏此事,但现存诗歌中,傅玄此诗较早:

秋胡纳令室,三日宦他乡。皎皎洁妇姿,泠泠守空房。燕婉不终夕,别如参与商。忧来犹四海,易感难可防。人言生日短,愁者苦夜长。百草扬春华,攘腕采柔桑。素手寻繁枝,落叶不盈筐。罗衣翳玉体,回目流彩章。君子倦仕归,车马如龙骧。精诚驰万里,既至两相忘。行人悦令颜,请息此树傍。诱以逢郎喻,遂下黄金装。烈烈贞女忿,言辞厉秋霜。长驱及居室,奉金升北

---

① 按:《玉台新咏》乃徐陵在梁时所编,自不能以当时人诗为古代人作。

堂。母立呼妇来，欢情乐未央。秋胡见此妇，惕然怀探汤。负心岂不惭，永誓非所望。清浊必异源，枭凤不并翔。引身赴长流，果哉洁妇肠。彼夫既不淑，此妇亦太刚。

此诗较之后来颜延之的《秋胡诗》虽较少雕润，但"忧来犹四海"四句，写别后相思之苦，颇为真切，其质朴自然较之颜诗，另具一种风格。至于他的《秦女休行》，更刻画出一个刚烈的妇女的形象：

庞氏有烈妇，义声驰雍凉。父母家有重怨，仇人暴且强。虽有男兄弟，志弱不能当。烈女念此痛，丹心为寸伤。外若无意者，内潜思无方。白日入都市，怨家如平常。匿剑藏白刃，一奋寻身僵。身首为之异处，伏尸列肆旁。肉与土合成泥，丽血溅飞梁。猛气上干云霓，仇党失守为披攘。一市称义烈，观者收泪并慨慷，百男何当益，不如一女良。烈女直造县门，云父不幸遭祸殃。今仇身以分裂，虽死情益扬。杀人当伏法，义不苟活隳旧章。县令解印绶，令我伤心不忍听。刑部垂头塞耳，令我吏举不能成。烈著希代之绩，义立无穷之名。夫家同受其祚，子子孙孙咸享其荣。今我弦歌吟咏高风，激扬壮发悲且清。

此诗内容与左延年同名之作类似，正如郭茂倩所说"与古辞义同而事异"。左诗恐源出民间流传的歌谣，而傅诗则可能实有其事而傅玄因此仿左诗而作。傅玄之作虽亦用白描，并不雕饰，但叙事较左诗为清楚。左诗叙女休杀人为"仇家便东南，仆僵秦女休"二句，主语不明确；"女休西上山"一段意思亦不醒豁，疑拘于谱曲时拘于曲调所致。傅诗则通篇晓畅易明，但结尾似偏于议论，亦显出文人诗的特点。

傅玄诗一般较质朴，不尚雕琢，因此在南北朝不甚受重视。《文心雕龙》在《明诗》中没有提他,《乐府》亦仅说到他作的郊庙乐章。《诗品》把他列入下品。但傅玄的诗亦非全无文采,例如《文选》所录的《杂诗》,较之众多魏晋诗人之作亦无逊色:

> 志士惜日短,愁人知夜长。摄衣步前庭,仰观南雁翔。玄景随形运,流响归空房。清风何飘飘,微月出西方。繁星依青天,列宿自成行。蝉鸣高树间,野鸟号东厢。纤云时仿佛,渥露沾我裳。良时无停景,北斗忽仰昂。常恐寒节至,凝气结为霜,落叶随风催,一绝如流光。

傅玄是一个刚直的人,他很想在政治上有所作为,曾屡次上疏议论政事。但因为不能容人之过,曾与人争执,遭到免官,此诗当为遭受打击后所作。晋武帝时政局虽尚太平,但朝廷内已形成朋党,帝王及大臣亦多贪图享受,没有励精图治的雄心。傅玄目睹当时的形势,已察觉日后衰乱的征兆,但又无力挽救。所以感叹时光的易逝,亦颇有忧生之嗟。此诗文采显然优于他的几首乐府,诗意悲凉,尚存建安余风。

傅玄之子傅咸(239~294)字长虞,为尚书丞,后官至议郎,兼司隶校尉。他为人刚劲颇有父风。他的诗,《文选》录其《赠何劭王济》一首,因何、王显达,而傅咸自称:"然自恨暗劣,虽愿其缱绻,而从之未由。"诗中自称"槁叶待风飘,逝将与君违;违君能无恋,尸素当言归;归身蓬荜庐,乐道以忘饥",对当时朝廷中的危机似乎有所觉察。但傅咸虽为人正直,至于文学才能,似逊于其父。

张华(232~300)字茂先,范阳方城(今河北固安)人,著名的学者、诗人和辞赋家。他出自庶族,少孤家贫,牧羊以自给。曾为县吏,为郡人卢钦所赏识。他学业优博,辞藻温丽,曾作《鹪鹩(jiāo liáo,一种小鸟)赋》以寄托其志趣,阮籍见后大为叹赏,说是"王佐才也",由此声名日盛。魏末经卢钦举荐,为河南尹丞,未拜,除著作佐郎,晋武帝代魏,为黄门侍郎。几年后,迁中书令,加散骑常侍。晋武帝谋伐吴,群臣多不同意,只有张华和羊祜、杜预支持这项计划,因此被任为度支尚书。灭吴以后,受封为广武县侯。晋代的朝章国宪多出其手。又出任持节、都督幽州诸军事,领护乌桓校尉、安北将军。晋惠帝即位,为太子少傅。因受杨骏猜忌,不参与朝政。杨骏被杀后,张华为右光禄大夫、开府仪同三司、侍中、中书监。贾后认为他出身庶族,又有才能,颇依重他,任为司空,封壮武郡公。贾后凶虐,朝政赖张华尽力维持,尚称承平。后来贾后用阴谋杀了愍怀太子司马遹(yù),赵王司马伦利用众人的不满,起兵杀贾后,又借口张华没有救太子,把他杀害。

张华博学多闻,又喜藏书,尤好引荐人才,即使贫困之士,凡有长处都受他称赞。

张华在文学方面的成就是多方面的,他兼善诗赋,又著有《博物志》,为志怪小说中的名著。他的赋,以《鹪鹩赋》最为有名。在这篇赋中,他认为鹪鹩"色浅体陋,不为人用,形微处卑,物莫之害",它们"翳荟蒙茏,是焉游集。飞不飘扬,翔不翕习。其居易容,其求易给。巢林不过一枝,每食不过数粒。栖无所滞,游无所盘。匪陋荆棘,匪荣苣兰。动翼而逸,投足而安。委命顺理,与物无患"。这实际上是一种明哲保身的思想,但赋的辞藻华丽,因此为阮籍称赏。不过从张华的生平看来,他其实是有志于干一番事业的,在平吴之役和后来维持西晋政权方面,他作出了自己的贡献。他要从政,又要建立功业,不可能与世无争,所以想"委命顺理,与物无患"是很困难的。

张华的诗今存者不少,《文选》和《玉台新咏》都有收录。如《文选》所录《杂诗》:

暑度随天运,四时互相承。东壁正昏中,固阴寒节升。繁霜降当夕,悲风中夜兴。朱火青无光,兰膏坐自凝。重衾无暖气,挟纩如怀冰。伏枕终遥昔,寤言莫予应。永思虑崇替,慨然独抚膺。

此诗当为他在朝廷中主持政事时作,当时贾后淫虐,朝臣多徇私利,结为朋党,互相争权,张华目睹这种状况,已预感到祸乱即将发生而无力挽救,所以情调十分伤感。前半写寒冬将至,即《周易·坤卦》所谓"履霜坚冰至"的用意,而"寤言莫予应"句,又写出了他不被人理解的孤独情绪。

张华的诗中最为人们所熟知的也许是《情诗》。这是一组诗,共多少首已难确考,以今所知,《玉台新咏》所录为五首,《文选》所录仅二首。《文选》中的二首即《玉台新咏》的第三首和第五首:

　　清风动帷帘,晨月照幽房。佳人处遐远,兰室无容光。襟怀拥虚景,轻衾覆空床。居欢惜夜促,在戚怨宵长。抚枕独啸叹,感慨心内伤。
　　游目四野外,逍遥独延伫。兰蕙缘清渠,繁华荫绿渚。佳人不在兹,取此欲谁与。巢居知风寒,穴处识阴雨。不曾远别离,安知慕俦侣。

这两首写的都是思妇想念丈夫之情。不过张华身处乱朝,也可能有托男女以喻君臣的用意。前人评张华诗,似乎都病其纤弱。如钟嵘《诗品》把他列入中品,云:

> 其源出于王粲。其体华艳,兴托不奇。巧用文字,务为妍冶。虽名高曩代,而疏亮之士,犹恨其儿女情多,风云气少。谢康乐(灵运)云:"张公虽复千篇,犹一体耳。"今置之中品,疑弱,处之下科恨少,在季孟之间矣。

这样的评价看来似乎过于苛刻,但其影响不小,清人何焯甚至说他的诗除四言的《励志》以外,都是"女郎诗"(《义门读书记》卷四十六)。不过何焯所说,似仅限于徒诗,不包括乐府。因为他同时说:"《轻薄》、《壮士》诗篇,鲍明远(照)所祖,微过多耳。"现在看来,张华的乐府诗,似很难说纤弱,相反,倒颇有清刚之气,说他对鲍照有影响,应该是不错的。如《壮士篇》:

> 天地相震荡,回薄不知穷。人物禀常格,有始必有终。年时俯仰过,功名宜速崇。壮士怀愤激,安能守虚冲。乘我大宛马,抚我繁弱弓,长剑横九野,高冠拂玄穹。慷慨成素霓,啸咤起清风。震响骇八荒,奋威曜四戎。濯鳞沧海畔,驰骋大漠中,独步圣明世,四海称英雄。

此诗虽亦有辞藻,但可谓"典雅",不可谓"华艳",而风格刚劲清拔,颇承建安余绪,全无"女郎诗"的气息。他的《博陵王宫侠曲》二首亦富豪迈之气,如第二首:

> 雄儿任气侠,声盖少年场。借友行报怨,杀人租市旁。吴刀鸣手中,利剑严秋霜。腰间叉素戟,手持白头镶。腾超如激电,回旋如流光。奋击当手决,交尸自纵横。宁为殇鬼雄,义不入圜墙。生从命子游,死闻侠骨香。身没心不惩,勇气加四方。

这种游侠的行为确有"侠以武犯禁"的一面,但在过去的社会里,由于存在着许多不合理的现象,人们怀怨莫诉,往往寄希望于这些游侠。因此历来文人经常作诗歌颂这些人物。此诗亦以气概取胜,读之令人激昂慷慨,丝毫没有纤弱的感觉。

张华的《博物志》所记载的多为当时人认为奇异的事物。其中有些在今天看来,似乎并无虚妄。如云:

> 临邛火井一所,纵广五尺,深二三丈。井在县南百里。昔时人以竹木投以取火,诸葛丞相(亮)往视之,后火转盛热,盆盖井上,煮盐得盐。入以家火即灭,讫今不复燃也。酒泉延寿县南山名火泉,火出如炬。(范宁《校证》本卷二)

这说的是天然气。又如同卷还谈到"火浣布",实即石棉。但有些则属民间传说,如卷七:

> 汉末关中大乱,有发前汉时冢者,人犹活。既出,平复如旧。魏郭后爱念之,录著宫内,常置左右,问汉时宫中事,说之了了,皆有次序。后崩,哭泣过礼,遂死焉。
> 汉末发范明友冢,奴犹活。明友,霍光女婿。说光家事废立之际多与《汉书》相似。此奴常游走于民间,无止住处,今不知所在。或云尚在,余闻之于人,可信而目不可见也。

这些事自然不可信,但后来裴松之《三国志·魏志·明帝纪》注引《世语》、顾恺之《启蒙注》亦有记载,当为民间传说。《世语》、《启蒙注》均出于张华之后,当受张华影响,其后江淹《遂古篇》"周时女子,出世间兮"，即用此典，而误"汉"为"周"。可见《博物志》对后世影响甚大。

张华的友人何劭（236～301）字敬祖，陈郡阳夏（今河南太康）人，魏末任太子中庶子，入晋为散骑常侍，历侍中、尚书，官至司徒，袭父何曾爵为朗陵郡公。《文选》录其诗二首，《诗品》把他列为中品。他的《游仙诗》较为人所注意：

> 青青陵上松，亭亭南山柏。光色冬夏茂，根柢无凋落。吉士怀贞心，悟物思远托。扬志玄云际，流目瞩岩石。羡昔王子乔，友道发伊洛。迢递陵峻岳，连翩御飞鹤。抗迹遗万里，岂恋生民乐。长怀慕仙类，眩然心绵邈。

此诗被清人何焯评为游仙诗的正体，这大约是承袭钟嵘评郭璞《游仙诗》的看法。他又认为此诗是针对愍怀太子之死而作（见《义门读书记》卷四十六）。这大约因为诗中提到了王子乔（即周代的太子晋），但这就成了讥刺时事，也"乖违玄宗"，似与正体之说矛盾。不过，何劭其人虽生活奢华，却也"不贪权势"（《晋书》本传），其父何曾也对西晋之亡有预感。因此他似乎对仕途亦怀忧惧，有退隐的想法。在《赠张华》中有"私愿偕黄发，逍遥综琴书；举爵茂阴下，携手共踌躇"之句，就说明了这一点。

# 第七章　从太康到永嘉（上）

西晋一代从晋武帝代魏（265）到愍帝被刘曜所俘（316）前后不过五十二年，时间虽短，但出现的文学家不少。文学史家们一般习惯以"太康体"来称呼这一时期的文学。其实太康只是晋武帝的最后一个年号，只有十年（280~289），不过当时大多数作家确都经历过这一时期，而且人们沿用既久，亦不必加以变更。

历来的评论家谈到西晋文学大都认为当时的作家一方面继承了建安的传统，另一方面又有所变化。例如《世说新语·文学》注引刘宋檀道鸾《续晋阳秋》云："及至建安，而诗章大盛，逮乎西朝之末，潘（岳）陆（机）之徒虽时有质文，而宗归不异也。"沈约《宋书·谢灵运传论》则云："降及元康，潘陆特秀，律异班（固）贾（逵），体变曹王，缛旨星稠，繁文绮合，缀平台之逸响，采南皮之高韵，遗风余烈，事极江左。"这两段话看似矛盾，实则是各强调了一个方面，即西晋文学虽上继建安传统，却又有所变化和发展，因此诗风也有所变化，正如北齐邢邵所说："昔潘陆齐轨，不袭建安之风。"（《萧江祖集序》）其区别正在辞采益趋繁富，就像《文心雕龙·明诗》说的"晋世群才，稍入轻绮"，"采缛于正始，力柔于建安"。这种变化使西晋诗歌形成了自己的特色，历来论齐梁以前诗歌，总是把建安、太康和元嘉看作三个各具特色的阶段,而把曹植、陆机和谢灵运看作三个阶段的代表,决非没有原因。

## 第一节　潘岳　潘尼　夏侯湛

潘岳(247~300)字安仁,荥阳中牟(今属河南)人,潘勖从子。祖瑾、父芘皆官至郡守。岳少时以才能为乡里称为"奇童",辟司空太尉府,举秀才。泰始四年(268),晋武帝在洛水以北举行耕籍田的仪式,潘岳作了《籍田赋》来歌颂其事,因此才名冠世,为众人所嫉妒,因此十年内一直任荀颉、贾充的掾属,直到咸宁四年(278),才以太尉掾兼虎贲中郎将,值宿于散骑之省,当时他年三十二岁,已开始出现白发,于是感而作《秋兴赋》。其后又为河阳令和怀令。晋惠帝初,杨骏辅政,以潘岳为太傅掾,杨骏被杀后,他也被免职,次年任长安令,作《西征赋》。元康六年(296),返洛阳,居洛水之滨,作《闲居赋》。这时贾谧专权,潘岳成了"二十四友"之一。他谄事贾谧,贾谧每次出行,潘岳、石崇等常望尘而拜。寻为著作郎,转散骑侍郎,迁给事黄门侍郎。后贾后诬害太子司马遹,赵王司马伦起兵诛贾后,其嬖人孙秀曾受潘岳挞辱,遂劝司马伦杀死了潘岳。

潘岳工诗善文,在当时与陆机齐名,号为"潘陆",《文选》所录潘岳作品除诗歌外,以辞赋和哀诔之文为多。他的集子原有十卷,已佚,明人汪士贤辑有《潘黄门集》六卷,张溥将其归并为一卷。今所存者,凡文六十一篇,诗十九首,还有一些佚句。

潘岳之诗最有名的也许是他的《悼亡诗》三首(见《文选》,《玉台新咏》仅录其中一、二两首)。这些诗乃哀悼其妻杨氏所作。历来评论者大抵最重视其第一首:

荏苒冬春谢,寒暑忽流易。之子归穷泉,重壤永幽隔。私怀谁克从,淹留亦何益。僶俛恭朝命,回心反初役。望庐思其人,入室想所历。帷屏无仿佛,翰墨有余迹。流芳未及歇,遗挂犹在壁。怅恍如或存,周遑忡惊惕。如彼翰林鸟,双栖一朝只。如彼游川鱼,比目中路析。春风缘隙来,晨霤承檐滴。寝息何时忘,沉忧日盈积。庶几有时衰,庄缶犹可击。

这首诗确实哀感动人,但读起来总觉得有些繁复。如"望庐"、"入室"二句虽属对仗,其实不过是一个意思。"帷屏"四句是两个对仗,而内容亦相近,下面"如彼"四句也是这样。不但如此,这组诗的第二、三两首亦有与第一首重复或类似处。清人陈祚明在《采菽堂古诗选》中说:"安仁情深之子,每一涉笔,淋漓倾注,宛转侧折,旁写曲诉,刺刺不能自休。"这批评是正确的。但古代有些论者有时却并不认为潘诗繁复。如《世说新语·文学》载:"孙兴公(东晋孙绰)云:'潘文浅而净,陆文深而芜。'"《诗品》引东晋谢混语云:"潘诗烂若舒锦,无处不佳;陆文如披沙简金,往往见宝。"这些言论对后世颇有影响,所以金代诗人元好问在《论诗绝句三十首》中也说:"陆文犹恨冗于潘。"这些话给人一个印象,似乎西晋诗风的繁缛,主要表现在陆机身上,潘岳似乎还不是这样。其实这种评论亦未始没有一定的道理。因为潘岳的诗,不限于三首《悼亡诗》,在他其他诗作中,没有这种繁复的情况,如《河阳县作》二首其二:

日夕阴云起,登城望洪河,川气冒山岭,惊湍激岩阿。归雁映兰畤,游鱼动圆波。鸣蝉厉寒音,时菊耀秋华。引领望京室,南路在伐柯。大夏缅无觌,崇芒郁嵯峨。总总都邑人,扰扰俗化讹。依水类浮萍,寄松似悬萝。朱博纠舒慢,楚风被琅邪。曲蓬何以直,托身依丛麻。黔黎竟何常,政成在民和。位同单父邑,愧无子贱歌。岂敢陋微官,但恐忝所荷。

这首诗前半写登城所见景色,其中"川气冒山岭"以下十句,都是写景,这些诗句虽亦属对仗,却丝毫不显繁缛。"川气"二句写地势颇似一幅图画,"归雁"四句由写景衬托出节令的变换及诗人的心境。"引领望京邑"以下,写到登临的感想,表示要好好办理政事。这些话并非虚语,据《晋书》本传,他在河阳及怀县时,确有"勤于政绩"的表现。此诗辞采华丽,的确给人以"烂若舒锦"之感。前人评潘诗"浅而净",可能是针对此诗而发。现在看来,潘岳存诗不多,《文选》所录尤少,仅十首,其数量不及陆机的五分之一;《玉台新咏》所录亦不到陆机的一半,而历来总是把"潘陆"并称,这恐怕是由于他的赋和文更为出色之故。潘岳的赋历来传诵者甚多,其中《秋兴赋》最为有名。此赋之作据他自己在序中说是因为"摄官承乏,猥厕朝列,夙兴晏寝,匪遑底宁。譬犹池鱼笼鸟,有江湖山薮之思"。赋中写出了他在秋景中的感慨:

庭树槭以洒落兮,劲风戾而吹帷。蝉嘒嘒而寒吟兮,雁飘飘而南飞。天晃朗以弥高兮,日悠阳而浸微。何微阳之短晷,觉凉夜之方永。月朣胧以含光兮,露凄清以凝冷。熠耀(yì yào,萤火虫)粲于阶闼兮,蟋蟀鸣乎轩屏。听离鸿之晨吟兮,望流火之余景。宵耿介而不寐兮,独辗转于华省。悟时岁之遒尽兮,慨俯首而自省。斑鬓髟(biāo,长发下垂的样子)以承弁兮,素发飒(sà,衰老)以垂领。仰群俊之逸轨兮,攀云汉以游骋。登春台之熙熙兮,珥金貂之炯炯。苟趣舍之殊涂兮,庸讵识其躁静。闻至人之休风兮,齐天地于一指。彼知安而忘危兮,故出生而入死。行投趾于容迹兮,殆不践而获底。阚侧足以及泉兮,虽猴猨而不履。龟祀骨于宗祧兮,思反身于绿水。

这里带有浓重的老庄思想,这不等于说潘岳当时已经倦于仕进,想要归隐,而是他在仕途中屡遭挫折之后,发出的牢骚。但这种牢骚毕竟是他的真实感情,所以历来为人们所传诵。《世说新语·言语》:"桓玄既篡位,将改置直馆,问左右:'虎贲中郎省应在何处?'有人答曰:'无省。'当时忤旨。问'何以知无?'答曰:'潘岳《秋兴赋叙》曰:余兼虎贲中郎将寓直散骑之省。'玄咨叹称善。"可见当时《秋兴赋》已经成为人们传诵的名作。与《秋兴赋》相类似的还有《闲居赋》,亦写归隐的情趣,只是由于潘岳有"拜路尘"的行为,遂为金代诗人元好问所讥。

潘岳也有一些着重于铺陈的大赋,如《籍田赋》、《射雉赋》等。然而人们比较爱读的大约是他的《西征赋》。这篇赋作于晋惠帝元康二年(292),当时贾后刚杀了杨骏,接着又利用楚王司马玮,杀害汝南王司马亮和卫瓘,独揽大权。潘岳当时是杨骏的掾属,本应受连累,幸被人救免,不久被任为长安令。此赋所写即从洛阳到长安途中所经之地发生过的许多史事,并写出自己的感想。他这种做法显然是受西汉末刘歆《遂初赋》和东汉班彪《北征赋》、班昭《东征赋》的影响,其叙述周汉史事,显然寓有引为鉴戒之意。特别是在谈到了西汉许多名相良将、贤臣才子之后,笔锋一转说:"当(王)音(王)凤(弘)恭(石)显之任势也,乃熏灼四方,震耀都鄙,而死之日曾不得与夫十余公(指那些将相名臣)之徒隶齿。"这不但是暗喻杨骏,甚至也可能兼刺贾氏,因为当时他尚未谄事贾谧。赋中写到长安的残破景象:

鷩(bì)雉(锦鸡)雊于台陂,狐兔窟于殿傍。何黍苗之离离,而余思之芒芒。洪钟顿于毁庙,乘风(绘有乘风鸟之钟鼓架)废而弗悬。禁省鞠为茂草,金狄迁于灞川。

这完全是一番国家残破的景象。由此可以想象,此时的潘岳对西晋日乱的祸乱未始没有预感。

　　潘岳善为哀诔之文,这是历来人的共识。《文选》所收他这类文章有五篇之多。其中《哀永逝文》乃哀其妻杨氏而作;《杨荆州诔》哀悼其岳父杨肇;《杨仲武诔》吊其内侄杨经;《夏侯常侍诔》悼念其挚友夏侯湛,皆哀感动人。从这些文章看来,陈祚明说潘岳是"情深之子",当是事实。不过在这类文章中还有一篇亦极可注意,那就是他的《马汧督诔》。这篇文章是记元康六、七年(296～297)雍州氐、羌等族作乱,晋军屡败,马敦困守汧县(今陕西千阳)孤城,经过苦战,终于保全了城池,但他立下大功以后,却遭人嫉妒而被加以罪名,含冤死于狱中之事。潘岳激于义愤,作了这篇《马汧督诔》,为马敦作不平之鸣。在此文中,潘岳一反哀诔之文的常规,详尽地记述了马敦守城的经过:

　　建威(周处)丧元于好畤,州伯(解系)宵遁乎大溪。若夫偏师裨将之殒首覆军者盖以十数;剖符专城纡青拖墨之司,奔走失其守者,相望于境。秦陇之僭,巩更为魁,既已袭汧,而馆其县。子以眇尔之身,介乎重围之里,率寡弱之众,据十雉之城,群氐如猬毛而起,四面雨射城中,城中鉴穴而处,负户而汲。木石将尽,樵苏乏竭,刍荛罄绝,于是乎发梁栋而用之,骂(dí,吊)以铁锁机关,既纵礌(léi,投掷石块)而又升焉(既投石后又升起)。爨

(cuàn,生火做饭)陈焦之麦,柿(fèi,削木为碎片)枂橛(lǚ jué,屋檐与椽子)之松,用能薪刍不匮,人畜取给,青烟旁起,枥马长鸣。凶丑骇而疑惧,乃阙地而攻。子命穴浚堑,置壶镭(壶的一种)甒(wǔ,盛酒的瓦罐)以侦之。将穿响作,内焚穬(kuàng,有芒的谷物)火薰之,潜氏歼焉。久之,安西(夏侯骏)之救至,竟免虎口之厄,全数百万石之积。

这样细致地描写守城的经过,不但哀诔之文少见,就连一些史书和传记文学亦不多见。潘岳所以作如此详尽的描写,正是要突出表现马敦之功,显示其冤。

在诔文中,潘岳还义正词严地斥责那些迫害马敦的人:

猾哉部司,其心反侧。斫善害能,丑正恶直。牧人逶迤,自公退食。闻秽鹰扬,曾不戢翼。忘而大劳,猜尔小利。苟莫开怀,于何不至。慨慨马生,琅琅高致。发愤囹圄,没而犹视!呜呼哀哉!

这些话至今读来犹使人义愤填膺。从这篇诔文看来,潘岳的性格是复杂的,过去的论者往往只看到他"拜路尘"一事,就全盘否定其人格,但在马敦这问题上,他能仗义执言,却也说明他确有正直的一面。特别是对齐万年为首的氐族叛乱,他在作品中曾作了真实的反映,如四言的《关中诗》,本是献给皇帝看的,却写出了下列的诗句:

哀此黎元,无罪无辜。肝脑涂地,白骨交衢。夫行妻寡,父出子孤。俾我晋民,化为狄俘。

这不仅是同情人民的痛苦,也是对官吏和将帅怯懦无能的控诉。在同时代作家中,还很少有人发出过这种呼声。

潘岳的从子潘尼字正叔,生卒年不详,卒于永嘉末,年六十余,他是建安散文家潘勖的孙子,史称其"有清才","性静退不竞,唯以勤学著述为事"。他曾作《安身论》,见《晋书》本传,曾为太常博士、高陆令、太子舍人,后至中书令、太常卿等官。洛阳将陷落时,东出成皋欲还乡,路不通,卒于坞壁中。潘尼之文说教气较重而文采不如潘岳。但也有个别较好的诗,如《文选》所录的《迎大驾》。此诗乃晋惠帝光熙元年(306)被河间王司马颙劫往长安后返回洛阳,潘尼去迎接他时所作。诗中写到途中景色:"青松荫修岭,绿蘩被广隰;朝日顺长涂,夕暮无所集;归云乘幰浮,凄风寻帷人。"一片荒凉景象。诗中"狐狸夹两辕,豺狼当路立"二句显然取法曹植《赠白马王彪》中的"鸱枭鸣衡轭,豺狼当路衢",用以比喻司马颙及其将张方。这里他借"深识士"之口,道出了当时政局的险恶。他另一首《赠河阳》是赠潘岳之作,诗中举了许多古人来比潘岳,这种做法,在梁武帝父子赠人之诗中常见,萧统所以选录此诗,或即因为这个原因。

潘岳的好友夏侯湛(243~291)字孝若,沛国谯(今安徽亳州)人,与潘岳友善,美容颜,当时谓此二人"连璧"。他早年为太尉掾,历郎中、太子舍人、中书侍郎,官至散骑常侍,卒。他曾作《周诗》六首,大为潘岳所称,今仅存一篇。他的作品中似以《文选》所录《东方朔画赞》为最有名。东晋书法家王羲之曾把它写成法帖。此文称赞东方朔的"染迹朝隐,和而不同;栖迟下位,聊以从容"。这种生活态度在两晋南朝士大夫中颇为流行,夏侯湛自己也是如此,这在《晋书》本传所载的《抵疑》中,表现得很清楚。但夏侯湛作品中最值得注意的是他的杂言诗,这种诗体虽脱胎于《楚辞》,而作了很大改变,对后来湛

方生、谢庄,甚至李白都有较大的影响。如《长夜谣》:

> 日暮兮初晴,天灼灼兮遐清。被云兮归山,垂景兮照庭。列宿兮皎皎,星稀兮月明。亭檐隅以逍遥兮盼(xì,观看)太虚以仰观,望阊阖之昭晰兮丽紫微之晖焕。

又如《秋夕哀》:

> 秋夕兮遥长,哀心兮永伤。结帷兮中宇,屣履兮闲房。听蟋蟀之潜鸣,睹游雁之云翔。寻修庑之飞檐,览明月之流光。木萧萧以被风,阶缟缟以受霜。玉机兮环转,四运兮骤迁。衔恤兮迄今,忽将兮涉年。日往兮哀深,岁暮兮思繁。

这种诗体介于诗和赋之间,在文体上比较自由,所以南朝作家颇多采用。在这方面,夏侯湛可以说是较早使用此体的作家。可惜他的杂言诗大多保存丁类书之中,多经删节。

## 第二节 陆机 陆云

在西晋作家中现存作品最多的要推陆机。陆机(261~303)字士衡,吴郡吴(今江苏苏州)人[①],三国吴将陆逊之孙,陆抗之子。他早

---

① 陆机籍贯,近来有人认为是华亭(今上海市松江区)。此说似起于明何良俊《四友斋丛说》卷十七,疑误。详见拙作《陆机的籍贯问题》,见《中古文学史论文续集》,台湾文津出版社版。

年有异才,文章出众,为人服膺儒术,非礼不动。陆抗死后,领父兵为牙门将。吴亡时他年二十,退居家乡,闭门勤学,积有十年。据《晋书》本传说他"至太康末,与弟云俱入洛"①。他入洛后,大为张华所赏识,加以引荐,太傅杨骏辟为祭酒。杨骏被杀后,陆机累迁太子洗马、著作郎。又为吴王司马晏郎中令,迁尚书中兵郎,转殿中郎。赵王司马伦以他为中书郎。司马伦被诛后,齐王冏执政,怀疑他与司马伦篡位有牵连,被下狱。赖成都王司马颖及吴王司马晏救获免。这时西晋朝政日乱,吴人顾荣、戴渊等都劝他辞官还吴,他没有听从。在这时他作了《豪士赋》以规劝司马冏之居功自伐,又作《五等论》,向朝廷建议实行分封制,总之还一心想辅佐晋朝。他认为司马颖对自己有恩,而且当时推功不居,就一心为司马颖尽力。司马颖任他为平原内史。太安二年(303),司马颖又和河间王司马颙一起跟掌握朝政的长沙王司马乂争权火并,他令陆机为后将军、河北大都督,率军二十万人从邺城进攻洛阳,结果在河桥一带被司马乂打败。后陆机为牵秀及宦人孟玖所谮,被杀,临死叹曰:"华亭鹤唳,岂可复闻!"陆机虽博学善文,但好游权门,与贾谧亲善,因此为人们所讥议。后来唐太宗在《晋书》本传末说他"不知世属未通,运钟方否,进不能辟昏匡乱,退不能屏迹全身,而奋力危邦,竭心庸主,忠抱实而不谅,谤缘虚而见疑,生在己而难长,死因人而易促。上蔡之犬,不诫于前;华亭之鹤,方悔于后。卒令覆宗绝祀,良可悲夫"。

陆机的文学创作有多方面的成就,其中最突出的是诗。例如在

---

① 此说今人有怀疑,据《思归赋序》:"余牵役京室,去家四载,以元康六年冬取急归。"则或为元康二年入洛。证以《谢平原内史表》有"入朝九载"语,此表据《通监》卷八十四,当作于永宁元年(301),上推九年,正为元康二年(292)。与《晋书》不同,待再考。

《文选》中,选录陆机之作凡五十首(其中《拟连珠》作一首计算),为入选诸家之最,其中诗占了四十二首。陆机的诗历来以华丽繁缛见称。这种诗风不但表现为他的注重辞藻和对仗,也表现在他好用排比铺张的手法,颇近于辞赋。在这方面,袁行霈先生在《中国文学史》中曾有精辟的论述。他引出陆诗《拟西北有高楼》和古诗《西北有高楼》来说明陆诗追求华丽的特色,又举陆机的乐府《猛虎行》以说明陆诗的繁复,举《赴洛道中作》诗(二首)以说明其"由散行趋向骈偶"的情况(第二册第53~55页),都极为正确和深刻。现在我们读陆机的诗,往往感到繁复,其中有的比较成功,有的却不是这样。例如他的《赴洛道中作》二首:

> 总辔登长路,鸣咽辞密亲。借问子何之,世网婴我身。永叹遵北渚,遗思结南津。行行遂已远,野途旷无人。山泽纷纡余,林薄杳阡眠。虎啸深谷底,鸡鸣高树巅。哀风中夜流,孤兽更我前。悲情触物感,沉思郁缠绵。伫立望故乡,顾影凄自怜。
> 远游越山川,山川修且广。振策陟崇丘,安辔遵平莽。夕息抱影寐,朝徂衔思往。顿辔倚嵩岩,侧听悲风响。清露坠素辉,明月一何朗。抚枕不能寐,振衣独长想。

这两首诗虽多用对仗,读起来却很自然,不觉繁冗,因此颇为人们所喜爱。但作者另有《赴洛》二首,不但篇幅太长,而且似有刻意求对之感。近年以来,论者多以繁富之故对陆机评价较低,其实平心而论,陆机的优秀诗篇还是很多的,而且对后来诗人也有不少影响。如《为顾彦先赠妇》二首:

> 辞家远行游,悠悠三千里。京洛多风尘,素衣化为缁。修身

悼忧苦,感念同怀子。隆思辞心曲,沉欢滞不起。欢沉难克兴,心乱谁为理。愿假归鸿翼,翻飞浙江汜。

东南有思妇,长叹充幽闼。借问叹何为,佳人眇天末。游宦久不归,山川修且阔。形影参商乖,音息旷不达。离合非有常,譬彼弦与括。愿保金石躯,慰妾长饥渴。

这两首诗虽很华丽,却亦显得自然,特别是第一首的"京洛"二句,感慨极深,实为罕见的精警诗句,后来谢朓《酬王晋安德元诗》中"谁能久京洛,缁尘染素衣"即由此化来。又如《赠弟士龙》:

行矣怨路长,怒焉伤别促。指涂悲有余,临觞欢不足。我若西流水,子为东跱岳。慷慨逝言感,徘徊居情育。安得携手俱,契阔成骈服。

此诗不但自然,而且很少用典,在陆诗中不多见。"行矣"句乃谢朓《京路夜发》"行矣倦路长"所本;而"我若"二句,又对何逊《从镇江州与游故别诗》中"复如东注水,未有西归日"所从出。

陆机的《拟古诗》据钟嵘《诗品》说凡十四首,但《文选》仅取十二首,因此余下的二首业已散佚。陆机的《拟古》,虽颇着力于模仿,却也不是没有创造,如《拟明月何皎皎》:

安寝北堂上,明月入我牖。照之有余晖,揽之不盈手。凉风绕曲房,寒蝉鸣高柳。踟蹰感节物,我行永已久。游宦会无成,离思难常守。

诗中"照之"二句写月光最为传诵,因此被认为是千古名句。明何良俊《四友斋丛说》卷二十四云:"五岳(明黄省曾)赏陆士衡'照之有余晖,揽之不盈手'。余谓此二句有神助,五岳各有神解。"

陆机的乐府诗存者亦不少。《文心雕龙·乐府》说"子建士衡,咸有佳作,并无诏伶人,故事谢丝管",即这些乐府诗,已不谱曲歌唱。但从诗本身看,仍有很高的艺术价值。如《猛虎行》:

> 渴不饮盗泉水,热不息恶木阴。恶木岂无枝,志士多苦心。整驾肃时命,杖策将远寻。饥食猛虎窟,寒栖野雀林。日归功未建,时往岁载阴。崇云临岸骇,鸣条随风吟。静言幽谷底,长啸高山岑。急弦无懦响,亮节难为音。人生诚未易,曷云开此衿,眷我耿介怀,俯仰愧古今。

诗中表现出他急于建功立业,又因时光的易逝而感叹事业的无成。"崇云"四句既是写景,也是抒情,有很大的感染力。他的《门有车马客行》亦为名作,诗中写出了他远托他乡的哀愁:

> 门有车马客,驾言发故乡。念君久不归,濡迹涉江湘。投袂赴门涂,揽衣不及裳。抚膺携客泣,掩泪叙温凉。借问邦族间,恻怆论存亡。亲友多零落,旧齿皆凋丧。市朝互迁易,城阙或丘荒。坟垄日月多,松柏郁芒芒。天道信崇替,人生安得长。慷慨惟平生,俯仰独悲伤。

这首诗其实是他感叹平生而作。他在《叹逝赋序》中说:"余年方四十,而懿亲戚属亡多存寡,昵交密友亦不半在。或所曾共游一涂,同宴一室,十年之内,索然已尽。以是思哀,哀可知矣。"可见这里写的"客"是否真有其人倒无关紧要,而感叹亲友的存亡,却是陆机的真实感受，尤其他游官在外，悲伤之情当更强烈。此诗对后人也有很大影响，如鲍照就有《代门有车马客行》，虽构思不尽相同，而取法陆机则很清楚。此外像陆机的《吴趋行》是歌唱其故乡之作，后来谢灵运仿此作《会吟行》，则颇见逊色。陆机的《挽歌》三首，虽不如后来陶渊明之作，但陶诗受陆诗的启发却是无可否认的事实。

历来论者对陆机诗的评价颇有不同。大体说来，东晋南北朝人对陆机评价甚高，而宋以后的评论家则往往持批评态度。这是由各个时代文学创作及其他情况决定的。东晋初年的葛洪，对陆机的评价最高。他说：

> 吾见二陆（机、云）之文百许卷，似未尽也。一手之中，不无利钝。方之他人，若江汉之与汉污。及其精处，妙绝汉魏之人也。（见《北堂书钞》卷一百引）

从这段话中，我们可以看出葛洪也不是对陆机之作有时过于繁缛毫无认识，不过他认为陆机还是高出时辈。此说亦非全无道理，却未免抹杀了与他齐名的左思、潘岳和张协等人。葛洪所以这样立论不难理解，因为他是西晋末东晋初人，上距晋武帝平吴不过四五十年，又值东晋南渡之初。当时江南一些士大夫大抵热衷于模仿中原士人。据《抱朴子》中《讥惑》、《疾谬》诸篇所述，他们从生活习俗、举止行动直到语音和书法，都一律模仿北人。葛洪对此甚为反感，曾加尖锐指责。他所以要特别表彰二陆，其实是要推崇乡贤，以加强吴人的自尊心。至于东晋南朝的另一些评论家就不是这样，他们倒是真正从文学本身着眼的。例如孙绰虽祖籍为北人，但所说"潘（岳）文浅而净，陆（机）文深而芜"，是对潘陆的优缺点进行评论，并非故意贬陆。李充和谢混的意见据钟嵘《诗品》记载：

"《翰林》叹其(指潘岳)翩翩然如翔禽之有羽毛,衣服之有绡縠,犹浅于陆机。谢混云:'潘诗烂若舒锦,无处不佳;陆文如披沙简金,往往见宝。'嵘谓益寿轻华,故以潘为胜;《翰林》笃论,故叹陆为深。余常言:'陆才如海,潘才如江。'"从现有的史料也可以看出,当时推崇陆机者,也清楚他的不足;批评陆机者在创作方面又不免效法他。例如钟嵘,把陆机说成"太康之英",与曹植、谢灵运等同,而潘岳、张协只能"为辅",但钟嵘也指出陆诗"气少于公幹(刘桢);文劣于仲宣(王粲)。尚贵矩,不贵绮错,有伤直致之奇"。另一方面,谢灵运也许受了他叔父谢混的影响,曾说过"左太冲(思)诗,潘安仁(岳)诗,古今难比"(见《诗品》评左思文)的话,偏不提陆机。但谢灵运的诗,特别是乐府诗更是明显地模仿陆机。这种情况说明,在经过东晋一代"淡乎寡味"的"玄言诗"占统治地位之后,人们显然要加强诗歌的辞藻和色泽,而陆诗之"咀嚼英华,厌饫膏泽"(钟嵘《诗品》语)正是当时诗人取法的榜样。他们既要"俪采百字之偶,争价一句之奇",又要"辞必穷力而追新"(刘勰《文心雕龙·明诗》语),虽觉陆诗有其缺点,却又无法弃而不学。所以当时多数论者都推崇潘陆,而较少有人提倡取法左思。

相反地,到了宋代,由于经历了宋初的"西昆体",及后来许多诗人的"以学问为诗"之后,严羽为了反对这种诗风而提出"晋人舍陶渊明、阮嗣宗外,惟左太冲高出一时,陆士衡独在诸公之下"(《沧浪诗话·诗评》)。《沧浪诗话》的影响甚大,而到了现代,又因为反对"形式主义",所以人们对陆机一般评价不高,忽视了他不少名作,这也有失公允。

陆机的文以《豪士赋序》、《谢平原内史表》和《吊魏武帝文》及《辨亡论》为最著,此外他的《拟连珠》亦颇有特色。《豪士赋序》乃讽谏齐王司马冏而作,乃骈文名篇。此文写得既很剀切,又充分引

证历史事实来说理,辞藻华美而说服力很强。如:

> 且好荣恶辱,有生之所大期;忌盈害上,鬼神犹且不免;人主操其常柄,天下服其大节,故曰天可仇乎?而时有祓服荷戟,立于庙门之下,援旗誓众,奋于阡陌之上。况乎代主制命,自下财物者哉?广树恩不足以敌怨,勤兴利不足以补害,故曰代大匠斫者,必伤其手。且夫政由宁氏,忠臣所为慷慨,祭则寡人,人主所不久堪。是以君奭怏怏,不悦公旦之举;高平师师,侧目博陆之势。而成王不遣嫌吝于怀,宣帝若负芒刺于背,非其然者与?嗟乎,光于四表,德莫富焉;王曰叔父,亲莫昵焉,登帝大位,功莫厚焉;守节没齿,忠莫至焉。而倾侧颠沛,仅而自全,则伊生抱明允以婴戮,文子怀忠敬而齿剑,固其所也。因斯以言,夫以笃圣穆亲,如彼之懿,大德至忠,如此之盛,尚不能取信于人主之怀,止谤于众多之口,过此以往,恶睹其可?安危之理,断可识矣。又况乎饕大名以冒道家之忌,运短才而易圣哲所难者哉!

这种文字虽未点明司马囧,但道理很清楚,有史实,有论点,而属对工整,文笔典雅,尤为历来所称叹。

《谢平原内史表》作于永宁元年(301),写出了他对晋王朝的感恩图报,这些话文字恳切,大约并非假话,所以他才会效忠乱朝而丢了性命。《吊魏武帝文》写得很客观,虽充分肯定了曹操的功绩,也指出了曹操《遗令》中一些话是"系情累于外物,留曲念于闺房,亦贤俊之所废乎!"《辨亡论》对比了孙权之兴与孙皓之败,文章效法贾谊《过秦论》,但刘勰在《文心雕龙·论说》篇中指出其不及贾谊。这看法是正确的。因为《辨亡论》过多地使用骈句与排句,文气不如《过秦论》骏爽。《拟连珠》是古代一种特殊的文体,据说始于杨雄,但

《文选》仅取陆机之作。全文五十条,每条列举经史百家的事例,说明一个哲理命题,文字简洁而华美,自成一体。

陆机的赋数量不少,然佳制似不甚多。但他的《文赋》很有名,为文学批评的名作。赋中把文章分为十类:

> 诗缘情而绮靡,赋体物而浏亮。碑披文以相质,诔缠绵而凄怆。铭博约而温润,箴顿挫而清壮。颂优游以彬蔚,论精微而朗畅。奏平彻以闲雅,说炜晔而谲诳。

这较之曹丕的《典论·论文》把文分作四类有很大的发展。赋中还强调文学作品要注意"音声之迭代",要讲究裁制,要注意警策之片段,反对剽窃前人之作,也讲到了一篇文章中应该有起伏,不可能通篇都是警句。这些论点都十分中肯。赋中还写到了创作的甘苦:

> 若夫应感之会,通塞之纪,来不可遏,去不可止,藏若景灭,行犹响起。方天机之骏利,夫何纷而不理。思风发于胸臆,言泉流于唇齿。纷葳蕤以馺遝(sà tà,多的样子),唯毫素之所拟。文徽徽以溢目,音泠泠而盈耳。及其六情底滞,志往神留,兀若枯木,豁若涸流。揽营魂以探赜,顿精爽于自求。理翳翳而愈伏,思乙乙其若抽。是以或竭情而多悔,或率意而寡尤。虽兹物之在我,非余力之所勠。故时抚空而自惋,吾未识夫开塞之所由。

这种情况实际上涉及创作的灵感问题。这本是一个很复杂的问题,直到今天,我们还很难加以解释。陆机虽然不能解释此事,但真实地写出了他的感受,应该说是很有价值的。

陆机之弟陆云(262~303)字士龙,太康元年(280)晋军平吴后徙寿阳,次年被扬州刺史周浚辟为从事,后入洛。元康初,以公府掾为浚仪令,永宁二年(302)为清河太守。次年,兄机为司马颖所杀,陆云亦遇害。陆云工诗文,精《老子》,能谈玄。他的诗,钟嵘《诗品》列入中品,称"清河之方平原,殆如陈思之匹白马"。其实陆云的诗虽不及陆机之典丽,却亦无其繁缛。如《玉台新咏》所录《为顾彦先赠妇往返四首》其一:

> 我在三川阳,子居五湖阴。山海一何旷,譬彼飞与沉。目想清惠姿,耳存淑媚音。独寐多远念,寤言抚空衿。彼美同怀子,非尔谁为心。

又如《文选》所录《答张士然》:

> 行迈越长川,飘飘冒风尘。通波激枉渚,悲风薄丘榛。修路无穷迹,井邑自相循。百城各异俗,千室非良邻。欢旧难假合,风土岂虚亲。感念桑梓域,仿佛眼中人。靡靡日夜远,眷眷怀苦辛。

这些诗都显得较平易和亲切,与陆机不完全相同。陆云论文,颇主"清省",他在给陆机的信中说过:"兄文章之高远绝异,不可复称言。然犹皆欲微多。但清新相接,不以此为病耳。若复令小省,恐其妙欲不见,可复称极,不审兄由以为尔不? ……云今意视文,乃好清省,欲无以尚。意之至此,乃出自然。"他自己的创作显然也力求"清省",所以《文心雕龙·才略》论陆云:

> 士龙朗练,以识检乱,故能布采鲜净,敏于短篇。

这评论是很恰当的。

## 第三节　左思

左思字太冲，齐国临淄（今属山东）人，生卒年不详。父熹，出身小吏，以能授殿中侍御史。左思为人状貌丑陋，口讷，而辞藻壮丽，不好交游。曾作《齐都赋》，一年乃成，便欲作《三都赋》。这时其妹左棻入宫，他便移居洛阳。曾去访问张载，请教他关于蜀中的情况。为作《三都赋》构思十年。据《晋书·文苑》本传载，他此时"门庭藩溷，皆著笔纸，遇得一句，即便疏之"，还因为自己所见不博，求为秘书郎。赋成以后，据说未为当时人所重，就去见皇甫谧。皇甫谧阅后称善，为他作序。张载为之注《魏都赋》，刘逵注《吴都赋》和《蜀都赋》。① 张华见后叹曰："班、张之流也，使读之者尽而有余，久而更新。"豪富之家竞相传写，洛阳为之纸贵。晋惠帝时，贾谧曾请他讲《汉书》，他也曾在"二十四友"之列。贾谧被诛后，他

---

① 皇甫谧为《三都赋》作序一事，《世说新语·文学》刘孝标注云："《左思别传》曰：'思造张载，问岷、蜀事。交接亦疏。'皇甫谧西州高士，挚仲治（虞）宿儒知名，非思伦匹。刘渊林（逵）、卫伯舆（瓘）并蚤终，皆不为思赋序注也。凡诸注解，皆思自为，欲重其文，故假时人名姓也。"今人徐震堮引《晋书·左思传》："陆机入洛，欲为此赋，闻思作之，抚掌而笑。与弟云书曰：'此间有伧父，欲作《三都赋》，须其成，当以覆酒瓮耳。'二陆入洛，在太康之末，齐王冏诛赵王伦入洛，更在其后，时赋未成，皇甫士安卒于太康二年，安能为之作序？孝标之言，益得其实。"（《世说新语校笺》第136页）按：《左思别传》言及《三都赋》未成，乃言未改定，盖下文有数句云是改定后文字，为今本所无。今本《魏都赋》云："成都迄已倾覆，建业则亦颠沛。"又云："览《麦秀》与《黍离》，可作谣于吴会。"可知《三都赋》成于蜀已平而吴当存时，皇甫谧何不可作序，徐说非。

退居洛阳宜春里,专心读书。齐王司马冏命他为纪室督,他托疾不就。永兴年间(304~305),司马颙部将张方在洛阳纵暴,他就举家避难到冀州,数年以疾去世。

左思的作品以诗为著,其中《咏史诗》八首尤为代表作。这些诗都是借"咏史"以写自己的抱负和抒发心中的不平,和前此有些人的"咏史"不同。例如班固之作乃咏孝女缇萦事,曹植、王粲之咏秦穆公以"三良"殉葬事,张协咏汉代疏广、疏受事,皆限于一事,其中有的有寄托,有的似未必有别的寓意。但左思这些诗写的大抵是他自己的抱负,如第一首:

弱冠弄柔翰,卓荦观群书。著论准《过秦》,作赋拟《子虚》。边城苦鸣镝,羽檄飞京都。虽非甲胄士,畴昔览《穰苴》。长啸激清风,志若无东吴。铅刀贵一割,梦想骋良图。左眄澄江湘,右盼定羌胡。功成不受爵,长揖归田庐。

按:此诗作于平吴以前,诗中"左眄"句说的是吴国自无疑问,"右盼"句乃指泰始六年(270)"秦州刺史胡烈击叛虏于万斛堆,力战,死之"和八年(272)"凉州虏寇金城诸郡"等事(皆见《晋书·武帝纪》)。可见早在泰始(265~274)年间,左思已到洛阳,此诗之作,当与《三都赋》时间相近。在这首诗中,表现了左思颇有建功立业的雄心。因此这首诗的气魄宏大,可以直追建安诗人(尽管作为一个文人,他未必真有这样卓越的军事才能)。同时,他不仅胸怀大志,且蔑视富贵。所以说"功成不受爵,长揖归田庐"。这和第三首自称"吾慕鲁仲连"的话是一致的。但是,在西晋那样门阀制度全盛的时代,他这样出身较低微的人,是很难有施展抱负的机会的。因此在第二首中,他写道:

郁郁涧底松,离离山上苗。以彼径寸茎,荫此百尺条。世胄蹑高位,英俊沉下僚。地势使之然,由来非一朝。金张藉旧业,七叶珥汉貂。冯公岂不伟,白首不见招。

这里以西汉中叶的金、张二族(武帝时金日䃅、张汤的后人)和文帝时的冯唐作对比,他们并非一个时代,只不过借此比喻自己因出身低而不被任用的愤慨。以激愤之情,形象地揭露了"上品无寒门,下品无世族"的现实。第四首则把那些世胄的行径和自己作了对比,表示他对那些人丝毫不羡慕:

济济京城内,赫赫王侯居。冠盖荫四术,朱轮竟长衢。朝集金张馆,暮宿许史庐。南邻击钟磬,北里吹笙竽。寂寂扬子宅,门无卿相舆。寥寥空宇中,所讲在玄虚。言论准宣尼,辞赋拟相如。悠悠百世后,英名擅八区。

趋炎附势者的奔走权门,贵族大臣的奢侈享乐,看似煊赫一时,却不过是过眼云烟,瞬间即逝,只有潜心学术者如杨雄,才得留名千古。这里表现了他对权贵们的蔑视。这种思想对后来文人有很大影响。如唐初卢照邻的《长安古意》,写了王孙公子的种种享乐生活后,指出:"昔时金阶白玉堂,即今唯有青松在。"又说:"寂寂寥寥扬子居,年年岁岁一床书。"用意与左思此诗相似,但远不如左诗之含蓄而有余味。由于现实和他的理想相差太远,使他萌生了归隐和遗世独立的思想。在第五首中,他写道:

皓天舒白日,灵景耀神州。列宅紫宫里,飞宇若云浮。峨峨高门内,蔼蔼皆王侯。自非攀龙客,何为欻(xū,忽然)来游。被褐出闾阖,高步追许由。振衣千仞冈,濯足万里流。

此诗末句尤豪迈,体现出诗人卓荦不群的性格。诗风高古,笔力刚劲,足与汉魏名家颉颃,同时诗人都难与并肩。

左思的《招隐诗》二首亦为传诵的名作,其第一首尤多名句:

杖策招隐士,荒涂横古今。岩穴无结构,丘中有鸣琴。白云停阴冈,丹葩曜阳林。石泉漱琼瑶,纤鳞亦浮沉。非必丝与竹,山水有清音。何事待啸歌,灌木自悲吟。秋菊兼糇粮,幽兰间重襟。踌躇足力烦,聊欲投吾簪。

此诗写丘壑中生活自有一种乐趣,表现了他对仕途的蔑视。"招隐"这题材始于《楚辞》中淮南小山的《招隐士》,其主旨在于"王孙兮归来,山中兮不可以久留",乃招隐士们出山做官。但到了魏晋,由于政局的混乱,人们往往以归隐作为脱离仕途的手段。所以左思、陆机诸人之作,都对隐居山林作了歌颂,而左诗清刚自然,远胜于陆。诗中"白雪"二句和"非必"二句曾被人摘出,谱成《子夜四时歌》演唱(见《乐府诗集》卷四十四)。《世说新语·任诞》载,东晋王徽之雪夜诵此诗,忽生访友人戴逵的想法。《梁书·昭明太子传》载,萧统为了拒绝别人奏女乐的提议,也曾诵此诗"非必"二句,可见早在东晋南朝,此诗已为传诵名篇。

左思还有一首《娇女诗》见于《玉台新咏》,它和其他作品的风格不大一样,较多使用铺陈和描述的手法:

吾家有娇女,皎皎颇白皙。小字为纨素,口齿自清历。鬓发覆广额,双耳似连璧。明朝弄梳台,黛眉类扫迹。浓朱衍丹唇,黄吻澜漫赤。娇语若连锁，忿速乃明懂(huò，明懂，指利索)。握笔利彤管，篆刻未期益。执书爱绨素，诵习矜所获。其姊字惠芳，面目粲如画。轻妆喜楼边，临镜忘纺织。举觯拟京兆，立的成复易。玩弄眉颊间，剧兼机杼役。从容好赵舞，延袖像飞翮。上下弦柱际，文史辄卷襞。顾眄屏风画，如见已指摘。丹青日尘暗，明义为隐赜。驰骛翔园林，果下皆生摘。红葩缀紫蒂，萍实骤抵掷。贪华风雨中，倏忽数百适。务蹑霜雪戏，重綦常累积。并心注肴馔，端坐理盘槅(gé，古代一种盛食物的器具)。翰墨戢闲案，相与数离逖。动为炉钲屈，屣履任之适。止为荼荈(chuǎn，晚茶)据，吹吁对鼎䥶。脂腻漫白袖，烟熏染阿锡。衣被皆重池，难与沉水碧。任其孺子意，羞受长者责。瞥闻当与杖，掩泪俱向壁。

此诗以细致的描写活画出两个天真活泼的女孩形象，一些小孩子淘气的行为被写得栩栩如生。这在魏晋诗歌中极为少见。后来李商隐的《娇儿诗》，似颇受此诗影响。

历来论诗者对左思的评价都较高。《文心雕龙·明诗》把他和建安诗人并列，认为"兼善则子建、仲宣，偏美则太冲、公幹"。钟嵘《诗品》将他列入上品，说："其源出于公幹。文典以怨，颇为精切，得讽谕之致。虽野于陆机，而深于潘岳。谢康乐(灵运)尝言：'左太冲诗，潘安仁诗，古今难比。'"这评价到了宋代就遭严羽等人反对。清代的沈德潜更进一步，他在《古诗源》中对潘陆的评价都不高，但评左思云："钟嵘评左诗'野于陆机，而深于潘岳'，此不知太冲者也。太冲胸次高旷，而笔力又复雄迈，陶冶汉魏，自制伟词，故是一代作手，岂潘、陆辈所能比埒？"现代的论者基本上都接受这种看法。

左思的赋自以《三都赋》为有名。这三篇赋显然受了班固《两都赋》和张衡《两京赋》的影响。前人所以重视《三都赋》,大约是因为其中备记了山川方物。所以《世说新语·文学》载东晋孙绰曾说过"《三都》、《二京》,五经鼓吹"的话。此赋所以不同于汉代一些辞赋之处,在于左思十分强调写实:

> 余既思摹《二京》而赋《三都》,其山川城邑,则稽之地图;其鸟兽草木,则验之方志;风谣歌舞,各附其俗;魁梧长者,莫非其旧。何则?发言为诗者,咏其所志也;升高能赋者,颂其所见也。美物者贵依其本,赞事者宜本其实。匪本匪实,览者奚信?

因此他对司马相如、杨雄、班固和张衡辞赋中一些夸张和虚构的情节,提出了批评。这种强调写实的主张,不能说全无可取,但过于强调真实而忽视了夸饰的作用,显然也不合文学作品的特点。因此这三篇赋虽在当时较受人重视,而今却少为人爱读。

左思还有一篇《白发赋》,见于《艺文类聚》卷十七。此赋文体类似俗赋,却又用了许多典故,与曹植《鹞雀赋》不大一样。赋中假托自己要拔除白发,而白发则与他争辩,诉说自己"朝生昼拔,何罪之故",作者就大讲了一通自己在仕途上的难遇,"河清难俟",只能"誓以固穷"。这其实是一篇抒发心中不平的作品,在西晋辞赋中比较少见。

## 第四节 张载 张协

西晋一代作家,历来都称"三张二陆两潘一左"。所谓"三张"即指张载、张协和张亢三兄弟。其中张亢在东晋时到了南方,无作品流传。张载和张协各有作品传世,而多数论者皆以为张协的成就较张载为高。

张载字孟阳,安平(今属河北)人,生卒年不详。其父张收(一作"牧"),晋武帝时曾为蜀郡太守,张载入蜀省父,道经剑阁,作《剑阁铭》,此文全载于《文选》及《晋书》本传,文中写剑阁之险云:

> 岩岩梁山,积石峨峨。远属荆衡,近缀岷嶓。南通邛僰,北达褒斜。狭过彭碣,高逾嵩华。惟蜀之门,作固作镇。是曰剑阁,壁立千仞。穷地之险,极路之峻……一人荷戟,万夫趑趄(zī jū,踌躇不前)。形胜之地,非亲勿居……

此文为益州刺史张敏表呈晋武帝,武帝命刊于剑阁山上。此文对后代文人有很大影响,李白《蜀道难》中"一夫当关,万夫莫开"二句即从"一夫"二句而来,"所守或匪亲,化为狼与豺"二句即从"形胜"二句而来。

张载亦能诗,所作《七哀诗》二首,乃哀悼东汉帝王陵墓被毁之事。第一首写陵墓遭劫后的景象,第二首着重抒情,似更感人:

> 秋风吐商气,萧瑟扫前林。阳鸟收和响,寒蝉无余音。白露中夜结,木落柯条森。朱光驰北陆,浮景忽西沉。顾望无所见,惟睹松柏阴。肃肃高桐枝,翩翩栖孤禽。仰听离鸿鸣,俯闻蜻蚓吟。哀人易感伤,触物增悲心。丘陇日已远,缠绵弥思深。忧来令发白,谁云愁可任。徘徊向长风,泪下沾衣衿。

张载入蜀省父之年上距汉亡已有六十余年,他自然不会真的去哀悼汉朝,而是借汉代的教训告诫晋代的统治者,因为他在"八王之乱"前期,仍在做官,后来才称病还乡。前人对张载诗评价颇有不同。钟嵘

《诗品》把他列为下品,说:"孟阳诗,乃远惭厥弟。"刘勰在《文心雕龙·才略》中则谓:"孟阳景阳,才绮相埒,可谓鲁卫之政,兄弟之文也。"现在看来,钟嵘之说,似对张载贬抑过甚,但说像上引那首《七哀诗》足与张协之作抗衡,恐亦不然。因为张协《杂诗》有十首之多,而《七哀》仅二首,其一亦仅平平,唯其二较胜,仅此一首,恐难并提。

张协字景阳,张载弟,少有俊才。辟公府掾,转秘书郎,补华阴令,征北大将军从事中郎。迁中书侍郎,转河间内史。不久晋朝的政局就乱了,张协退居乡村,以著述自娱。怀帝永嘉初(307),朝廷曾征他为黄门侍郎,他托病不就,后终于家。张协在文学上的成就以诗为最高。《文选》所录的《杂诗》十首尤为历来所传诵。这十首诗,疑非一时之作,所咏亦非一事。如第一首写的似为思妇之情:

秋夜凉风起,清气荡暄浊。蜻蛚吟阶下,飞蛾拂明烛。君子从远役,佳人守茕独。离居几何时,钻燧忽改木。房栊无行迹,庭草萋以绿。青苔依空墙,蜘蛛网四屋。感物多所怀,沉忧结心曲。

此诗写秋夜中妇女想念外出的丈夫,这种题材本来在汉魏诗中常见,但张协的手法颇有不同,"房栊"二句暗用淮南小山《招隐士》典故,所以明明写秋景,不云草黄而言"草绿"。"青苔"二句写丈夫出行后自己因相思而慵懒,以致无心收拾,"青苔"、"蛛网"都出现了。这种构思颇为新奇。

第二首和第三首皆写秋景,感叹时节之易逝,表现了某种出世的思想:

大火流坤维,白日驰西陆。浮阳映翠林,回飚扇绿竹。飞雨洒朝兰,轻露栖丛菊。龙蛰暄气凝,天高万物肃。弱条不重结,芳蕤岂再馥。人生瀛海内,忽如鸟过目。川上之叹逝,前修以自勖。

　　金风扇素节,丹霞启阴期。腾云似涌烟,密雨如散丝。寒花发黄采,秋草含绿滋,闲居玩万物,离群恋所思。案无萧氏牍,庭无贡公綦。离尚遗王侯,道积自成基。至人不婴物,余风足染时。

这些诗写景自有其特色,其细致精巧较之汉魏之作有很大发展,但又显得自然,不像后来元嘉诗人之"穷力追新",使人觉得多少有点雕琢的痕迹。所以钟嵘《诗品》评张协"文体省净,少病累。又巧构形似之言"。清代陈祚明亦云:"景阳诗写景生动,而语苍蔚,自魏以来,未有是也。"(《采菽堂古诗选》卷十二)

　　在《杂诗》中也可以看出张协对当时的社会风气亦颇有不满:

　　　　昔我资章甫,聊以适诸越。行行入幽荒,瓯骆从祝发。穷年非所用,此货将安设。瓴甋(líng dì,砖瓦)夸玙璠(yú fán,美玉),鱼目笑明月。不见郢中歌,能否居然别。《阳春》无和者,《巴人》皆下节。流俗多昏迷,此理谁能察。

这种诗句说明张协对当时那些热衷利禄、趋炎附势之徒十分蔑视。他之所以很早就弃官归田里,可能对当时现实中的危机已有所认识。

　　在张协的《杂诗》中也写到了远戍行役者对当地风习的不适应,这可能是曲折地表现他思乡之念及因世乱而生的怀归之情。如第八首:

> 述职投边城，羁束戎旅间。下车如昨日，望舒四五圆。借问此何时，蝴蝶飞南园。流波恋旧浦，行云思故山。闽越衣文蛇，胡马愿度燕。土风安所习，由来有固然。

诗中以"望舒（月亮）四五圆"和"蝴蝶飞南园"来表现离家已久，其实是反用《诗经·小雅·采薇》中"昔我往矣，杨柳依依；今我来思，雨雪霏霏"的构思，手法颇巧妙。"蝴蝶"句尤为历来传诵的警句。第十首写秋雨景象，也为历来所称赏。钟嵘《诗品》列举古代名篇中，就提到了"景阳'苦雨'"。此诗云：

> 黑蜧跃重渊，商羊舞野庭。飞廉应南箕，丰隆迎号屏。云根临八极，雨足洒四溟。霖沥过二旬，散漫亚九龄。阶下伏泉涌，堂上水衣生。洪潦浩方割，人怀昏垫情。沉液漱陈根，绿叶腐秋茎。里无曲突烟，路无行轮声。环堵自颓毁，垣间不隐形。尺烬重寻桂，红粒贵瑶琼。君子守固穷，在约不爽贞。虽荣田方赠，惭为沟壑名。取志於陵子，比足黔娄生。

张协喜写雨，在《杂诗》十首中有五首写到了雨，但第二、三、四、九等首对雨并无厌恶之情，此首则因雨已成灾，故颇为所苦，因此诗人的心情亦不同。第二首的"飞雨洒朝兰"、第三首的"密雨如散丝"写的都是小雨，且重点都在秋景，不专写雨。第四首和第九首，写雨亦无厌苦之情。此首苦雨，则更多使用铺陈手法，"巧构形似之言"而不陷于繁缛。钟嵘说他"雄于潘岳"确很中肯。

张协的《咏史》诗写西汉疏广、疏受辞官归隐之事，文采似不如《杂诗》。他这种诗，确实和张载不过是伯仲之间。《诗品》论西晋诗人认为"陆机为太康之英，安仁、景阳为辅"，似乎对张协的评价不如陆机而超过左思。其实这四家之诗各有所长，未必需要再分高低。

张协的赋以《七命》为有名。此赋虽取法枚乘、曹植，立意却与他们不同。《七命》作于西晋已乱之后，所以说的未必是张协的真心话，如说晋朝已臻太平，"教清于云官（黄帝）之世，治穆乎鸟纪（少昊）之时。王猷四塞，函复谧宁，丹冥投烽，青徼释警。却马于粪车之辕，铭德于昆吾之鼎"，这对当时的现实简直是讽刺。即以文中所虚拟的两个人名而论，隐者叫"冲漠公子"，劝他的人叫"殉华大夫"，实寓抑扬的意思，"殉华"就是不惜为荣华殉身。因此《七命》中说的是反话，其本意在叫人避世而非出仕，张协自己走的就是这条道路。

# 第八章　从太康到永嘉（下）

## 第一节　挚虞　束晳

挚虞(？~311)字仲洽,京兆长安(今陕西西安)人。少年时师事皇甫谧,后举贤良,拜中郎,擢为太子舍人,除闻喜令,以母忧解职,后为尚书郎。惠帝时,迁吴王友,历秘书监、卫尉卿。惠帝被司马颙胁入长安,挚虞从行。还洛后任光禄勋、太常卿。及石勒掠洛阳,挚虞遂饿死城中。

挚虞的作品较少传诵名篇。《晋书》本传载其《思游赋》对当时的朝政有所讥讽,如云:

> 至美诡好于凡观兮,修稀合而靡呈。燕石缇袭以华国兮,和璞遥弃于南荆。夏像(指夏禹铸鼎象物)韬尘于市北兮,瓶罍抗方于两楹。鸾皇耿介而偏栖兮,兰桂背时而独荣。关寒暑以练真兮,岂改容而爽情。

这篇赋大体模仿屈原《离骚》及《远游》,写升天访问诸神的幻想。最后归结为乐天知命,"乐自然兮识穷达,澹无思兮心恒娱"。此赋作于晋武帝时代,当时政局表面上还算承平,但他已经预见到危机。他主要的贡献在文学批评方面。据《晋书》本传载,他著有《文章志》四卷,《文章流别集》三十卷(《隋书·经籍志》作四十一卷)。二书今佚,但尚有佚文。其中《文章志》大抵记述作家们的生平事迹,对了解晋以前的文学家的生平颇有价值。《文章流别集》乃最早出现的总集,此书除了选录前人作品外,还有许多论文学的意见。如:

> 文章者,所以宣上下之象,明人伦之叙,穷理尽性,以究万物之宜者也。王泽流而诗作,成功臻而颂兴,德勋立而铭著,嘉美终而诔集。祝史陈辞,官箴王阙。《周礼》太师掌教六诗:曰风,曰赋,曰比,曰兴,曰雅,曰颂。言一国之事,系一人之本,谓之风。言天下之事,形四方之风,谓之雅。颂者,美盛德之形容。赋者,敷陈之称也。比者,喻类之言也。兴者,有感之辞也。后世之为诗者多矣。其称功德者谓之颂,其余则总谓之诗。颂,诗之美者也。……昔班固为《安丰戴侯颂》,史岑为《出师颂》、《和熹邓后颂》,与《鲁颂》体意相类,而文辞之异,古今之变也。扬雄《赵充国颂》,颂而似雅;傅毅《显宗颂》,文与《周颂》相似,而杂以风雅之意。若马融《广成》、《上林》之属,纯为文赋之体,而谓之"颂",失之远矣。(《艺文类聚》卷五十六、《太平御览》卷五百八十八》引)

这段话虽明显地受《毛诗序》的影响,但其说实为考镜文体源流,文中已点出"诗"、"颂"、"铭"、"诔"之不同作用。文中论"诗"的"六义",把"风、雅、颂"和"赋、比、兴"分开,此说为钟嵘等人所继承,而孔颖达《毛诗正义》断言"赋、比、兴是诗之所用,风、雅、颂是诗之成形",当即受此影响。又如:

> 赋者,敷陈之称,古诗之流也。古之作诗者,发乎情,止乎礼义。情之发,因辞以形之;礼义之旨,须事以明之。故有赋焉,所以假象尽辞,敷陈其志。前世为赋者,有孙卿、屈原,尚颇有古诗之义,至宋玉则多淫浮之病矣。《楚词》之赋,赋之善者也。故扬子称赋莫深于《离骚》。贾谊之作,则屈原俦也。古诗之赋,以情义为主,以事类为佐。今之赋,以事形为本,以义正为助。情义为主,则言省而文有例矣;事形为本,则言富而辞无常。文之烦省,辞之险易,盖由于此。夫假象过大,则与类相远;逸辞过壮,则与事相违;辩言过理,则与义相失;丽靡过美,则与情相悖。此四过者,所以背大体而害政教。是以司马迁割相如之浮说,扬雄疾"辞人之赋丽以淫"。(《艺文类聚》卷五十六、《太平御览》卷五百八十七引)

这里讲到了"赋体"的历史,又对汉以后辞赋的缺点提出了批评。他的观点虽仍未超出汉代杨雄、班固等人的范畴,但毕竟把这种观点用于评骘和编选历代的文学作品。在今存《文章流别论》的佚文中,还有关于"诗"、"箴"、"铭"、"七"、"哀辞"、"碑"等文体的议论。显然,《文章流别集》和《文章流别论》虽已散佚,而其影响则不可忽视。例如今存的南朝文学批评著作《文心雕龙》和总集《文选》关于文体的分类,有许多共通之处,《文选》所录作品,亦有很大一部分被《文心雕龙》所提及。刘勰虽曾做过太子舍人,与萧统有过来往,但两书所以有不少地方类似,恐怕主要是由于二人都受了挚虞的影响。因为《文章流别集》是最早的总集,其议论《文章流别论》,亦为较早的文学批评。

束皙字广微,阳平元城(今河北馆陶)人,博学多闻,为张华所赏,召为掾，为张华司空贼曹属，转佐著作郎。太康二年(281)汲郡发魏襄王墓，得竹简数十车，其中包括《周易》、《竹书纪年》、《穆天子传》等古籍。束晳在整理这些竹简的工作中作了较大贡献，后为尚书郎。惠帝时，赵王司马伦为相国，请为记室，托病辞归，在乡教授门徒，卒年四十。

束晳基本是位学者，《文选》载有他的《补亡诗》六首，乃补《诗经·小雅》中原来有目无诗的六篇而作，这六篇诗，旧说为"笙诗"，本无文辞。这些诗大抵竭力模仿《诗经》，较少特色。《晋书》本传所载的《玄居释》，亦仿东方朔《答客难》、杨雄《解嘲》而作，亦不甚为人传诵。但束晳并非没有较好的作品，如《艺文类聚》卷三十录其《贫家赋》，同书卷七十二录其《饼赋》，皆近于俗赋，古人对此多取非议态度，其实有些句子却很传神。如《贫家赋》写冬夜之苦：

> 迄仲冬之坚冰，稍煎蹙而穷迫。无衣褐以蔽身，还趋床而无被。手狂攘而妄牵，何长夜之难晓，心咨嗟以怨天。

《饼赋》写冬天吃"汤饼"(面条)，亦颇幽默：

> 玄冬猛寒，清晨之会，涕冻鼻中，霜成口外，充虚解战，汤饼为最。

这些文字，自不符合某些文人雅士的要求，所以不受重视。现在看来，倒说明束晳曾饱受贫穷的折磨，他的描写是真实而生动的。

## 第二节　成公绥　木华

　　成公绥(231～273)字子安,东郡白马(今河南滑县)人。少聪敏,博涉经传,家贫,时人不重其文,张华见而叹为绝伦。魏高贵乡公正元二年(255),荐之于太常,为博士,晋时为中书郎,后转著作郎,卒年四十三。

　　成公绥少年时曾作《乌赋》,认为乌鸦有反哺之德,以之为"祥禽"。后又作《天地赋》,其序谓:"赋者贵能分赋物理,敷演无方,天地之感,可以致思矣。"清人刘熙载《艺概》以为其用意与《西京杂记》所记司马相如说的"赋家之心,包括宇宙"之说宛合。此赋多采古代神话传说,颇多奇丽之笔。但成公绥的代表作却是《文选》所载的《啸赋》。此赋在《文选》中与王褒《洞箫赋》等一同列入"音乐"类,但写法与那些作品不大一样。因为"啸"不是用乐器演奏,而是由人口吹出声音。据近年出土的砖雕《竹林七贤图》,阮籍一手握拳,拇指插入口中,小指伸出,当即"啸"的动作,其法大约和今人吹口哨较近。《晋书》本传说他"雅好音律,尝当暑承风而啸,泛然成曲,因为《啸赋》"。赋中写啸者长啸的缘起:

　　　逸群公子体奇好异,傲世忘荣,绝弃人事,睎高慕古,长想远思,将登箕山以抗节,浮沧海以游志。于是延友生,集同好,精性命之至机,研道德之玄奥。愍流俗之未悟,独超然而先觉。狭世路之厄僻,仰天衢而高蹈。邈埃俗而遗身,乃慷慨而长啸。

　　"啸"在古代本是一种抒发心中郁闷的办法,所以作者认为"啸"可以

"舒蓄思之悱愤,奋久结之缠绵",也可以用来表现自然界的各种声响:

> 若乃登高台以临远,披文轩而骋望。喟仰抃而抗首,嘈长引而慘(liáo,悲恨)亮。或舒肆而自反,或徘徊而复放。或冉弱而柔挠,或澎濞而奔壮。横郁鸣而滔涸(水盛大的样子),冽飘眇(声清长)而清昶。逸气奋涌,缤纷交错。列列飘扬,啾啾响作。奏胡马之长思,向寒风乎北朔。又似鸿雁之将雏,群鸣号乎沙漠。故能因形创声,随事造曲。应物无穷,机发响速。怫郁冲流,参谭(贯穿)云属。若离若合,将绝复续。飞廉(风神,这里指风)鼓于幽隧,猛虎应于中谷。南箕动于穹苍,清飙振乎乔木。散滞积而播扬,荡埃蔼之溷浊。变阴阳之至和,移淫风之秽俗。

古人的"啸"是否如此神妙,我们已不太清楚。因为现今的口哨,只能吹出一些比较简单的曲调,至于所谓"口技",也许能模仿各种各样的声响,但以此抒情,似亦未闻。不过文学作品也许有其夸张的成分。再说成公绥此赋,其主旨似不在写"啸"之能表现各种声音,而在强调其抒发胸中的郁闷,从他的生平来看,其不平之气显然是不小的。此外,成公绥又有篇《钱神论》,已佚,对鲁褒《钱神论》有影响,其佚文有时和鲁作相混。

木华字玄虚,广川(今河北景县西)人,生卒年不详,曾任太尉杨骏主簿,可知生活于晋武帝至惠帝时代。木华之作今仅存《海赋》一篇,见于《文选》。以辞赋来描写大海,由来甚早,东汉初年的班彪就写过《览海赋》,但历来论者似最推崇此赋。因为它气势宏伟、文辞壮丽为他人之作所不及。此赋一开始就追溯大禹治水的史实突出大海之宽广:

昔在帝妫(guī,舜的姓)巨唐(指尧)之代,天纲(指水)浡潏(bó jué),为涮为瀿,洪涛澜汗(水势浩大),万里无际。长波渚溾(tā duò,水浪相连),迤延(yǐ xián,接连不断)八裔。于是乎禹也,乃铲临崖之阜陆,决陂潢而相浂(fā,灌、浚)。启龙门之崒嶺(zuò é,山名),垦陵峦而薪凿。群山既略,百川潜渫。泱漭澹泞(zhǔ,广大清深),腾波赴势。江河既导,万穴俱流。掎(jǐ,引)拔五岳,竭涠九洲。沥滴渗淫(渗,音 qīn,渗淫,小水),荟蔚云雾。涓流泱瀼(停淤的水),莫不来注。於(wū,语助词)廓(大)灵海,长为委输。

这段文字并不直接描写海之广大,却从尧舜时洪水滔天写起,说海"长为委输",已见其浩无际涯。所以接下去说:"其为广也,其为怪也,宜其为大也。"更给人以深刻印象。赋中写到海中物产的丰富,珍奇百怪无不聚集:

尔其水府之内,极深之庭,则有崇岛巨鳌,垤嵲(dié niè,高峻貌)孤亭,擘洪波,指太清,竭(负载)磐石,栖百灵。扬凯风而南逝,广莫(北风)至而北征。其垠则有天琛(自然宝物)水怪,鲛人(传说中居于水底的人)之室,瑕石(红玉)诡晖(变更色彩),鳞甲异质。若乃云锦散文于沙汭之际,绫罗被光于螺蚌之节,繁采扬华,万色隐鲜。阳(水之北)冰不冶(融化),阴(水南)火潜然。爔(xī,火旺)炭重燔,吹炯九泉。朱燄(同"焰")绿烟,瞹(yǎo)眇蝉蜎(yuān,"瞹眇蝉蜎"形容烟焰飞腾之状)。鱼则横海之鲸,突扤(wù,高出的样子)孤游,戛岩嶅(ào,高山),偃高涛,茹鳞甲,吞龙舟。噏(同"吸")波则洪涟踧蹜(cù sù,形容波浪聚集),吹涝则百川倒流。或乃蹭蹬(失势的样子)穷波,陆死盐田。巨鳞插云,鬐(同"鳍")鬛(liè,鱼背上的刺)刺天。颅骨成岳,流膏为渊。

这里有写实,有虚构,种种奇观尽显目前,虽不免有若干难字,但较之汉赋已少堆垛之弊。赋中不但善写鲸鱼这样的大鱼,亦善写小鸟:

若乃岩坻(chí,水中的小块陆地)之隈(wēi,山水弯曲处),沙石之嵚(qìn,山势耸立的样子),毛翼产鷇(kòu,初生小鸟),剖卵成禽。兔雏离褷(褷,音shī,离褷,毛羽初生状),鹤子淋渗(亦毛羽始生状)。群飞侣浴,戏广浮深,翔雾连轩(举翼状),泄泄淫淫(飞翔状)。翻动成雷,扰翰为林,更相叫啸,诡色殊音。

这段文字描写各种鸟类聚集在一起,发出种种鸣声,极为细致传神。后来鲍照的《登大雷岸与妹书》中写江中群鸟的聚居,主旨虽不尽同,而手法颇与此相类。赋中写海浪奔腾,行舟迅急之状,尤为生动:

若乃偏荒速告,王命急宣,飞骏鼓楫,泛海凌山。于是候劲风,揭百尺(指桅杆),维长绡(xiāo,挂帆用的长木),挂帆席。望涛远决,䂞然(明亮地)鸟逝。鹬(yù,快飞貌)如惊凫之失侣,倏如六龙之所掣(牵引)。一越三千,不终朝而济所届。

此段文字实为《水经注・江水》写三峡水流迅急部分所本。《水经注》有关此段的文字出于刘宋盛弘之《荆州记》而郦道元采之入书,其后李白《早发白帝城》诗中"千里江陵一日还"之句,即从此脱胎。

《海赋》文字华丽,却善用散文句法,如上文所引开首及写行舟迅速的文字,都在骈句中夹用散句以增加文章的气势。其行文技巧,为许多赋家所不及。所以日本来华留学的高僧遍照金刚在《文镜秘府论》中称"《海赋》太能"(《南卷·论文意》)。钱锺书先生在《管锥编》中称此赋"远在郭璞《江赋》之上,即张融《海赋》亦无其伟丽"(第四册第1217页)。

## 第三节　张翰　孙楚　王赞　曹摅

《文心雕龙·时序》中说到西晋文学时云:"晋虽不文,人才实盛……前史以为运涉季世,人未尽才。"这些话说得很中肯。西晋一代时间不长,却出现了许多著名作家。此外,还有一些作家其作品传世者不多,却往往有名篇为人们所称道。其中较有名的有张翰、孙楚、王赞和曹摅等。

张翰字季鹰,吴郡吴(今江苏苏州)人,他为人旷达,纵任不拘,而善作诗,当时人号为"江东步兵(阮籍)",早年曾入洛,齐王司马冏辟为大司马东曹掾,他看出晋室已乱,就和同郡顾荣商议回吴,顾荣亦同意其看法,就因秋风起而声称思念家乡的莼羹鲈鱼脍,便回到了吴地。其生卒年不详,据《晋书·文苑》本传说他卒年五十七。他的诗以《文选》所录《杂诗》较有名:

> 暮春和气应,白日照园林。青条若总翠,黄华如散金。嘉卉亮有观,顾此难久耽。延颈无良涂,顿足托幽深。荣与壮俱去,贱与老相寻。欢乐不照颜,惨怆发讴吟。讴吟何嗟及,古人可慰心。

此诗写因时节的更迭,感叹自己老而贫贱。先由春天万物的繁荣,想到这种欣欣向荣只是暂时的现象,最后还得衰老,"荣与壮俱去,贱与老相寻",更是人生最常见的现象。因春景而引发这种感慨,深具哲理意味,却写得十分亲切,令人回味无穷。

孙楚(？~293)字子荆,太原中都(今山西平遥)人。魏末曾为石苞镇东参军,曾作《为石仲容(苞)与孙皓书》,夸陈晋朝强大,列举公孙渊和蜀汉败亡之迹,诱劝孙皓投降,辞藻华丽,笔酣墨畅。清何焯评此文云:"自是大才,不减孔璋(陈琳),其源出于辞赋,故雅丽过之。"(《义门读书记》卷四十九)。他的诗《征西官属送于陟阳候作》最为人们所称道。"候"是古代守望的哨所,陟阳候即候亭名。诗作于晋惠帝即位之初,当时他出任冯翊太守,征西将军扶风王司马骏与作者有旧交,所以其官属在陟阳候饯送他。他作诗云:

晨风飘歧路,零雨被秋草。倾城远追送,饯我千里道。三命皆有极,咄嗟安可保。莫大于殇子,彭聃犹为夭。吉凶如纠缠,忧喜相纷绕。天地为我炉,万物一何小。达人乘大观,诫此苦不早。乖离即长衢,惆怅盈怀抱。孰能察其心,鉴之以苍昊。齐契在今朝,守之与偕老。

此诗所以传诵,正在起首二句,以写景引出离情,颇为感人。全诗多用《庄子》及贾谊《鵩鸟赋》典故,已有较重的玄言气息。这时已是惠帝即位之后,朝政虽表面承平,内部争权斗争十分激烈,孙楚可能有所觉察,故诗中颇有忧惧之情。

和孙楚此诗齐名的,是王赞的《杂诗》。王赞(？~311)字正长,义阳(今河南信阳北)人。博学有俊才,晋武帝时为司空掾,转太子舍人。惠帝时历侍中、著作郎,出为陈留太守。怀帝永嘉五年(311)奉

苟晞命至项城令东海王司马越归降,为石勒所擒,月余被杀。他的诗以《文选》所录《杂诗》最有名。其诗云:

朔风动秋草,边马有归心。胡宁久分析,靡靡忽至今。王事离我志,殊隔过商参。昔往鸧鹒鸣,今来蟋蟀吟。人情怀旧乡,客鸟思故林。师涓久不奏,谁能宣我心。

此诗取《古诗·行行重行行》中"胡马依北风"句起兴,写自己游宦他乡的怀旧之情。"昔往"二句化用《诗经·小雅·采薇》中的"昔我往矣,杨柳依依;今我来思,雨雪霏霏"句意,虽用典而显得十分自然。沈约在《宋书·谢灵运传论》中说:"子荆(孙楚)'零雨'之章,正长'朔风'之句,并直举胸情,非傍诗史,正以音律调韵,取高前式。"钟嵘《诗品》把他和孙楚同入中品,评为"子荆'零雨'之外,正长'朔风'之后,虽有累札,良亦无闻"。

曹摅(?~308)字颜远,谯国(今安徽亳州)人,初为临淄令,有善政,入为尚书郎,转洛阳令。齐王司马冏辅政,曹摅与左思为记室督,后为中书侍郎。惠帝末,为襄城太守。永嘉二年(308),为征南司马,与流民战于酂县,败死。他的诗以《文选》所载《思友人诗》及《感旧诗》为有名。《感旧诗》云:

富贵他人合,贫贱亲戚离。廉蔺门易轨,田窦相夺移。晨风集茂林,栖鸟去枯枝。今我唯困蒙,郡士所背驰。乡人敦懿义,济济荫光仪。对宾颂《有客》,举觞咏"露斯"。临乐何所叹,素丝与路歧。

据《晋书·良吏》本传,曹摅生活中较困苦的时期当是长沙王司马乂败后,被免官家居,又丁母忧之际。但诗中"举觞"、"临乐"又不似丁忧时情景。所以此诗年代难于考证。《世说新语·黜免》注引《续晋阳秋》载,东晋殷浩被免职后,诵此诗,为之泣下,可见当时此诗颇为传诵。《思友人诗》乃思念欧阳建而作,当作于惠帝初。诗中写秋景及思友之情亦颇亲切。

西晋时代有一些人存诗甚少,而其人往往仅因一首名篇,传名后世,如稍早的郭泰机及枣据。郭有诗一首为《文选》所录,《诗品》将其列入中品;枣据之名,不见于《诗品》,但《诗品》中品有专条论应璩,而下品又有"应璩",与阮瑀、欧阳建并列一条,疑即"枣据"之误。

### 第四节　鲁褒　王沈

《晋书·惠帝纪》说晋惠帝"及居大位,政在群下,纲纪大坏,货赂公行,势位之家,以贵陵物,忠贤路绝,逸邪得志,更相荐举,天下谓之互市焉。高平王沈作《释时论》,南阳鲁褒作《钱神论》,庐江杜嵩作《任子春秋》,皆疾时之作也"。这里提到的《释时论》和《钱神论》,《晋书》均载入本传,皆著名杂文,而《钱神论》尤为传诵。

鲁褒字元道,南阳(今属河南)人,好学多闻以贫素自立。元康以后,朝廷法纪大坏,他作《钱神论》以刺世。他平生不做官,后不知所终。《钱神论》大略云:

钱之为体,有乾坤之象,内则其方,外则其圆。其积如山,其流如川。动静有时,行藏有节,市井便易,不患耗折。难折象寿,不匮象道,故能长久,为世神宝。亲之如兄,字曰"孔方",失之则贫弱,得之则富昌。无翼而飞,无足而走,解严毅之颜,开难发之口。钱多者处前,钱少者居后。处前者为君长,在后者为臣仆。……钱之为言泉也,无远不往,无幽不至。京邑衣冠,疲劳讲肆,厌闻清谈,对之睡寐,见我家兄,莫不惊视。钱之所祐,吉无不利。何必读书,然后富贵。……无德而尊,无势而热,排金门而入紫闼。危可使安,死可使活,贵可使贱,生可使杀。是故忿争非钱不胜,幽滞非钱不拔,怨仇非钱不解,令闻非钱不发。洛中朱衣,当途之士。爱我家兄,皆无已已。执我之手,抱我终始,不计优劣,不论年纪,宾客辐辏,门常如市。谚曰:"钱无耳,可使鬼。"凡今之人,惟钱而已……

此文在当时就流传很广,后来文人都常用此典,以致"孔方兄"一语已经家喻户晓。这篇文章不仅讽刺极辛辣,而且文体也很别致,全文有韵,颇效俗赋,但文字仍很有辞采。确为一篇很有特色的文章。

王沈字彦伯,高平(今山东济宁一带)人,年少时就有杰出才能,因出身贫寒,又不能与世俗妥协,颇受压抑。曾为郡文学掾,郁郁不得志。作《释时论》,文中对当时现实的讽刺亦颇深刻。如:

百辟君子,奕世相生,公门有公,卿门有卿。指秃腐骨,不简蚩停。多士丰于贵族,爵命不出闺庭。四门穆穆,绮襦是盈,仍叔之子,皆为老成。贱有常辱,贵有常荣,肉食继踵于华屋,疏饭袭迹于耨耕。谈名位者以谄媚附势,举高誉者因资而随形。

这是对门阀制度的无情鞭挞。文中对那些贵人及趋炎附势者的批判尤为尖锐:

京邑翼翼,群士千亿,奔集势门,求官买职。童仆窥其车乘,阉寺相其服饰,亲客阴参于靖室,疏宾徙倚于门侧。时因接见,矜厉容色,心怀内荏,外诈刚直,谭道义谓之俗生,论政刑以为鄙极。高会曲宴,惟言迁除消息,官无大小,问是谁力。

对西晋后期统治集团的腐朽状况揭露得十分真实。像鲁褒、王沈的这种刺世之文,在当时可谓不可多得。后来梁刘峻的《广绝交论》、隋卢思道的《劳生论》以至明宗臣的《报刘一丈书》亦皆刺时之作,都多少受到了鲁、王二人的影响。

## 第五节　刘琨　卢谌

刘琨(271~318)字越石,中山魏昌(今河北定州南)人。早年即以才识闻名。晋武帝太康末,他和祖逖同为司州主簿。同被共寝,夜闻鸡鸣,就一起起舞,已有建功立业之志。惠帝元康六年(296)为司隶从事,当时石崇在金谷涧中有别业,延接宾客赋诗,刘琨的诗很受人称许。其时贾谧参掌朝政,许多士人都依附他,陆机、潘岳、左思、欧阳建等都依附贾谧,号为"二十四友",刘琨亦在其列。在"八王之乱"中,他也曾参与过一些混战。怀帝永嘉元年(307)为并州刺史,这时匈奴族的叛乱已起,他在路上上表说:自己"九月末得发,道崄山峻,胡寇塞路,辄以少击众,冒险而进,顿伏艰危,辛苦备尝";到达并州后,"目睹困乏,流移四散,十不存二,携老扶弱,不绝于路。及其在者,鬻卖妻子,生相捐弃,死亡委危,白骨横野,哀呼之声,感伤和气。群胡数万,周匝四山,动足遇掠,开目睹寇"。并州治所在今山西太原,与前赵刘渊所据的离石(今属山西)甚近。在刘琨的治理下,并州稍见起色,流亡的人也稍稍归来,但刘琨虽善于怀抚,而短于控御,离去的人亦复不少。刘琨与占据幽州的王浚失和,王浚屡来攻打。刘琨听人谗言,错杀令狐盛,其子令狐泥遂投奔前赵,引前赵兵进攻晋阳,使刘琨父母遇害。刘琨只能向鲜卑拓跋猗卢求援,才击退前赵。愍帝即位后,以他为司空,都督并冀幽三州诸军事。这时他计划与拓跋猗卢进攻前赵,但拓跋氏内乱,猗卢又死去。刘琨子刘遵本在猗卢处为质,因拓跋氏内乱,引三万人归刘琨。刘琨自以为有新附之众,就出击石勒,结果大败,全军覆没,晋阳已难固守,只能赴幽州投刺史鲜卑人段匹䃅。这时长安失守,愍帝被俘。于是刘琨和段匹䃅联名向江南的司马睿(晋元帝)上表劝进,亦即《文选》所录的《劝进表》。其后,刘琨子刘群为段末波所获,段末波要与刘群一起袭击段匹䃅,以刘琨为内应,事泄,段匹䃅遂囚刘琨,最后把他杀害。

　　刘琨的创作以诗歌最为有名,其《扶风歌》乃从洛阳出发赴并州时所作。其诗云:

　　　　朝发广莫门,暮宿丹水山。左手弯繁弱(弓名),右手挥龙渊(剑名)。顾瞻望宫阙,俯仰御飞轩。据鞍长叹息,泪下如流泉。系马长松下,发鞍高岳头。烈烈悲风起,泠泠涧水流。挥手长相谢,哽咽不能言。浮云为我结,归鸟为我旋。去家日已远,安知存与亡。慷慨穷林中,抱膝独摧藏。麋鹿游我前,猿狼戏我侧。资粮既乏尽,薇蕨安可食。揽辔命徒侣,吟啸绝岩中。君子道微矣,夫子故有穷。惟昔李骞期,寄在匈奴庭。忠信反获罪,汉武不见明。我欲竟此曲,此曲悲且长。弃置勿重陈,重陈令心伤。

　　这时西晋政局已很混乱,兵力亦已衰弱,刘琨此行不但危险,而且还担心朝廷对自己未必信任。这也不足怪,在风雨飘摇的西晋朝廷中,不但没有公忠的贤臣,而且前赵势力日盛,洛阳已处于危急的形势。

所以此诗的情调不但悲壮,而且怨愤之情亦溢于言表。他另一些诗,则是在并州失陷后所作。此时他遭到"国破家亡,亲友凋残"之痛,在《答卢谌书》中,自称早年亦曾慕老庄,嘉阮籍,至此才知"聃、周之为虚诞,嗣宗之为妄作"。他的《重赠卢谌》一诗云:

> 握中有悬璧,本自荆山璆。惟彼太公望,昔在渭滨叟。邓生何感激,千里来相求。白登幸曲逆,鸿门赖留侯。重耳任五贤,小白相射钩。苟能隆二伯,安问党与仇。中夜抚枕叹,想与数子游。吾衰久矣夫,何其不梦周。谁云圣达节,知命故不忧。宣尼悲获麟,西狩涕孔丘。功业未及建,夕阳忽西流。时哉不我与,去乎若云浮。朱实陨劲风,繁英落素秋。狭路倾华盖,骇驷摧双辀。何意百炼刚,化为绕指柔。

此诗大约是被段匹磾所囚禁后所作,其中"敬能"二句即表示只要段匹磾能为晋朝立功,他都能尽释前嫌。但他确实感知自己处境的危险,预感到大祸将至,事业无成。所以较《扶风歌》更为悲凉。刘琨的诗,钟嵘《诗品》列入中品,认为:"其源出于王粲。善为凄戾之词,自有清拔之气。琨既体良才,又罹厄运,故善叙丧乱,多感恨之词。"金人元好问更认为他的诗有建安遗风,在《论诗绝句》中说:"曹刘坐啸虎生风,四海无人角两雄。可惜并州刘越石,不教横槊建安中。"

刘琨的《劝进表》亦为传诵名文,文中讲到晋愍帝被俘事,情调悲愤。他力主元帝司马睿称帝,以为"尊位不可久虚,万机不可久旷","陛下虽欲逡巡,其若宗庙何,其若百姓何?"言词恳切,颇有真情实感,亦能举历史事实作证,文气激越,为历来所称。

卢谌(284~350)字子谅,范阳涿(今属河北)人,刘琨内侄,曾为太尉掾。永嘉五年(311)洛阳陷落,北投刘琨,为刘琨主簿,转从事中郎。刘琨奔段匹磾,段匹磾失败,他又投段末波。末波为石虎所破,以卢谌为中书侍郎,石虎死后,后赵内乱,卢谌亦遇害。

卢谌的诗,今存七首,以《文选》所录《览古诗》等五首为较有名。其中《时兴诗》似作于投奔刘琨以前:

> 亹亹圆象运,悠悠方仪廓。忽忽岁云暮,游原采萧藿。北逾芒与河,南临伊与洛。凝霜沾蔓草,悲风振林薄。摵摵芳叶零,蕊蕊芬华落。下泉激洌清,旷野增辽索。登高眺遐荒,极望无崖崿。形变随时化,神感因物作,澹乎至人心,恬然存玄漠。

此诗写秋景,虽有时光易逝之感,毕竟较闲适,还带玄气,当为洛阳未陷落时所作。他的《览古诗》则咏蔺相如事,其中说到"舍生岂不易,处死诚独难。棱威章台颠,强御亦不干。屈节邯郸中,俯首忍回轩。廉公何为者,负荆谢厥愆",疑指刘琨陷身段匹磾事而发。他的《赠刘琨》乃四言诗。此诗大约是在刘琨投奔段匹磾后所作。诗中比刘琨为"松标",自比为"女萝":

> 绵绵女萝,施于松标。禀泽洪干,晞阳丰条。根浅难固,茎弱易凋。操彼纤质,承此冲飙。

诗中还提到"勾践作伯,祚自会稽",似对重兴晋朝仍抱希望。可能作此诗时,刘琨当未为段匹磾所拘。卢谌诗,《诗品》亦列入中品,但认为较之刘琨,"微不逮矣"。

# 第九章 东晋文学

## 第一节 郭璞和东晋初年文学

晋愍帝建兴四年(316)前赵将刘曜攻破长安,俘虏了愍帝司马邺,西晋彻底灭亡。次年,琅邪王司马睿在建康(今南京)称帝,是为东晋。东晋初年作家中,最有名的当推郭璞,此外还有诗人杨方、李充、曹毗及散文家庾亮等。

郭璞(276~324)字景纯,河东闻喜(今属山西)人,著名的学者和诗人。郭璞早年博学有高才,好经学,通卜筮之术。"八王之乱"时,占据着今山西离石一带的匈奴族军事首领刘渊也蠢蠢欲动,闻喜一带亦不安宁。郭璞眼看家乡将乱,就和亲友数十家一起避地东南。途中作《盐池赋》、《巫咸山赋》、《百尺楼赋》等辞赋,终于经洛阳到了庐江(今安徽舒城),又过江到宣城,为太守殷祐参军,随殷至建康,后又为王导参军。东晋建立以后,郭璞向元帝献《南郊赋》,颇见赞赏,因此被任为佐著作郎,迁尚书郎。大将军王敦以他为记室参军。后来王敦阴谋反叛朝廷,他借卜筮谏阻,说谋反必不成,因此被王敦所杀。他著有《尔雅注》、《方言注》、《山海经注》等,为训诂学及研究上古神话之重要典籍。

郭璞在文学方面的主要贡献是诗和赋,而诗尤为著名。他诗歌的代表作就是《游仙诗》。《游仙诗》本来有多少首,已不可确考。据近人逯钦立先生《先秦汉魏晋南北朝诗》所辑,连一些佚句在内,凡十九首(还不包括《诗品》所引的"奈何虎豹姿"和"戢翼栖榛梗"二句)。但人们常读的,大约不外乎《文选》所录的七首。这些诗都他到达江南后所作。当时他目睹江南的偏安政权十分微弱,朝廷为强臣所制,对政治已失去信心,因此颇有避世全身的思想。如《文选》所录第一首:

  京华游侠窟,山林隐遁栖。朱门何足荣,未若托蓬莱。临源挹清波,陵冈掇丹荑。灵溪可潜盘,安事登云梯。漆园有傲吏,莱氏有逸妻。进则保龙见,退为触藩羝。高蹈风尘外,长揖谢夷齐。

在这首诗里,他把求仙和隐遁结合了起来,求仙之目的在于遗世,避开仕途中的种种矛盾,以免成了触藩(篱笆)的公羊,两角被挂住,进退不得;还不如学庄周等人逍遥尘外,以求长生。应该说,这和郭璞起初的思想并不完全符合。郭璞到达南方后,也对中原的沦丧深感痛心,希望东晋政权能收复失地。如在《答贾九州愁诗》中,他曾悲叹"顾瞻中宇,一朝分崩;天纲既紊,浮鲵横腾;运首北眷,邈哉华恒"。他还寄希望王导重振晋室,在《与王使君诗》中声称:"方恢神邑,天衢再廓。"可能是现实使他丧失了信心,才产生了出世的思想。他笔下充满了离奇的神仙境界,这种境界都是远离人世的,如:

  青溪千余仞,中有一道士。云生栋梁间,风出窗户里。借问此何谁,云是鬼谷子。翘迹企颍阳,临河思洗耳。阊阖西南来,

潜波涣鳞起。灵妃顾我笑，粲然启玉齿。蹇修时不存，要之将谁使。（第二首）

翡翠戏兰苕，容色更相鲜。绿萝结高林，蒙笼盖一山。中有冥寂士，静啸抚清弦。放情陵霄外，嚼蕊挹飞泉。赤松临上游，驾鸿乘紫烟。左挹浮丘袖，右拍洪崖肩。借问蜉蝣辈，宁知龟鹤年。（第三首）

这两首诗写出了一种超凡脱俗的境界，深为历代士人所欣赏。《梁书·昭明太子传》载，萧统就曾诵"左挹"二句来表彰当时的诗人王筠和刘孝绰。尽管郭璞可以陶醉于此仙境中以暂时忘记现实的苦闷，但人世的痛苦，毕竟是排遣不了的。在第五首中他写道：

逸翮思拂霄，迅足羡远游。清源无增澜，安得运吞舟。珪璋虽特达，明月难暗投。潜颖怨青阳，陵苕哀素秋。悲来恻丹心，零泪缘缨流。

在《游仙诗》中写出了许多奇丽的仙境，他所以能有这种奇妙的幻想，大约与他精研《山海经》等神话传说有一定的关系。例如第六首云：

杂县寓鲁门，风暖将为灾。吞舟涌海底，高浪驾蓬莱。神仙排云出，但见金银台。陵阳挹丹溜，容成挥玉杯。姮娥扬妙音，洪崖颔其颐。升降随长烟，飘飘戏九垓。奇龄迈五龙，千岁方婴孩。燕昭无灵气，汉武非仙才。

如果说前几首写神仙，只是表现了与作者相遇的一个动作，此首却描写了神仙的出现景象，较之他首更觉奇丽。郭璞到江南以后，把家安在暨阳,此地地处长江下游。距入海口已不远,他可能是目睹波涛汹涌的形状,才产生这些想象的。郭璞的诗以挺拔奇丽著称。《文心雕龙·明诗》以为郭璞的《游仙诗》高出时辈,"挺拔而为俊矣"。钟嵘《诗品》把他列入中品,说他"宪章潘岳,文体相辉,彪炳可玩。始变永嘉平淡之体,故称中兴第一。《翰林》(指李充《翰林论》)以为诗首。但《游仙》之作,词多慷慨,乖违玄宗。其云'奈何虎豹姿',又云'戢翼栖榛梗'。乃是坎壈咏怀,非列仙之趣也。"其实像《文选》所录何劭辈所作,远不足与郭璞相比。

郭璞的赋,以《江赋》为有名,不过此赋用生僻字过多,不免艰涩难读,这大约和郭璞是一位文字学家有关。但此赋写长江从今四川省境一直奔腾入海的情状,就很有气势:

呼吸万里,吐纳灵潮,自然往复,或夕或朝,激逸势以前驱,乃鼓怒而作涛。峨嵋为泉阳之揭(泉阳即"阳泉",三国时地名,在今四川绵竹附近。揭,高耸之处),玉垒作东别之标。衡霍磊落以连镇,巫庐嵬崛而比峤(山锐而高)。协灵通气,渍薄相陶。流风蒸雷,腾虹扬霄。出信阳(指信陵之阳,在建平郡,今重庆和湖北交界地区)而长迈,淙大壑与沃焦(传说中地名,据云在东海南三万里)。

由于古人的地理知识有限,郭璞和当时不少人一样,不知道长江发源于青海的事实,而是据《尚书·禹贡》"岷山导江"的话来概括长江流域的地形。但用这样简短而形象的语言来描写江流的磅礴气势,确实具有过人的笔力。赋中写江船顺风行驶,也颇有特色:

凌波纵柂(同"舵"),电往杳溟。霴(duì,云黑之状)如晨霞孤征，眇若云翼绝岭。倏忽数百，千里俄顷。飞廉（风神）无以睎其踪，渠黄（骏马）不能企其景。

与木华《海赋》写海船疾驶显然不同，"倏忽数百，千里俄顷"，具有很强的表现力。尤其"晨雾孤征"四字设想新奇，体物摄神，所以钱锺书先生在《管锥编》中认为此句"可以适独坐而不独惊四筵也"（第四册第1235页）。《江赋》中好句不少，但难字太多，所以不再引述。

郭璞还有一篇《客傲》，乃仿东方朔《答客难》、杨雄《解嘲》而作。这种文章，《文选》称之为"设论"；《文心雕龙·杂文》则把它和"对问"合为一类，其实这类文章亦属赋体。在这篇文章中，可以看出他对东晋初年的政局有较深的了解，他目睹一些人身居要职，并不羡慕，因为他知道仕途凶险，魏晋以来许多政治人物都没有好下场，而自己又已有名气，很难完全退隐。因此他说"蚑蛾以不才陆槁，蟒蛇以腾骛暴鳞"，唯一的办法只能是"不尘不冥，不骊不骍"，也就是《庄子·山木篇》所谓"处于才与不才之间"。他认为混迹仕途而不干预政事，可以避免灾祸。但事变的发展往往不以人的意志转移，他最后还是因谏阻王敦造反而遭杀害。

郭璞的文学才能当成熟于南渡以后，至于从闻喜到南方途中所作的几篇赋，虽可为研究其思想的资料，但艺术上似无什么特色。

杨方字公回，会稽（今浙江绍兴一带）人，出身低微，少好学有异才，不为乡人所知，后来为内史诸葛恢所赏识，又经虞喜、贺循等荐举，才被王导辟为掾属，转东安太守，迁司徒参军事，他不愿留建康，求补远郡，补高梁太守，在郡著《五经钩沈》、《吴越春秋》等书，以年老回乡终于家。

杨方的作品以《玉台新咏》所录《合欢诗》为最著。此诗共五首，前两首，似为夫妻赠答，第一首夫赠妻，第二首妻答夫，诗中皆以秦

嘉、徐淑自比。后面三首则一作《杂诗》,似与前二首无多大联系。第一、二首内容基本相同,皆言夫妇感情之笃。如第一首:

> 虎啸谷风起,龙跃景云浮。同声好相应,同气自相求。我情与子亲,譬如影追躯。食共并根穗,饮共连理杯。衣用双丝绢,寝共无缝裯。居愿接膝坐,行愿携手趋。子静我不动,子游我无留。齐彼同心鸟,譬此比目鱼。情至断金石,胶漆未为牢。但愿长无别,合形作一躯。生为并身物,死为同棺灰。秦氏自言至,我情不可俦。

从《晋书·贺循附杨方传》看来,杨方是一位儒生,精于经学,所以此诗一开首,就全用《周易·乾·文言》典故。但儒生写出这样爱情深挚之作,说明当时的人尚不如后来一些人之道学气足。此诗手法颇多铺陈和重复,可能在一定程度上受繁钦《定情诗》的影响。

第三首如下,似各自独立成篇,如第三首云:

> 独坐空室中,愁有数千端。悲响答愁叹,哀涕应苦言。彷徨四顾望,白日入西山。不睹佳人来,但见飞鸟还。飞鸟亦何乐,夕宿自作群。

此诗写的似是等待情人不至的相思之苦,后半用写景来描写天色已晚,久待不至的焦急心情,最后以"飞鸟亦何乐"二句作结,尤显得无限惆怅与寂寞。

东晋初年文人不少,但最有成就的是郭璞,其次可能就数杨方。其他较有影响的恐怕是李充。李充字弘度,江夏郫(méng)县(今河南信阳东)人。晋成帝时为丞相王导掾,转记室参军,好刑名之学,对当时放诞之风颇不满,作《学箴》。后为剡县令。他在文学方面的主要成就为文学批评著作《翰林论》。此书据《隋书·经籍志》载,在梁代本有五十四卷,入隋仅三卷,疑五十四卷本是文章总集,而三卷本则为李充的评论,这和《文章流别集》与《文章流别论》一样,但《翰林论》的散佚较《文章流别论》为甚。今所存佚文,有些似残阙过甚,如云:"潘安仁之为文也,犹翔禽之羽毛,衣被之绡縠。"此语亦见《诗品》,然《诗品》谓李充还有"(潘岳)犹浅于陆机"之说,原文就无法考知了。不过在当时,《翰林论》有它的影响。

李充本人亦能诗,《玉台新咏》录其《嘲友人诗》:

> 同好齐欢爱,缠绵一何深。子既识我情,我亦知子心。嬿婉历年岁,和乐如瑟琴。良辰不我俱,中阔似商参。尔隔北山阳,我分南川阴。嘉会罔克从,积思安可任。目想妍丽姿,耳存清媚音。修昼兴永念,遥夜独悲吟。逝将寻行役,言别涕沾襟。愿尔降玉趾,一顾重千金。

此诗大约只是朋友之间的相思,与男女之情无关,不知何故亦选入《玉台新咏》。

和李充差不多同时或稍后的曹毗,字辅佐,谯国(今安徽亳州)人,曾为句章令,太学博士,官至光禄勋。《玉台新咏》录其《夜听捣衣》诗一首:

> 寒兴御纨素,佳人理衣衾。冬夜清且永,皓月照堂阴。纤手叠轻素,朗杵叩鸣砧。清风流繁节,回飙洒微吟。嗟此往运速,悼彼幽滞心。二物感余怀,岂但声与音。

从南北朝至唐,写捣衣声的诗很多,此诗可以说是较早的。因为捣衣声既标志着岁时的变换,又往往和行人、思妇之情相联系。曹毗此诗因听到砧声,而联想起岁月的易逝。《晋书·文苑》本传记曹毗曾作诗嘲神女杜兰香降张硕事,所谓"杜兰香"故事,据干宝《搜神记》载,乃汉时事,亦有诗二首,但不言曹毗作。疑曹毗亦听到此故事后作诗咏此事,诗已佚。《世说新语·文学》记孙绰评曹毗云:"曹辅佐,才如白地明光锦,裁为负版绔,非无文采,酷无裁制。"可能即因曹毗以民间故事入诗而对他表示不满。

　　东晋初年的外戚大臣庾亮(289~340)字元规,颍川鄢陵(今属河南)人。他主要是一个政治人物,但亦有文才。《诗品序》评东晋诗,谓"孙绰、许询、桓、庾诸公诗,皆平典似《道德论》",有人认为"桓、庾"即桓温、庾亮,但其诗今已见不到。庾亮作品之存者,惟《文选》所录《让中书监表》①为有名,此表作于晋明帝即位时,即晋元帝永昌元年(322),当时他因王敦掌握重兵,威胁朝廷,所以不愿居此要职。文中大谈自汉以来,外戚居官,多以此招祸的事例说:"今以臣之才,兼如此之嫌,而使内处心膂,外总兵权。以此求治,未之闻也;以此招祸,可立待也。虽陛下二相,明其愚款;朝士百寮,颇识其情。天下之人,何可门列户说,使皆坦然耶!"忧惧之情,溢于言表。但后来没过多久,他还是就任此职。这大约是当时晋朝和王敦的斗争形势使他不能再求退免祸之故。庾亮在当时对讨伐王敦还是有一定功劳的。但后来掌权以后,不免有专横之处,然而总的来说,他还是有志于做一番事业的。

---

① "监",《文选》作"令",但善注疑误。

## 第二节　葛洪　干宝

葛洪(283~363)字稚川,丹阳句容(今属江苏)人。父悌仕吴入晋,为邵陵太守。洪年十三丧父,家贫,曾亲自耕田,农隙借书诵读,遂博涉群书,自称所阅近万卷。晋惠帝太安二年(303),江南动乱,石冰攻扬州,葛洪为吴兴太守顾秘将,击破石冰。他不求封赏,而至洛阳求书,不久,江南又有陈敏之乱,他又为广州刺史嵇含参军,但含未几即为人所杀,葛洪只得留于广州,专心著述,到永嘉末才返乡里。后入司马睿幕,东晋建立后为王导司徒掾,迁谘议参军,以干宝荐,被选为散骑常侍,领大著作,他固辞不受,遂到广州,入罗浮山炼丹,后卒于山中。

葛洪主要是位思想家和科学家,他著有《抱朴子》"内篇"二十卷,讲神仙及炼丹的事;"外篇"五十卷,则论人间得失,主要思想近于儒家。《晋书》本传说他"才章富赡",现在看来,《抱朴子》的文章皆质朴说理之文,但"外篇"中像《钧世》、《尚博》等篇,都是对文学提出自己的看法。他反对"德行为本,文章为末"的议法,认为"文章之与德行,犹十尺之与一丈,谓之余事,未之前闻"。又说:"且夫本不必皆珍,末不必悉薄。譬若锦绣之因素地,珠玉之居蚌石,云雨生于肤寸,江海始于咫尺尔。则文章虽为德行之弟,未可呼为余事也。"(《抱朴子·尚博》)他还反对崇古轻今的观点,他说:"且夫《尚书》者,政事之集也,然未若近代之优文诏策军书奏议之清富赡丽也。《毛诗》者,华彩之辞也,然不及《上林》、《羽猎》、《二京》、《三都》之汪濊博富也。然则古之子书,能胜今之作者,何也?"当然,他的见解,也有片面性,似乎篇幅愈大,排比铺张之作,总比古代简短的诗为好。他所表彰的作品,如郭璞《南郊赋》、陈琳《武军赋》从今存佚文来看,实不很出色,后者已遭曹植非议;至于以为夏侯湛、潘岳仿《诗经》作的《补亡诗》超过《诗经》亦属偏见。不过他强调"且夫古者事事醇素,今则莫不雕饰。时移世改,理自然也"(皆见《钧世篇》),此说却是合理的。

曾被题作刘歆所作的《西京杂记》,一般认为是葛洪所著,此书记司马相如、杨雄作赋,及王昭君、毛延寿故事,情节颇生动,但此书作者尚有争议,姑不论述。

葛洪的朋友干宝(?~336)字令升,新蔡(今属河南)人,少勤学、博览群籍,以才器被召为著作佐郎,曾参与平杜弢叛乱,有功,赐爵关内侯。晋元帝建东晋,王导上疏请置史官,命干宝撰集,于是他开始参加国史修撰。因家贫,求补山阴令,迁始安太守。王导又以他为司徒右长史,迁散骑常侍。他著《晋记》二十卷,《晋书》本传称"其书简略,直而能婉,咸称良史"。刘知幾《史通·古今正史》亦采用这评语。《晋纪》今佚,《文选》录有其《论晋武帝革命》及《晋纪总论》之篇,文字均甚典雅,颇有文采。此外,他还作有《搜神记》三十卷(一作二十卷),今佚,有明人辑本。干宝写作此书的目的,据他自己在序中说:"虽考先志于载籍,收遗逸于当时,盖非一耳一目之所亲闻睹也,亦安敢谓无失实者哉?卫朔失国,二传互其所闻,吕望事周,子长存其两说,若此比类,往往有焉。从此观之,闻见之难一,由来尚矣。"因此他撰集此书,并非都以为事实,却又认为其中亦有可信的事,"亦足以明神道之不诬也"。从这篇序看来,干宝的思想是矛盾的,一方面他相信鬼神的存在,另一方面他又遵守孔子不言"怪力乱神"的教义,不愿把这些故事写进《晋纪》中去。从刘知幾《史通·采撰篇》说的"晋世杂书,谅非一族,若《语林》、《世说》、《幽明录》、《搜神记》之徒,其所载或恢谐小辩,或神鬼怪物。其事非圣,扬雄所不观;其言乱神,宣尼所不语。皇朝新撰《晋史》,多采以为书。夫以干(宝)邓(粲)之所粪除,王(隐)虞(预)之所糠秕,持为逸史,用补前传"等语看来,这些情节在《晋纪》中都是不载的。但干宝在写作《搜神记》时,却是另一种态度。正如刘知幾所指出的:"案:应劭《风俗通》载,楚有叶君祠,即叶公诸梁庙也。而俗云孝明帝时有河东王乔为叶令,尝飞凫入朝。及干宝《搜神记》,乃隐应氏所通,而收流俗怪说……既而宋求汉事,旁取令升之书……"(《史通·杂说中》)看来干宝的思想确有矛盾,不过从《搜神记序》看来,他虽是有神论者,也未必全信这里所讲的故事。还有一点值得注意的是,从《晋记总论》等文看来,干宝富于文采,而《搜神记》的文字却颇质朴,有些甚至略显粗糙。这说明干宝自己对它的重视,远不如《晋纪》。因为他明知这些故事未必可信。不过,在《搜神记》中确实保存了许多民间故事和传说,很值得重视。如著名的《韩凭夫妇》故事,记宋康王欲强占其舍人韩凭妻何氏,韩凭不服,被宋康王囚禁。何氏暗中送信给韩凭,约他同死。其后韩凭自杀,何氏亦从高台上跳下自杀,遗书要求合葬,宋王不许,并且说:"尔夫妇相爱不已,若能使冢合,则吾弗阻也。"据说:

> 宿昔之间,便有大梓木生于二冢之端,旬日而大盈抱,屈体相就,根交于下,枝错于上。又有鸳鸯,雌雄各一,恒栖树上,晨夕不去,交颈悲鸣,音声感人。宋人哀之,遂号其木曰"相思树"。相思之名,起于此也。南人谓此禽即韩凭夫妇之精魂。今睢阳有韩凭城,其歌谣至今犹存。(卷十一)

这个故事表现了忠贞的爱情,对后来敦煌俗赋《韩朋赋》有直接的影响。至于大梓木和鸳鸯的情节,又与汉乐府《孔雀东南飞》结局类似,未知两者是谁影响了谁,但肯定有密切关系。又如第十六卷《紫玉》

故事,记吴王夫差小女紫玉与韩童的真挚爱情,亦极感人。同卷《宋定伯》故事,记宋定伯不怕鬼,用机智的手段制服了鬼,亦颇有趣味。第十九卷《李寄》故事尤为出色,故事记"东越闽中"有个地方大蛇为害,经常给人托梦,要求以十二三岁的女孩祭它,送去后即被蛇吃掉,后来有个叫李寄的小女孩自愿前去,她带着剑和"咋蛇犬",引诱蛇出洞,终于把蛇杀死,保了一方平安。这些故事虽不可信,但它们表现了人们美好的愿望,而情节曲折,不失为优秀的民间故事。

## 第三节　许询　孙绰　庾阐

东晋诗坛盛行"玄言诗"。《文心雕龙·时序》云:"自中朝(指西晋)贵玄,江左称盛,因谈余气,流成文体。是以世极迍邅,而辞意夷泰,诗必柱下之旨归,赋乃漆园之义疏。"历来论者对这些"玄言诗",大抵取贬斥态度。现在看来,这时期的诗歌确实很少有佳作,但另一方面,"玄言诗"本身也在不断变化,最后导致了"山水诗"的出现。"玄言"与"山水"之间,其实存在着千丝万缕的联系。

"玄言诗"的代表人物,一般都认为是许询和孙绰。许询字玄度,高阳(今属河北)人,生卒年不详。幼居山阴(今浙江绍兴),性好山水,隐居不仕,与王羲之、刘惔、孙绰、谢安、支遁诸人游。穆帝永和中,司徒蔡谟辟为掾,不就。卒时年三十许。有集八卷,佚。许询能诗,《世说新语·文学》载晋简文帝云:"玄度五言诗,可谓妙绝时人。"《诗品》则把他和孙绰俱列入下品,谓二人"弥善恬淡之词"。然《世说新语·品藻》:"支道林(遁)问孙兴公(绰):'君何如许掾?'孙曰:'高情远致,弟子蚤已服膺;一吟一咏,许将北面。'"又云:"孙兴公、许玄度皆一时名流,或重许高情,则鄙孙秽行;或爱孙才藻,而无取于许。"据此则许之诗才,在当时已被视为不及孙绰。今许诗仅《艺文类聚》卷六十九所载《竹扇诗》四句较完整,但和江淹《杂体诗三十首》中所拟许诗似无相似处,疑非许之特色。只有同书卷八十八所引"青松凝素髓,秋菊落芳英"二句,与江淹拟诗中"丹葩曜芳蕤,绿竹阴闲敞"等句颇相似。《世说新语·栖逸》:"许掾好游山川,而体便登陟。时人云:'许非徒有胜情,实有济胜之具。'"这说明许询这样的玄言诗代表人物,亦喜山川,所以江淹拟诗及《艺文类聚》所引逸句,均有写景成分。这和孙绰等其他人物是一致的。

孙绰(314~371)字兴公,太原中都(今山西平遥)人,孙楚之孙。少孤,与许询俱有高尚之志,居于会稽,曾作《遂初赋》,成帝时,为佐著作郎,袭封长乐侯,后为太学博士、尚书郎,卒于廷尉卿领著作。孙绰的诗,以《秋日诗》较为历来读者所重视:

萧瑟仲秋月,飕戾风云高。山居感时变,远客兴长谣。疏林积凉风,虚岫结凝霄。湛露洒庭林,密叶辞荣条。抚叶悲先落,郁松羡后凋。垂纶在林野,交情远市朝。澹然古怀心,濠上岂伊遥。

在孙绰、许询等"玄言诗人"的作品中,此诗可以说是最富于形象也最近于山水写景之作。当然,此诗仍有玄气,较之后来陶渊明、谢灵运之作,还相差甚远。不过从此诗中,较能看出玄言诗向山水诗转化的契机。

其实孙绰的作品还是《文选》所录《游天台山赋》最见传诵。从此赋的序中"非夫遗世玩道,绝粒茹芝者,焉能轻举而宅之?非夫远寄冥搜,笃信通神者,何肯遥想而存之?余所以驰神运思昼咏宵兴,俯仰之间,若已再升者也"诸句看来,他似乎并未真的登山,只是通过幻想来写天台奇景。不过由于他毕竟游历过许多山水,再加上他曾经做过永嘉太守,到过浙东一带,可能听到过关于天台山的一些情况,所以写来还很生动传神。如其中名句"赤城霞起而建标,瀑布飞流以界道",似亦属得之传闻,而山水奇景,却突现于眼前。赋中类似的名句还不少,如:

> 披荒榛之蒙茏,陟岧崿之峥嵘。济楢溪(楢音 yóu,楢溪,溪名)而直进,落五界(五县之界)而迅征。跨穹隆(长而曲折)之悬磴(石桥),临万丈之绝冥(幽深)。践莓苔之滑石,搏壁立之翠屏。揽樛(jiū,树木向下弯曲)木之长萝,援葛藟(lěi,藤)之飞茎。虽一冒于垂堂,乃求存乎长生。必契诚于幽昧,履重崄而逾平。

他自己对此赋颇自负,《世说新语·文学》载,他曾将此文交给友人范荣期看,并说:"卿试掷地,要作金石声!"的确,在写景的小赋中,此赋确为难得名篇。

其实东晋诗歌中写山水诗较多的还是稍早于孙、许的庾阐。他字仲初,颍川鄢陵(今属河南)人,卒于晋穆帝永和年间,年五十四。他在东晋初,曾任西阳王司马羕(yàng)太宰掾,明帝时迁尚书郎,后为散骑常侍领著作,出为零陵太守。他的诗也有玄言气息,如《衡山诗》:

> 北眺衡山首,南睨五岭末。寂坐挹虚恬,运目情四豁。翔虬凌九霄,陆鳞困濡沫。未体江湖悠,安识南溟阔。(《艺文类聚》卷七)

但有时则纯为写景,如《江都遇风诗》:

> 天吴踊灵壑,将驾奔冥霄。飞廉振折木,流景登扶摇。洪川伫宿浪,跃水迎晨潮。仰眄戾玄云,俯听聒悲飙。(《艺文类聚》卷一)

但这些诗均系类书所引,恐有删节。庾阐其人似未忘情于政治,《世说新语·文学》载晋简文帝曾诵其《从征诗》中"志士痛朝危,忠臣哀主辱"二句。今存《登楚山诗》(见《艺文类聚》卷七)亦有"回首盼宇宙,一无济邦家"之句。他还作过《扬都赋》,因称颂庾亮,颇为庾亮所赏。但《世说新语·文学》载,谢安对此赋颇有讥议。总的来说,庾阐诗很少被人传诵,《文选》亦未录其作品,大约因为他的诗似乏精警之篇,所以钟嵘《诗品》亦不予论列。

## 第四节 王羲之

王羲之(303~361)字逸少,祖籍琅邪临沂(今属山东)人,著名的大书法家,因曾任右军将军,故亦称"王右军"。他少时不善言谈,未为人们赏识,后来去见周𫖮,周𫖮觉察到他的才能,以牛心炙招待他,因此知名。起家秘书郎,为庾亮参军,迁长史,庾亮临死时向朝廷推荐他,因此任江州刺史,后为右军将军、会稽内史。曾致书殷浩,劝他不要草率出兵北伐。他为会稽内史,渡浙江以后,就定居于会稽,和孙绰、许询等人相往来。晋穆帝永和九年(353),他曾和一些士人在会稽山阴的兰亭集会宴饮作诗,他自己作了一篇序,这就是著名的《兰亭集序》:

永和九年,岁在癸丑,暮春之初,会于会稽山阴之兰亭,修禊事也。群贤毕至,少长咸集。此地有崇山峻岭,茂林修竹,又有清流激湍,映带左右,引以为流觞曲水,列坐其次。虽无丝竹管弦之盛,一觞一咏,亦足以畅叙幽情。是日也,天朗气清,惠风和畅,仰观宇宙之大,俯察品类之盛,所以游目骋怀,足以极视听之娱,信可乐也。夫人之相与,俯仰一世,或取诸怀抱,悟言一室之内,或因寄所托,放浪形骸之外,虽趣舍万殊,静躁不同,当其欣于所遇,暂得于己,快然自足,不知老之将至。及其所之既倦,情随事迁,感慨系之矣。向之所欣,俯仰之间,已为陈迹,犹不能不以之兴怀。况修短随化,终期于尽。古人云,死生亦大矣,岂不痛哉,每览昔人兴感之由,若合一契,未尝不临文嗟悼,不能喻之于怀。固知一死生为虚诞,齐彭殇为妄作,后之视今,犹今之视昔,悲夫!故列叙时人,录其所述,虽世殊事异,所以兴怀,其致一也。后之览者,亦将有感于斯文。

此文历来被视为名篇,但未被《文选》所录,不少人曾探讨其原因,大体认为萧统着重选骈体,而此文不符合其要求。近几十年来,有人甚至怀疑此文出于伪托。这种说法是从怀疑《兰亭集序》的法书引起的。不过,《世说新语·企羡》刘孝标注,已经引用了开头至"信可乐也"一段,又引"虽无丝竹管弦之盛"三句及"故列序时人,录其所述"二句。刘孝标所引虽非全文,但引文与《晋书》本传所载文字亦无出入,有些字句刘注不引,显然是因作注无必要而作了删节。现在看来,刘孝标所删,大抵为议论及抒情之语,作注时删去这些文字,完全可以理解,不能据此谓全文是伪。至于法帖真伪,这与文章是两件事,据陶弘景与梁武帝来往信中所论,王羲之法帖,有不少是别人伪托,但也不能据此谓东晋时代本无王羲之手迹存在。

和《兰亭集序》有关的,还有他的《兰亭诗》二首,这些诗似无人怀疑。其四言诗云:

> 代谢鳞次,忽焉以周。欣此暮春,和气载柔。咏彼舞雩,异代同流。乃携齐契,散怀一丘。

这种诗与当时的玄言诗基本类似。他还有五言诗一首,较长,内容亦与此类似。

王羲之给人的书信,亦颇有文学价值,其中较有名的是《晋书》本传所载《与殷浩书》和《与会稽王笺》。从这些书信中,可以看出他对当时的形势有比较清醒的估计。如《与会稽王笺》中说:

> 夫庙算决胜,必宜审量彼我,万全而后动。功就之日,便当因其众而即其实。今功未可期,而遗黎歼尽,万不余一。且千里馈粮,自古为难,况今转运供继,西输许洛,北入黄河。虽秦政之弊,未至于此,而十室之忧,便以交至。今运无还期,征求日重,以区区吴越经纬天下十分之九,不亡何待!而不度德量力,不弊不已,此封内所痛心叹悼而莫敢吐诚。

这些话写得十分沉痛,因为殷浩当时不考虑东晋的实力,草率地命将北伐,又为羌族首领姚襄所败。王羲之并非反对收复中原,但他看到当时东晋并无这实力,在殷浩出兵前,就写信劝阻,殷浩不听,致有此败。在殷浩既败之后,他又写信对殷说:

> 自寇乱以来,处内外之任者,未有深谋远虑,括囊至计,而疲竭根本,各从所志,竟无一切可论,一事可记,忠言嘉谋弃而莫

用,遂令天下将有土崩之势,何能不痛心悲慨也。任其事者,岂得辞四海之责! 追咎往事,亦何所复及,宜更虚己求贤,当与有识共之,不可复令忠允之言常屈于当权。

这段话说得十分剀切。应该说,王羲之虽非政治人物,但他并未忘记政事。《世说新语·言语》:"王右军与谢太傅(安)共登冶城。谢悠然远想,有高世之志。王谓谢曰:'夏禹勤王,手足胼胝,文王旰食,日不暇给。今四郊多垒,宜人人自效,而虚谈废务,浮文妨要,恐非当今所宜。'"又载:刘惔为丹阳尹,与许询二人说到所居之处颇舒适,王羲之就规劝说:"令巢、许遇稷契,当无此言。"这说明他为人的正直。但他的贡献却主要在书法方面。正因为他历来被视为一位书法家,所以人们往往忽视了他的政治和文学方面的才能。

## 第五节　湛方生　殷仲文　谢混

在东晋文学史上,湛方生是一个很值得注意,却又很少被人提到的作家。由于《晋书》无传,所以他的生卒年和籍贯均无法确考。他大约生活于晋孝武帝至安帝时代。他大约在交州新昌郡(今越南境)做过县令一类的小官。当时一些高门士人是不会去那种地方做官的。后来官至卫军谘议参军,亦非高官。由此可以推知他出身大约较贫寒。从他的多数作品看,似多与"彭蠡"、"庐山"一带有关,由此可以推测他的籍贯可能在今江西九江附近。他的诗多写景之作,如《帆入南湖诗》:

彭蠡(今鄱阳湖)纪三江,庐岳主众阜。白沙净川路,青松蔚岩首。此水何时流,此山何时有?人运互推迁,兹器独长久。悠悠宇宙中,古今迭先后。

此诗前四句写景,"白沙"二句,有点陶渊明的气息。后六句由看到这景色,而产生了山川何时才有的哲理思考,较之当时一些玄言诗人的重复老庄哲学命题,富于回味,亦显出诗意。又如其《还都帆》:

高岳万丈峻,长湖千里清。白沙穷年洁,林松冬夏青。水无暂停流,木有千载贞。寤言赋新诗,忽忘羁客情。

这些诗虽尚不及陶诗成熟,但这些诗与陶诗似有较多类似之处。前首"此水"四句,叫人想起陶渊明《形影神》中的"天地长不没,山川无改时";"青松蔚岩首"句亦叫人想起陶渊明《和郭主簿》其二的"青松冠岩列";后一首的"寤言赋新诗"亦似陶渊明《移居》其二的"登高赋新诗"。湛方生可能是陶渊明的老乡,而且湛氏和陶氏还可能是亲戚(陶渊明的高祖母即陶侃之母姓湛,见《世说新语·贤媛》注),所以湛方生对陶渊明可能还有较深影响。

湛方生的赋亦有特色,他的赋据清代严可均《全上古三代秦汉三国六朝文·全晋文》所辑凡六篇,此外尚有《羁鹤吟序》和《吊鹤文》,前者可能是一篇赋的序,但正文已佚;后者虽名为文,文体却与赋差不多。在这些作品中,最值得注意的是《秋夜》、《游园咏》和《怀归谣》三首短赋。这些作品和夏侯湛的短赋一样,实际上已近于杂言诗,但文体和内容均与夏侯湛之作有所不同。《秋夜》基本上为六言,杂有个别四言句,末尾则为七言。其写景之句,颇有文采,如:

悲九秋之为节,物凋悴而无荣。岭颓鲜而殒绿,木倾柯而落英。履代谢以惆怅,睹摇落而兴情。信皋壤而感人,乐未毕而哀生。秋夜清兮,何秋夕之转长。夜悠悠而难极,月皎皎而停光。播商气以清温,扇高风以革凉。水激波而成涟,露凝结而为霜。凡有生而必凋,情何感而不伤。(《艺文类聚》卷三)

《游园咏》则纯为六言,亦不用"兮"字;至于《怀归谣》则基本上是楚辞体,句法又有不同,如:

气惨惨兮凝晨,风凄凄兮薄暮。雨雪兮交纷,重云兮四布。天地兮一色,六合兮同素。山木兮摧披,津壑兮凝冱。感羁旅兮苦心,怀桑梓兮增慕。

这些句子都写得情景交融,富有诗意,与南朝人抒情小赋相似。这些小赋对谢庄的杂言诗影响较大。

湛方生的《风赋》和《怀春赋》,亦属抒情小赋。《风赋》虽用铺张手法写了狂风与微风的不同,但多以景物来烘托,毫无生僻的字。《怀春赋》亦颇流畅自然。至于其《七劝》,乃模仿《七发》,似较少特色。总的来说,湛方生的赋,较诗稍多玄气,但与玄言诗人不同,写景已占主要成分。

殷仲文(?~407)陈郡长平(今河南西华东北)人,桓温女婿。少有才藻,因从兄殷仲堪荐,为会稽王司马道子骠骑参军。安帝初,为道子之子元显征虏长史。桓玄起兵反抗朝廷,攻入建康,他投向桓玄,为其谘议参军。桓玄称帝,被任侍中、领左卫将军。刘裕起兵讨伐桓玄,殷仲文又投刘裕,为镇军长史,转尚书,迁东阳太守,意不平,以谋反罪被杀。

殷仲文诗以《文选》所录《南州桓公九井作》为著。"桓公"即桓

玄,当时桓玄已专擅朝政,尚未篡晋自立。其诗云:

> 四运虽鳞次,理化各有准。独有清秋日,能使高兴尽。景气多明远,风物自凄紧。爽籁惊幽律,哀壑叩虚牝。岁寒无早秀,浮荣甘夙殒。何以标贞脆,薄言寄松菌。哲匠感萧晨,肃此尘外轸。广筵散泛爱,逸爵纡胜引。伊余乐好仁,惑袪吝亦泯。猥首阿衡朝,将贻匈奴哂。

这首诗表现了他在当时环境中的忧惧之情。因为殷仲文和桓玄虽是亲戚,而桓玄当时掌握着朝廷大权,但当时反对桓玄的势力亦不小。一旦桓玄篡位失败,以他的身份难免受到牵连,所以诗中流露出不少疑惧的情绪。但是殷仲文并不是个甘心寂寞的人,他后来在桓玄篡位时,扮演了重要角色。

历来论诗的人大抵认为殷仲文和谢混是由玄言诗向山水诗转变的关键人物。但是在他身上,玄言诗的气息还很重,所以沈约虽有"仲文始革孙、许之风"(《宋书·谢灵运传论》)的话,但钟嵘《诗品》却认为:"义熙中,以谢益寿(混)、殷仲文为华绮之冠,殷不竞矣。"现在看来,上引殷仲文此诗,只有首几句写秋景较有文采,但所用典故,亦多出于《老子》和《庄子》,如"爽籁"二句,上句用《庄子》典,下句"虚牝"则出《老子》。但即使如此,这诗已不完全是阐述老庄玄理,较之孙绰、许询已有明显的不同。

谢混(381~412)字叔源,小字益寿,祖籍陈郡阳夏(今河南太康)人,谢安之孙,谢琰子。晋安帝元兴间为中书令,曾入刘裕幕,参加讨伐桓玄的斗争。义熙初,为中领军。当时刘裕和刘毅的争权斗争十分激烈,谢混支持刘毅,为刘裕所杀。

谢混在文学方面的成就主要是诗。他原有集五卷,今佚。现在

仅存诗四首,并佚句二句,其中只有《文选》所录的《游西池》为人们传诵:

> 悟彼蟋蟀唱,信此劳者歌。有来岂不疾,良游常蹉跎。逍遥越城肆,愿言屡经过。回阡被陵阙,高台眺飞霞。惠风荡繁囿,白云屯曾阿。景昃鸣禽集,水木湛清华。褰裳顺兰沚,徙倚引芳柯。美人愆岁月,迟暮独如何。无为牵所思,南荣诚其多。

此诗不但写景成分增加,而且艺术技巧也远胜于殷仲文,诗中"高台眺飞霞"句,颇近郭璞,"白云屯曾阿"句尤为谢灵运"岩高白云屯"句所本。"景昃鸣禽集,水木湛清华"二句,尤为历来传诵的名句。檀道鸾《续晋阳秋》说玄言诗风"至义熙中谢混始改";沈约《宋书·谢灵运传论》说"叔源大变太元之气",可见在玄言诗的告退与山水诗的兴起中,谢混才是真正的关键人物。现在我们看谢混之诗,实深受郭璞影响。《诗品》云:"先是郭景纯用隽上之才,变创其体;刘越石仗清刚之气,赞成厥美,然彼众我寡,未能动俗。逮义熙中,谢益寿斐然继作。"这话很重要,因为郭璞之诗,本出潘岳,得其轻清绮丽,所以他论诗扬潘而抑陆。他的文学观,对谢灵运肯定有影响。因为谢灵运早年和他作乌衣之游,一起论诗。谢灵运之推崇潘岳、左思而不提陆机,显然是和他持同一观点。

## 第六节　佛教及道教诗人

东晋的佛教徒和道教徒中,亦多诗人。佛教徒以支遁和慧远为最有名。支遁(314~366)字道林,本姓关,陈留(今河南开封南)人,或云河东林虑（今河南林州市）人，幼聪颖，初至建康，为王濛所重，隐居余杭山，年二十五出家。与王洽、刘恢、殷浩、许询、郗超、孙绰、桓彦表、王敬仁、何次道、王文度、谢长遐、袁彦伯等士人为方外之交。常在白马寺谈《庄子·逍遥游》，群儒旧学，莫不叹服。后欲入剡，过会稽，与王羲之谈《庄子》，王大称叹。遁居剡久之，晋哀帝即位，征还建康，留三载复还剡，后卒于余姚坞山中，一云卒于剡。

支遁善谈玄，援释入道，《高僧传》卷四本传载王濛谓支遁"造微之功，不减辅嗣（王弼）"。他善诗，今存诗十八首。他的诗基本上属于玄言诗的范畴，其所用典故词汇，基本上出于老庄，但诗意似略胜孙绰、许询。如《述怀诗》其二：

  总角敦大道，弱冠弄双玄。逡巡释长罗，高步寻帝先。妙损阶玄老，忘怀浪濠川。达观无不可，吹累皆自然。穷理增灵薪，昭昭神火传。熙怡安冲漠，优游乐静闲。膏腴无爽味，婉娈非雅弦。恢心委形度，亹亹随化迁。

当时的佛教徒往往借用老庄的语言来阐释佛理，所以谈佛理的名僧往往精通老庄，支遁更是这样。此诗可以说是很典型的玄言诗。但他有些诗，却与玄言诗不太一样，如《咏怀诗》五首其三：

  晞阳熙春圃，悠缅叹时往。感物思所托，萧条逸韵上。尚想天台峻，仿佛岩阶仰。泠风洒兰林，管濑奏清响。霄崖育灵蔼，神蔬含润长。丹沙映翠濑，芳芷曜五爽。茗茗重岫深，寥寥石室朗。中有寻化士，外身解世网。抱朴镇有心，挥玄拂无想。隗隗形崖颓，同同神宇敞。宛转元造化，缥瞥邻大象。愿投若人踪，高步振策杖。（《广弘明集》卷三十）

此诗虽可谓玄气未能尽除,但写景手法已占重要地位。从这首诗看,其构思遣词近于郭璞《游仙诗》;至于"丹沙"四句,对仗较工,形容色彩及地势,颇开谢灵运之先河。说明在玄言诗盛行之际,山水诗已在萌芽。

稍后于支遁的名僧慧远(334~416),一作惠远,俗姓贾,雁门楼烦(今山西宁武一带)人。年三十,随舅游洛阳,少为诸生,通六经及老庄。年二十一,从释道安于太行恒山,听安讲《般若经》,乃叹曰:"儒道九流皆糠秕耳!"遂落发。后从道安游襄阳,及襄阳为苻坚所陷,慧远遂南适荆州,又至庐山,居东林寺。与刘遗民、雷次宗、周续之、宗炳等交游。有集十卷,至隋时为十二卷,今佚。存《庐山东林杂诗》一首:

崇岩吐清气,幽岫栖神迹。希声奏群籁,响出山溜滴。有客独冥游,径然忘所适。挥手抚云门,灵关安足辟。流心叩玄扃,感至理弗隔。孰是腾九霄,不奋冲天翮。妙同趣自均,一悟超三益。

此诗和支遁诗一样,亦以写山水谈玄,说明到东晋后期,玄言向山水转化已成了诗人们的共同趋势。

如果说佛教诗人之作都有主名而且和一般诗人之作亦几乎无甚区别的话,那么道教诗人之作,虽诗风与一般诗人无别,但大抵假托神仙之名。逯钦立先生在《先秦汉魏晋南北朝诗·晋诗》中把这些道教诗都归结为杨羲所作。杨羲字义和,吴(今江苏苏州一带)人,与许迈、许穆交,许穆荐之于琅邪王司马昱(后来的晋简文帝),用为公府舍人。卒于简文帝时或孝武帝太元十二年(387)。

杨羲的诗存者约九十首,皆宣扬道教之作。从这些诗看来,他也很注意诗的辞采,亦有意识地模仿郭璞《游仙诗》,但往往显得不很成熟。这些诗中亦有玄言诗气息,但看来尚不如孙绰等人的诗成熟。如所谓"紫微王夫人"《七月二十六日夕紫微夫人喻作令与许长史》:

> 高兴希林虚,遐游无员方。萧条象数外,有无自冥同。亹亹德韵和,飘飘步太空。盘桓任波浪,振铃散风中。内映七道观,可以得兼忘。何必反覆酬,待此世文通。玄心自冥悟,默耳必高踪。

另一首《九月九日紫微夫人喻作因许示郗》则明显模仿郭璞,但较之谢混和支遁等人均显逊色:

> 紫空朗玄景,玄宫带绛河。济济上清房,云台焕嵯峨。八舆造朱池,羽盖倾霄柯。震风回三晨,金铃散玉华。七辔降九陔,晏晀不必家。借问求道子,何事坐尘波。岂能栖东秀,养真收太和。

这些诗虽不很成熟,但在文学史上亦有其作用,如《紫微作》中"鸾唱华盖间,凤钧导龙韬;八狼携绛旌,素虎吹角箫"诸句,设想离奇。李白《梦游天姥吟留别》中"虎鼓瑟兮鸾回车"等句,可能多少受这类诗的影响。

# 第十章　陶渊明

## 第一节　陶渊明的生平和思想

陶渊明(365~427)①字元亮,一说名潜,字渊明,浔阳柴桑(今江西九江西南)②人。《宋书·隐逸》本传等史籍都说他曾祖是东晋名臣陶侃。祖茂,武昌太守。父某,安城太守。母孟氏,孟嘉女。父早卒,死时陶渊明才八岁左右。因亲老家贫,一度出任州祭酒,但他不能适应官场的种种风气,不久就弃官而归,在浔阳柴桑的上京地方居住,亲自参加过农业劳动。晋安帝隆安初,桓玄自任江州刺史,陶渊明曾在他部下做过小官,并出使建康。后桓玄居荆州,他也曾在江陵任职,不久因母丧弃官还乡。元兴三年(404),曾为刘裕镇军参军。次年,又为江州刺史刘敬宣的建威参军。同年,为彭泽令。他叫属吏

---

① 陶渊明享年六十三,见《宋书·隐逸》本传。此说自梁启超以来,持怀疑态度者不少,计有五十二岁、五十六岁及七十六岁等说,皆因《陶渊明集》及《文选》的不同版本而提出,似难定论,姑从旧说。又陶渊明是否为陶侃曾孙,亦存在不同之说,其原因亦由于版本不同,今亦从旧说。

② 近年江西有说陶渊明籍贯为宜丰的,似不无根据,但亦难遽下结论。

们在公田中种上酿酒的秫，经家人请求，才分出一部分来种秔（粳稻）。这时，郡里派了一个督邮来县，县吏告诉陶渊明说，应当束带去见他，以示恭敬。陶渊明不愿意，叹道："我不能为五斗米折腰向乡里小人。"当天就脱下印绶离职，作《归去来兮辞》。次年移居古田舍，作《归园田居》五首。其间陶渊明家又遭遇火灾，生活益趋贫困，后又移居南村。朝廷曾征他为著作佐郎，他不应征。从此再没有出仕。当时的江州刺史王弘曾想见他，但不能招致。有一次，陶渊明去庐山，王弘叫陶渊明的友人庞通之准备了酒食邀请他，一会儿王弘也来了，相见时亦无所忤。在此以前，颜延之曾在浔阳任刘柳的后军功曹参军，与陶渊明交情甚好。此时，颜延之出任始安太守，路过浔阳，多次去看陶渊明，每次去都喝酒至醉。临走，留二万钱给陶渊明，陶把钱全部送往酒家，在那里取酒。这时陶渊明家境已很贫困，加上躬耕自资，不免劳累成疾。到他快死时，江州刺史檀道济听说他的声名，前去看他。这时，陶渊明已经贫病交迫，"偃卧瘠馁"好几天了。檀道济对他说："贤者处世，天下无道则隐，有道则至。今子幸生文明之世，奈何自苦如此？"陶渊明说："潜何敢望贤，志不及也。"檀道济送去米和肉，他都不受，"麾而去之"。不久，就去世了。死前，他作了《自祭文》。

陶渊明和当时多数士人一样，早年亦曾有建功立业的抱负，正如他在《杂诗》十二首其五中所说：

忆我少壮时，无乐自欣豫。猛志逸四海，骞翮思远翥。荏苒岁月颓，此心稍已去。值欢无复娱，每每多忧虑。气力渐衰损，转觉日不如。壑舟无须臾，引我不得住。前途当几许，未知止泊处。古人惜寸阴，念此使人惧。

这是他晚年回忆"少壮时"的情况,他也曾"猛志逸四海,骞翮思远翥",但当时的形势又决定了他不可能实现自己的抱负。他不愿与当时那些热衷利禄的人同流合污,更看透了仕途的凶险,这也是很自然的。东晋一代官员为了争夺权势而互相残杀的事例实在太多了。即以陶侃的子孙为例,其教训已经不少。陶侃长子陶洪早死,次子陶瞻,在苏峻之乱中被杀。陶侃死后,以陶夏为继承人,陶夏送陶侃灵柩还长沙。陶斌已先到,取走了长沙国财物,陶夏于是杀了陶斌。陶夏又为庾亮所劾,不久病死。陶侃另一个儿子陶称亦为庾亮所杀。陶侃出身贫贱,曾被称为"奚狗",不受高门士族重视。陶渊明即使是陶侃曾孙,也属支庶子孙,地位低微,自然更不可能在仕途上有所作为。所以他在诗中屡次提到自己的有志难展之苦,如"孰若当世士,冰炭满怀抱"(《杂诗》其四),"日月掷人去,有志不获骋"(《杂诗》其三)。最集中地表现这种情形的是他效法董仲舒、司马迁而作的《感士不遇赋》。在这篇赋的序中,他说:"自真风告逝,大伪斯兴,闾阎懈廉退之节,市朝驱易进之心。怀正志道之士,或潜玉于当年;洁己清操之人,或没世以徒勤。故夷皓有'安归'之叹,三闾发'已矣'之哀。"在赋中,他指出人生的道路可以隐("或击壤以自欢"),也可以仕("或大济于苍生")。至于他自己的初心实在于仕,而最后却不得不隐。他说:"奉上天之成命,师圣人之遗书。发忠孝于君亲,生信义于乡闾。推诚心而获显,不矫然而祈誉。嗟乎!雷同毁异,物恶其上。妙算者谓迷,直道者云妄。坦至公而无猜,卒蒙耻以受谤。虽怀瑾而握兰,徒芳洁而谁亮。"这说明他的归隐,乃出于不得意。他的归隐,照沈约的说法是他"自以曾祖晋世宰辅,耻复屈身后代,自高祖(刘裕)王业渐隆,不复肯仕。所著文章,皆题其年月,义熙以前,则书晋氏年号,自永初(宋武帝年号)以来唯云甲子而已"。此说近代以来怀疑者甚众。其实沈约之说,确有不合事实之处。因为今存陶诗中题"甲子"者如"庚子"、"辛丑"皆隆安时,"癸卯"为元兴时,"乙巳"以后,乃义熙时,皆晋安帝在位时,非永初以后。但说陶渊明对宋武帝代晋全无感慨,恐亦非事实。因为陶渊明的《述酒诗》,自宋代汤汉以来都认为是讲晋宋易代之事的,舍此亦无法解释该诗。本来在封建社会中,士人们对自己曾经出仕过而又被替代了的皇朝有所留恋和同情,这本不足怪。不过曾经有些人过于夸大这个方面,以致认为陶渊明作《咏荆轲》是要为晋报仇,似亦不然,他和刘宋也未必有此深仇。陶渊明的不愿出仕,正如我们前面所引《感士不遇赋》中说的,一是看不惯仕途的污浊,不愿与那些竞进贪婪者合流;二是深感当时政局多变,仕途十分险恶。正如他在《与子俨等疏》中所说:"吾年过五十,少而穷苦,每以家弊,东西游走。性刚才拙,与物多忤。自量为己,必贻俗患,俛俛辞世,使汝等幼而饥寒。"这说明他之所以归隐田园,主要并不在忠于晋朝,而在于"性刚才拙",对当时的仕途看不惯。所以他常把官场看作"樊笼",而把隐居农村看作重返自然。

　　陶渊明的归隐田园并不等于他忘情于现实,正好相反,他长期过着乡居生活,和农夫野老相来往,并且在一定程度上参加过某些农业劳动,因此思想上和久居上层的士大夫确有不同,他对农耕并不轻视,而且也多少能了解农民的辛劳。如《劝农》诗中,他断言圣贤亦不能废农事:"舜既躬耕,禹亦稼穑。"因此他写道:

　　　　熙熙令音,猗猗原陆。卉木繁荣,和风清穆。纷纷士女,趋时竞逐。桑妇宵兴,农夫野宿。
　　　　气节易过,和泽难久。冀缺携俪,沮溺结耦。相彼贤达,犹勤垄亩。矧伊众庶,曳裾拱手。

在这首诗中,他把农耕看得颇有诗意,毫无轻视之意。在《庚戌岁九

月中于西田获早稻》中,他说:

> 人生归有道,衣食固其端。孰是都不营,而以求自安?开春理常业,岁功聊可观。晨出肆微勤,日入负耒还。山中饶霜露,风气亦先寒。田家岂不苦,弗获辞此难。四体诚乃疲,庶无异患干。盥濯息檐下,斗酒散襟颜。遥遥沮溺心,千载乃相关。但愿长如此,躬耕非所叹。

这说明他当时尽管以一个隐士自居,但多少已亲自参加一定的劳动。这种生活在他来说虽然辛苦,却心安理得。然而,这种躬耕,亦不能使他的生活维持多久,火灾和饥荒使他的生活水平不断下降。在《怨诗楚调示庞主簿邓治中》中,他写到了自己遭受的一连串打击:"弱冠逢世阻,始室丧其偏;炎火屡焚如,螟蜮恣中田;风雨纵横至,收敛不盈廛。"有的时候,他甚至落到了挨饿乞食的地步。他的《乞食》诗中所讲的即使是个别情况,但也说明他后期生活的确很贫困。生活的贫困使他产生了一种人人耕种、家家富足的乌托邦幻想,这就是著名的《桃花源记并诗》。所谓桃花源的理想,显然是现实中不可能存在的。陈寅恪先生曾经认为《桃花源记》的故事,是由出使关中的羊长史在北方见到坞壁中情况回来告诉陶渊明而引发的,这完全可能。不过,桃花源中"相命肆农耕,日入从所憩";"春蚕收长丝,秋熟靡王税"的情况,却出于陶渊明自己的构想。这种幻想的产生正反映了当时农村中广大民众饱受兵燹及横征暴敛之苦,而想逃避到一个与世隔绝、不受朝廷管辖的地方去的思想。当然,这种地方事实上不可能存在,所以后来有些人把它说成仙境,有人斥为"荒唐"。不过,这种幻想也曲折地反映了当时百姓的痛苦。

陶渊明虽然隐居农村,很少和当时上层的士大夫交往,但他毕竟是个士人,对于当时士人中关于"形"、"神"关系之争,也有自己的看法。他的《形影神》诗就表现了他的思想。在此诗的序中,他说:"贵贱贤愚,莫不营营以惜生,斯甚惑焉。故极陈形影之苦,言神辨自然以释之,好事君子,共取其心焉。"这组诗共三首,《形赠影》写的是人的惜生,认为"大地长不没,山川无改时。草木得常理,霜露荣悴之。谓人最灵智,独复不如兹。适见在世中,奄去靡归期。"《影答形》则对生死表现了无可奈何的情绪:"存生不可言,卫生每苦拙;诚愿游昆华,邈然兹道绝。"最后归结为"酒云能消忧,方此讵不劣"。只有《神释》最为通达。他认为"神"与"形"是互相依存的:"与君虽异物,生而相依附。"形消失了,"神"亦不复存在,但在自然规律面前,亦无须忧虑:"纵浪大化中,不喜亦不惧;应尽便须尽,无复独多虑。"这种思想显然受了儒家乐天知命和老庄委命任运思想的影响。但这在某种程度上说,却是对另一些人的回答。因为当时人正对"形"、"神"关系进行争论,如慧远的《沙门不敬王者论》(见《弘明集》)中就有一篇叫《形尽神不灭论》。关于陶渊明和慧远的关系,后人流传着不少传说,但从此诗看来,两人的思想颇有不同,这大约是事实。

综观陶渊明的一生,钟嵘《诗品》说他是"古今隐逸诗人之宗也",确实是不错的。他所以成为一个隐士,当然和那时社会黑暗、仕途凶险有关。另一方面,他受其一些亲属的影响也是重要原因。例如他父亲据说做过安成太守,但史佚其名。陶渊明在《命子诗》中写道:"於穆仁考,淡焉虚止;寄迹风云,冥兹愠喜。"大约后来也归隐了。陶侃之孙陶淡,隐于长沙临湘山中,入《晋书·隐逸传》。他外祖孟嘉之弟孟陋,《晋书·隐逸·孟陋传》称:"陋少而贞立,清操绝伦,布衣蔬食,以文籍自娱,虽家人亦不知其所之也。"陶渊明后妻翟氏,亦隐士世家。《宋书》和《晋书·隐逸传》载,翟氏从翟汤开始,子庄、孙矫直至曾孙翟法赐,四代都是隐士。这些人对陶渊明的思想不能没有较深的影响。所以《宋书》和《晋书·隐逸》本传。都载有陶渊明的《五柳先生传》,文中自称"闲静少言,不慕荣利","环堵萧然,不蔽风日,短褐穿结,箪瓢屡空,晏如也"。据云:"时人谓之实录。"他这种思想和孟陋、翟汤等人如出一辙。这些隐士大抵为那时"江州"范围之中,所以陶渊明思想的形成,和他生活的地域亦有一定的关系。

## 第二节　陶渊明的诗歌

陶渊明生活于东晋时代,当时文坛上最盛行的大抵为四言与五言两种诗。当时的士人大抵多重四言,尽管自曹操和嵇康以后,四言诗绝少佳作,但直到南朝的刘勰,仍说:"若夫四言正体,则雅润为体;五言流调,则清丽居宗;华实异用,惟才所安。"似乎四言的地位仍高于五言。但陶渊明的四言诗却颇具特色。如他的《归鸟诗》:

翼翼归鸟,晨去于林。远之八表,近憩云岑。和风不洽,翻翻求心。顾俦相鸣,景庇清阴。

翼翼归鸟,载翔载飞。虽不怀游,见林情依。遇云颉颃,相鸣而归。遐路诚悠,性爱无遗。

翼翼归鸟,驯林徘徊。岂思天路,欣反旧栖。虽无昔侣,众声每谐。日夕气清,悠然其怀。

翼翼归鸟,戢羽寒条。游不旷林,宿则森标。晨风清兴,好音时交。矰缴奚施,已卷安劳。

这首诗在形式上多少受了《诗经》的影响,但显然是以鸟自比,"游不旷林,宿则森标";"矰缴奚施,已卷安劳"实即自比其隐居生活可以全身免祸。但诗中虽以鸟自比，但像"遇云颉颃，相鸣而归"等句写飞鸟形象亦极生动。他的《停云》、《时运》诸诗亦多警句，如《停云诗》：

　　霭霭停云，蒙蒙时雨。八表同昏，平路伊阻。静寄东轩，春醪独抚。良朋悠邈，搔首延伫。

以"八表同昏，平路伊阻"暗喻世路的险恶，语气平和，而深寓含蓄。他的《时运诗》尤多写景好句：

　　迈迈时运，穆穆良朝。袭我春服，薄言东郊。山涤余霭，宇暧微霄。有风自南，翼彼新苗。

此诗以"涤"字形容早晨山峰上的云气，以"翼"字描写禾苗在微风中摆动的情状，实为生动形象。四言诗发展到晋以后已流于板滞，绝少佳作。宋代的刘克庄认为"四言尤难，《三百篇》在前故也"。叶适也认为四言诗"虽文词巨伯，辄不能工"。明人何良俊甚至到汉碑与辞赋中去寻找四言警句，并且认为曹操、嵇康的诗"此直后世四言耳，工则工矣，比之三百篇，尚隔寻丈也"（《四友斋丛说》卷二十四）。陶渊明这些诗，有些虽受《诗经》影响，手法上却已有很多发展，像"遇云颉颃"、"翼彼新苗"等句，用字巧妙，别具一种风格，早已突破了《诗经》的范畴。其实文学创作必须创新，即如何良俊所举辞赋、汉碑中的四言句，亦不过是模仿《诗经》，较之曹操、嵇康和陶渊明之作，实大见逊色。

　　陶渊明的四言诗虽不乏佳作，而他最为传诵的作品则为五言诗。历来论陶诗者无不推崇他的《饮酒》二十首其五：

> 结庐在人境,而无车马喧。问君何能尔,心远地自偏。采菊东篱下,悠然见南山。山气日夕佳,飞鸟相与还。此中有真意,欲辨已忘言。

此诗之妙正在平易自然而蕴含着丰富的哲理。历来的论者,往往着重讨论"悠然见南山"的"见"字之妙和一本作"望"之拙。现在看来,"见"字自然远胜于"望"字,因为无意中看见山景,无疑比有意去"望"更富诗意,但此诗之妙,并非全在这一句,而是通篇写出了陶渊明其人的生活态度。他所居不必是人迹罕到的深山,只是"心远"便能远离污浊的人世。正因为抱着这样的心态,偶见山色鸟飞,更悟出"鸟倦飞而知还"(《归去来辞》)的道理。所谓"真意"本不必道破,即在于此。所以此诗虽颇简洁,其中有情、有景,更有哲理,读来仿佛能想见其为人,较之后来一些诗人之竭力模山范水,最后才从中提到某些玄理更觉毫不费力,而含义十分丰富和真切。

在陶渊明诗中,这样的例子很多,像著名的《归园田居》五首也是这样。这些诗中写的事物都是再平常不过的,然而在陶渊明笔下,却无不显得神妙。如其一云:

> 少无适俗韵,性本爱丘山。误落尘网中,一去三十年。羁鸟恋旧林,池鱼思故渊。开荒南野际,守拙归园田。方宅十余亩,草屋八九间。榆柳荫后檐,桃李罗堂前。暧暧远人村,依依墟里烟。狗吠深巷中,鸡鸣桑树颠。户庭无尘杂,虚室有余闲。久在樊笼里,复得返自然。

此诗也以平易自然取胜,写来似乎很不费力,像"方宅十余亩,草屋八九间"这样平常的事物和不加雕饰的语言,一写进诗中,亦变得诗意盎然。诗中并非没有从前人名句中吸取营养,例如"羁鸟"二句,显然取法陆机《赠从兄车骑》中的"孤兽思故薮,离鸟悲旧林",但陆诗这两句显得颇费构思,意境虽然较好,但"孤兽"、"故薮"音近,念起来总觉别扭;"离鸟"句用"悲"字来表示思念之情,亦不如"羁鸟恋旧林"明确。陶诗则显得自然,且音调流畅,远胜于陆。"狗吠"二句,原出汉代《相和曲·鸡鸣》"鸡鸣高树颠,犬吠深宫中",略改数字,却浑如口语,使人无从觉察。这正说明陶渊明善于熔化前人成语的高超技艺。从全诗来看,它保存着气象雄浑、难以句摘的高古风格,更出以自然流畅之笔,所以成为千古名篇。

《归园田居》五首,几乎每篇都属上乘之作,如其三:

> 种豆南山下,草盛豆苗稀。晨兴理荒秽,带月荷锄归。道狭草木长,夕露沾我衣。衣沾不足惜,但使愿无违。

又如其五:

> 怅恨独策还,崎岖历榛曲。山涧清且浅,遇以濯吾足。漉我新熟酒,只鸡招近局。日入室中暗,荆薪代明烛。欢来苦夕短,已复至天旭。

在这些诗中可以看出,诗人确已习惯于参加一定程度的农业劳动,并且从中得到了一定的乐趣。这说明他由于不愿和污浊的官场合流,已经习惯了这种勤劳耕作的村居生活,以求"愿无违"。这时他家的经济状况尚可,虽不富裕,却能"只鸡招近局"自得其乐。这种生活态度正显示了他清高傲世的性格。对于这种隐居生活,只要不遭遇意外灾祸,他颇能安然自适,在《读山海经》其一中,他写道:

> 孟夏草木长,绕屋树扶疏。众鸟欣有托,吾亦爱吾庐。既耕亦已种,时还读我书。穷巷隔深辙,颇回故人车。欢然酌春酒,摘我园中蔬。微雨从东来,好风与之俱。泛览周王传,流观山海图。俯仰终宇宙,不乐复如何。

这实际上只是极平凡的生活,但陶渊明却感到满足,并能从中发现乐趣。像上引那些诗中,既无名山大川,更无奇丽景色,诗中所写的无非是最平凡的事物,普通的田园风光。这些素材,过去的诗人往往忽略而很少进入视野;有的作者也许亦曾写到而又很难写好。陶渊明所以能把这些素材写得这样富于诗意,除了他高超的艺术才能外,还由于他高尚的人格,他不汲汲于名利,真能鄙弃那个黑暗的仕途,才能赋予平凡的事物以诗意。

前人评陶诗之高,往往为其他作者所不及。如黄庭坚认为"颜(延之)、谢(灵运)之诗,可谓不遗炉锤之功矣,然渊明之墙数仞,而不能窥也"(《苕溪渔隐丛话前集》卷三引),葛立方《韵语阳秋》亦有类似意见。其实陶诗之妙,正在能于平淡中传神,而不去"极貌写物","穷力追新"。即以写雪景来说,陶渊明在《癸卯岁十二月中作与从弟敬远》中也写到了雪,其诗云:

> 寝迹衡门下,邈与世相绝。顾盼莫谁知,荆扉昼常闭。凄凄岁暮风,翳翳经日雪。倾耳无希声,在目皓已洁。劲气侵襟袖,箪瓢谢屡设。萧索空宇中,了无一可悦。历览千载书,时时见遗烈。高操非所攀,谬得固穷节。平津苟不由,栖迟讵为拙。寄意一言外,兹契谁能别。

这种甘心贫贱、不汲汲于富贵的清高志节的确令人钦敬,而诗中"倾耳无希声,在目皓已洁"十字,写尽雪天景象,较之谢惠连《雪赋》中"既因方而为珪,亦遇圆而成璧,眄隰则万顷同缟,瞻山则千岩俱白"诸句,高下就十分明显。

当然,对于隐居生活,即使像陶渊明这样的隐士,在饥寒困厄中也不能无忧苦,但他有其志节,确能做到"厄穷而不悯"。如《咏贫士》七首:

万族各有托,孤云独无依。暧暧空中灭,何时见余晖。朝霞开宿雾,众鸟相与飞。迟迟出林翮,未夕复来归。量力守故辙,岂不寒与饥。知音苟不存,已矣何所悲。(其一)

荣叟老带索,欣然方弹琴。原生纳决履,清歌畅商音。重华去我久,贫士世相寻。弊襟不掩肘,藜藿常乏斟。岂忘袭轻裘,苟得非所钦。赐也徒能辩,乃不见吾心。(其三)

虽写贫困而毫无悲叹可怜的口吻。其实陶渊明当时生活确很贫穷,试看他的《丙辰岁八月中于下潠田舍获》:

贫居依稼穑,戮力东林隈。不言春作苦,常恐负所怀。司田眷有秋,寄声与我谐。饥者欢初饱,束带候鸣鸡。扬楫越平湖,泛随清壑回。郁郁荒山里,猿声闲且哀。悲风爱静夜,林鸟喜晨开。日余作此来,三四星火颓。姿年逝已老,其事未云乖。遥谢荷蓧翁,聊得从君栖。

诗中"饥者欢初饱,束带候鸣鸡"二句,写穷苦农民的生活最为真切。因为八月正是秋初,旧谷既已吃尽,新谷尚未登场,贫困者自然要挨饿,而现在可以收获早稻,不再挨饿了,故曰"欢初饱"。用这种手法描写自己的贫困,其实正如王夫之说的用欢乐写痛苦,是更见其痛苦的。古人写贫困生活的诗不少,早于陶渊明的有晋人江逌、张望,后于他的有梁人王僧孺、朱超,他们写穷苦,但知竭力描写困苦,渲染可怜相,却未必感人,见此正显示陶渊明的高明。

陶渊明的诗虽以隐逸和田园为主,但他的诗并非限于一种题材和风格。他的成就是多方面的。他也有较为绮艳之作,为《玉台新咏》所录,如《拟古九首》其七:

日暮天无云,春风扇微和。佳人美清夜,达曙酣且歌。歌竟长叹息,持此感人多。皎皎云间月,灼灼叶中华。岂无一时好,不久当如何。

此诗仿一个妇女的口吻,颇为真切。这种题材在陶诗中不多,却亦能尽其妙。从此诗的用意来说,似写人生的无常,与阮籍《咏怀诗》较近。其九"种桑长江边"题材虽与其七不同,而风格亦颇近阮籍。这大约和他们的处世态度近似有关。

陶诗一般比较平和,但有时亦颇具锋芒。如《示周续之祖企谢景夷三郎时三人共在城北讲礼校书》,其讥刺之意颇为明显:

负疴颓檐下,终日无一欣。药石有时闲,念我意中人。相去不寻常,道路邈何因。周生述孔业,祖谢响然臻。道丧向千载,今朝复斯闻。马队非讲肆,校书亦已勤。老夫有所爱,思与尔为邻。愿言诲诸子,从我颍水滨。

周续之本是隐士,却应江州刺史檀韶之请去讲礼,陶渊明对此不满,故言"马队非讲肆,校书亦已勤",最后归结为"从我颍水滨",主张学古代隐士许由,显然有讥讽之意。

陶渊明本是一个有志于建功立业的人,他做隐士并非心甘情愿,所以他在诗中有时也颇有慷慨悲歌的情调。如《拟古九首》其四:

> 迢迢百尺楼,分明望四荒。暮作归云宅,朝为飞鸟堂。山河满目中,平原独茫茫。古时功名士,慷慨争此场。一旦百岁后,相与还北邙。松柏为人伐,高坟互低昂。颓基无遗主,游魂在何方。荣华诚足贵,亦复可怜伤。

这样的诗,在陶渊明作品中数量还不算太少,说明陶诗中确有其慷慨悲歌的一面。许多研究者为了强调陶诗的这一方面,往往很重视他的《咏荆轲》一诗。这首诗云:

> 燕丹善养士,志在报强嬴。招集百夫良,岁暮得荆卿。君子死知己,提剑出燕京。素骥鸣广陌,慷慨送我行。雄发指危冠,猛气冲长缨。饮饯易水上,四座列群英。渐离击悲筑,宋意唱高声。萧萧哀风逝,淡淡寒波生。商音更流涕,羽奏壮士惊。心知去不归,且有后世名。登车何时顾,飞盖入秦庭。凌厉越万里,逶迤过千城。图穷事自至,豪主正怔营。惜哉剑术疏,奇功遂不成。其人虽已没,千载有余情。

这显然是一首情调激越悲壮的好诗,置诸建安诸家集中,亦无愧色。对这样的好诗,自然应该重视。但有人把它和晋宋易代相联系,似亦未妥。这首诗,应为咏史之作,和《咏二疏》、《咏三良》同属一类作品。这种题材前人都有先例,如《咏二疏》和张协的《咏史》属同一题材;《咏三良》则已有曹植、王粲之作在前;《咏荆轲》亦有先例,即左思《咏史》诗八首中的其六"荆轲饮燕市"。这些诗不过是写出作者对某一古人或史事的感想。荆轲其人历来是被作为反对暴虐和为知己效命的人来看待的。陶渊明对荆轲的看法,似主要在得遇"知己"方面。在陶诗中,慨叹知音不存的内容还是较多的。他对荆轲之不畏强暴亦甚欣赏。本来像他这样"有志不获骋"的士人,同情和羡慕荆轲本极自然。他《读山海经》其十中的"刑天舞干戚,猛志固常在",当亦属对失败了的英雄表示崇敬,似不必求之过深。

## 第三节　陶渊明的赋和文

陶渊明的文学成就主要是诗,其次就是赋。他的赋主要是《闲情赋》、《感士不遇赋》和《归去来兮辞》。《归去来兮辞》在《文选》中被归入"辞"一类,其实此文仍属赋体。这篇赋作于他任彭泽令后弃官回乡时。他在此文的《序》中说:

> 余家贫,耕植不足以自给。幼稚盈室,瓶无储粟,生生所资,未见其术。亲故多劝余为长吏,脱然有怀,求之靡途。会有四方之事,诸侯以惠爱为德,家叔以余贫苦,遂见用于小邑。于时风波未静,心惮远役。彭泽去家百里,公田之利,足以为酒,故便求之,及少日,眷然有归欤之情。何则?质性自然,非矫励所得;饥冻虽切,违己交病。尝从人事,皆口腹自役;于是怅然慷慨,深愧平生之志。犹望一稔,当敛裳宵逝。寻程氏妹丧于武昌,情在骏奔,自免去职。仲秋至冬,在官八十余日。因事顺心,命篇曰《归去来兮》。乙巳岁十一月也。

这里说的"乙巳岁",指晋安帝义熙元年(405),但文中提到"农人告余以春及,将有事于西畴",所以逯钦立先生认为此赋系于次年即义熙二年(406)作,当是。从这篇文章看来,陶渊明的家境还不像晚年那样贫困,家中还有"僮仆"。此文写自己在弃官归家途中的情境,十分生动传神:

> 舟遥遥以轻扬,风飘飘而吹衣。问征夫以前路,恨晨光之熹微。乃瞻衡宇,载欣载奔。僮仆欢迎,稚子候门。三径就荒,松菊犹存。携幼入室,有酒盈樽。

寥寥数语把自己急于归家的心情和盘托出。即使已离家不远,还恨"晨光熹微",迫不及待的情绪跃然纸上。及至"乃瞻衡宇"以后,"载欣载奔"四字,更写出了诗人的心态。果然,一到家,情况就和做官时不一样,"携幼入室,有酒盈樽",一片安乐祥和的气氛。下面关于在家生活的描写,都是些最平常的行为,却突出地显示了作者的个性和志趣:

> 引壶觞以自酌,眄庭柯以怡颜。倚南窗以寄傲,审容膝之易安。园日涉以成趣,门虽设而常关。策扶老以流憩,时矫首而遐观。云无心以出岫,鸟倦飞而知还。景翳翳以将入,抚孤松而盘桓。

即使写到躬耕生活,也是简单的几笔:

> 农人告余以春及,将有事于西畴。或命巾车,或棹孤舟。既

> 窈窕以寻壑,亦崎岖而经丘。木欣欣以向荣,泉涓涓而始流。善万物之得时,感吾生之行休。

这里所写的不过是春天农民奔向田野耕种的情景,作者所见的也不过是原野中的春景。这种景象虽属常见,其所以能流传千古,在于这些平常的生活是从诗人的眼里反映出来的,通过它们突出地显现了他的人格和心态。宋代的欧阳修曾说:"晋无文章,惟陶渊明《归去来辞》而已。"此语不免过火,但他大约主要看到了诗人的高洁和真率。《苕溪渔隐丛话》前集卷三引宋李格非语,谓此赋"沛然如肝肺中流出,殊不见斧凿痕",此评很中肯。

陶渊明的《感士不遇赋》是理解他思想的重要资料,这篇赋中多数句子语气虽较平和,但可以看出作者内心对当时的现实颇为愤愤不平,对天道也产生了怀疑:

> 承前王之清诲,曰天道之无亲,澄得一以作鉴,恒辅善而佑仁。夷投老以长饥,回早夭而又贫,伤请车以备椁,悲茹薇而殒身。虽好学与行义,何死生之苦辛。疑报德之若兹,惧斯言之虚陈。

在陶渊明的辞赋中,《闲情赋》的情况比较特殊。此赋有序云:

> 初,张衡作《定情赋》,蔡邕作《静情赋》,检逸辞而宗澹泊,始则荡以思虑,而终归闲正。将以抑流宕之邪心,谅有助于讽谏。缀文之士,奕代继作,并因触类,广其辞义。余园闾多暇,复染翰为之。虽文妙不足,庶不谬作者之意乎?

看来他作此赋,意在讽谏。但从赋的本身看来,却难于得出这个结论。所以作为陶渊明崇拜者的萧统,在《陶渊明集序》中也说:"白璧微瑕,惟在《闲情》一赋。扬雄所谓劝百而讽一者,卒无讽谏,何必摇其笔端?惜哉,无是可也。"后来的评论家有的不同意萧统之说,但其立论不免牵强。其实此赋所写确为爱情,不必掩饰亦无可指责。陶渊明在序中提到的"讽谏",不过是幌子,因为在那个社会里,爱情是不被允许的。即以人们经常提到的"愿在丝而为履,附素足以周旋"等句而论,也不过是担心对方的爱情不能持久。这种题材在今天看来实无理由非议。而从艺术上讲,此赋后半写相思之情似更富特色:

拥劳情而罔诉,步容与于南林。栖木兰之遗露,翳青松之余阴。儻行行之有觌,交欣惧于中襟。竟寂寞而无见,独悁(yuān,忧愁)想以空寻。敛轻裾以复路,瞻夕阳而流叹,步徙倚以忘趣,色惨凄而矜颜。叶燮燮(本当作"㷸",音同为xiè,成熟)以去条,气凄凄而就寒。日负影以偕没,月媚景于云端。鸟凄声以孤归,兽索偶而不还。悼当年之晚暮,恨兹岁之欲殚。思宵梦以从之,神飘飘而不安。若凭舟之失棹,譬缘崖而无攀。于时毕昴盈轩,北风凄凄。悃悃(jiōng jiōng,想念)不寐,众念徘徊。起摄带以伺晨,繁霜粲于素阶。鸡敛翅而未鸣,笛流远以清哀。始妙密以闲和,终寥亮而藏摧。意夫人之在兹,托行云以送怀。行云逝而无语,时奄冉而就过。徒勤思以自悲,终阻山而带河。

这段文字颇为别致,作者通过对人的动作和周围环境的描写,将一个相思者从傍晚等待情人的出现,直到深夜,失望而归以及竟夕相思的种种心理活动,刻画得细致入微。这种心理描写在诗赋中很少有人写过,倒有些像小说的笔法。这种描写不但在宋玉《高唐》、《神女》

诸赋和曹植《洛神赋》中，就是后来以描写心理活动见长的江淹《恨赋》和《别赋》中，也没有这样具体和传神。在此赋中，不论是写"南林"中的等待，夕阳中的失望而归，还是通宵失眠，仰望夜空等情节，几如一个个电影镜头，给人以难忘的印象。这不能不说是抒情小赋中的杰作。

陶渊明的文，自以《五柳先生传》和《桃花源记》为有名。《五柳先生传》以简洁的文字，栩栩如生地勾画出作者的性格。《桃花源记》则写出了一个令人神往的理想境界：

> 土地平旷，屋舍俨然，有良田美池桑竹之属。阡陌交通，鸡犬相闻。其中往来种作，男女衣着悉如外人。黄发垂髫，并怡然自乐。……自云先世避秦时乱，率妻子邑人，来此绝境，不复出焉，遂与外人间隔。问今是何世，乃不知有汉，无论魏晋，此人一一为具言所闻，皆叹惋。

最后以"南阳刘子骥，高尚士也。闻之，欣然规往，未果，寻病终。后遂无问津者"作结，这写法更使人觉得神奇莫测。

他的《晋故征西大将军长史孟府君传》写孟嘉逸事，亦生动而有情趣：

> 太傅河南褚裒，简穆有器识，时为豫章太守，出朝宗亮（赴江州见庾亮），正旦大会州府人士，率多时彦，君坐次甚远，裒问亮："江州有孟嘉，其人何在？"亮云："在坐，卿但自觅。"裒历观，遂指君谓亮曰："将无是耶？"亮欣然而笑，喜裒之得君，奇君为裒之所得，乃益器焉。

这种文字,意味隽永,不减《世说新语》,自是记事妙笔。他的《与子俨等疏》、《自祭文》等对生死问题持委运任化的乐观态度,更显出他的通达和超脱。他的文与他的诗赋一样平易流畅,在当时亦别具一格。

## 第四节　陶渊明的历史地位

陶渊明非高门士族出身,他的思想性格以至文风都和当时的士族文人有显著的区别。因此他的作品在当时并不受人重视。即使和他交谊颇深的颜延之,虽称扬他清高的人格,而对他在文学上的成就则没有提到。这也许和他们二人的文风有重大差别有关。沈约作《宋书》,把他列入《隐逸传》,也未提到他的文学成就。齐梁人推崇陶渊明,多数只看重他的人品。《南史·梁宗室传(下)》载,梁安成王萧秀为江州刺史,"及至州,闻前刺史取征士陶潜曾孙为里司,叹曰:'陶潜之德,岂可不及后胤。'即日辟为西曹"。可见人们对陶渊明还是崇敬的,只是对他的文学创作没有了解。钟嵘《诗品》将他仅列中品,说他是"古今隐逸诗人之宗";江淹作《杂体诗》三十首,把他列为一家。对他评价最高的,当推昭明太子萧统,他作有《陶渊明传》和《陶渊明集序》,最早的陶集,也是他编的。在《陶渊明集序》中他说陶渊明:"其文章不群,词采精拔,跌宕昭彰,独超众类,抑扬爽朗,莫之与京……余嗜爱其文,不能释手,尚想其德,恨不同时。"尽管这样,他在所编的《文选》中,所录陶渊明作品的数量远不如陆机、谢灵运诸人之多。这大约和当时文坛风气以及文选楼中诸学士的意见有关。经过萧统的提倡,陶渊明在文学上的地位逐渐提高。唐代诗人几乎无不受陶渊明的影响,只是程度不同而已。就我们所熟知的说,当然首推王维、孟浩然、储光羲、韦应物和柳宗元数家,其实他们也兼受谢灵运、谢朓诸人影响。至于其他诸大家如李白在《嘲王历阳不肯饮酒》中,就用了不少陶渊明的典故和陶诗中的文词。杜甫在《江上值水如海势聊短述》中说:"焉得思如陶谢手,令渠述作与同游。"首次把"陶谢"并提。其他诗人提及他的也不少。到了宋代推崇陶渊明的人更多。梅尧臣《以近诗贽尚书晏相公,忽有酬赠之作。称之过甚,不敢辄有所叙,谨依前韵缀前日坐末教诲之言以和》中说:"宁从陶令野,不取孟郊新。"晏殊和梅尧臣之表彰陶诗,恐有以此反对"西昆体"的用意。有宋一代,陶渊明的地位被提得很高,陆游之主张"学诗当学陶",恐亦有此用心。金元间诗人元好问在《继愚轩和党承旨雪诗》四首其四中云"君看陶集中,饮酒与归田。此翁岂作诗,真写胸中天。天然对雕饰,真赝殊相悬。乃知时世妆,粉绿徒争怜。枯淡足自乐,勿为虚名牵"。这种观点从明清至近代,都无异议。

　　陶渊明的集子,最早即萧统所编,凡八卷。北齐阳休之所改编本为十卷。《隋书·经籍志》著录为九卷。今本十卷,为宋释惠悦所改编。旧注以宋汤汉为最早,清人陶澍所撰《靖节先生集注》最有名。近人古直注,亦有一定影响。今人注本以王瑶先生注本(人民文学出版社 1986),逯钦立注本(中华书局 1979)及龚斌《陶渊明集校笺》(上海古籍出版社 1996)为最善,并易得。

# 第十一章　魏晋民歌

## 第一节　魏晋时北方的民歌和民谣

　　从三国到西晋灭亡,前后不过一百余年,在这期间,民歌的内容和形式似乎没有太大的变化。曹操父子祖孙,虽都喜爱音乐,并依汉代《相和歌》等民歌,自制新词,谱乐歌唱,但他们所作乐府诗,大抵仍用汉代旧曲。曹魏曾设有"清商署"(见《三国志·魏志·三少帝纪》),但是否到民间搜集过新曲,很难确考。从左延年之作《秦女休行》看来,也许做过一些搜集工作,但无确证。西晋一代曾由荀勖等人整理过乐曲,但迄今见到晋乐所奏的一些歌诗,多为旧曲。看来当三国纷争之际,朝廷恐怕无暇从事民歌的搜集工作,西晋年代短促,恐亦未有所增益。不过,民间歌谣不会因无官府采集而不再产生,同时,即使官府未加采集,有些也能被人记录下来而流传至今。如著名的长篇叙事诗《古诗为焦仲卿妻作》(《孔雀东南飞》),据《玉台新咏》所载序言,故事发生于"汉末建安中",那么被人记录下来,当在建安以后,那已经是魏晋时代。再说诗中有"交广市鲑珍"之句。广州之设,在吴黄武五年(226),那么我们常读的文字,当亦为魏晋以后人加工的结果(当然,民歌产生年代和写定年代可以有很大差别。据

《史记·刺客列传》、《索隐》和《正义》都曾引韦昭的话,称此诗为"古诗",疑此诗产生时代或在建安以前亦未可知)。

不过,汉代流行的曲调,到魏晋时代仍在民间流行,这大约是事实。据《艺文类聚》卷十九引《陈武别传》:"陈武字国本,休屠胡人,常骑驴牧羊,诸家牧竖十数人,或有知歌谣者,武遂学《太山梁父吟》、《幽州马客吟》及《行路难》之属。"此段记载在《艺文类聚》中,置于《魏志》之后、《文士传》之前,当为三国时事。其中《太山梁父吟》曹植已有仿作;《幽州马客吟》,今见《梁鼓角横吹曲》,乃北朝歌;《行路难》出现时代不详,据《世说新语·任诞》,东晋时已传到南方。这说明当时除了汉代旧曲外,也可能有新曲调产生。只是当时几乎无人去收集整理,只有一些民谣还保存较多。这主要是有关当时的政治事件或被认为是预言某些吉凶祸福而被史官或一些其他人记录下来的。如三国魏时曹爽、司马懿争权,李丰依违于二者间,时人为之语曰:

> 曹爽之势热如汤,太傅(司马懿)父子冷如浆,李丰兄弟如游光。(《三国志·魏志·夏侯玄传》注引《魏略》)

吴国也有类似的民谣。这种民谣亦为杂言,与南方流行的五言颇异,倒有点和北方歌谣相像:

> 吁汝(诸葛)恪,何若若,芦苇单衣篾钩络,于何相求杨子阁。(见《宋书·五行志》)

这歌谣据云预言了吴大臣诸葛恪之被杀。西晋民间歌谣留存至今的,多数亦属此类。如惠帝元康年间的京洛民谣:

南风起兮吹白沙,遥望鲁国何嵯峨,千岁髑髅生齿牙。

这里"南风"乃贾后小名,"鲁国"是贾充封号,"千岁"句显然预示着不祥事件。这些民谣,有些颇费解,一般文学价值不算太高。但也有艺术价值高的,如《军中为汲桑谣》:

士为将军何可羞,六月重茵被衲裘,不识寒暑断他头。雄儿田兰为报仇,中夜斩首谢并州。(《乐府诗集》卷八十五)

这个歌谣始见于北魏崔鸿《十六国春秋·后赵录》,据云"八王之乱"中的成都王司马颖部下有个将军叫汲桑,司马颖死后,他自称大将军,聚众劫掠,甚至六月里穿着皮衣要人为他扇扇子,他未觉得凉快,就杀了执扇子的人。后为并州人田兰所杀,百姓庆贺。此诗产生在西晋后期的北方并州(今山西中部)一带,它反映了民众对强暴者的不满。

西晋后期洛阳的政权已处于风雨飘摇不可终日的形势之下,但地方上的官吏仍多在醉生梦死,置国家、民族的安危于不顾。如名士山涛之子山简为征南将军镇襄阳,他却只管游山玩水,沉醉于酒中,百姓作歌讽刺说:

山公出何许,往至高阳池。日夕倒载归,酩酊无所知。时时能骑马,倒着白接篱。举鞭问葛强,何如并州儿。(《晋书·山简传》)

这首民歌活画出一个醉鬼的狂态,极为生动。此歌后来成为许多诗人常用的典故,对唐代李白等诗人都曾产生影响。另一首民歌亦颇

有名,那就是《晋书·刘曜载记》所录的《陇上壮士歌》:

> 陇上壮士有陈安,躯干虽小腹中宽,爱养将士同心肝。骠骢父马铁瑕鞍,七尺大刀奋如湍,丈八蛇矛左右盘,十荡十决无当前。战始三交失蛇矛,弃我骠骢窜岩幽,为我外援而悬头。西流之水东流河,一去不还奈子何。

陈安是在今陕西甘肃一带地方武装的首领,起初他支持晋朝的南阳王司马保,后一度归附前赵的刘曜,最后为刘曜所杀。不过当地一些人似乎对他有一定的感情,死后,人们作此歌。这个歌后来可能在北方被人谱成了曲歌唱。《洛阳伽蓝记》卷四:

> 有田僧超者,善吹笳,能为《壮士歌》、《项羽吟》。征西将军崔延伯甚爱之。正光末,高平失据,虐吏充斥。贼帅万俟(mò qí,复姓)丑奴寇暴泾、岐之间,朝廷旰食,延伯总步骑五万讨之。……延伯危冠长剑,耀武于前,僧超吹《壮士笛曲》于后。闻之者懦夫成勇,剑客思奋……

这里提到的《壮士歌》,范祥雍先生《洛阳伽蓝记校注》中认为即《陇上壮士歌》(第 214 页注引)。可见北方地区虽长期处于少数民族军事首领的统治下,但汉族的民歌曾在民间流传和歌唱。

## 第二节 "吴声歌"和"西曲歌"

如果说北方地区流行的歌谣多为七言和杂言的话,南方地区似乎五言歌谣的数量居多。这也许和传统有关。即今所知汉代的《相和歌》中有一首《江南》("江南可采莲")显然产生于南方,即是五言。三国吴时民歌似亦以五言为多。如《孙皓初童谣》:

宁饮建业水,不食武昌鱼。宁还建业死,不止武昌居。(《三国志·吴志·陆凯传》)

又如《孙皓天纪中童谣》:

阿童复阿童,衔刀游渡江。不畏岸上虎,但畏水中龙。(《宋书·五行志二》)

这些童谣都是五言四句,和后来东晋南朝民歌的形式类似。当时正是战乱频仍之际,无人去收集民歌。这两首大约涉及政治事件,才为史家所记录。相反,到东晋南渡以后,乐官们为了供上层人们享乐,也采集了民歌,但内容全是情歌,几乎没有其他题材。这部分民歌其实分为两种,一种是流行于长江下游一带的《子夜歌》、《读曲歌》、《华山畿》等等,名目虽多,大抵均用当时的吴语演唱,所以叫"吴声歌";另一种则用当时长江中游一带即今湖北江陵、襄阳等地的语音演唱,故称"西曲歌"。这两种歌,演唱时曲调不同,但唱法今已失传,如果仅看歌辞,似乎很难加以区别。一般来说,东晋政权建立在长江下游,吴地的大族一开始就参加了东晋政权,所以"吴声歌"较早地得到朝廷乐官的重视和搜集。所以《乐府诗集》所录《子夜歌》等"吴声歌",题"晋宋齐辞",即晋、宋、齐三代乐官所改定的歌辞,其中自然有不少产生于晋代。至于"西曲"的情况,与此不同。因为荆州(今江陵一带)在东晋初年尚未在此建立巩固统治,那里的士人亦未进入上层统治集团,所以乐官们未加搜集。"西曲歌"被乐官谱曲歌唱,当在南齐以后。不过,被乐官搜集得晚,未必意味着出现时间也晚。所以逯钦立先生把不少"西曲歌"归入"晋诗"是很有道理的。当然,具体到每首歌何者产生于晋,何者产生于宋、齐,则不仅"西曲歌",就是"吴声歌"亦难全加确定。

在"吴声歌"中,《子夜歌》大致可以判定为晋时民歌。《乐府诗集》卷四十四云:"《(旧)唐书·乐志》曰:'《子夜歌》者,晋有女子名子夜,造此声,声过哀苦。'《宋书·乐志》曰:'晋孝武帝太元中,琅琊王轲之家有鬼歌《子夜》;殷允为豫章,豫章侨人庾僧虔家亦有鬼歌《子夜》。'殷允为豫章亦是太元中,则子夜是此时以前人也。"和《子夜歌》相近的还有《子夜四时歌》、《大子夜歌》、《子夜警歌》、《子夜变歌》等,《乐府解题》说"皆曲之变也"。这些歌大约变化只在音乐,从文辞上看不出有何区别。

《子夜歌》的内容大抵为男女恋情,其中多数为女子的口吻。如:

宿昔不梳头,丝发被两肩。婉伸郎膝上,何处不可怜。
(其三)
夜长不得眠,转侧听更鼓。无故欢相逢,使侬肝肠苦。
(其二十八)
夜长不得眠,明月何灼灼。想闻郎唤声,虚应空中诺。
(其三十三)
侬作北辰星,千年无转移。欢行白日心,朝东暮还西。
(其二十六)

这些歌不论写热恋之情或相思之苦,都很真切。还有一些似是男子口吻,如:

见娘喜容媚,愿得结金兰。空织无经纬,求匹理自难。

(其六)

恃爱如欲进,含羞未肯前。口朱发艳歌,玉指弄娇弦。

(其四十一)

这样的例子不多。其中后一首实际上是写一个女子在恋爱中含羞之态,对后来的"宫体诗"有较大影响。这些诗有一个特点是喜欢用同音双关的语言,如:

如欲识郎时,两心望如一。理丝入残机,何悟不成匹(以"一匹"之"匹",喻"匹配"之"匹")。

(其七)

我念欢的的,子行由豫情。雾露隐芙蓉(夫容),见莲(怜)不分明。

(其三十五)

怜欢好情怀,移居作乡里。桐树生门前,出入见梧(吾)子。

(其三十七)

《子夜四时歌》的内容与此相仿,但都与时节相配合,颇有写景之句:

春风动春心,流目瞩山林。山林多奇采,阳鸟吐清音。

(《春歌》其一)

青荷盖绿水,芙蓉葩红鲜。郎见欲采我,我心欲怀莲。

(《夏歌》其十四)

金风扇素节,玉露凝成霜。登高去来雁,惆怅客心伤。

(《秋歌》其九)

> 昔别春草绿，今还墀雪盈。谁知相思老，玄鬓白发生。
>
> （《冬歌》其六）

这些诗似乎存在着乐官加工的痕迹，所以语言颇近文人诗。有的显然取自文人诗，如《冬歌》其十四，即截取左思《招隐诗》中句子。这种情况，疑为乐官直接采自左诗，配以《子夜四时歌》曲调歌唱。但有些则颇口语化，如：

> 何处结同心，西陵松柏下。晃荡无四壁，严霜冻杀我。
>
> （《冬歌》其十三）

这前二句同于《杂歌谣辞·苏小小歌》，后二句则纯是口语。

还有一些民歌，与《子夜歌》的区别似在曲调。如《上声歌》其三：

> 初歌《子夜》曲，改调促鸣筝。四座暂寂静，听我歌《上声》。

《欢闻歌》、《阿子歌》和《前溪歌》等内容皆属情歌，其与《子夜歌》的区别大约亦只在曲调。古人把《欢闻》、《阿子》二曲作为晋穆帝之死的预兆，实属附会。至于《丁督护歌》，恐与刘裕率兵北伐后秦有关，歌的作者当系北府兵的家属或恋人。如：

> 督护北征去，前锋无不平。朱门垂高盖，永世扬功名。
>
> （其一）
>
> 洛阳数千里，孟津流无极。辛苦戎马间，别易会难得。
>
> （其二）

督护初征时,侬亦恶闻许。愿作石尤风,四面断行旅。

(其四)

在这里,有的希望征人立功取得官爵,有的不愿他出征,情绪不同,但都关涉到出征之事。《桃叶歌》、《团扇郎》有人附会为王珉、王献之等人事恐亦未必可信,但属情歌则无疑问。至于《长史变歌》三首,《宋书·乐志》说是"晋司徒左长史王廞临败所制也",似较可据。其歌词云:

出侬吴昌门,清水绿碧色。徘徊戎马间,求罢不能得。

(其一)

口和狂风扇,心故清白节。朱门前世荣,千载表忠烈。

(其二)

这和《晋书·王导附王传廞传》所记王廞身世符合。他官至司徒左长史,遭母丧,居十吴。土恭起兵讨王国宝,不久王国宝被赐死,王恭叫他罢兵,他出兵伐王恭,兵败而死。像这种歌词在东晋南朝民歌中比较少见。

当时所谓"吴声歌"中,还有一种《神弦歌》,乃记神之曲,有些颇似巫者口吻,如:

苏林开天门,赵尊闭地户。神灵亦道同,真官今来下。

(《宿阿曲》)

值得注意的是这些歌中颇有些轻薄的口吻:

> 左亦不伴伴,右亦不翼翼。仙人在郎旁,玉女在郎侧。酒无沙糖味,为他通颜色。　　　　　　　(《圣郎曲》)
> 开门白水,侧近桥梁。小姑所居,独处无郎。
> 　　　　　　　　　　　　　　　　(《青溪小姑曲》)

这两首,不少人以人神恋爱来解释,这也是很可能的。这种内容,在北方似无其例,只有《楚辞》中有类似思想,这大约是南方的传统。《晋书·文苑·曹毗传》记曹毗曾"续兰香歌诗十篇","兰香"即《搜神记》中的神女杜兰香,《搜神记》中载其诗二首,大约东晋时南方流行这种故事。曹毗之作,当即续此二诗而作。这可以见到南方人的文化和心理,与中原颇有差别。

"西曲歌"与"吴声歌"的区别主要在声调,但其内容有一点颇可注意,即和长江的水上交通关系比较密切。如:

> 生长石城下,开窗对城楼。城中诸少年,出入见依投。
> 　　　　　　　　　　　　　　　　(《石城乐》其一)
> 布帆百余幅,环环在江津。执手双泪落,何时见欢还。
> 　　　　　　　　　　　　　　　　(《石城乐》其三)
> 长樯铁鹿子,布帆阿那起。诧侬安在间,一去数千里。
> 　　　　　　　　　　　　　　　　(《乌夜啼》其一)
> 巴陵三江口,芦荻齐如麻。执手与欢别,痛切当奈何。
> 　　　　　　　　　　　　　　　　(《乌夜啼》其八)
> 闻欢下扬州,相送楚山头。探手抱腰看,江水断不流。
> 　　　　　　　　　　　　　　　　(《莫愁乐》其二)

这些歌曲之被采集大约较"吴声歌"要晚,因为《乐府诗集》收录"西曲歌"时,不提"晋宋齐辞"的话,又齐武帝作《估客乐》,据《乐府诗集》引《古今乐录》载,曾令乐官刘瑶谱曲,刘瑶始终作不好,后来由释宝月来完成。这说明南朝朝廷的乐官至齐代尚不熟习"西曲歌"曲调。然而其产生时间和被搜集时间很难等同,具体作品可能不太一样。如《襄阳乐》产生的时代可能较晚,因为东晋初,朝廷势力尚未能控制此地,后来亦非繁华之地,并且一度为前秦攻陷,淝水之战后才收复,已到东晋晚期,而真正发展起来则为入宋以后。现在的《襄阳乐》有"人言襄阳乐,乐作非侬处。乘星冒风流,还侬扬州去"。可见是襄阳已繁荣之后的产物。《宋书·乐志》、《古今乐录》说《襄阳乐》为宋随王刘诞所制,可能是有道理的。关于这些歌,我们不宜论列。但"西曲歌"中有一首绝妙的好诗,似不能忽略,那就是著名的《西洲曲》。此诗始见《乐府诗集》,作"古辞",后来研究者意见不一。清沈德潜以为梁武帝作,恐无据。今人如余冠英师在《汉魏六朝诗选》中作为南齐无名氏诗收入;逯钦立先生《先秦汉魏晋南北朝诗》,则作为《杂曲歌辞》收入"晋诗"部分。从这首诗本文看来,似难得出产生于南朝的确证。原诗如下:

忆梅下西洲,折梅寄江北。单衫杏子红,双鬓鸦雏色。西洲在何处,两桨桥头渡。日暮伯劳飞,风吹乌臼树。树下即门前,门中露翠钿。开门郎不至,出门采红莲。采莲南塘秋,莲花过人头。低头弄莲子,莲子青如水。置莲怀袖中,莲心彻底红。忆郎郎不至,仰首望飞鸿。鸿飞满西洲,望郎上青楼。楼高望不见,尽日栏干头。栏干十二曲,垂手明如玉。卷帘天自高,海水摇空绿。海水梦悠悠,君愁我亦愁。南风知我意,吹梦到西洲。

此诗为男女相思的诗,这种内容自难确指为什么时代的作品。"西洲"地点亦难以考证,从首二句看,应在长江沿岸。根据现有的资料,还难确切地判定它是东晋的还是南朝的产物。大抵情诗这类作品,反映了人们普遍的感情,可以在群众口头流传很长时间。我们不妨设想本诗写定时间在南齐,因为在此以前,上层社会对"西曲歌"似还不大重视。但一首民歌之所以引起人们注意并被记录下来,首先必须是大家公认的好歌,在民众中广泛流传,才能得到上层分子的注意和喜爱。所以逯钦立先生把此诗看成晋诗,应该是较可信从的。

除了"吴声歌"和"西曲歌"之外,东晋南朝的一些谣谚,亦多佳作,历来传诵。如《水经注·江水》有:

巴东三峡巫峡长,猿鸣三声泪沾裳。

这首歌原见盛弘之《荆州记》,盛乃刘宋人,所记当为晋时歌谣。

又如《乐府诗集》卷八十六载《淫豫歌》:

滟预大如马,瞿唐不可下。
滟预大如牛,瞿唐不可流。

这些大抵都是有关长江航运的歌谣。这个时期北方也有些类似的民谣,如《北堂书钞》卷一百五十七引晋郭仲产《秦州记》云:

北人登陇歌曰:"陇头流水,鸣声呜咽。遥望秦川,肝肠断绝。"

这也是比较有名的一首谣谚。

# 第十二章　十六国文学

## 第一节　十六国文学概说

晋怀帝永嘉五年(311),前赵刘聪派呼延晏、刘曜、石勒等率兵攻打洛阳,俘晋帝至平阳(今山西临汾),西晋至此实已灭亡。其后晋朝几个官员拥立晋宗室司马邺于长安,改元建兴,也只维持了四年,于建兴四年(316)被刘曜所灭。从此中原地区陷入各族军事首领的混战之中。当时在中原地区先后建立政权的有匈奴刘氏(前赵)、羯族石氏(后赵)、鲜卑慕容氏(前燕、后燕和南燕)、氐族苻氏(前秦)和羌族姚氏(后秦)。此外,在今甘肃西部先后出现过前凉(汉族张氏)、后凉(氐族吕氏)、西凉(汉族李氏)、南凉(鲜卑秃发氏)、北凉(卢水胡沮渠氏),甘肃青海一带出现过西秦(鲜卑乞伏氏),冀东辽西出现过北燕(汉族冯氏),陕北宁夏出现过夏(匈奴赫连氏),四川一带出现了成(賨族李氏)。这些政权存在的时间一般都不长,据史籍记载似乎都曾出现过一些文人,但真正有作品存留至今的只有前秦、后秦和前凉、西凉等少数割据政权。

在这些割据政权中,最先出现的是匈奴族前赵政权,它的建立者刘渊及其继承者刘聪和刘曜据《晋书·载记》说,他们本人受汉文化影响颇深，也有写作才能。但这个政权控制的地域不大，时间亦较短，再加上正是它灭亡了西晋，汉族士大夫对它存在着对立情绪，所以很少有文人归附它。后赵的建立者石勒及其继立者石虎本无文化修养，但这个政权几乎统一了北方（除河西走廊和冀东辽西一些地方），存在的时间较久，有部分士人（如张宾、徐光）与之合作，但亦无作品传世。鲜卑慕容氏建立的前燕起初打着拥护晋朝的旗子，中原士人投奔它的不少，这些士族后来构成了北朝学术文化的基本队伍，但当时似亦无作品传世。氐族苻氏建立的前秦政权曾一度统一过北方，它搜罗了北方的人才，在文化上初具规模。例如著名的志怪小说《拾遗记》、女诗人苏蕙的《回文诗》均出现于前秦。淝水之战后降晋的前秦宗室苻朗所著《苻子》原书虽佚，所存佚文尚多，颇有文学价值。继前秦而据关中的后秦政权，虽然幅员不如前秦之广，存在时间亦稍短，但凭借前秦留下的基础，在文化特别是佛经翻译方面有其突出贡献。隋代的牛弘曾称"僭伪之盛，莫过二秦"。除了中原地区外，割据今河西走廊的汉族前凉政权，亦因中原士人在"永嘉之乱"后避难来此。当时凉州文化之盛，实胜于黄河中下游地区，所以《魏书·胡叟传》载，北凉人程伯达曾称凉州"自张氏以来，号有华风"。前凉灭亡后，继起的几个政权文化均较盛，后来北魏在文化方面受凉州影响甚深。《宋书·氐胡·大且渠蒙逊传》载，北凉沮渠蒙逊子茂虔曾向刘宋献凉州人所著书，可见凉州文化之盛。当然，十六国文学发展毕竟处于干戈扰攘之际，这些政权又较偏狭，其成就自难与东晋并论。

## 第二节　王嘉　苏蕙　苻朗

　　王嘉字子年,陇西安阳(今甘肃秦安)人,前秦方士。生年不详,约卒于晋孝武帝太元十一至十六年(386~391)间。他的生平见《晋书·艺术》本传,惟所载多荒唐不经之事。他早年隐居于安阳之东阳谷,弟子受业者数百人。后赵末至长安,隐居终南山。前秦时,苻坚屡征之,不应。苻坚死,姚苌入长安,亦礼之,后因故为姚苌所杀。他著有《拾遗录》一书,据《隋书·经籍志》著录为二卷;又有《王子年拾遗记》十卷,题梁萧绮撰,大抵敷衍王嘉之说。《拾遗录》今佚。据今人齐治平校注本《前言》,认为今本《拾遗记》的正文是王嘉作,而"录曰"部分则为萧绮的文字。此说似较合理,但亦有不尽然处,如卷九《张华为九酝酒》条正文有"至刘、石、姚、苻之末"一语。"姚"当即后秦姚氏,而王嘉未活到后秦末。但仅此孤证,尚难怀疑齐先生对全书考察的结论。

　　《拾遗记》和《搜神记》虽同为志怪小说,但立意颇为不同。干宝作为一个史家,他作《搜神记》目的在增广异闻,所记内容多数出于其他典籍或民间传说,很少凭空虚构;王嘉作为一个方士,其作《拾遗记》似乎力求怪诞,不惜编造一些荒唐不经的情节。如卷一《虞舜》条中有一段云:

　　　　及帝之商均,暴乱天下,则巨鱼吸日,蛟绕于天,爰及鸟兽昆虫,以应阴阳。至亿万之年,山一轮,海一竭,鱼、蛟陆居,有赤鸟如鹏,以翼覆蛟鱼之上。蛟以尾叩天求雨,鱼吸日之光,冥然则暗如薄蚀矣,众星与雨偕坠……

卷四《秦始皇》中记秦王子婴杀赵高：

> 囚高于咸阳狱，悬于井中，七日不死；更以镬汤煮，七日不沸，乃戮之。子婴问狱吏曰："高其神乎？"狱吏曰："初囚高之时，见高怀一青丸，大如雀卵。"时方士说云："赵高先世受韩终丹法，冬月坐于坚冰，夏日卧于炉上，不觉寒热。"及高死，子婴弃高尸于九达之路，泣送者千家，或见一青雀从高尸中出，直飞入云。九转之验，信于是乎！……

这些情节已可谓毫不足信，而书中有时还故作怪论，如卷五《前汉》上记孝惠帝时"道士韩稚"事，竟把《左传》中讲到的"司寒之神"硬说成"祠韩（祠韩稚）"说是"其音相乱也"。《拾遗记》中不少故事虽情节荒诞，而其文学价值却较高，如卷七《魏》：

> 文帝所爱美人，姓薛名灵芸，常山人也。……时文帝选良家子女，以入六宫……灵芸闻别父母，嘘唏累日，泪下沾衣。至升车就路之时，以玉唾壶承泪，壶则红色。既发常山，及至京师，壶中泪凝如血矣。帝以文车十乘迎之，车皆镂金为轮辋（wǎng，车轮的外框），丹画其毂。辂前有杂宝为龙凤，衔百子铃，锵锵和鸣，响于林野。驾青色骈蹄之牛，日行三百里。此牛尸涂国所献，足如马蹄也。道侧烧石叶之香，此石重叠，状如云母，其光气辟恶厉之疾。此香腹题国所进也。灵芸未至京师数十里，膏烛之光，相续不灭，车徒喧路，尘起蔽于星月，时人谓为"尘宵"。又筑土为台，基高三十丈，列烛于台下，名曰"烛台"，望如列星之坠地。又于大道之旁，一里致一铜表，高五尺，以志里数。故行者

歌曰："青槐夹道多尘埃,龙楼凤阙望崔嵬。清风细雨杂香来,土上出金火照台。"

这故事极尽夸饰铺张之能事,情节曲折离奇,引人入胜。《拾遗记》中常载有诗歌,恐亦王嘉作,有些亦颇有诗意。如卷一记《少昊》部分的《皇娥歌》:

> 天清地旷浩茫茫,万象回薄化无方。浛天荡荡望沧沧,乘桴轻漾著日旁。当其何所至穷桑,心知和乐悦未央。

又《白帝子答歌》:

> 四维八埏眇难极,驱光逐影穷水域。璇宫夜静当轩织。桐峰文梓千寻直,伐梓作器成琴瑟。清歌流畅乐难极,沧湄海浦来栖息。

这些都是比较成熟的七言诗,情调比较乐观。至于卷五《前汉》部分所载"汉武帝"作《落叶哀蝉》之曲则与此迥异:

> 罗袂兮无声,玉墀兮尘生。虚房冷而寂寞,落叶依于重扃。望彼美之女兮安得,感余心之未宁。

这首诗则颇凄恻。这说明王嘉其人颇有文学才能。在兵荒马乱的时代,出现这样一位作家,说明十六国时代北方的文学传统并未完全衰落。

前秦时代的女诗人苏蕙字若兰,始平(今湖北十堰东)人。前秦秦州刺史窦滔妻。据《晋书·列女·窦滔妻苏氏传》："滔，苻坚时为秦州刺史，被徙流沙，苏氏思之，织锦为回文旋图诗以赠滔。宛转循环以读之，词甚凄惋。"后来《文选》李善注引《织锦回文诗序》又增入"韬（滔）至沙漠便娶妇"的情节。《文苑英华》卷八百三十四载武则天《苏氏织锦回文图记》又谓滔为苻坚镇守襄阳，纳妾赵阳台事，其情节与前秦史事不合，颇可疑。《织锦回文诗》据《晋书》凡八百四十字，而《初学记》卷二十七所录仅七言十六句：

仁智怀德圣虞唐，真妙显华重荣章。臣贤惟圣配英皇，伦匹离飘浮江湘。津河隔塞殊山梁，民士感旷怨路长。身微闵己处幽房，人贱为女有柔刚。亲所怀想思谁望，纯清志洁齐冰霜。新故或忆殊面墙，春阳熙茂凋兰芳。琴清流楚激弦商，奏曲发声悲摧藏。音和咏思惟空堂，心忧增慕怀惨伤。

这十六句的确既可顺着读，亦可倒着读。但倒读时有十二句用"真"韵，四句用"侵"韵，当已经删节。这首诗不论顺读或倒读，似均无太强的诗意，不过是一种文字游戏。然而能这样熟练地运用语言，也说明作者有较高的文学修养。《回文诗》故事大约很快就传到南方，像梁代江淹、吴均作品中都已用此典故。

苻朗（？~389）字元达，略阳临渭（今甘肃秦安一带）人。氏族，苻坚从兄子，为前秦镇东将军、青州刺史，喜读书谈玄。淝水之战的次年（384），东晋遣淮陵太守高素伐青州，苻朗遂降晋，后为王国宝所谮杀。苻朗著有《苻子》二十卷，今佚，清严可均《全上古三代秦汉三国六朝文》辑其佚文为一卷。其书主旨近于《庄子》，文笔多有文学意味。如：

东海有鳌焉,冠蓬莱而浮游于沧海。腾跃而上,则千云之峰,迈类于群岳;沉没而下,则隐天之丘,潜峤于重泉。有红蚁者,闻而悦之,与群蚁相邀乎海畔,欲观鳌之行焉。月余日,鳌潜未出,群蚁将反。遇长风激浪,崇涛万仞,海中沸,地雷震。群蚁曰:"此将鳌之作也。"数日,风止雷默,海中隐沦如岿(jié,高山之角隅),其高概天,或游而西。群蚁曰:"彼之冠山,何异我之戴笠也,消摇乎壤封之巅,归伏乎窟穴之下。此乃物我之失,自己而然。何用数百里劳形而观之乎。"

这段描写显然模仿《庄子·逍遥游》,但形容鳌的出入颇有气势,作者写到大风、海浪,可能也受到郭璞《游仙诗》的启发。这说明他作为一位少数民族作家,受汉族文化影响之深。

## 第三节　鸠摩罗什　僧肇

前秦灭亡后北中国再度陷入混战状态,而关中一带尤甚。前秦时期文化上的复兴趋势遭受了严重挫折。继起的后秦君主如姚兴虽也提倡文学,但士人中似未出现重要作家,只有佛经翻译工作上倒出现了一些名僧,他们对后来的文学有一定影响。

佛经的翻译工作最早始于东汉,三国和西晋不断有僧人在进行翻译。但由于译经时多由月支、天竺僧人口授,经汉人笔录,口译者不通汉文,因此译文"多滞文格义"(《高僧传》卷二《鸠摩罗什传》)。鸠摩罗什的出现在一定程度上解决了这问题。

鸠摩罗什(344~413),天竺国人,居于龟兹,苻坚闻其名,命吕光率兵攻龟兹,迎接鸠摩罗什至长安。吕光出兵攻打西域时,苻坚发动了对东晋的战争,败于淝水。吕光攻破龟兹后在归途中得知苻坚已死,遂据姑臧(今甘肃武威)建后凉,把鸠摩罗什留在姑臧,直到后凉为南凉所逼,归降后秦,鸠摩罗什才到长安。姚兴待以国师之礼,命在长安西明阁及逍遥园译经,鸠摩罗什久居汉地,"转能汉言,音译流便,既览旧经义多纰缪,皆由先译失旨,不与梵本相应"。于是姚兴遂让他和僧䂮、僧迁、法钦、道流、道恒、道标、僧睿、僧肇等一起译经。据《高僧·鸠摩罗什传》云:"初,沙门慧睿,才识高明,常随什传写,什每为睿论西方辞体,商略同异,云:'天竺国俗,甚重文制,其宫商体韵,以入弦为善。凡覲国王,必有赞德;见佛之义,以歌叹为贵。经中偈颂,皆其式也。但改梵为秦,失其藻蔚,乃命呕哕也。'"这段话,不但强调了佛经翻译的文字问题,而且强调了"宫商体韵"和"藻蔚",实即强调文章的音律和辞藻,对后来的文学创作显然有一定影响,南朝齐梁间周颙、沈约之倡"四声八病",不能说与此无关。他还曾和慧远通过信,也用汉语作偈,说明他对汉文颇精通。

鸠摩罗什的弟子僧肇,京兆(今陕西西安一带)人。他早年好读《老子》和《庄子》,后见《维摩诘经》为之叹服,就出家为僧。

后来鸠摩罗什到姑臧,他就前往从学。罗什到长安,他随同回长安,助罗什译经。他作《般若无知论》,罗什看后大加称赏,说"我解不谢子,辞当相挹"。东晋刘遗民见到此论,大为叹服,致书推崇,他作了答书,信中云:

> 贫道一生猥参嘉运,遇兹盛化。自不睹释迦祇洹之集,余复何恨。但恨不得与道胜君子同斯法集耳。称咏既深,聊复委及。然来问婉切,难为郢人。贫道思不关微,兼拙于笔语,且至趣无言,言则乖旨。云云不已,竟何所辩。聊以狂言,示酬来旨也。

这封信不但深于佛理,意味亦隽永可读。后来他又作了《不真空论》、《物不迁论》等佛学文章,亦善于用形象的语言说明玄理。如在《物不迁论》中,他用骈句来说明"动静未始异"的道理。他说:

> 旋风偃岳而常静,江河竞注而不流。野马飘鼓而不动,日月历天而不周。

这是很优美的骈文。鸠摩罗什死后,他作《鸠摩罗什法师诔》尤富文采:

> 公之云亡,时惟百六。道匠韬斤,梵轮摧轴。朝阳颓景,琼岳颠覆。宇宙昼昏,时丧道目。哀哀苍生,谁抚谁育,普天悲感,我增摧衄。

情调悲凄,用典兼综儒道,说明他具有很高的学术修养,在十六国僧人中不多见。

## 第四节　张骏　李暠

前面讲过,在西晋灭亡以后,黄河中下游地区陷入各族军事首领混战之际,地处今甘肃河西走廊的凉州在前凉张氏统治下却比较安定,不少中原士人避难来此,使凉州文化得到很大发展。前凉政权的建立者张轨的孙子张骏(307~346)字公庭,祖籍安定乌氏(今甘肃平凉)人。晋明帝太宁二年(324)嗣位,在位二十二年。史称他十岁能属文。《隋书·经籍志》载,他的文集至隋时已残,尚存八卷,今亦佚。

其作品至今可见的凡诗二首(俱见《乐府诗集》),文二篇(俱见《晋书》本传)。其诗以《东门行》为较有文采:

> 勾芒御春正,衡纪运玉琼。明庶起祥风,和气翕来征。庆云荫八极,甘雨润四垌。昊天降灵泽,朝日耀华精。嘉苗布原野,百卉敷时荣。鸤鹊与鵽黄,间关相和鸣。芙蓉覆灵沼,香花扬芳馨。春游诚可乐,感此白日倾。休否有终极,落叶思本茎。临川悲逝者,节变动中情。

这里写的大约是姑臧近郊的景色,诗中写景虽显不出多少特色,但"春游"四句,似有时光易逝、想及时建立功业的想法。他提到了"休否有终极,落叶思本茎",似有收复中原的愿望。这在他另一首叫《薤露》的诗中表现得较明显。在那首诗中他写到了西晋的灭亡经过,最后表示要"誓心荡众狄,积诚彻昊灵"。写法全仿曹操的《薤露》,但艺术上缺乏曹操那种悲凉清壮之气。他的文皆是上东晋皇帝的奏章。在《上疏请讨石虎李期》中,有一段写得颇为痛切:

> 铅刀有干将之志,萤烛希日月之光。是以臣前章恳切,欲齐力时讨,而陛下雍容江表,坐观祸败。怀目前之安,替四祖之业,驰檄布告,徒设空文,臣所以宵吟荒漠,痛心长路者也。

这段话很直率,也很沉痛,但东晋当时势甚微弱,张骏对情况可能不尽了解。此表已颇有骈文气息,可见凉州文风与南方亦相近。

张骏不但能文,亦善论文章。《文心雕龙·镕裁》云:"昔谢艾、王济,西河文士,张俊(骏)以为:'艾繁而不可删,济略而不可益。'若二子者,可谓练镕裁而晓繁略矣。"张骏原话已佚,但刘勰作《文心雕龙》很少谈及北方文人,此处引述张骏的意见,亦可见在刘勰眼中,张骏对文学的观点还是值得重视的。

西凉的建立者李暠(351~417)字玄盛,陇西成纪(今甘肃临洮)人。后凉时曾为效谷令,后为敦煌太守。晋隆安四年(400)据敦煌,自称凉公,后迁都酒泉,卒谥武昭王。他"通涉经史,尤善文义",据《北史·刘延明(昞)传》载,李暠"好尚文典",且优礼文士。作有《靖恭堂颂》一卷及《大酒容赋》、《槐树赋》等,均佚,仅存《晋书》本传所载的《述志赋》一篇。赋中写到凉州自前凉亡后的混战局面说:

  疾风飘于高木,回汤沸于重泉;飞尘翕以蔽日,大火炎其燎原,名都幽然影绝,千邑阒而无烟。

前二句是比喻,后四句乃实写,颇为形象。他虽建立西凉,但形势孤危,颇感不安,形容其处境云:"榛棘交横,河广水深。狐狸夹路,鸮鸹(同"鸱")群吟。"亦颇形象。他还有两篇上晋帝的章表和一篇诫其诸子的手令,其思想基本属于儒家,文字典雅,但无多人文学价值。

西凉地小势弱,但也出现了刘昞这样一些文人,经历北凉入魏,对北方文学有较大影响。